宋代文学论丛

程杰 著

凤凰出版社

图书在版编目（CIP）数据

宋代文学论丛 / 程杰著. -- 南京 : 凤凰出版社, 2022.3
ISBN 978-7-5506-3625-5

Ⅰ. ①宋… Ⅱ. ①程… Ⅲ. ①中国文学－古典文学研究－宋代 Ⅳ. ①I206.44

中国版本图书馆CIP数据核字(2022)第036569号

书　　名　宋代文学论丛
著　　者　程　杰
责任编辑　李相东
特约编辑　兰淑坤
装帧设计　陈贵子
出版发行　凤凰出版社(原江苏古籍出版社)
　　　　　发行部电话025-83223462
出版社地址　江苏省南京市中央路165号,邮编:210009
出版社网址　http://www.fhcbs.com
照　　排　南京凯建文化发展有限公司
印　　刷　南京新洲印刷有限公司
　　　　　江苏省南京市六合区雨花路2号　211500
开　　本　880毫米×1230毫米　1/32
印　　张　9
字　　数　234千字
版　　次　2022年3月第1版
印　　次　2022年3月第1次印刷
标准书号　ISBN 978-7-5506-3625-5
定　　价　68.00元
　　　　　(本书凡印装错误可向承印厂调换,电话:025-57500228)

自　序

这里汇集的是本人宋代文学方面的撰著，包括三方面的内容。一是关于宋代诗文，重点是北宋诗文革新方面的论述。既有关于宋诗审美意识、北宋诗文革新地域因素等方面的宏观梳理阐发，也有对"后西昆体"、北宋真宗仁宗朝京东文人士风文风、范仲淹双重人格、南宋范成大"以笔记为诗"等不同个案问题的挖掘考论。二是关于宋词的研究，有对词倚声合乐相应文体特性的理论阐发，也有对秦观、姜夔词艺术特征的欣赏分析。三是对宋代文学、宋代诗歌、宋代散文不同层面创作情况的概述，以及大学本科宋辽金文学课程内容的纲目概要。

从时间上说，单篇文章都写于本人研究生学习及留校工作的最初十年间。其中词的部分写作最早，主要完成于硕士研究生阶段。诗文部分写成于1987年至1995年间，发表最迟的也在1996年，大多收录在1994年完成答辩的博士学位论文《北宋诗文革新研究》中。几篇概论性文字是讲义性质的，为高等教育出版社教材《中国古代文学教程》而撰写，最初出版已是2007年了。而宋辽金文学课程纲要，初草于20世纪90年代，21世纪以来不断增补修订，2004年基本定稿，每年交任课班级学生打印，作为学习参考资料，此后逐年有些修订。

1995年以前，我的学术研究兴趣主要在宋代文学方面，硕士、博士学位论文都是这方面的课题。后因身体原因无奈停顿数年，而终致决意退避，但这份学术初心未忘，一直与宋代文学研究界的同仁们保持密切的联系。近年好友相见，多询问我的博士学位论文能否再版，谢谢师友见重。考虑此稿 1996 年台湾文津出版社出版繁体字本，2000 年内蒙古教育出版社出版简体字本，如今虽购买不便，但在“读秀”之类电子书籍平台上有见，检索阅读十分方便，无需再添一种。于是换一种方式，选几篇比较满意的，或在我的读书、治学生涯中有些节点意义的作品，连同宋代文学方面的教材与讲义凑成一编，意在对本人早年宋代文学教学、研究方面的工作做个小结，方便向宋代文学界同仁请教，也方便与本人单位同事和听课同学们交流。

所收论文都基本保持最初发表时的内容，只就词语细节、体例格式尤其是引文注释做了一些修订和规范工作。感谢门下同学们辛苦核对引文，校订文字。感谢同事高峰教授、邓晓东教授、黄浩然老师以及凤凰出版社倪培翔、李相东先生在出版前后相关事务上的切实惠助，谢谢各位！

程 杰

2020 年 10 月 5 日

目　录

论北宋诗文革新的地域因素

北宋诗文革新是宋代文学史上的大关目，它几乎贯穿北宋整个前、中期的文学发展历程。有关这一运动过程已有的论述大都集中于对各种复古革新主张的理论诠释和评价，以及对各派观点之间对立变化关系的历时性描述，而对其中存在的“空间”性因素没有给予足够的注意。诗文革新中不同的理论主张大都产生于不同的文学群体，这些群体又大都带有区域性色彩。区域性差异由历史和现实的双重因素所决定，不同的区域有不同的士风、民风传统，不同的区域在新王朝政治、经济和文化建设中的地位和作用是不一致的，它们参与新朝社会建构和文化整合的时间与方式也不是整齐划一的，这就为文学的发展提供了复杂、多样的地域机缘和空间格局。北宋诗文革新的情况正是如此，其历时、有序的发展过程同时也表现为各种不同区域文人群体轮番活跃，不同地方文学、文化传统先后激发，逐步走向主流与核心，从而导致整个文学风气不断更新演进的过程。本文即着力探讨不同的区域群体及其所承载的文学文化传统在北宋诗文革新中的作用。笔者认为，江南、京东、江西淮南、巴蜀是北宋前、中期文学发展进程中的重要区域，正是这不同地区文人的相继活跃，标志了诗文革新前进的历史步伐。

一、宋初南方士人与晚唐五代文风的继承

宋初文坛的复苏是与整个南方士人的活跃密切相关的。《宋史·文苑传》前三卷收载宋初三朝文士三十八人，其中南、北（以秦岭、淮水为界）各十九人，可谓平分秋色。由于南北方在国家统一进程中有着时间上的先后，数量上的平衡并不能掩没南方实际存在的优势。这种优势到统一格局大为稳定的真宗朝便充分地显露出来了。《宋史·文苑传》前三卷所载北方十九人中，十七人见于前两卷，主要活动于太祖、太宗朝，而南方的十九人中十五人见于第三卷，属于真宗朝。南方这种逐步发展的优势还可以通过一个诗人名单的统计数字来证明。杨亿《谈苑》曾列举宋太宗雍熙以来文士“能诗”者四十二名，其中里籍可考者三十八人，加上杨亿本人，南方是二十六人，北方仅十二人。南方之二十六人大都活跃于真宗朝[①]。这些都充分说明了南方士人不断增长的势头。

不仅数量上如此，在实际的文学才具上，南人也具鲜明的优势。宋初北方士人中固然有宋白、李昉这样以诗才著称的文学之士，但如《文苑传》所载梁周翰、郭昱、和岘、柳开等人是以“习尚淳古”或律历学问为世所知。而南方士人则普遍地以诗赋之才称胜。如太宗朝之杨徽之、徐铉，真宗朝之路振、杨亿、钱惟演等都以词翰敏赡称雄一时。

宋初南方士人在文学上的优势，是晚唐五代南方文学活跃状况的继续。唐末五代，中原干戈不断，南方诸国保境息民，地方经济得到了一定的发展，文学活动因此获得了相对稳定的发展环境。中州士人纷纷投身南方，如牛希济、韦庄、张蠙古、张道古入蜀，江为、韩偓避闽，高越等仕南唐，其他投老南迁或流寓江南不归者更多。宋人

① 阮阅《诗话总龟》前集卷一二，人民文学出版社 1987 年版；江少虞《宋朝事实类苑》卷三七，上海古籍出版社 1981 年版。两处所引文字稍异，此处参用。

《莆阳志》记载:“黄滔字文江,乾宁二年乙卯赵观文榜进士,光化中除四门博士。寻迁监察御史里行,充威武军节度推官。王审知据有全闽,而终其身为节将者,滔规正有力焉。中州若李绚、韩偓、王涤、崔道融、王标、夏侯淑、王拯、杨承休、杨赞图、王倜、归传懿避地于闽,悉主于滔。”[①]这是闽中一地的情况,其他地区不难推想。

当时诸国霸主为了网罗人才,于文学之士多能礼遇善待,如前蜀王建“虽武人,颇折节好宾客,游士、缁流至者,无不倾怀结纳”[②]。前蜀王衍、后蜀孟昶都雅好艺文。吴据今江、皖、赣诸地,擅渔盐之利,物产富饶。南唐代吴,李璟、李煜工诗善词,上行下效,一国君臣,文采炳焕。吴越诸王皆具文采,宗室善诗者颇多。至如楚之文昭王马希范,史家称其“好学善诗,颇优礼文士”[③],幕下人才济济,齐已、徐仲雅等“俱以文藻知名,更唱迭和”[④]。乱世之下,文学依附于南方诸国霸主,获得生息的机会。

五代之际的南方文学弥漫着“缘情绮靡”和苦吟弄巧的风气。肇自晚唐,国势衰颓,社会黑暗,士人消沉之余,多寄情诗酒声色,文风因之哀怨萎靡,其中尤以温庭筠、韩偓等人的“花间”“香奁”之作最为突出。这种文风被五代中原的连年干戈挤压到南方富庶苟安的环境里进一步滋长,又与江南僧侣、隐士的林下唱和、僻居苦吟之风气合流。这两种文风都注重字词、格律等方面的技巧。正如欧阳修《六一诗话》所说,“唐之晚年,诗人无复李、杜豪放之格,然也务以精意相高”。五代之际,各种诗格、赋格、诗句图之类著作极多,几乎构成了一个“诗格的时代”[⑤]。唐末五代文学理论中最流行的审美范畴是“清”“丽”二字,如欧阳炯《花间集序》、韦縠《才调集》自序、徐铉《成氏

① 黄滔《唐黄御史集》附录,《四部丛刊》本。
② 吴任臣《十国春秋》卷一〇〇,清康熙汇贤斋刻本。
③ 吴任臣《十国春秋》卷六八。
④ 阮阅《诗话总龟》前集卷四引《雅言杂录》。
⑤ 罗根泽《中国文学批评史》(二),上海古籍出版社 1984 年版,第 186—188 页。

诗集序》都以此二字誉人文才之美。所谓“清”主要指音律的细切谐婉，所谓“丽”则指词藻的赡美富艳，总归是对词采声韵技巧的重视，集中体现了士风浸弱、寄情声色、耽愉辞华的衰世审美心理。

宋朝立国，在文学政策上一开始便缺乏唐初君臣那种以史为鉴、摈弃浮华、取裁前朝、融合南北的阔大气派。正如王夫之所说，“宋无积累之仁，无拨乱之绩”，其得天下于一朝一夕，故“承天之佑，战战栗栗”[①]。这样的忧患防范心理决定其在文化建设上表现出谨小慎微、攀美前朝、笼络人心、期求粉饰的倾向。“太祖尝顾近臣曰：‘五代干戈之际，犹有诗人。今太平日久，岂无之也？’”[②]这是对诗人以文效忠的期待。落实在具体的政治措施上便是广开科举、精择翰林、优礼文士、奖劝艺文等一系列袭唐崇文之举，因之在全社会养成了普遍的崇文风气。正是适应“润色鸿业”的时代需要，南方士人以其优越的词翰之才成了宋初文化复苏和建设的主力。早在统一战争尚未结束时，宋廷“李穆使江南，见其兄弟（引者按：徐铉、徐锴）文章，叹曰‘二陆不能及也’”[③]。徐铉入宋后，中州士人纷纷归之，遂为文坛盟主。李至师事徐铉，“手写铉及其弟锴集，置于几案”[④]。杨徽之以南人入北，诗名赫赫，宋太宗“闻其名，索所著，数百篇奏御”[⑤]，后诏李昉编《文苑英华》，“以徽之精于风雅，分命编诗，为百八十卷”[⑥]。宋初屡荐神童，贾黄中、刘少逸、杨亿、晏殊、夏竦等人都是几岁、十多岁便以诗赋天才被地方官表荐朝廷，受试获官。其中除贾黄中是沧州人，地属北方，其余均为江南人。宋初有所谓诗歌“三体”（白体、昆体、晚唐体），就时间上看，典型的“白体”浅切平易诗风主要见于王禹偁、李昉、李至等北方士人，而“昆体”“晚唐体”之绮丽和精巧与五代江南士

---

① 王夫之《宋论》卷一，清道光二十七年听雨轩刻本。

② 阮阅《诗话总龟》前集卷一二引《古今诗话》。

③ 脱脱等《宋史》卷四四一，中华书局 1977 年版。

④《宋史》卷二六六。

⑤ 阮阅《诗话总龟》前集卷三。

⑥《宋史》卷二九六。

人吟业风习一脉相承，其中名家如杨亿、钱惟演、林逋、“九僧”都是南方人，其流行范围也主要是南唐、吴越故地。

在宋初三朝逐步活跃的江南籍士人中，杨亿的崛起最具代表性。杨亿，建州浦城（今属福建）人。家世尚武，财雄当地，曾祖辈始读书为士。从祖杨徽之，随邑人江文蔚、江为习诗学赋，并与之齐名，后潜赴中原，以诗才蒙太宗知遇。杨亿“七岁能属文，对客谈论，有老成风。雍熙初，年十一，太宗闻其名，诏江南转运使张去华就试词艺，送阙下，连三日得对，试诗赋五篇，下笔立成”，后入馆阁，为词臣[①]。杨氏祖孙以闽人相继显名当世，为文坛盟主，代表了南方士人应时而起、以才艺致身的奋进姿态。闽越自古属荒屿边隅，民风鄙陋，唐德宗贞元八年（792），晋江人欧阳詹与韩愈、李绛同登“龙虎榜”，由闽入京，一路强烈地感受到故里文化落后的孤寂：“某世居闽越，自闽至于吴，则绝同乡之人矣；自吴至于楚，则绝同方之人矣；过宋由郑逾周到秦，朝无一命之亲，路无回眸之旧，犹孤根寄不食之田也。”[②]经晚唐五代经济之开发、文化之孕育，加之北方士人南下之影响，入宋后闽中文教便为江南之先。《宋史》地理志称闽中风俗“多向学，喜讲诵，好为文辞，登科第者尤多”[③]。宋真宗时泉州人段全《仙游县建学记》称：“圣宋以文化天下，岁诏州县贡秀民，士倍于昔，而闽人十计三四。”[④]杨亿等闽中士人在宋初文坛的崛起，正是五代以来闽地经济、文化发展的结果。

杨亿在真宗朝以“西昆酬唱”和“时文”风采耸动天下。虽然其中刘筠（河北大名人）等人作为辅佐也起到一定的作用，但杨亿却是处于绝对的主导地位。当时诗赋、四六中讲究词藻、音律、组织的风尚主要是由杨亿、钱惟演等人作成。追溯其源，不难发现，这种风尚是

---

① 《宋史》卷二九六、三〇五。

② 欧阳詹《上郑相公书》，《欧阳行周文集》卷八，《四部丛刊》本。

③ 《宋史》卷八九。

④ 曾枣庄、刘琳主编《全宋文》卷一九五，巴蜀书社 1989 年版。

晚唐五代诗赋绮靡之风的直接继承和发展。杨亿推崇李商隐之“才调”“雅丽”，又慕唐彦谦之“清峭感怆”，主张诗歌应“包蕴密致，演绎平畅”，其实质仍不出晚唐五代诗美意识中的“清丽”之求。据记载，杨亿之创始“西昆体”是他“至道中，偶得玉溪生诗百余篇”，细加研味推求的结果[①]。但存在如下情况：唐末五代绮艳诗风的代表作家韩偓流寓闽中，以晚辈亲戚与李商隐交往颇深，其《无题》、咏物及艳体诗都受到李商隐的直接影响；莆田徐寅善律诗，今见于《全五代诗》者二百六十余首，全为近体，且以七律为主，他的赋当时被“目为锦绣堆”[②]；另如陈贶、江文蔚、江为等人诗歌都以近体为主，风格靡丽纤巧。因此杨亿之学习李商隐，致力于近体，风格赡博秾丽，不得不说受到了这些闽中前辈的影响。当然，杨亿等人的创作带有真宗朝承平有日、民康物阜、文化蕴积的特定时代色彩，与晚唐五代之末世衰颓卑陋相比，艺术格调和技术水准都有了不少改变和进步，杨亿等人的创作在当时被目为“新体”便是这个原因。

总之，宋初三朝是宋代政治、文化发展中的一个完整阶段，政治思想上的抑武右文、“文德致治”和实际制度措施上的袭唐之故、摹唐之盛，构成了文学上铺摛辞藻、润色鸿业的现实基础。南方士人以其与前朝文学风习的紧密联系，便当仁不让地充当了宋初文坛的主角。

二、文学复古意识兴起于京东、河北

当南方士人以优越的诗赋之才在宋初崇文风气中充当主角时，中原大地同时也在酝酿一股文学复古思潮，从而使宋初文坛出现了显隐两条线索并存的格局。文学史家普遍困惑于宋初文坛的芜杂错乱，很难把定一个清晰的合乎逻辑的发展线索。其实这种情况从晚唐五代便已开始，其根源便是长期的衰乱、分裂格局导致的文化气象

① 江少虞《宋朝事实类苑》卷三四。
② 刘克庄《徐先辈集序》，《后村先生大全集》卷九六，《四部丛刊》本。原文“绣”作“锈”。

上的芜乱破碎。

中国文化发展的南北差异是由来已久的事实，隋唐之际，由于统一帝国的强大凝聚力和北方社会文化核心地位的强大优势，分散的地域性因素处于较为次要的地位。但至“安史之乱”以后，随着帝国权威的逐步削弱和南方经济的崛起，社会文化发展始趋分散。晚唐五代中原的动乱和南方的割据使南北的差异复又趋于明显。史家已经注意到，宋初政治舞台上南北士人群体之间存在着一定程度的对立。据载，宋太祖生前便有“不用南人为相”的训言①。真宗朝大臣王旦竭力阻止南人王钦若为相②。寇准曾以“江外人”有所不宜为理由，阻止晏殊、童贯等人举神童、作状元③。这种南北士人的派性抵触便是五代之际南北分裂的“后遗症”。虽然很难因此认定他们在政治利益上有多少根本性冲突，但从中也确实可以看出南北士人文化性格上的分歧。

南、北士人之间最显著的差异便是“文”与“质”的悬殊。北方干戈杀伐荡涤了门阀世家、帝国权贵的同时，也驱散了虽是衰象漶漫仍极浓郁绚丽的大唐文化氛霾，之后留在中原大地的便是“河朔贞刚”那样质朴淳厚、清刚敦实的传统文化底色。唐代的文人大多出身于今河南、山西、陕西三省，即便是中唐以后，诗文大家如李商隐、杜牧、温庭筠、韦庄等也都是此间人士。与此相比，宋代的中原地区显示了文学气象的孱弱不振。江少虞《宋朝事实类苑》收载了这样一件事：“山东经学多不省文章，尝一县有两经生，同官忽举郑谷诗句，称赞其美云：‘任是深山史深处，也应无计避王徭。’（引者按：此出杜荀鹤《山中寡妇》）其一人难曰：‘此诗句误矣，野鹰何尝有王徭乎？’一人解之

① 王晫《道山清话》，宋《百川学海》本。

② 《宋史》卷二八二。

③ 《宋史》卷三一一；李焘《续资治通鉴长编》卷八四，中华书局1995年版。

曰:‘古人宁有失也,是年必当科翎毛耳。’”①两人竟同时将“也应”谐音误作“野鹰”。事虽出于嘲谑,但反映了当时山东士人在文学方面的孤陋寡闻。不仅是山东文人,整个北方地区都有“人物禀性质鲁,不能为文辞中程试”②的现象,在进士科考试中一直处于劣势,以至于英宗、神宗朝要反复考虑在进士科录取中给陕西、河东、河北、京西、京东五路考生以特别优待,防止东南士人侵夺名额。

劣势和优势往往是并存的,剥落末世之浮华,北方士人传统中一些固有的优良素质便突显出来。《宋史·地理志》是这样描述河北、京东四路风土民俗特征的:河北“人性质厚少文,多专经术,大率气勇尚义,号为强忮。土平而近边,习尚战斗”。京东“其俗重礼义,勤耕纴”,“朴鲁纯直,甚者失之滞固,然专经之士为多”③。民风勤俭质朴、勇武好义;士人习尚淳古,喜儒专经。这些区别于“南人”的士风、民风正是当时文学和文化复古思潮产生的社会基础。仁宗初年的复古斗士石介经过魏地,凭吊复古先驱柳开遗迹,感而赋诗,诗中写道:“全魏地千里,雄大视区宇。黄河为血脉,太行为筋膂。地灵育圣贤,土厚含文武。”④在石介看来,柳开之先知先觉,倡求古道,是河朔清刚敦厚之气蕴育的结果。石介这一感觉有着身在此中特有的敏感。宋初的文学复古思潮正是在北方,主要是当时京东、河北等地“质厚少文”“气勇尚义”“多贵经术”的人文环境里孕育产生的。

最初这股思潮集中在京东、河北一带。北宋行政区划上的“京东”指今山东大部及河南商丘,江苏徐州、宿迁、淮安等市,“河北”包括今河北省与河南省安阳、濮阳、鹤壁、新乡、焦作等市及山东省聊城、德州、滨州等市北部⑤。今文学史所常提及的宋初诗文革新先驱

---

① 江少虞《宋朝事实类苑》卷六六。是书该条注出《刘贡父诗话》,今本刘攽《中山诗话》文字稍异。

② 富弼语,杨士奇、黄淮《历代名臣奏议》卷一六四,明永乐十四年内府刻本。

③ 《宋史》卷八五。

④ 石介《过魏东郊》,《徂徕石先生文集》卷二,中华书局1984年版。

⑤ 据此次修订本文时的行政区划。

柳开、王禹偁、张咏、石介等人都属于这两个地区。当时的京东、河北士人大致分为两类。一是以张咏、王禹偁等“直臣”为代表的政治改革派。王禹偁，济州钜野（今山东巨野）人。张咏，濮州鄄城（今属山东）人。另有寇准，本华州下邽人，其父仕魏地，死葬大名（今属河北）。寇准早年游学大名，与张咏同以大名府进士及第。王、张、寇在太宗、真宗朝以立朝謇谔敢言、直节不屈称于时，张咏、寇准为政果于作为，寇准于真宗朝位至两府，力主真宗亲征契丹，英风可尚。他们三人早年都有长期的客游经历，张咏更是带有浓重的武侠作风，“自少学剑颇得妙术，无敌于两河间，好奕棋，精射法，饮酒至数斗不乱”[①]。张咏于太平兴国五年登第，“尝谓其友人曰：‘张咏幸生明时，读典坟以自律，不尔，则为何人邪？’”[②]当时北方士人中具有类似作风的不在少数，如《宋史·文苑传》第一卷所载宋白“豪俊尚气节，重交友”，郑起“少游京洛间，佻薄无检操”，冯吉“为少卿，颇不得意，以杯酒自娱……酒酣即弹琵琶，弹罢赋诗，诗成起舞，时人爱其俊逸”[③]。重交游，尚节义，好武近侠，磊落任气，带有河朔士人雄健强悍、慷慨悲歌的性格特征。张咏、寇准、王禹偁等人在政治上的刚方进取作风正是北方士人文化性格和精神传统的具体表现。

京东、河北士人中的另一类是以柳开、邢昺（曹州济阴人）、孙奭（博州博平人）为代表的儒学之士。他们所处之地近齐鲁儒学圣地，保持了山东儒生好尚经义的传统。邢昺太平兴国初以《九经》及第，“经术该博”，颇多撰述。孙奭于太宗、真宗朝“以经术进，守道自处，即有所言，未尝阿附取悦”[④]。柳开出生成长于今河北大名，早年郊居以授徒为业，不以科举入仕为意，作《东郊野夫传》《补亡先生传》明

① 钱易《宋故枢密直学士礼部尚书赠左仆射张公墓志铭》，《乖崖集》附录，《续古逸丛书》影宋本。

② 《宋史》卷二九三。

③ 《宋史》卷四三九。

④ 《宋史》卷四三一。

志，以学古开道为己任。当时中原士人怀有此种人生志向的不在少数，如柳开同乡先辈范质，“十三治《尚书》，教授生徒”[①]。楚丘（今山东曹县）戚同文当五代之乱，“筑室聚徒，请益之人不远千里而至，登第者五六十人”[②]，著名的应天书院便是因其旧居营建而成。这种私人聚徒讲学之风，在宋代文化史上有着特殊的意义。

上述两类人物从不同的立场都提出了复古革新的主张。张咏本着黜邪扶正的社会责任感，主张恢复古诗“随事刺美”“黜邪归正”“疏通物理，宣导下情”的比兴讽谕传统[③]。柳开则从“开道”“补亡”的志向出发，强调“道”为文本，文以载道，文关教化。他们分别代表了两种不同的复古思路，前者意在“致用”，后者重在“务本”。而王禹偁则俨然二者兼有，代表了宋初文学复古思想的正确方向。当时这些京东、河北士人以大名（今属河北）为中心，形成了一个不小的群体。柳开、王祐、臧丙、范杲都是大名人，张咏、王禹偁、寇准、张景等人客游、寄学于此。他们之间相互推毂激扬，造成了一定的声势。

真宗景德以来，随着朝廷浮夸奢靡政治风气的滋长，杨刘“昆体”和“时文”大行，一些曾经追随京东士人习学古文的南方士人不能坚持（如丁谓），遂就范于“时文”的咄咄声势。但北方士人中的复古力量仍在积聚之中。新一代的复古势力集中于京东诸州，并形成了更为强劲的群体声势。真宗暮年昏愦，大臣弄权于外，后宫干政于内，政治腐败加剧。在章献刘后与太子之间的权力之争中，丁谓、钱惟演等夤缘刘后，擅权售奸。寇准与李迪（濮州人）、王曾（青州人）等京东人士则坚定地站在太子一边。这种对立状况持续到仁宗初年。“生于唐虞，学于邹鲁”的范仲淹感激论天下事[④]，与孔道辅等人继承了王

① 《宋史》卷二四九。

② 《宋史》卷四五七。

③ 张咏《许昌诗集序》，《乖崖集》卷八。

④ 范仲淹《移苏州谢两府启》，《范文正公集》别集卷四，清康熙岁寒堂刊本。《宋史》卷三一四范仲淹本传：“仲淹二岁而孤，母更适长山（引者按：今山东邹平市东）朱氏，从其姓，名说。少有志操，既长，知其世家，乃感泣辞母去，之应天府，依戚同文学。”

禹偁、张咏等京东先辈的政治立场和斗争精神。正是因为京东士人政治态度和正直品格从真宗朝后期以来一直与刘后及其附缘者处于对立状态,明道二年(1033),章献刘后崩,仁宗亲政,贬黜后党亲近吕夷简、夏竦、范雍等人,所进用者多京东人士。李迪为相,范讽、范仲淹、孔道辅、郭劝等为谏官,一时京东士人济济于朝,群情为之振奋,兖州石介特作《宋颂》加以称美。范仲淹领导的政治改革运动便是在京东士人政治斗争的基础上展开的。

与政治领域的忠直相继、奋起改革相呼应,京东下层和在野士人的游从讲学之风也较活跃。石介曾在一篇文章中介绍说,至道、咸平以来,“山东文人之杰则有贾公疏、刘公仪、刘子望、孙明复”[①]。贾同,字公疏,青州临淄人,“笃学好古”,著有《山东野录》,从游者有刘颜、李冠等。高弁字公仪,濮州雷泽人,曾学于柳开、种放、王禹偁,“性孝友,所为文章多祖六经及孟子,喜言仁义”,著《帝刑》三篇,石延年、刘潜、刘颜皆其门人。刘颜,字子望,京东彭城人,“少孤,好古,学不专章句”,“居乡里,教授数十百人”,有《儒术通要》等著述[②]。这种群居讲习、著述明道的风气至仁宗明道、景祐年间进入极盛。景祐二年,石介延孙复入山东,筑室泰山,率山东士人执弟子礼。据石介《寄弟会等》《上杜副枢书》等作品介绍,当时从游者有张洞、李缊、刘牧、士建中、姜潜、杜默、徐循、张豹、刘君平、卢淑、李常及石介婿高枢、石介弟会、侄师愚等人,足见一时群体之声势。他们活跃在齐鲁礼义之邦,儒学“圣地”意识使他们对儒教王化的弘扬有着本能的热忱,并发展为一种极度的理想主义精神。石介曾经说过:“求圣人之道者必自鲁始。”[③]他赞叹齐鲁大地“圣人遗风烈,生民多材良”,“士风实深长”[④],他神往齐鲁王化能风行天下,实现“四方观表则”,天下同向往

① 石介《贤李》,《徂徕石先生文集》卷八。
② 陆心源《宋史翼》卷二三,清光绪《潜园总集》本。
③ 石介《归鲁名张生》,《徂徕石先生文集》卷七。
④ 石介《赠李常李堂》,《徂徕石先生文集》卷三。

的境界[1]。为了实现这种理想，他愿全力以赴，“披甲执锐，摧坚阵，破强敌”，“使斯文也，真如三代、两汉，跨逾李唐万万”[2]。这样一种坚定执着的道德理想和斗争精神是其他地区的士人身上所难以见到的。

新一代京东士人的文学复古革新主张是与上述政治和儒学实践紧密联系的。与后来王安石“变法”之重财政法制不同，范仲淹的“庆历新政”以追复三代之治相号召，重在士风吏治的整顿，其具体措施不外进贤纳谏、敦励风化等传统儒家政治理想。表现在文学思想上，便是重视文章和教化的关系，把文风改革作为士风建设和政治改革的重要环节。石介则站在黜邪弘道的立场，把杨亿等人的“时文”与释老一同视为异端大加挞伐。这些都带有京东士人鲜明的思想特征和斗争精神。

京东士人中还有所谓“东州逸党”，以往未能引起人们的充分注意，在此有必要特别指出。当时提出这个概念的是颜太初，其诗《东州逸党》写道：“东州有逸党，尊大自相推。号曰方外友，荡然绝四维。六籍被诋诃，三皇遭毁訾。……或为童牧饮，垂髽以相嬉；或作概量歌，无非市井辞；或作薤露喝，发声令人悲；或称重气义，金帛不为赀；或曰外形骸，顶踵了无丝。尘聚复优杂，何者为尊卑。……不知二纪来，此风肇自谁？都缘极显地，多用宁馨儿。斯人之一唱，翕然天下随；斯人之一趋，靡然天下驰。”[3]诗中所责居于首要、首唱此风的“斯人”为范讽。范讽虽与王曾、李迪等一道抵抗后党权奸，但不似王、李“正色危言”，性格偏于“旷达”，“不守名检”，“饮酒自纵”[4]。当时传效此风者有刘潜、李冠、石延年、张方平等，京东追附者另有吴颢、韦不伐、陈靖、田度、马武等十数人[5]，可见当时声势也不小。他们

① 石介《留守待制视学》，《徂徕石先生文集》卷四。
② 石介《上孙先生书》，《徂徕石先生文集》卷一五。
③ 吕祖谦《皇朝文鉴》卷一六，《四部丛刊》影宋本。《宋诗纪事》卷一二所辑文字稍异。
④ 《宋史》卷三〇四。
⑤ 张方平《谢苏子瞻寄〈乐全集序〉》，《全宋文》卷八〇四。

主要活跃于仁宗天圣、明道间。颜太初的批评不免夸大其辞，但大致概括了其豪放任气、不拘礼法的特点。石延年是“东州逸党”中另一代表人物，其“先世幽州人，晋以幽州遗契丹，其祖举族南走，家于宋城。延年为人，跌宕任气节”①，“读书不治章句，独慕古人奇节伟行非常之功，视世俗屑屑，无足动其意者。自顾不合于时，乃一混以酒。然好剧饮大醉，颓然自放”②。不难看出，这是古老的豪侠游士作风及河朔、山东尚武精神的延续，其中刘潜就被宋人径称为“大侠”③。

“东州逸党”的文学活动主要是诗歌创作。他们在当时的诗坛刮起了一股“歌吟啸呼”的旋风，正如颜太初诗中所批评的那样，他们的诗以登临怀古为主，慷慨言志，怊怅述情，喷薄着北国之士“慷慨悲歌”的激越之音。石介《石曼卿诗集序》称石延年诗“能振奇发秀”，“托讽物象之表，警时鼓众，……以劲语蟠泊，会而终于篇，而复气横健举，洒落章句之外，学者不可寻其屏阈而依倚之，其诗之豪者欤！”④这种豪迈慷慨之作风与南方文士之作的典赡雍容、绮艳小巧相比，是一种潜在的对立和超越之势，从而成了仁宗朝初期诗风革新的先声。苏舜钦、尹洙、欧阳修早年与石延年等“逸党”人士交往颇密，诗风也受到了他们的影响。不仅是诗歌，东州逸党的行为作风也渗透到了

---

① 《宋史》卷四四二。

② 欧阳修《石曼卿墓志》，《欧阳修全集》居士集卷二四，中国书店 1986 年影印世界书局本。

③ 陈师道《后山诗话》，中华书局《历代诗话》本。

④ 石介《徂徕石先生文集》卷一八。此文作者一说为苏舜钦，见《苏舜钦集》卷一三，上海古籍出版社 1981 年版。北宋无名氏《宋文选》、南宋魏齐贤等《五百家播芳大全文粹》作石介文，刘克庄《后村诗话》续集卷一也称石曼卿诗由“石徂徕作序”，可见宋人多以此文为石介作。又石介《三豪诗送杜默师雄》“曼卿豪于诗，诗坛高数层”，《读安仁学士诗(曼卿旧字安仁)》“试看安仁咏，秋风有怒涛”，《郑师易秀才诗奔腾遒壮，殆有石曼卿学士风骨，作四韵以勉之》对石延年(字曼卿)豪迈轩昂之诗风均表盛赞，与序文语意相合。此序作于石延年生前，石介成名较苏舜钦为早，当时影响大，与石延年交往也深，故此序似为石介所作更为合理。然石介与穆修似无交往，今石介、穆修集中除此序文外，均无其他相互交往之迹，而序文中将穆修、石曼卿二人相提并论，不知何故，俟考。

词中。陈师道《后山诗话》:“冠,齐人,为《六州歌头》,道刘、项事,慷慨雄伟。刘潜大侠也,喜诵之。”李冠此词今存,慷慨激昂之态强于苏轼,可谓宋代词坛最早的豪放词。

从上面的论述可以清楚地看出,北宋诗文革新思潮在宋初的发生和仁宗朝初期的大规模兴起,完全可以视作京东士人的贡献。这一阶段诗文革新的理论和实践鲜明地打着他们的思想性格烙印,其中的成功和偏颇都与其地缘性的群体士风民习背景密切相关。虽然在京东士人内部也存在一些明显的分歧,如孔道辅、颜太初、石介等名教之士对“逸党”作风颇多批评,范仲淹对石介等“京东学究”也有微辞——这些分歧反映了北方士风传统内在的多样性和复杂性,但就京东、河北士人的整体情况而言,其显示出一种统一的英迈矫厉作风。正是这份传统深厚的阳刚之气,使他们从宋初以来一直充当着政治改革、儒学复兴和文学革新的先锋角色,同时也不免地带有明显的偏失,如石介等人诋时过当、好古以戾,石延年等“逸党”人士诞放骜远几近悬瓠无当。京东士风的高涨以“庆历新政”为顶峰,也随着“庆历新政”的失败而跌落。石延年、石介分别于庆历元年和五年去世,范仲淹于“新政”失败后离开朝廷,辗转老死地方。此后终北宋之世,在京东、河北范围内再也没有形成规模性的士人群体,北方士人精英则高度荟萃于汴洛地区。

三、南北士风的交流与政治改革高潮后文学重心的南移

诗文革新的初起以京东士人的声势最为强劲,然而诗文革新之推向高潮又非一方士人独成之事。范仲淹政治改革集团便远远突破了地缘性结盟的局限。韩琦,相州安阳人;富弼、尹洙、滕宗谅(字子京),河南洛阳人;欧阳修,吉州庐陵人;余靖,韶州曲江人;蔡襄,兴化郡仙游(今属福州)人;孙沔,越州会稽人。这说明范仲淹的政治改革有着广泛的社会基础,这是政治改革得以推展的重要原因。文学革

新也是如此，以欧阳修为核心的文学改革力量已非地缘性群体。欧阳修、梅尧臣、苏舜钦、尹洙、蔡襄分别来自不同的地区。仁宗天圣、明道间，当京东士人群情活跃、影响热烈之际，欧、梅、苏等诗文革新的代表人物也都陆续聚游京洛，他们与穆修、石延年、石介、尹洙，大都在此间相识和结交。其中二石代表京东、河北之士，尹、苏是京洛人士。穆修虽为京东郓州人，但自少随父宦游南北，真宗末年以来寓居汴洛，入仕后辗转南方，晚年退居京师，与京东石介等人几无交往，而与京洛尹、苏等人较为亲近。欧、梅则以南方士子的身份活跃于当时的京洛文人圈。

穆修是这一批文人中最早习学古文的作家。当真宗朝"杨亿、刘筠尚声偶之辞，天下学者靡然相从，修于是时独以古文称"[①]。他重道而不轻文，尊韩愈，复喜柳宗元，是韩柳"古文"的真正继承者。尹、苏兄弟皆从其游，"力为古文"[②]，复作古诗，"时人颇共非笑之，而子美（引者按：苏舜钦）不顾也"[③]。穆、尹、苏等汴洛之士在习尚高古、脱弃"时文"流俗方面与京东士人有着诸多一致，显示了北方士人的某些内在统一性，但他们在许多方面又与京东士人明显不同。他们没有石介等"京东学究"好古入戾、石延年等"逸党"人士放诞无羁的弊端，他们大多以形势韬略和实际才干为时所称，尤其是尹洙，因此成了范仲淹政治集团的骨干。他们不似石介等人得道忘"筌"，重道轻文，而是把古文、古诗作为独立的传统加以继承和学习。这是他们与柳开、石介同倡复古明道而阵容相离、谱系不接的主要原因。

欧阳修出生与成长之南方没有京东、汴洛等北方地区"习尚淳古"的士风背景。欧阳修在《记旧本韩文后》自称少年时代第一次接触古文全然出于偶然，而且为习时文参加科举，他只能把它束之高

---

① 《宋史》卷四四二。

② 范仲淹《尹师鲁河南集序》，《范文正公集》卷六。

③ 欧阳修《苏氏文集序》，《欧阳修全集》居士集卷四一。

阁。他没有得风气之先的优越感，在文章中反复提及自己“知道晚”①，学古文在人后。欧阳修在汴洛文人圈中崭露头角，是由于他两试国子监、一试礼部“皆为第一”，而当时的科考仍以“时文”为主。欧阳修与京东士人相比认识上的滞后主要是地域性差异造成的。梅尧臣的南方士人特征更为明显，他受到叔父梅询、妻兄谢绛的直接影响。梅询与杨亿同时，颇为杨亿赏识②，梅尧臣早年随其游宦，后又因以荫补入仕。谢绛，杭州富阳人，“以文学知名一时”，曾得杨亿称荐③。在梅尧臣看来，仁宗天圣、明道间的诗坛是由谢绛主盟的④。由于他们的关系，梅尧臣从一开始便“刻意向诗笔”⑤，走着一条与同时代尊儒复古之士多所不同的道路。

南北多方面的士人在汴洛一带的相遇和交游导致了南北两大士风传统的互动与交流，激发与贯通。欧阳修等南方士人从京东、汴洛等北方士人那里受到了复古思潮的启蒙和激励。叶梦得《避暑录话》说，石介“始倡为辟佛老之说，行之天下，文忠（欧阳修）初未有是意，而守道（石介）力论其然，遂相与协力”⑥。尹洙从穆修学古文，深于《春秋》，文风谨严，在欧阳修之前“大见风采”，士林耸慕⑦。欧阳修之初作古文，在碑志如何“简而有法”方面，受到尹洙的启发⑧。

欧阳修等南方士人对京东等地北方士人也具反作用。欧阳修曾

---

① 欧阳修《答孙正之第二书》，《欧阳修全集》居士外集卷一八；《苏氏文集序》，《欧阳修全集》居士集卷四一。

② 阮阅《诗话总龟》前集卷一二。

③ 《宋史》卷二九五。

④ 梅尧臣《依韵和答王安之因石榴诗见赠》，朱东润《梅尧臣集编年校注》卷二八，上海古籍出版社 1980 年版。

⑤ 梅尧臣《谢晏相公》，朱东润《梅尧臣集编年校注》卷一六。

⑥ 叶梦得《避暑录话》卷上，明《津逮秘书》本。

⑦ 范仲淹《尹师鲁河南集序》，《范文正公集》卷六。

⑧ 邵伯温《邵氏闻见录》卷八，中华书局 1983 年版；释文莹《湘山野录》卷中，《湘山野录·续录·玉壶清话》，中华书局 1984 年版。

反复致书赠诗，规劝石介师徒不要泥古自异[①]。值得特别一提的是，天圣、明道间，钱惟演任西京留守，谢绛为通判。在其幕下和周围聚集了一批新进文士，除欧、梅、尹外，还有张汝士、张先、杨愈、富弼、王复等人，南北士人兼而有之。他们山水宴游，诗酒唱酬，一时声气较盛[②]。这种诗酒唱酬与京东士人群从讲学、谈经复古不同，远绍中唐洛中游宴闲吟之风，近得宋初士林酬唱之习。钱惟演为"西昆"前辈，"乐士喜文学"[③]，对僚从"不撄以吏事"[④]，任其纵情文事。可以这么说，欧阳修文士集团的起点正是钱惟演幕下的唱酬。与传统文士唱酬风习的这一联系充分反映了欧阳修文士集团与京东士人间的深刻区别。

欧、梅、苏、尹为代表的文士集团体现了多方面的士风传统在政治革新条件下的融汇。地域上的多元使他们避免了以地方传统相号召、以乡里关系相攀附的局限，避免了过于拘执一方学术传统、觑视旁门无道的狭隘和偏激。欧阳修反对复古革新功分彼此，反对"分限方域而言"道的不良倾向[⑤]。作为当时文坛的核心人物，欧阳修既接受了京东儒学之士复古崇儒思想的启发，在忧时济世、道求致用方面又与尹、苏等人高度一致，同时又带着南方士人根深蒂固的喜文习性。因此他在思考和处理"文"与"道"、道德与事功的价值关系上，在对待南北殊异的两种士风传统上，都表现出通达公允的态度，从而为诗文革新明确了一个"文""道"并重，"文与道俱"，以道为本，德性、事功与文章兼求并茂的发展方向。

欧阳修以一南方士子从诗文革新的后起之秀走到文学革新的领导核心地位，标志着南方士人代际更新和整个文坛队伍结构性变迁

---

① 欧阳修《与石推官》第一书、第二书，《欧阳修全集》居士外集卷一六；《赠杜默》，《欧阳修全集》居士集卷一；《与张秀才第二书》，《欧阳修全集》居士外集卷一六。

② 王水照《北宋洛阳文人集团与地域环境的关系》，《文学遗产》1994 年第 3 期。

③ 欧阳修《送徐生之渑池》，《欧阳修全集》居士集卷五。

④ 欧阳修《欧阳修全集》附录卷四《四朝国史》欧阳修本传。

⑤ 欧阳修《答孔嗣宗》，《欧阳修全集》书简卷七。

的完成,南方士人在新的文学方向上构筑起新一轮优势。而在北方,后起的洛阳士人群体虽然继承了京东士人的道义精神,但却失落了奋争的气概,又多得中唐以来洛中富贵闲适风气的熏陶,从而表现出文化性格上的内敛,普遍着意于道德涵养,潜心于义理心性,寄适于静退优游,其思想成果便是"洛学"的确立。而文学活动中流行的便多"邵康节体"那般平淡快活的闲适之吟。历史透过这不同地域的盛衰变迁,体现其天道冥冥、无情有意的选择。

南方新一轮的优势由于尹洙等中原士人的早逝及"庆历新政"失败后欧、苏、梅等主要作家的相继南下显得更为突出。梅尧臣早在景祐初年落第后就赴职睦州建德县,此后辗转襄、湖、许、陈等地,又在故乡宣城两度守丧。苏舜钦庆历五年寓居苏州,欧阳修同年谪滁州,后移扬、颍,至和初年方返朝。这种南移并不只是一种无谓的空间变化,它与政治关系上的"处江湖之远"相表里,对作家的生活方式和创作态度产生了深刻的影响。早在"庆历新政"之前,范仲淹因谏废郭后贬谪睦州,一路领略南方山水,至郡不久,即给晏殊去信盛赞江南山水之佳、人物之乐:"渔钓相望,凫鹭交下。……春之昼,秋之夕,既清且幽,大得隐者之乐……且有章、阮二从事,俱富文能琴,夙宵为会,迭唱交和,忘其形体。郑声之娱,斯实为暇。往往林僧野客,惠然投诗,其为郡之乐,有如此者。"[①]在南方青山秀水的感染下,在江南士人浓郁的文学和宗教氛围中,范仲淹开始大"以物喜",陶然忘忧。其后在饶、邓等州也是如此。范之晚年越来越情系祖籍,强调自己是范蠡之后,并以南人之出身自负[②],认为"北人情况异南人,萧洒溪山苦无趣",而南人一旦遭贬,擅长领会江湖之趣用以破闷解忧[③]。欧阳修明道、景祐间热衷政治改革,对范仲淹东南为郡之乐曾表不满,担心其乐以废忧,然而一旦自己被贬滁州,同样情不自禁地游心诗酒山

① 范仲淹《与晏尚书(一)》,《范文正公集》尺牍卷下。
② 范仲淹《题翠峰院》,《范文正公集》卷三。
③ 范仲淹《和葛闳寺丞接花歌》,同上卷二。

水，诗歌数量激增。最能说明作家南行后文风变化的是范仲淹的《岳阳楼记》和欧阳修的《醉翁亭记》。这两篇大文字都完成于“庆历新政”失败后的庆历六年。与此前古文作品纯以政教道德大义为意不同，这两篇记文体现了道德义理与骚客情怀、仁者操节与山水之乐的融合，反映在文体风格上则是诗赋传统与古文传统的有机结合。尹洙认为范记是“传奇体”[①]，欧阳修《醉翁亭记》与稍后的《真州东园记》在当时被视为“创意立法”之作[②]，都是就它们在文体上融合两种不同传统的特殊造诣而言。古文创作的这一开拓创新，显然是作家南移后对南北两种士风、文风兼收并蓄的结果。

欧、梅等人籍贯上的南方性与宦居位置上的南移，还促进了南方士风和文风在新的历史条件下的进一步活跃。尤其是江西淮南地区，仁宗朝后期至神宗朝初年，比较活跃而富有成就的诗文名家大都属籍于此。王安石，抚州临川人；曾巩，抚州南丰人；王令，广陵人；刘敞、刘攽，临江军新喻人；袁陟，洪州南昌人；黄庶，洪州分宁人；郭祥正，太平州当涂人。曾巩、王安石、刘氏兄弟皆受知于欧阳修，郭祥正与梅尧臣游从，又尝受教于欧阳修。围绕欧阳修，江西、淮南文人频繁的群体活动构成了仁宗朝后期文坛的重要景观。

从欧阳修到曾巩、王安石，代表了当时文学发展的基本方向。胡瑗以来，南方士人就形成了经义、时务兼修并重的特色。欧阳修以文章知名于时，又倡言“文章止于润身，政事可以及物”[③]，于经义学术也多有造诣。王安石、曾巩正是继承、发展了这一新的士人风范。曾巩着重继承了欧阳修创作中因事而发、建明治乱的理性精神，王安石则欲经义、事功、文章三面尽领风骚。与欧阳修相比，他们的文章包含了更多经义、政事的渗透，体现了注重学力理识、道德人格的特征。反映在文学观念上，曾巩推尊载事明理之文，王安石于科举改革中罢

① 陈师道《后山诗话》。

② 欧阳发《(先公)事迹》，《欧阳修全集》附录卷五。

③ 《宋史》卷三一九。

诗赋、用经义，于诗学中抑李（白）扬杜（甫），于诗艺辨体制、严技巧。这些都洋溢着一种严求经义、事理的理性主义色彩。值得特别一提的是，后来“江西诗派”的黄庭坚、陈师道等人作诗重乎学养，思求理致，正是暗循了曾、王这些江西前辈的路径，因而得以在苏门大纛之下别树一帜。从曾、王到黄、陈，实际上构成了一种更符合逻辑的发展线索。无论是与京东士人之空言古初、旁门无道相比，还是与宋初江南文士习尚辞章、余不知所向的才性格局相比，新一代南方士人都显示了文道并重的进步性。但是，曾巩、王安石也都暴露出一些明显的不足：过于牵滞于经史义理和政治功利，艺术独立价值的发挥每每受到妨碍，文学内容常常自觉不自觉地高度集中于明理致用而少有余地。尤其是王安石，当其把个人的文学见解和主张移作政治措施加以推行时，便不免带有某些狭隘、偏执的色彩。虽然王安石本人的文学观有着文与诗迥然不同的双重标准，其实际创作在许多方面也都卓然大家，但其门生党羽中极少有在文学上有所建树的。这些都说明他们的理性主义、功利主义在赋予文学创作诸多思想新意的同时，也给文学的发展带来了某些负面的影响。北宋文学的发展有待新的动力。

四、蜀中来风与诗文革新的新阶段

当曾巩、王安石等江西、淮南士人在欧阳修的影响下风概渐成之际，一支异军从蜀中崛起，进入中原，在当时的文坛掀起了“轰动效应”。仁宗嘉祐初年，苏洵在经过十年折节读书后，带着两个儿子来到京师。苏洵的文章受到欧阳修的赏识，并经他表荐朝廷。“既而欧阳公为礼部，又得其二子之文，擢在高第。于是，三人之文章，盛传于世。得而读之者为之惊，或叹不可及，或慕而效之。自京师至于海隅障徼，学士大夫莫不人知其名，家有其书。”[①]三苏的出现，为北宋文学

① 曾巩《苏明允哀词》，《曾巩集》卷四一，中华书局 1984 年版。

的发展带来了新的生机与活力。

三苏包含的文学创作新生机是由张方平、欧阳修等人首先发现的。早在皇祐间，成都知府张方平读了苏洵的文章，欣喜地看出其中"左丘明、《国语》、司马迁善叙事，贾谊之明王道"兼而有之的特点[①]，推荐给欧阳修。欧阳修把苏洵文比作"荀卿子之文"[②]，在嘉祐元年的《荐布衣苏洵状》中称"其论议精于物理而善识变权，文章不为空言而期于有用"[③]。欧阳修曾私下对苏洵感叹道："予阅文士多矣，独喜尹师鲁、石守道，然意常有所未足，今见君之文，予意足矣。"[④]在给梅尧臣的信中，欧阳修描述了自己发现苏轼兄弟的惊喜之情："读轼书，不觉汗出。快哉快哉！老夫当避路，放他出一头地。"[⑤]所言"轼书"，指苏轼登第后的《上梅直讲书》。在信中，苏轼说自己幸遇欧、梅赏识，能为贤者之徒，得与游从之乐，"优哉游哉，可以卒岁"，不必勋爵，此乐"亦足恃矣"[⑥]。欧阳修特别欣赏苏轼这一观点，认为"吾徒为天下所慕，如轼所言"，"轼所言乐，乃某所得深者尔，不意后生达斯理也"[⑦]。从这些对三苏最初的赏识中不难看出，三苏体现了一种新的精神。他们的文章并不纯然以载道、论政为目的，也非韩、柳一派"古文"影响所能概括，而是浸会了多方面的思想文化传统，对现实的关注、道义的激扬与个人性情胸臆的自由喷发溶为一体。在不废社会责任、无碍复古明道的前提下，文学之作为艺术审美创造活动的自由独立价值得到了应有的尊重和尽情的发挥。其中苏轼对"乐"的"达理"之见，更是契合了欧阳修"庆历新政"失败后人生态度的转变。这

---

① 张方平《文安先生墓表》，《乐全集》卷三九，影印文渊阁《四库全书》本。

② 苏洵《上欧阳内翰第二书》，曾枣庄、金成礼《嘉祐集笺注》卷一二，上海古籍出版社 1993 年版。

③ 欧阳修《欧阳修全集》奏议集卷一四。

④ 苏辙《颍滨遗老传(上)》，《栾城集》后集卷一二，上海古籍出版社 1987 年版。

⑤ 欧阳修《与梅圣俞(嘉祐二年)》，《欧阳修全集》书简卷六。

⑥ 苏轼《苏轼文集》卷四八，中华书局 1986 年版。

⑦ 欧阳修《与梅圣俞(嘉祐二年)》，《欧阳修全集》书简卷六。

种对人生问题的思考探索，正是后来苏轼领导之文学得以拓新宇区的思想基础。总之，苏氏父子为当时文坛带来了一种更符合艺术规律因而餍足人意的精神格局和创作倾向。

这种新的气息与三苏所处的西蜀特殊的地缘形势和人文环境有着密切的关系。蜀中于宋朝版图，较为偏僻。唐代关中为“本位”，剑外殆同后背，而北宋政治文化重心东移，蜀中便远为西陲。虽然宋之平蜀较南唐为早，但就实际军政统治而言，却反有鞭长乏力之感。宋初四川兵民起义较他处为频，致使当时“官于蜀者，多不挈家以行”[①]。至于文化上的影响和整合就更为困难。至仁宗朝，在东土士人心目中，巴蜀仍是“在国之西垂，既僻且陋，去朝廷声教远”[②]，“虽国家之疆土，其风气不得中国之正”[③]。这种边鄙滞后的状态集中体现在蜀中士人的怀土厌仕上。苏洵《族谱后录》下篇云：“自唐之衰，其贤人皆隐于山泽之间，以避五代之乱，及其后僭伪之国相继亡灭，圣人出而四海平一，然其子孙犹不忍去其父祖之故，以出仕于天下。”[④]曾巩《赠职方员外郎苏君墓志铭》也说：“蜀自五代之乱，学者衰少，又安其乡里，皆不愿出仕。”[⑤]乱余厌仕，本是宋初士人普遍的心理，但在偃武修文诸多政策的刺激和感召下，广大士人慕文向化，纷纷起身效时，士风为之激扬，而蜀中则因地处偏远，四出不畅，故而因循难振。虽然在一些赴蜀大臣如张咏等人的敦勉和影响下，士人入仕之意有所调动，但延至仁宗天圣年间，这种情况才有根本的改变。苏轼《谢范舍人书》称：“尝闻之老人，自孟氏入朝，民始息肩，救死扶伤不暇，故数十年间，学校衰息。天圣中，伯父（引者按：苏涣）解褐西归，乡人叹嗟，观者塞途。”其后范镇、梅挚等人相继登朝，“以文章功业闻于天

① 魏泰《东轩笔录》卷一〇，明刻本。

② 石介《记永康军老人说》，《徂徕石先生文集》卷九。

③ 石介《谢益州转运明学士启》，《徂徕石先生文集》卷二〇。

④ 曾枣庄、金成礼《嘉祐集笺注》卷一四。

⑤ 曾巩《曾巩集》卷四三。

下，于是释耒耜而执笔砚者，十室而九”[①]。欧阳修明道年间所作《陈氏荣乡亭记》也指出：“比年蜀之士人，以进士举试有司者，稍稍增多。”[②]普遍的怀土不仕，影响了对新潮文化的接受和参与。入宋近百年间，蜀中士人无论是在政治上还是在学术、文化领域并未出现过真正管领风骚的人物。欧阳发《(先公)事迹》载：“二苏出于西川，人无知者，一旦拔在高等，榜出，士人纷纷惊怒怨谤。”[③]“名动京师”中隐有中州士人的惊诧不解。可见，蜀中文化在宋初近百年间相对于中原和江南的发展是大大地落后了。

然而，正是相对的封闭和落后，反而使蜀中的士风、文风保持了一种“养在深闺人未识”的朴野气质。苏轼在《眉州远景楼记》中曾说：“吾州之俗，有近古者三：其士大夫贵经术而重士族；其民尊吏而畏法；其农夫合耦以相助。盖有三代、汉唐之遗风，而他郡之所莫及也。始朝廷以声律取士，而天圣以前，学者犹袭五代之弊，独吾州之士，通经学古，以西汉文辞为宗师。”[④]相对于东南士人来说，蜀中士人的不乐仕进使他们较少受到宋初科举“时文”绮靡雕镂之风的侵蚀。苏轼对自己在科场一帆风顺发表过这样的自知之明：“轼长于草野，不学时文，词语甚朴，无所藻饰。意者执事(引者按：欧阳修)欲抑浮剽之文，故宁取此以矫其弊。人之幸遇，乃有如此！”[⑤]三苏父子的朴野之气不仅迥异于“西昆”“时文”之典赡华巧，而且与景祐以来流行的“太学体”之怪僻艰涩也构成了鲜明的对立。苏轼中进士后的《谢欧阳内翰书》也道出了自己以“远方之鄙人”被擢高等与欧阳修矫改“好古以戾”之文坛新弊这一意图之间的联系[⑥]。那么，三苏从蜀中带来的文风究竟具有什么新质呢？大致说来，这是一种疏宕、通达、欢

---

① 苏轼《苏轼文集》卷四九。
② 欧阳修《欧阳修全集》外集卷一三。
③ 欧阳发《(先公)事迹》，《欧阳修全集》附录卷五。
④ 苏轼《苏轼文集》卷一一。
⑤ 苏轼《谢梅龙图书》，《苏轼文集》卷四九。
⑥ 苏轼《苏轼文集》卷四九。

畅、自由因而洋溢着浪漫色彩的艺术气质与精神，具体表现在以下三个方面：

（一）思想上的自由

“蜀人虽知向学，而不乐仕宦。”[①]这样的“向学”便是较为纯粹的个人思想活动，治学的范围和路径也就比较自由，并不拘守一教一家之说。真、仁之际“名动士林，高视两蜀”[②]的布衣学者龙昌期便是如此，“究古今治忽之原，穷圣贤变通之旨，旁贯百氏，阐发微言”[③]。在当时儒学复兴的潮流中，龙昌期不知儒术之尊，被刘敞等人视为“远方寡见浅闻之民”[④]，“违古畔道，学非而博”[⑤]，几遭罚灭。但龙昌期这种“所学杂驳”[⑥]的倾向却代表了蜀中学风的基本面貌，尤其是“杂驳”中具含的“三教圆通”[⑦]的学术旨意更见特色。苏氏父子创立的“蜀学”在北宋中后期诸多学派中也以“杂驳”见长，以“三教合一”独树一帜，显然属于蜀中传统学风的继承和发扬。在这样一种圆通斑驳的思想风气中孕育的文学，必然具有一种自由任随、兼收并蓄的精神。苏洵“绝意于功名而自托于学术”的经历便是最好的说明。苏洵“少不喜学”，再举不中便绝意声律之学，这些都隐有蜀士安土轻仕的性格基因。由于不以功名为意，读书便充分自由，既不以“时文”、也不以经义为趋归。“数年来退居山野，自分永弃，与世俗日疏阔，得以大肆其力于文章。诗人之优柔、骚人之清深、孟韩之温淳、迁固之雄

① 范镇《东斋记事》卷四，清《守山阁丛书》本。

② 文彦博《送龙昌期先生归蜀序》，《潞公文集》卷一一，明嘉靖五年刻本。

③ 文彦博《荐龙昌期札子》，刘喜海《金石苑》卷六（《宋赐龙昌期敕并文潞公札子》），清道光刻本。

④ 刘敞《上仁宗论龙昌期学术乖僻》，《公是集》卷三二，清光绪覆刻聚珍本。

⑤《宋史》卷三一九。

⑥ 王闢之《渑水燕谈录》卷六，清《知不足斋丛书》本。

⑦ 龙昌期有《三教圆通论》，见王闢之《渑水燕谈录》卷六。

刚、孙吴之简切，投之所向，无不如意。”[①]“兀然端坐，终日以读之者七八年”，最终进入了“胸中豁然以明”的自在境界[②]。这是对古典文化传统的全面涵茹与自由汲取，苏轼在此基础上又增加了老庄、道释等内容。与京东、江南士人相比，苏氏父子的创作体现了思想上无所拘执、融合贯通、自由无碍的精神。

（二）性格气质上的疏宕奔放

苏洵两次参加科举未中，却利用东出三峡、北越秦岭的机会畅游了许多名山大川，尤其是庆历七年离京后自嵩洛游庐山，更欲南下一“窥群蛮”。两次畅游的经历被记录在《忆山送人》一诗中。在这首五古长诗中苏洵几乎没有提及自己的科场失意，而是全神贯注于峡江荆渚、中州秦陕诸多名山峻岭。他自称“少年喜奇迹，落拓鞍马间。纵目视天下，爱此宇宙宽。山川看不厌，浩然遂忘还”[③]。爱山喜奇，落拓纵游，俨然李白“一生好入名山游”的浪漫气质。而这样的性格、作风在当时的蜀士中并非偶然。与苏洵交游之史经臣便是如此“气豪”之徒，“纵横放肆，隼击鹏骞。奇文怪论，卓若无敌”[④]。苏洵另一好友张俞（“俞”一作“愈”），“隽伟有大志，游学四方”，曾上戎事策，召试，请授官其父，自隐不起，“喜奕棋，乐山水，遇有兴，虽数千里辄尽室往”。“浮湘沅，观浙江，升罗浮，入九疑，买石载鹤以归。”[⑤]不以仕宦为意，却与山水为亲，背井远游，纵情山水。这种人生意态既不同于河朔、京东士人之古道勇武之气，与东南士人的诗酒游乐、山水雅吟之好也不尽相同，洋溢着疏宕自由、浩迈放逸的浪漫主义气息。欧阳修交游中有位蜀士李士宁，疏狂无羁，欧阳修对此深表不解，认为

① 苏洵《上田枢密书》，曾枣庄、金成礼《嘉祐集笺注》卷一一。

② 苏洵《上欧阳内翰第一书》，同上卷一二。

③ 苏洵《忆山送人》，曾枣庄、金成礼《嘉祐集笺注》卷一六。

④ 苏洵《祭史彦辅文》，曾枣庄、金成礼《嘉祐集笺注》卷一五。

⑤《宋史》卷四五八。

他"不邪亦不正","莫见其术",难度其心①。欧阳修的困惑反映了蜀中士风在外方之人看来不界无当的特殊性。苏轼兄弟虽然没有乃父漫游的机会,也不似张俞等人放浪草野,但其性格中总具一份浩迈不羁的气概。尤其是苏轼,确如乃父所言,是"独若无所为",于世俗若不经心之人②。其表兄文同在《往年寄子平(子瞻)》一诗中回忆与苏轼少年交游的情景说:"书窗画壁恣掀倒,脱帽褫带随纵横。"③疏宕欢适,任真不羁,显示了超凡脱俗的性格力度。苏轼所创造的艺术世界较之欧阳修、曾巩、王安石等文学前辈更具魅力,应该说首先得力于这种疏狂迈往、雄奇浪漫的"蜀狂"型人格。

(三) 心态上的优游自足

欧阳修《陈氏荣乡亭记》说,蜀中"民既素饶,乐乡里,不急禄仕……甚好学者,不过专一经,工诗歌,优游自养,为乡丈人而已"④。古有言,"沃土之民逸"⑤。得天独厚的自然条件养成了蜀中士民知足保和的性格,同时也形成了普遍的喜乐好逸风气。《宋史·地理志》记载蜀民"所获多为遨游之费,踏青、药市之集尤盛焉,动至连月。好音乐,少愁苦,尚奢靡,性轻扬,喜虚称"⑥。苏轼《和子由蚕市》对乡风也有类似的描写:"蜀人衣食常苦艰,蜀人游乐不知还。千人耕种万人食,一年辛苦一春闲。闲时尚以蚕为市,共忘辛苦逐欣欢。"⑦虽然生活简陋,然欢游娱乐之兴不减。这样一种易足多欢的民风既是苏氏成长的环境,同样也给他们的心理习性以熏染。苏氏兄弟后来远离故土,颠簸于宦海,易足喜乐的人生态度和生活习性便成了他们随

① 欧阳修《赠李士宁》,《欧阳修全集》居士集卷九。
② 苏洵《名二子说》,曾枣庄、金成礼《嘉祐集笺注》卷一五。
③ 文同《丹渊集》卷一七,《四部丛刊》影明汲古阁本。
④ 欧阳修《欧阳修全集》外集卷一三。
⑤ 白居易等《白氏六帖事类集》卷二三,民国影宋本。
⑥ 《宋史》卷八九。
⑦ 苏轼《苏轼诗集》卷四,中华书局 1982 年版。

遇而安、化解人生困惑的精神力量。苏轼常以“草野”(《上梅龙图书》)、“远方之鄙人”(《上欧阳内翰书》)自称,当贬窜他乡时,多通过相对论的思想方法把自己比作当地一民。“我虽穷苦不如人,要亦自是民之一”(《次韵孔毅父久旱已而甚雨》),“自意本杭人”(《送襄阳从事李友谅归钱塘》),“不辞长作岭南人”(《食荔枝》),“我本儋耳民”(《别海北诗》),“海南万里真吾乡”(《吾谪海南,子由雷州,被命即行,了不相知,至梧乃闻其尚在藤也,旦夕当追及,作此诗示之》),等等。与白居易在作品中多自认庸常不尽相同,苏轼这种安于草民的心理包含着对故里优游自足的平民生态的深刻感知以及作为“边鄙”出身对政治的潜在疏远和淡漠。其自解自慰、随遇而安的态度也与物庶易足、少愁喜乐的故里民风有着心理上的联系。

从上面的论述可以看出,苏氏父子创作实践中最为鲜明的个性与活力都与蜀中特定的自然环境和士风民风背景紧密相关。他们正是裹挟着蜀中久蕴不发的朴野轻逸之风,为诗文革新带来了全新的生机。一种久处“边缘”、无所执着的疏漫心理,安于鄙野、易足常乐的人生习性,任真不羁、阔达多思的文化气质使苏轼继欧阳修之后在“道”的思想内容,在“文”“道”关系诸方面,进一步摆脱了北方道学之士复古主义和道德主义的思想束缚,同时也突破了江西、淮南之士政治功利主义和理性主义的某些局限,形成了一种更注重个体存在价值,听命于身心自由,以疏放清适、乐观旷达、轻快欢畅为主要特征的浪漫主义,这是一种比欧、梅等前辈更具性格活力和艺术魅力的审美精神境界。三苏的出现,为欧阳修、曾巩、王安石等江南士人奠定的文学发展方向注入了全新的活力,诗文革新因之进入了“苏轼时代”。

苏氏父子在北宋中叶的出现和“苏轼时代”的确立,体现了偶然性与必然性的统一。宋初蜀中文化发展的滞后与蜀中特殊的士风民风对于北宋文学发展过程来说是一种偶然性的存在,而三苏之最终进军京师,入主文坛,又是北宋核心文化融合扩散和发展建构的必然结果。如果没有两者的接迹,如果苏氏父子一仍蜀士“只知向学,不乐为仕"之故态,那么整个宋代文学史就远非今日所见之面貌。出川后的苏洵觉识到蜀中水土丰饶而民风易惰的不足。"岷山之阳土如腴,江水清滑多鲤鱼。古人居之富者众,我独厌倦思移居。平川如手山水蹙,恐我后世鄙且愚。"他向往嵩洛之间平原辽阔、人才济济、"衣冠堂堂伟丈夫"的文明进步景象[①]。虽然苏轼兄弟常有"归蜀"之志,但自熙宁初年还朝后两人便再也没有回去过,其"求田问舍"也只在淮颍和江南。走出四川盆地的苏轼兄弟一直在社会的风口浪尖上颠簸,丰富的人生历练使其"蜀士"的内涵演绎出了丰富的意态。宋末任长庆在《三苏全集叙》中曾有一段文字感喟苏氏父子成功之路的天作地合:"天下事故有不可料者……初,老泉(洵)《权书》诸篇,好谈兵事,颇近揣摩。二子仿其为文,虽奔放横溢,而言必快心,事必破的,未免荀、孟、贾、陆,杂仪、秦而用之,故谗者指以为纵横好胜,卒被困屈。晚年以刀俎魑魅之余生,悉举其感愤用壮者淘汰之,以诗酒咏歌、风流谐谑与夫释氏、老子之书,故风节益峻整而不露,学问益醇深而不杂。天以斯文之任授二苏,出之安乐,投之忧患,而二公旋即于忧患境中簸弄文字为安乐法,其以文为戏,直以造物为戏矣……子瞻至此,非学士,乃道人也;子由非兄弟,乃道伴也。得道之人,是为至人;得道之文,是为至文,恨老泉不及见耳。岂若相如、王褒、扬雄仅以丽藻鼎足于峨岷间哉!"[②]生于蜀中,遭逢当世,起于安逸,成于忧患,偶然与必然的历史交会,成就了"文章风云起"[③],父子并时出,艺术开新境,风流被天下的壮丽景观。

从上面四个部分的勾勒、描述和分析中不难看出,通常被视为文学运动的北宋诗文革新,其符合逻辑的有序发展过程其实是包含着一些偶然性因素的。诗文革新中相继出现的各派文学革新力量,其

---

① 苏洵《丙申岁,余在京师,乡人陈景回自南来……》,曾枣庄、金成礼《嘉祐集笺注》卷一六。

② 苏洵、苏轼、苏辙《三苏全集》卷首,眉山三苏祠藏清刻本。

③ 苏辙《初发彭城有感寄子瞻》,《栾城集》卷七。

理论主张和创作实践乃至于在整个历史进程中出现的时序都受到相应的地方性文化传统和士风民风背景及其在北宋社会、文化统一、整合过程之地位的影响。诗文革新的进步和发展不只是个理论认识问题,首先应该是个社会存在问题。正是各种地方性士风传统及其相应的士人群体的社会存在,为诗文革新的展开提供了现实生活基础,诗文革新正是在各种地域性文学进步力量对立和竞争、影响和融合中获得了不断前进的勃勃生机。

进而从这些地域性因素的分析中,我们也可以清楚地看出,虽然北宋的政治中心依然在中原地区,但文学的重心已是完全地南移了。由于南方各地区间经济、文化发展的不平衡,整个南方文学也表现出区域性差异。综观整个北宋前、中期文学发展的历程,北宋文学可以明确地分为四个富有特色的地区,这就是京东、汴洛、江南(含淮南)和巴蜀,不仅文学,整个北宋的思想文化也未必不是如此。

(原载张高评主编《宋代文学研究丛刊》第二期,丽文文化事业股份有限公司 1996 年版,第 363—387 页。另载程杰《北宋诗文革新研究》,文津出版社 1996 年版,第 290—321、241—248 页;内蒙古教育出版社 2000 年版,第 250—269、209—216 页)

诗可以乐

——北宋诗文革新中“乐”主题的发展

“诗可以怨”[①],“和平之音淡薄,而愁思之声要妙;欢愉之辞难工,而穷苦之言易好”[②]。作为漫长的文学历史中成功经验的总结,这些说法似乎已经成了中国文学的艺术定律,其真理性已经被无数的文学实践所证明。然而在宋代,尽管一些颇为引人注目的创作成就,如欧阳修所说“穷而后工”的现象,被认定为这一说法提供了新的有力证据,但翻阅宋人文集,总感到一股扑面而来的平易、明快、怡然的情调。而追觅这一情调的具体情况,又不难觉察到其中有着可资寻绎的线索,尤其是在北宋,存在着一个“乐”的主题从初起到变化终至高潮的完整发展过程。这一过程是统一于北宋诗文革新这一文学建设整体历程的。可以这么说,它是北宋诗文革新的一个重要方面。

一、“文藻相乐于升平”

与所有否极泰来、天下一统的承平岁月一样,宋初的文风也表现出“治世之音安以乐”[③]的时代特征。大量赋颂之作随着朝廷出台的一系列偃武修文、制礼作乐的求治举措而被纷纷炮制献呈。这种献

① 《论语·阳货》,何晏集解《论语》卷九,《四部丛刊》影日本正平本。
② 韩愈《荆潭唱和诗序》,韩愈撰、文谠注《详注昌黎先生文集》卷二〇,宋刻本。
③ 《诗大序》,《诗序》卷上,明《津逮秘书》本。

赋祀颂的风气发展到真宗朝可谓登峰造极。尤其是大中祥符年间(1008—1017),为了维护因与契丹和议深受伤害的圣朝体面,模仿汉唐盛事之举,屡发祥瑞,封禅告祀,“一国君臣如病狂然”[①]。在这样的情况下,为配合礼文之事奉旨撰写的祀颂撰制及朝野歌赋之作更是缭乱纷繁。对于宋代来说,“治世之音”中最富有时代特色的是“文藻相乐于升平”[②]之创作风气的形成。

偃武修文而出以抑武右文,是宋代统治政策的基本点。其中科举制度的扩大和改革是重要的环节。这一措施适应了隋唐以来士庶消长的历史趋势,尤其是晚唐五代以来门阀贵族荡涤殆尽的客观现实,为广大中下层士人提供了广阔的进身之途,有力地促进了新型士大夫阶层的兴起。与此同时,宋太宗以好文之性,在翰墨自娱的同时,亲善文士,利用试士、听朝、宫宴等机会,频频赐示作品,延召大臣唱和。这俨有深意的行为直接作用于士人心理,在予人恩泽、邀人忠荐的同时也规定了士人努力的方向,这就是田锡所说的“陛下既以文学知臣,臣敢不以文字报答陛下”[③]。在这样一种文藻效时心理的支配下,广大文士积极投入当时的群体唱和活动,波澜所至,朝野风靡。在歌时颂圣的同时,也表达“君臣千载遇”“寒儒逢景运”[④]的自幸诚悦。在广大文士的心目中,君臣唱和、僚属唱和是尧庭多士、天下承平的反映。把诗文唱和与颂美圣德、宣布王泽的政治目的相联系,并崇尚为“雅颂”“教化”的传统,就必然导致对风骚忧怨的否定和贬抑。杨亿在《温州聂从事云堂集序》中说:“若乃《国风》之作、骚人之辞,风刺之所生,忧思之所积,犹防决川泄,流荡而忘返;弦急柱促,掩抑而不平。今夫聂君之诗,恬愉优柔,无有怨谤,吟咏情性,宣导王泽,其

① 脱脱等《宋史》卷八,《四部备要》本。
② 田锡《答胡旦书》,《咸平集》卷三,明抄本。
③ 田锡《进文集表》,《咸平集》卷二三。
④ 阮阅《诗话总龟》前集卷一,《四部丛刊》影明嘉靖本。

所谓越风骚而追二雅,若西汉中和乐职之作者乎?"[1]贬抑忧思怨谤、推举怡愉优柔之意甚著。以前的文学史多有一种误解,认为宋初文风是对晚唐五代诗风的简单继承。其实不然,无论是对"白体"唱和诗风的效法还是对"义山体"的追摹,都统一在崇文复雅、乐时颂圣的新的精神主题上,因而在主流上可以看到一种脱弃五季"风衰俗怨",追求内容上王泽大雅、艺术上典雅精进的坚劲趋势。这一发展趋势以杨亿、刘筠等人"时文"和"昆体"创作为高潮。所谓"杨刘风采"以其雍容和穆、典雅丰赡的气象成了这个时代"治世之音"的极则。

宋初的"治世"气象还包括朝野上下养成的逸豫享乐之风,这以真宗朝最为明显。宋真宗一改太祖的尚俭品质和太宗对朝廷支费和民风民情的审慎态度,明确倡导豪奢娱乐的社会风气。早在与契丹和议不久的"景德三年九月,诏许群臣士庶选胜宴乐,御史台、皇城司毋得纠察"[2]。"内外百司,除旧例给假外,每月旬假、上巳、二社、重午、重阳并休务一日。"[3]真宗平时"与群臣燕语,或劝以声妓自娱"[4]。君主煽倡于上,社会风气急剧直下,柳永在词中所写的"恣幕天席地,陶陶尽醉太平,且乐唐虞景化"[5]的情景正是当日都下嬉乐景象。文士们最为活跃,选胜恣游,征歌选舞,诗酒宴乐。"馆阁臣寮,无不嬉游燕赏,弥日继夕。"[6]对于最高统治者来说,纵民娱乐,是为了装点物洽人熙的升平景象,掩饰与人议和带来的统治危机,广大文士则因此获得放纵的理由,把嬉游宴乐当作"美升平之际会""扬德业之形容"[7]的又一积极行为。这种娱乐风气表现在文学创作上则是"怡性情,娱

① 杨亿《温州聂从事云堂集序》,《武夷新集》卷七,清嘉庆刻本。

② 脱脱等《宋史》卷一一三。

③ 宋真宗《令中外宴衎诏》,《宋朝大诏令集》卷一四五,清抄本。

④ 苏辙《龙川别志》卷上,苏辙《龙川略志》,俞宗宪点校,中华书局 1982 年版。

⑤ 柳永《抛球乐》,《乐章集》,明刻《宋名家词》本。

⑥ 沈括《梦溪笔谈》卷九,《四部丛刊续编》影明本。

⑦ 田锡《谢御制和祝圣寿诗表》,《咸平集》卷二三,明抄本。

僚宾”[①]的诗歌作品大量涌现。真宗朝后期至仁宗朝初年的代表作家晏殊、夏竦、宋祁、胡宿等“后西昆体”[②]诗人的作品多夸咏良辰美景、赏心乐事,以清婉雅丽的笔调歌咏从容闲雅、娱乐适性的“富贵”生活,并在一定程度上沾染了市井娱乐的色调。

如果说歌功颂德、宣导王泽是每一个朝代新起之初都必然强加给文学的任务,那么,对于宋朝来说,普遍的娱乐风气的养成则是具有时代特征的历史内容。宋太祖“杯酒释兵权”之际对武臣的谕词其实就是一个劝乐宣言。优待士大夫的条件中包含了实实在在的物质内容。“宋有祠禄可食”等优裕之处常令后人艳羡不已[③]。这种对物质娱乐的政策性劝导和制度性保障是宋朝士人享乐风气得以普及并相沿不绝的根源。纵观宋朝政治,对仕途浇竞、文风艳丽、朋党帮派等士林作风有过认真的戒饬和严厉的打击,却从没有对富贵享受、闲适宴乐提出非议。恰恰相反,青年晏殊向真宗坦言自己“非不乐燕游”,只是“无钱”,真宗赏其“诚实”不讳[④]。杜衍两帅长安,其初“清俭”,及再至,事体皆变,多通宵筵舞,时人赏其“通变”堪任,不久杜衍果为相[⑤]。这些都表明了富贵娱乐在宋人心目中潜在的价值。正是由于与宋代士大夫优越的历史际遇相联系,广大文士富贵燕游、娱情适性的风气便远远突破了“治世之音”装点升平的政治功利性目的,弥漫为有宋一代的“世纪病”,成了文化包括文学发展普遍的生活基础。

---

① 宋祁《西州猥稿系题》,《景文集》卷四八,清武英殿聚珍本。

② 程杰《从“西昆体”到“后西昆体”》,蒋寅、张伯伟主编《中国诗学》第四辑,南京大学出版社 1995 年版。

③ 沈垚《与许海樵》,《落帆楼文集》卷九,民国《吴兴丛书》本。

④ 沈括《梦溪笔谈》卷九,《四部丛刊续编》影明本。

⑤ 吴曾《杜祁公通变》,《能改斋漫录》卷一二,清《守山阁丛书》本。

二、“悲”的超越与“乐”的规范

宋初士风的宴乐其实还应包括隐士之流的野逸之风。“五季之乱，避世宜多”①，士人或栖迟田园，或遁身空门，一时山野多士。延至宋初，此风未息，大批隐士、僧侣优游山林，以烟霞吟咏相夸尚，大有风雅独任之势。隐逸之风就其放弃社会责任、追求林下逍遥而言，也是一种个人逸乐行为。当时优游山水的风气盛行于南方，对这一风气最初的反思批评也来自“山林”内部。真宗朝的释智圆身居隐逸文学之中心——吴越，熟睹隐士禅客烟霞疾痼、泉石膏肓之情态，故于“山水之溺”颇多规戒和婉讽。他劝人“无以盘游为务”，其乐更“不可极”②。他力主韩愈文以载道之论，认为“文者，明道之具，救时而作”，因而明确指出：“夸饰山水之辞耳，无用之文也。”③他还把当时的山水吟赏分为“小人之好”与“君子之好”。所谓“小人之好也，务悦其情”④。他要求在“山水之好”中恢复儒家（君子）的“比德”传统，以泉石形胜寓教化之意，以山水清音表仁智之乐。释智圆是天台宗“山外派”义学名僧，积极主张内释外儒的两教融合。他对“山水之乐”的批评站在道地的儒家风教的立场，体现了日益高涨的儒家道德责任意识对传统文士情态的裁阻。

宋仁宗天圣至庆历年间是北宋历史发展的关键时期。宋初歌舞升平的背后潜伏着的危机、普遍的奢乐浮华之风带来的“积贫积弱”的局势，在边鄙烽火的刺激下得到了彻底的暴露，而人情的因循享

---

① 脱脱等《宋史》卷四五七。

② 释智圆《送智仁归越序》，《全宋文》卷三〇八，上海辞书出版社、安徽教育出版社 2006 年版。凡引用《全宋文》，原据巴蜀书社 1989 年版第 1—50 册，此次校订部分因便多改用上海辞书出版社、安徽教育出版社 2006 年版全本。本书以下各篇引用《全宋文》者，同一篇只使用一种，在该篇第一次出现时交代所据版本。

③ 释智圆《评钱塘郡碑文》，《全宋文》卷三一一。

④ 释智圆《好山水辨》，《全宋文》卷三一二。

乐、贪竞浮靡显现着士风的衰萎和腐败，更使广大有识之士深感精神的危机。仁宗天圣以来在范仲淹的带动下，以儒家伦理道德作为政教之本的政治改革思潮蔚然兴起。范仲淹等人把士风的振作放在首位，倡导一种直节立朝、危言危行，道义自期、开济自任的“大方”人格。他们以直言谠论取代富贵逸豫之情，从而确立了忧以天下，乐以天下，洋溢着社会责任和道德精神的人生观。欧阳修批评当时“光荣而饱者，一闻忧世之言，不以为狂人，则以为病痴子”①的现象。身为枢密使的晏殊当“西师未解”，仍置酒邀客聚乐，欧阳修即席赋诗，希望“主人与国共休戚，不唯喜悦将丰登。须怜铁甲冷彻骨，四十余万屯边兵”②。石介作《忧勤非损寿论》借古讽今，论述忧勤可以延年，安乐反以损寿。

这种积极的入世精神在范仲淹“先天下之忧而忧，后天下之乐而乐”的名言中得到最闪光的表达。范仲淹这一思想的提出是对传统文士悲乐情志反思的结果。滕子京重修岳阳楼，“增其旧制，刻唐贤今人诗赋于其上”。滕子京在为此作的《岳阳楼诗集序》中称，这些作品率为迁客所为，“类多《离骚》叹惋之意”，其中虽也有“雅吟自放”之作，惜乎不多③。滕子京希望范仲淹“少吐金石之论，发挥此景之美，庶漱芳润于异时，知我朝高位辅臣有能淡味而远，托思于湖山数千里外，不其胜与！”④显然，滕子京的意见构成了范仲淹思考的契机，范仲淹既憾滕氏之所憾，又不以其所望为然，他以“古仁人之心”为号召，

---

① 欧阳修《读李翱文》，《欧阳文忠公集》外集卷二三，《四部丛刊》影元本。

② 欧阳修《晏太尉西园贺雪歌》，《欧阳文忠公集》外集卷三。

③ 滕子京《岳阳楼诗集序》，明薛纲纂修、吴廷举续修《（嘉靖）湖广图经志书》卷七《岳阳府文类》，明嘉靖元年刻本。又载明隆庆刻本钟崇文纂修《（隆庆）岳州府志》卷七《职方考·岳阳楼》、《全宋文》卷三九六。

④ 滕子京《求岳阳楼记书》，明薛纲纂修、吴廷举续修《（嘉靖）湖广图经志书》卷七《岳阳府文类》。又载明钟崇文纂修《（隆庆）岳州府志》卷七《职方考·岳阳楼》、《全宋文》卷三九六，题作《求记书》。“吐”原作“壮”，“此景之美”原作“此美之景”，此据明隆庆刻《（隆庆）岳州府志》卷七《职方考·岳阳楼》所载改。后世岳州府、巴陵县志及《全宋文》所收篇名、文字均本隆庆府志。

超越传统文士“悲喜”情态，提出了自己崭新的“忧乐”观。

范仲淹“先忧后乐”的思想，以儒家积极入世、尚志任远的精神为核心，又涵摄了佛教“慈悲”思想中的积极因素，代表了这个时代士人精神的最高境界。虽然这种精神信念以社会责任的进一步承当带来了士人忧患意识的深化，但它又以道德主义和英雄主义的阔大视野和价值信念激励广大士人跳出个人利益的狭小天地，从而摆脱沉溺个人得失的寒陋情态。传统文士徘徊于“仕”与“隐”的对立之间，当入世热诚遭遇现实的种种缺憾时，他们必然是或“以己悲”或“以物喜”而别无选择。而现在儒家道德忧济精神的复兴，为广大士人支起了一个新的价值信念。这在理论上被概括为“道”。“道”相当于在“位”谋“政”的世俗功名而言，有着精神上的独立性。在“位”可以“行道”，无“位”可以“传道”，“立言”可以“明道”，“居庙堂之高则忧其民，处江湖之远则忧其君”，“道”有着超越“权”“位”的独立价值。其超越性并不只是逻辑上的论证，而是有了实践的基础。范仲淹称自己“被罪而来，尚有民人，是亦为政，岂敢怠哉！”[①]晚年与人说“未大用间亦处处有仁义”[②]，并创设“义庄”赡济族人。富弼外调，在与欧阳修的书信中称自己“在青州，作得一实头事，全活数万人，大胜如二十四考在中书也”。所谓“实事”，是指募粮拯济饥民[③]。

这些无位也能行道、卑位也可作为的事实坚定了“道”的信念。既然无“位”而于“道”无亏，那么权位利禄的损失变成了无谓。甚至在宋人看来，因“道”的坚持而蒙受“位”的损失，正是值得敬佩之事。范仲淹“以言事凡三黜”，时人称为“三光”[④]。唐介被谪英州别驾，李师中称其“去国一身轻似叶，高名千古重于山”[⑤]。欧阳修认为“以言

---

① 范仲淹《谢安定屯田》，《范文正公尺牍》卷下，《四部丛刊》影明翻元刊本。

② 范仲淹《与韩魏公》，《范文正公尺牍》卷中。

③ 赵令畤《侯鲭录》卷七，清《知不足斋丛书》本。

④ 释文莹《湘山野录》续录，明《津逮秘书》本。

⑤ 阮阅《诗话总龟》前集卷四八。

被黜，便是忠臣”，景祐三年(1036)欧阳修因言事贬放夷陵，在《与尹师鲁书》中说：“路中来颇有人以罪出不测见吊者，此皆不知修心也。”他劝勉与自己一道蒙冤受屈的同道们，“慎勿作戚戚之文”。欧阳修批评那些身居逆境、不耐困苦而发为牢骚哀愁之人，在他看来，虽韩愈也不免此累，“当论事时，感激不避诛死，真若知义者。及到贬所，则戚戚怨嗟，有不堪之穷愁形于文字，其心欢戚，无异庸人”①。对于迁谪之悲的否定，连带到对整个骚人传统的不满，欧阳修批评屈原等“古人久困不得其志，则多躁愤佯狂，失其常节”②。余靖也指出：“灵均负才矜己，一不得用于时，则忧愁恚怒，不能自裕其意，取讥通人，才虽美而趣不足尚。”余靖的同年友曾不疑“得罪去朝”，“诗皆讽咏前贤遗懿、当代绝境，未尝一言及于身世”，余靖称赞其“不以时之用舍累其心”的态度③。正是这些基于道德自信对骚怨之情的贬议，使北宋庆历前后政治斗争所带来的频繁贬谪，没有导致中唐“八司马”那样怆情弥漫的感伤怨激之风。范仲淹《岳阳楼记》、欧阳修《醉翁亭记》等名篇其实都作于逆境之中，而能一扫传统士人骚怨风习，发为阔大的情志和豪宕的意兴，充分体现了仁人志士的豪迈气概和乐观情怀。

对于大多数位居下僚的士人来说，他们并不具备明确的“谪官”身份和感受，但是，“道”同样是他们驱逐人生不遇之感的有力武器。石介一生只做过幕职和学官，他所向往的是“既授弟子，复传之于书，其书大行，其道大耀”。这样的人生志向惟“道”是瞻，便无所谓“穷达”，用石介自己的话说是“圣贤之道无屯泰”④，“达也，以孔氏之道；穷也，以孔氏之道”，“穷达之间”，便“绰绰然有余裕”⑤，如果一生“终

① 欧阳修《与尹师鲁第一书》，《欧阳文忠公集》外集卷一七。
② 欧阳修《与谢景山书》，《欧阳文忠公集》外集卷一八。
③ 余靖《曾太博临川十二诗序》，《武溪集》卷三，明成化九年刻本。
④ 石介《泰山书院记》，《徂徕石先生全集》卷一九，清康熙五十六年刻本。
⑤ 石介《送张绩、李常序》，《徂徕石先生文集》卷一八。

不起，泰山徂徕，泉石松竹，可吟可赏，以周公、孔子之道而自乐焉”①。因为有了“乐道”的信念，在石介等道德理想之士的作品中便很少看到下层士人常见的栖遑之意，更多的是“舜与吾俱人，学之则舜也。汝等皆勉旃，前贤皆可亚”②的人格自励和“身固冻不死，志当穷且坚。四方丈夫事，谁为泪潺湲”③的坚定意志。

以范仲淹、欧阳修等人为代表的新一代士人不仅以以天下为怀的阔大胸襟有效地淡化了感遇忧生的个人身世之悲，而且还以同样的信念赋予“乐”的活动以“乐以天下”的仁者情操。综观这个时期的作品，“乐”的主题表现出如下四个方面的可贵意向：

一是与时为乐。欧阳修《丰乐亭记》表达的意思是“安此丰年之乐”④。这种感慨与宋初诗文中的虚浮颂美之意不同，作者站在历史发展的高度，从盛衰治乱的对比中体验“幸生无事之时”的时代感受，包含了与国休戚与共的浩博胸臆和仁厚情怀。这种深广的时代感受根源于“以天下为己任”的崇高人格。可以这么说，没有忧以天下的人格也就没有这种“乐以天下”的深刻欢乐。

二是乐民之乐。王安石在《石门亭记》中说：“夫环顾其身无可忧，而忧者必在天下。……民不无讼，令其能休息无事，优游以嬉乎?”⑤宴乐首先应考虑不夺民时，“云惟安其业，然后乐其休”⑥。“政余作东园，……斯民歌乐易。”⑦与欧阳修《丰乐亭记》相类似，苏轼之“喜雨亭”，也是以一场民众福庆之事命名的，全文通篇洋溢着为民之幸欢忭鼓舞的喜乐情调。像如此投入地乐民之乐，在欧苏之前是极为少

① 石介《上孙先生书》，《徂徕石先生文集》卷一五。

② 石介《勉师愚等》，《徂徕石先生文集》卷三。

③ 石介《大寒早行》，《徂徕石先生文集》卷四。

④ 欧阳修《丰乐亭记》，《欧阳文忠公集》居士集卷三九。

⑤ 王安石《石门亭记》，《临川先生文集》卷八二，《四部丛刊》影明嘉靖本。

⑥ 欧阳修《乐郊诗》，《欧阳文忠公集》居士集卷七。

⑦ 梅尧臣《朱武太博通判常州兼寄胡武平》，《宛陵集》卷二四，《四部丛刊》影明万历梅氏祠堂本。

见的。

其三是与民同乐。在欧阳修等人的楼台园亭记中，大多含有吏民同游、与民同享的情景。《醉翁亭记》中“从太守游而乐”的细节是著名的。梅尧臣《览翠亭记》、田况《浣花亭记》、王安石《寄题众乐亭》都表现出同样的“众乐”意向。

其四是与贤者同乐。欧阳修曾写信劝人“必与贤者共，然后登临之际，有以乐也”[①]。与贤者同乐可以视作与民同乐的发展，但它又是儒家有德不孤、同道相乐之精神信念的体现。宋代士人队伍庞大，官场歧途纷纭，文人间的同道结盟和诗酒交游成了精神生活的重要方面。梅尧臣称之为“朋乐”[②]。得道时相携相勉，失志时相助相慰，“居则握手共席道欢欣，既别则问疾病起居”[③]，这些群体交游的实际活动是“与贤者同乐”信念的基础。

不难看出，这些“乐”的活动实质上依然统一于民风豫泰、士林怡愉的普遍风气。但它受到了政治革新之士道义人格的深刻影响，在杨亿等人形容盛德、宣导王泽的政治功利基础上，进一步寻求宴乐风习与时代责任、道德情操的结合点，从而把“乐时”推进到了真正的“乐道”阶段，体现了新一代士人积极入世的进步姿态。值得一提的是，与时为乐，乐民之乐，与贤者同乐，这一系列“乐”意的获得，与传统士人追求山水林野之美所实现的遗世逍遥之乐不同，有着乐在社会、合乎人伦的道德性、世俗性、现实性。这有助于避免遗世独立只知“山林之乐，而不知人之乐”的孤清枯寂，从而带来丰富和充分的乐观情调。读一读《醉翁亭记》便不难感受到“山林之乐”与“吏民之乐”、越世之乐与世俗之乐相互渲染所产生的欣喜欢快的节奏。这是充实的儒者情怀赋予乐观主题的美感新意。

---

① 欧阳修《答李大临学士书》，《欧阳文忠公集》外集卷一九。

② 梅尧臣《忆洛中旧居寄永叔兼简师鲁彦国》，《宛陵集》卷三。

③ 欧阳修《与石推官第一书》，《欧阳文忠公集》外集卷一六。

三、“乐”主题的人格本体深化

宋代士风在经过天圣、庆历年间短暂的“奋激”“忧勤”之后，随着庆历新政的失败和边境形势的缓和，又开始倾向于因循苟安、逸乐娱适。史家所称的仁宗“忠厚之政”①主要也是指嘉祐前后苟且和熙的政治风气。庆历新政中的积极分子富弼、韩琦等人从庆历后期开始明显地表现出意志的萧散②，景祐、庆历间激烈竞争的各派政治力量至嘉祐年间趋于调和。虽然各种社会改革的主张仍是纷纭不息，并且最终发展为“熙宁变法”，但是政治保守势力和因循苟安风气的增长有着远为广泛的社会基础。在入世意志渐见涣散，世事也越发显得衰繁难为的整体趋势下，士人对道德涵养、人格独善的境界愈益注重，对品格的理性认识逐渐精进，于社会人生便愈益倾向于安时处顺、知命乐道。

范仲淹在倡导“忧以天下，乐以天下”的同时，便对“人事多端，其实由命”的无奈保持了一份清醒③。其“处江湖之远”，倡导不废朝忧，同时也在寻求“雅对江山之助”④，“乐道忘忧”⑤的逍遥之方。范仲淹从孔子七十弟子“未尝及怨”中看到了“君子之道充乎己”的力量⑥。所谓“道充”，已包含了鲜明的内在涵养之意。

“道充”是欧阳修关于人格修养的重要观念。在此基础上，欧阳修进一步提出了“达理”的要求。他说：“知道之明者，固能达于进退

---

① 脱脱等《宋史》卷一二。

② 黎靖德编《朱子语类》卷一二九，王星贤点校，中华书局 1986 年版。《朱子语类》卷一二九批评韩、富“随时”“畏事”，有云：“富公一向畏事，只是要看经念佛，缘是小人在傍故耳。”“韩、富初来时，要拆洗做过，做不得，出去。及再来，亦只随时了。”

③ 范仲淹《与知郡职方》，《范文正公尺牍》卷下，《四部丛刊》影明翻元刊本。

④⑤ 范仲淹《睦州谢上表》，《范文正公文集》卷一五，《四部丛刊》影明翻元刊本。

⑥ 范仲淹《试秘书省校书郎知耀州华原县事张君墓志铭》，《范文正公文集》卷一三。

穷通之理,能达于此而无累于心,然后山林泉石可以乐。”[①]由乐道忘忧的笼统提倡发展到对明道达理的强调,表明了对道德品格的把握开始了向理性层次的跃入。这种认识上的深化显然包含了对老庄与释教思想的借鉴和吸纳。相对于正统的儒家思想,老庄与释教以宗教和准宗教的出世旨意在安顿人心摆脱情累方面有着特殊的优势。尹洙于贬中,得古圣贤“穷则独善”之义,以能退自大自乐,而释氏却对他揭示了一个新的观点:“退与进均有为也,不若两忘焉。”[②]尹洙“竦然愧其说之胜”,认为“禅师之说旨”[③],“乃趋浮图氏之说,齐其身之荣辱穷通,然后能平其心”[④]。正是面对外在世界百般无奈转而寻求内在自抑和超越的普遍心理,带来了北宋中期以来儒释道思想的深刻融合。士人神往和标榜的“道”突破了“去先王之经则茫乎无从”[⑤],“徒守人伦之近事”[⑥]的传统格局,开始向转益多师、发明“人生之远理”[⑦]的方向发展。同样,诗文中的乐观精神也在其影响下获得了思想认识上的深化,表现出不同思想基础上的丰富拓展。

主题的深化在具体的创作中主要表现为审美情感和艺术题材的拓展。范仲淹、苏舜钦开始寄兴湖山清旷,从中体味“道德清味”和“隐者之乐”[⑧]。梅尧臣作品中诗瓢酒酌的气氛增加了。欧阳修自号“醉翁”,追求“鸟歌花舞太守醉”[⑨]的风物骀荡和诗酒陶然,晚则又号“六一居士”[⑩]。“六一”何谓?其中“酒”是保留节目,琴、棋、书、金石古物则代表了精神生活向文化性享受的拓展。欧阳修感慨道:“犹须

---

① 欧阳修《答李大临学士书》,《欧阳文忠公集》外集卷一九。
②③ 尹洙《退说》,《河南集》卷三,《四部丛刊》影春岑阁抄本。
④ 尹洙《送浮图迥光一首》,《河南集》卷五。
⑤ 范仲淹《谢安定屯田》,《范文正公尺牍》卷下。
⑥⑦ 释契嵩《非韩上》第一,《镡津集》卷一七,《四部丛刊三编》影明弘治本。
⑧ 范仲淹《与晏尚书》,《范文正公文集》尺牍卷下。
⑨ 欧阳修《丰乐亭游春三首》其一,《欧阳文忠公集》居士集卷一一。
⑩ 欧阳修《六一居士传》,《欧阳文忠公集》居士集卷四四。

五物称居士,不及颜回饮一瓢。”[①]颜渊箪食瓢饮那样朴素的道德人格形态对他们来说已是不可企及的境界,现实生活已提供了无可回避的诱惑,道德人格之乐便呈现出丰富生动的形态。

北宋中期“乐”主题的思想深化和丰富形态典型体现在“邵康节体”“半山体”和苏轼的创作中。

(一)“邵康节体”的理学“观物之乐”

朱熹曾指出:“康节之学,其骨髓在《皇极经世》,其花草便是诗。”又说:“看他诗,篇篇只管说乐,次第乐得来厌了。”[②]所谓理学“花草”,“只管说乐”,可谓道出了“康节体”的实质。

作为理学“花草”,邵雍诗体现了理学“格物致理”的思想成就。在《伊川击壤集序》中,邵雍对“诗缘情”的传统作了彻底的否定。他说:“近世诗人,穷戚则职于怨憝,荣达则专于淫泆。身之休戚,发于喜怒;时之否泰,出于爱恶。殊不以天下大义而为言者,故其诗大率溺于情好也。”[③]邵雍主张“以性观性,以心观心,以身观身,以物观物”,“以国观国,以天下观天下”。所谓“以性观性,以心观心”,其实就是主张旁去一切个人主观因素,“顺理则无为”[④]。显然这“有些子”老庄之说的影响在内[⑤]。由于有了这样的思想认识,邵雍便自觉于人间的“情累”纤芥无存,用他的话说是“物理悟来添性淡,天心到后觉情疏”[⑥],“去尽风波存止水,世间何事不能平”[⑦],所剩便是“次第乐得来厌了”。邵雍自称“自壮岁,业于儒术,谓人世之乐,何尝有万之一

---

① 欧阳修《退居述怀寄北京韩侍中二首》,《欧阳文忠公集》外集卷七。

②⑤ 黎靖德编《朱子语类》卷一〇〇。

③ 邵雍《伊川击壤集序》,吕祖谦《宋文鉴》卷八七,《四部丛刊》影宋刊本。《宋文鉴》,原本作《皇朝文鉴》,此按通行称呼改。

④ 邵雍《皇极经世书》卷一三,影印文渊阁《四库全书》本。

⑥ 邵雍《答人放言》,《击壤集》卷二,《四部丛刊》影明成化本。

⑦ 邵雍《天津感事二十六首》,《击壤集》卷四。

二，而谓名教之乐，固有万万焉。况观物之乐，复有万万者焉”[①]。

从范仲淹等人的“名教之乐”发展到“观物之乐”，不只是一种理性认识的飞跃，更是人生态度和生活方式的转变。正如程颐所说，“邵尧夫在急流中被渠安然取十年快乐”[②]，这种“打乖”取巧、逍遥避世的生活态度与范仲淹提倡的“后天下之乐而乐”不啻霄壤。这种转变导致了“名教之乐”与文人闲适诗传统的结合。所谓“物”便是以山水宴游、诗酒雅放为主的日常闲适生活。所谓“观物之乐”，用邵雍的自述便是“乐天四时好，乐地百物备”[③]，在“时与万物”的咸与自得中体验安时处顺的人生福乐。一部《击壤集》便是他“吟自在诗，饮欢喜酒”[④]，“为快活人”[⑤]的闲适享乐生活的全幅写照。可以这么说，邵雍在“名教之乐”的幌子下通过“观物之乐”的理学论证把“道学”之流与中唐以来洛中显达之士安时处顺、富贵闲适的情调发挥到了淋漓尽致的地步。

（二）“半山体”的幽吟禅定之乐

“半山体”的概念侧重于指称荆公暮年“雅丽精绝”的小诗[⑥]。王安石晚年小诗代表了王安石创作的一个新阶段。与早年诗“以意气自许，故诗语惟其所向，不复更为涵蓄”不同，晚年则极尽“深婉不迫之趣”[⑦]。这一转变是与人生历程上的重大转折紧密联系在一起的。熙宁九年(1076)王安石第二次罢相退居江宁，在这以后的置闲岁月中，诗人流连山水，吟诗习禅，在禅境的酿造中泯灭经世的痛苦，在山水的静观中打发暮年的寂寞。

---

① 邵雍《伊川击壤集序》，吕祖谦《宋文鉴》卷八七。

② 程颐《时氏本拾遗》，程颐、程颢《二程外书》卷一一，明弘治陈宣刻本。

③ 邵雍《乐乐吟》，《击壤集》卷九。

④ 邵雍《瓮牖吟》，《击壤集》卷一四。

⑤ 邵雍《安乐吟》，《击壤集》卷一四。

⑥ 黄山谷语，胡仔《苕溪渔隐丛话》前集卷三五，人民文学出版社 1962 年版。

⑦ 叶梦得《石林诗话》卷中，中华书局 1981 年版。

对于王安石来说，这种人生的淡泊之意并不只是政治生命终结带来的心理逆转。事实上，作为一位杰出的政治家和思想家，王安石对社会人生的态度包含着积极执着和切实冷静双重的深度，对此我们可以透过他对"性命"的独特理解来加以体会。他以"天变不足畏"[①]来表达自己经世济时的坚定意志，同时对人事的有限性又持有清醒的认识，反映为哲学思想便是"知命"之说。他说："独仁不足以为君子，独智不足以为君子，仁足以尽性，智足以穷理，而又通乎命，此古之人所以为君子也。"[②]一味"独善"，"正己而不期于正物，是无义也"，而只知"兼济"，"正己而期于正物，是无命也"。只有"知命"，才能做到有"穷达"于心而情"无悦戚"[③]。作为一个志在经世、勇于作为的改革者，王安石对于世事不易、人生多难有着远较他人切实的体验。从某种意义上说，王安石更需要遣情排忧的理智，其宏图殒没、心理幻灭之际，佛教的空幻意识便以其特殊的优势被引入"以理遣情"的心路历程。"能了诸缘如梦事，世间惟有妙莲花"[④]，在王安石的心目中，佛教才是了断世缘的透彻之法。与邵雍等道学之士不同，王安石晚年的静退向佛不是如苏舜钦所批评的那种"蹈道以为乐"[⑤]，而是世事磨难、人生历练后的自求净化和解脱，交织着世情了悟和人生幻灭的双重成分。古人评其诗"悲壮即寓闲澹之中"[⑥]，便是对这一悲感与理遣交织复合形态的精辟概括。

这种复合形态体现了佛教禅宗思维的渗透。虽然在王安石之前，宋代文人习染佛学禅理的大有人在，但在宋代文学史上，第一个深契佛理并发为艺术之华的应属王安石。他的晚年小诗标志着宋人

① 王称《东都事略》卷七九王安石传，清振鹭堂影宋刻本。

② 王安石《君子斋记》，《王文公文集》卷三四，上海人民出版社 1974 年版。

③ 王安石《答王深甫书三》，《王文公文集》卷七。

④ 王安石《次吴氏女子韵二首》其二，《王文公文集》卷五四。

⑤ 苏舜钦《上三司副使段公书》，《苏学士集》卷九，《四部丛刊》影清康熙刊本。

⑥ 吕留良《宋诗钞列传・临川集》，《吕晚村先生文集》续集卷一，清雍正三年吕氏天盖楼刻本。

的“以理遣情”开始真正获得了佛理的深度。由于倾向于佛教寂灭解脱之乐，与邵雍爱花吟诗的快活无厌不同，王安石暮年诗洋溢着山水静观的禅定澄明意味，其对山水景物的描写也多精细入微，表现出乐意见于静定、生动寓于幽细的独特意味。

（三）苏轼的寓物任真之乐

诚如已有学者所言，与同时二程理学之“主敬”不同，苏轼的思想核心是“主‘乐’”[①]，与上述邵雍、王安石的情态相比，更多道家老庄哲学的底蕴。

苏轼众多“主乐”的言论中，“游物之外”“寓物为乐”的观点最值得注意。他说：“君子可以寓意于物，而不可以留意于物。寓意于物，虽微物足以为乐，虽尤物不足以为病；留意于物，虽微物足以为病，虽尤物不足以为乐。”所谓“留意于物”，便是以志在必得的欲望之心对待外物，有欲便有不足，不足便生忧思感伤；有欲已含放纵，放纵便丧己斫物。而“寓意于物”，则是以一种无可无不可的超然态度对待外物。虽然不绝于物，但不存得失之心，“譬之烟云之过眼，百鸟之感耳，岂不欣然接之，然去而不复念也”[②]。因此，外物“不能为吾病”，而常能“为吾乐”[③]。

“寓物为乐”的关键是主体面对“物”的态度，要建立一种与物不“留意”又非“无意”的超然态度，首先是个认识问题。苏轼继承了欧阳修达理然后为乐的思想，对人生问题做了大量深入的思考，从而形成了极具个性的人生价值观。就其思想方法而言，苏轼主要通过相对主义的思考和论证，在人生“无常”“齐物”等一系列偶然性和相对性的推论与体认中，淡化人生的悲剧感受。苏轼说：“贵、贱、寿、夭，天也。贤者必贵，仁者必寿，人之所欲也。人之所欲，适与天相值实

---

① 乔治·哈奇(George Hatch)《苏轼》，陈幼石《韩柳欧苏古文论》第 138 页脚注引，上海文艺出版社 1982 年版。

②③ 苏轼《宝绘堂记》，《苏轼文集》卷一一，中华书局 1986 年版。

难，譬如匠庆之山而得成鐻，岂可常也哉？因其适相值，而责之以常然，此人之所以多怨而不通也。”①人生既然“如梦”“无常”，那么对待人生也就不能“责之以常”，求之以必。可以这么说，“人生如梦”，“人生无常”的认识在苏轼既是对人生悲剧的深切感受，也是其能直面人生，从容对待，超然无“怨”的思想基础。

乐观态度的确立又不只是个认识问题，理性的认识有待于转化为人生实践的具体智慧，才能体现为生动的内容。对于苏轼来说，似乎纯粹思辨还不如生活实践来得更为重要。沿着理性对人生“无常”的体认，苏轼表现出与物无著，委命顺物，以求适性任真的处世方式。这种处世态度的实质在于顺应外物。苏轼曾把自己的“道”概括为“应物”，他说：“夫道何常之有，应物而已矣。物隆则与之偕升，物污则与之偕降。”②这种与物浮沉、与造化游的态度带来了“物乐”的滔滔汩汩。“凡物皆有可观。苟有可观，皆有可乐，非必怪奇玮丽者也。餔糟啜漓皆可以醉，果蔬草木皆可以饱。推此类也，吾安往而不乐。”③物物不齐，为乐则一。“胸中廓然无一物，即天壤之内，山川草木虫鱼之类，皆是供吾家乐事也。”④苏轼顺物为乐不仅是随遇成乐，还包括与物曲折，“观物之极”，“寓物以发其辩”⑤，“玩物之变，以自娱”⑥等积极能动的玩物之乐。

与王安石、邵雍相比，苏轼的“乐”显得更为充分和生动。王安石暮年诗意，是投老置闲与静念息虑相结合的山水禅定之乐，其乐有着暮年心理和思想情趣的特殊规定性。而苏轼的顺物为乐则充满了把任真求乐作为人生价值追求的积极性和主动性，并且具有即事求乐、随遇而乐的广泛可行性和实效性，因而其“乐”意的发挥有着贯注整

① 苏轼《邵茂诚诗集叙》，《苏轼文集》卷一〇。
② 苏轼《道有升降政由俗革》，《苏轼文集》卷六。
③ 苏轼《超然台记》，《苏轼文集》卷一一。
④ 苏轼《与子明兄一首》，《苏轼文集》卷六〇。
⑤ 苏轼《书黄道辅品茶要录后》，《苏轼文集》卷六六。
⑥ 苏轼《与程正辅》（五十五），《苏轼文集》卷五四。

个人生的丰富性和实在性。就注重安时处顺、顺应外物而言，苏轼之“乐”似乎更接近于邵雍的“观物”之乐。但是理学家过于拘狭的生活天地和相对贫乏的生活趣味，使邵雍在与“乐”的机缘和发挥能力方面远不能与苏轼那种“阅世走人间，观身卧云岭”[①]的浩博人格相比拟。总之，“乐”主题发展到苏轼，洋溢着鲜明的个性魅力及生活情趣，而且具有了与北宋后期社会生活、思想文化发展水平相为统一的思想认识上的深刻性和审美经验上的丰富性。

四、“乐”主题的艺术表现形态

文学的发展最终都要落实为文学表现规范的创新，“乐”主题的大规模发展必然要求艺术表现形态做出相应变化。虽然我们很难说不同的文学形式和技巧在表达悲和乐的情感上有什么明确的分工，但是不同的文学主旋律带来形式技巧选择的不同倾向性还是可以把握的。与汉唐之际的文学发展不一样，宋代诗文的发展不以新的文体形式的建构为特征，而是更多地表现为创作风格的开拓和创新。因此，把握“乐”主题的繁荣对艺术表现形态的影响，主要应从创作风格以及相关的文学实践方式等方面着眼。

古人在赞美“穷苦之言”、卑薄“欢愉之词”的同时也提供了有关两者“易工”“难好”原因的思考。韩愈说“和平之音淡薄”，这一贬义的评价其实也包含了对“和平之音”艺术特征的感受。张煌言说：“甚矣哉！欢愉之词难工，而愁苦之音易好也！盖诗言志，欢愉则其情散越，散越则思致不能深入；愁苦则其情沉著，沉著则舒籁发声，动与天会。”[②]陈继儒：“哀者毗于阴，故《离骚》孤沉而深往；乐者毗于阳，故《南华》奔放而飘飞。”[③]所谓“散越”“奔放”，既是情感特征，也是艺术

① 苏轼《送参寥师》，《苏文忠公全集》东坡集卷一〇，明成化本。
② 张煌言《曹云霖中丞从龙诗序》，《张忠烈公集》卷一，清傅氏抄本。
③ 陈继儒《郭注庄子叙》，《眉公先生晚香堂小品》卷九，明刻本。

特征。北宋诗文确实在整体上洋溢着"散越""奔放"、"淡薄"平和、欣愉舒畅的气氛。下面选择北宋诗文中体现这一特征比较鲜明的三种艺术倾向来加以说明。

(一)"容与闲易,无艰难劳苦之态"

欧阳修的文风被称为"纡余委备","条达疏畅","容与闲易,无艰难劳苦之态"①。这一风格在宋代具有普遍性,"文字到欧、曾、苏……方是畅"②。诗也是如此,欧阳修学韩愈"以文为诗",又学李白横放,一如其文风坦易条达。苏轼诗文更是以"随物赋形"、滔滔汩汩著称。宋代诗文这种普遍存在的平易畅达之美显然不是偶然的,它是乐观情调在艺术层面的自然流露。其"畅"在于心情的和平雍容。杨长孺(号东山)说:"欧公文非特事事合体,且是和平深厚,得文章正气。"③其"畅"又得力于理智的通达。释惠洪说:苏轼"以其理通,故其文涣然如水之质,漫衍浩荡,则其波亦自然而成文,盖非语言文字也,皆理故也"④。气度的从容、理识的通明,带来了文风的"曰'快',曰'达',曰'了'"⑤。

和平通达的思想胸襟是通过艺术价值观作用于创作过程的,透过价值观的分析,可以把握"乐"之精神发为艺术风格的轨迹。由于阔大视野和乐观思想的确立,作家们对于作为情感活动的文学创作也采取了一副超然的态度。"文之为言,难工而可喜,易悦而自足,世之学者,往往溺之。"⑥在欧阳修等人看来,这种只知文而不知道的倾向应该引起警惕。不仅如此,文人"溺于所好",对于自身来说也是一

① 苏洵《上欧阳内翰第一书》,《嘉祐集》卷一一,《四部丛刊》影宋抄本。
② 黎靖德编《朱子语类》卷一三九。
③ 罗大经《文章有体》,《鹤林玉露》丙编卷二,中华书局1983年版。
④ 释惠洪《跋东坡忼池录》,《石门文字禅》卷二七,《四部丛刊》影明径山寺本。
⑤ 刘熙载《艺概》卷一,清同治刻《古桐书屋六种》本。
⑥ 欧阳修《答吴充秀才书》,《欧阳文忠公集》居士集卷四七。

种“疲弊精神”[1]的可悲之举。苏轼在《宝绘堂记》中把艺术活动譬为“烟云之过眼,百鸟之感耳”,认为不可尽心“留意”。理学家则认为作诗妨道,邵雍自称“其间情累都忘去尔,所未忘者,独有诗在焉。然而虽曰未忘,其实亦若忘之矣”[2]。这份“夷然不屑”[3]的态度与传统文士“吟成五个字,用破一生心”[4]的寒乞酸陋及“力去陈言夸末俗,可怜无补费精神”[5]的险僻痴迷相比何其迥异!欧阳修说“道胜者文不难而自至”[6],他主张“各由其性而就于道”[7],“不必勉强,勉强简节之,则不流畅,须待自然之至”[8]。邵雍自称“所作不限声律,不沿爱恶,不立固必,不希名誉”[9],因而“平生无苦吟”[10],“吟咏情性”,未曾“累于性情”。苏轼更是反对有意为文,尤其不满“寒俭有僧态”[11]之作。其自作以为平生“快意事”,“意之所到则笔力曲折,无不尽意,自谓世间乐事无逾此者”[12]。张耒批评“唐人作诗,用思甚苦而所得无多”,主张“满心而发,肆口而成,不待思虑而工”[13],其所自作“容易不著意,忽似春风开百花”[14]。反对有意为文,追求“无艰难劳苦之态”。这不仅是传统文论所推重的“自然”境界,而且实质上还包含了这样一种深刻思想:主张艺术(“文”)服务于人生(“道”),反对艺文实践中纯艺术目

---

① 欧阳修《唐李德裕平泉草木记》,《欧阳文忠公集》集古录跋尾卷八。
② 邵雍《伊川击壤集序》,吕祖谦《宋文鉴》卷八七。
③ 刘熙载《艺概》卷二。
④ 程颢《二程遗书》卷一八,影印文渊阁《四库全书》本。《二程遗书》卷一八引用,并加以批评。
⑤ 王安石《韩子》,《临川集》卷三四。
⑥ 欧阳修《答吴充秀才书》,《欧阳文忠公集》居士集卷四七。
⑦ 欧阳修《与乐秀才第一书》,《欧阳文忠公集》外集卷一九。
⑧ 欧阳修《与渑池徐宰》,《欧阳文忠公集》书简卷七。
⑨ 邵雍《伊川击壤集序》,吕祖谦《宋文鉴》卷八七。
⑩ 邵雍《无苦吟》,《击壤集》卷一四。
⑪ 苏轼《书司空图诗》,《苏轼文集》卷六七。
⑫ 何薳《文章快意》,《春渚纪闻》卷六,明《津逮秘书》本。
⑬ 张耒《答李援惠诗书》,《张右史文集》卷五八,《四部丛刊》影旧抄本。
⑭ 晁补之《题文潜诗册后》,《鸡肋集》卷一八,《四部丛刊》影明本。

的僭越个性表现的“异化”倾向。黄裳说:“吟咏情性,发于自然,乃得至乐,有意于是体。”“牵合而后为之,不亦有伤于性乎?”①只有“无意为文”,才能实现心灵表现的自由之“乐”,获致人生的“至乐”。

显然,主张“无意为文”,并不是否定文学艺术的价值,而是对艺术自由本质的强调。与传统创作论中自由之义侧重于艺术构思和意象经营的“思接千载”“心通万里”不同,这种创作自由集中体现在艺术形式的无固无必和艺术表达的“无施不可”②,强调在无意为文、运用自如中见出人格的高超和逍遥。因此,我们在宋代诗文中,看到了“优游坦夷”③“容与闲易”的普遍文风,看到了以文为诗、以文为赋等不同文体之间的涣然通融,看到了洋溢着轻松散漫笔调的书信、随笔、杂记、题跋以及闲居写景七绝作品的大量涌现,这些都给人一种纵横如意、从容潇洒的感觉。这些鲜明的风格特征都是“乐”主题建设的深长之势必然产生的艺术效应。

(二)“以深远闲淡为意”④

宋人对于“平淡”的推尊和倡导是引人瞩目的。“平淡”这一在传统文论中基本属于贬义的概念,到了宋代成了诗人们异口同声标榜的理想之境。这一转变显然也与“乐”主题的作用密切相关。

韩愈说“和平之音淡薄”,虽然宋人的“平淡”观有着多层面丰富复杂的含义,但就其情感内容方面的规定性而言,恰好符应韩愈的这一界说。梅尧臣说:“诗本道情性,不须大厥声。”⑤欧阳修说:“狂来有意与春争,老去心情渐不能。世味惟存诗淡泊,生涯半为病侵陵。”⑥

---

① 黄裳《书子虚诗集后》,《演山先生文集》卷三五,清抄本。

② 江少虞《宋朝事实类苑》卷三八,日本元和七年活字印本。

③ 张綖《明嘉靖玩珠堂刊西昆酬唱集序》,杨亿编、王仲荦注《西昆酬唱集注》附录二,中华书局1980年版。

④ 欧阳修《六一诗话》,明《津逮秘书》本。

⑤ 梅尧臣《答中道小疾见寄》,《宛陵集》卷二四。

⑥ 欧阳修《病告中怀子华原父》,《欧阳文忠公集》居士集卷一三。

这些都是关于“平淡”心境的自我陈述。宋人真正的“平淡”诗境多见于诗人老去投闲之际，这说明所谓“平淡”主要指淡泊世事、泯灭情累所带来的心理上的平静宁和。其中包含“绵历世事”“决定无所用智”[①]的理性自制，“人安闲淡内”[②]的生活习性及“老之将至”听命于自然规律的意兴萧瑟等多种因素。这种以人生老境为代表的心意萧散之趣体现了宋人以理遣情的极致，是宋人“乐”主题艺术存在的特殊方式。

虽然“平淡”美也包含了不以文为意的创作要求，与诗文中共同存在的闲易坦畅之美有着本质上的联系，但是平静淡泊的情感特征，则更直接地决定了艺术表现采用简古朴素、意象淡雅的形式规范，任何形式上的铺张和复杂都会显出心理上的不“淡”。从梅尧臣开始，就积极倡导学习陶渊明、阮籍等人的五言古诗，苏轼则盛赞陶、韦、柳的五古诗风以及魏晋以前的“高风绝尘”。所谓“高风绝尘”就是诗艺声色未开、各类诗格未立之前的朴素自由风采。宋人认为“不如是，无以发萧散冲澹之趣”[③]。因此，“平淡”之境无论是内容还是形式都有极明确的规定性，“平淡”美主要地属于诗美的范畴，而且也超出了风格的含义，它体现了宋人“乐”意中最为幽微、深刻的部分。平淡美理想的真正确立和平淡风格的普遍追求出现于北宋中期“乐”主题本体深化之后，这本身也说明了诗歌“平淡”美的追求在“乐”主题表现中有着特殊的地位。

（三）“群居燕处言谈之文”“杂以诙嘲笑谑”“无所不有”[④]

士人队伍的壮大、士人经济状况的改善，使士人间的群体交游和结盟活动趋于频繁，文化活动日益丰富多彩。诗文创作作为文化活

---

① 黄山谷语，葛立方《韵语阳秋》卷三，清《学海类编》本。

② 韩维《自静教院晚步溴上》，《南阳集》卷七，影印文渊阁《四库全书》本。

③ 朱熹语，见罗大经《朱文公论诗》，《鹤林玉露》甲编卷六。

④ 欧阳修《礼部唱和诗序》，《欧阳文忠公集》居士集卷四三。

动的一个基本方面，便趋于普遍化、多样化和日常生活化，所谓“群居燕处言谈之文”显得纷繁丰富。从宋初开始，文人的诗酒唱和就极为活跃，现在所能见到的宋初三朝的诗歌作品多存于各类酬唱集之中。

这种诗酒娱乐的风气至仁宗朝还与文人世界逐渐形成的诙谐喜谑之风呼应融合。中国文人的诙谐虽然有着深远的传统，但它一直附属于俳优滑稽传统，被视作后者影响下的产物。只有到了宋代，文人的诙谐才被视作自主的表现。对于诙谐的价值，也不仅仅从俳言谲谏的“载道”之义上去加以提高，而是欣赏其“微言解颐”的趣味性，并把它化作淡化人生苦难意识、摆脱“物我”对立尴尬处境的有效手段。黄庭坚《书王知载〈朐山杂咏〉后》称诗人“情之所不能堪，因发于呻吟调笑之声，胸次释然，而闻者亦有所劝勉”[1]，所说即是。文人的诙谐多以文人生活的内容为材料，尤其是语言文字、学问识见以及文人间参差芜杂的生态众相。诗文唱酬与士人谐谑的融会，使“群居燕处言谈之文”在丰富、愉悦之外又增加了生动、活泼的色彩。欧阳修《礼部唱和诗序》中所载嘉祐二年的礼闱唱和，已是“相与作为古律、长短歌诗、杂言”，“时发于奇怪，杂以诙嘲笑谑”，“为言易而近，择而不精”，“其言无所不有”[2]。无论是内容，还是形式，都显得斑驳多姿。

无论是群居唱酬，还是“诙嘲笑谑”，在不同的程度上都含有以文为娱、以文为戏的倾向。艺术技巧以其特殊的灵智方式成了人们智力遣玩、心理释放的有效手段。在群居唱和中，诗才的应用不竭，屡赓不馁，数窘见奇，“因难见巧”[3]，给人以智力超人的优越感。在“诙嘲笑谑”中，诗人的“辨博才敏”，“机警”过人[4]，表见于篇章中的生机熟语，涉笔成趣，“斡旋其章”“恢刃有余”[5]，给人以阅视古今，指点大

① 黄庭坚《豫章黄先生文集》卷二六，《四部丛刊》影宋乾道刊本。

② 欧阳修《礼部唱和诗序》，《欧阳文忠公集》居士集卷四三。

③ 欧阳修《六一诗话》。

④ 江少虞《宋朝事实类苑》卷六七。

⑤ 黄彻《䂬溪诗话》卷一〇，清《知不足斋丛书》本。

有，万物为用，雅趣盎然的感觉。

智力的较量、诗艺的追求本来属于艰苦的过程，唐人作诗的苦思、苦吟便是最好的说明。但对于“材力豪迈有余”者来说，丰富的诗才诗艺已经统一到创作主体充沛有余的人格内涵之中。在这样的情况下，技巧的逗骋、学问智力的投放便以其自由的状态执行了艺术娱乐的功能，成了宋人乐观情调的特殊实现方式。由此生发开去，不难看出，宋代诗文中的一些杂体创作如药名诗[①]、姓名诗[②]、禽言诗（梅尧臣）、集句诗（石延年、王安石）等等，一些特殊文学技巧的实验如“白战体”以及“以故为新”“以俗为雅”“以学问为诗”“以文字为诗”等广泛存在的手法，都具有文才溢余而“以文为戏”、以文为娱和智力把玩的因素，因而都寓含着人生乐意的表达[③]。

五、“乐”主题发展的社会历史基础和文学史价值

“乐”意主题和乐观情调的鲜明发展有着深厚的社会生活基础。在前面的论述中，我们已部分地涉及这一点。不难看出，“乐”意主题在宋代文学中的焕发，是宋代士大夫相对优越的社会地位在文学创作中的反映。汉魏至隋唐文学中普遍存在的“骚人”“寒士”之吟、“感士不遇”[④]之悲，根源于大一统初期帝国皇权高压之下士人难于定位、长期的乱世颠簸之下士人无从求位、门阀势力挤兑之下士人卑屈下位等一系列士阶层的悲剧性遭遇。隋唐以来，新的选官制度等新型政治制度的不断推出，带来了社会结构的深刻变迁。经过长期的演进渐积，传统的地域性、宗法性的门阀政治势力最终在晚唐五代长期

① 释文莹《湘山野录》卷上。

② 刘攽《中山诗话》，明《津逮秘书》本。

③ 请参考：葛兆光《从宋诗到白话诗》，《文学评论》1990 年第 4 期；胡晓明《尚意的诗学与宋代人文精神》，《文学遗产》1991 年第 2 期；韩经太《宋诗谐谑论》，《中国社会科学》1993 年第 3 期。

④ 陈函辉《江花行赠日者江本湛先生》，《小寒山子集》，明崇祯刻本。

的干戈动乱中被荡涤殆尽，广大庶族地主阶级知识分子在新生的社会里充当了结构中坚和历史主角。科举制度的扩大和规范，使广大庶族知识分子社会地位和人生前途进一步获得了制度保障，加之各种“历代所未有”的“宠章殊异”[①]使士人阶层获得了前所未有的历史际遇，传统诗赋中“士不遇”主题便在一定程度上失去了阶层性悲剧的普遍基础。

所谓社会地位并不是抽象的，而是体现在经济、政治和文化生活的具体内容之中的。宋代官员的俸禄等利益特权之优厚在整个封建时代是首屈一指的，这便为普遍的闲适享乐生活提供了经济上的保障。不仅是官僚中的显达之辈，就是像魏野、种放、邵雍等野逸之士，也因皇室的赐予和官僚们的资助过上了较为舒适闲雅的生活。尽管宋代士大夫的个体经济状况远不能与门阀世家的雄厚实力相比，但相对于自身的平寒出身，却不能不说是实现了人生的飞跃。因此，宋人对富贵娱乐常表现出易于餍足、从容领受的通达态度，从而使物质的余裕充分地转化为精神上的尊优逸愉。

政治上“以儒立国”[②]，“文德致治”[③]，“与士大夫治天下”[④]的基本国策，不仅带来了“本朝欧、王、苏、黄出”，多为相执政，“何其盛也”[⑤]的文人显达局面，更重要的是，它刺激了士人阶层意识在全新水平上的高度自觉。宋代士人正是因为有了对社会现实博大的责任感和“屈于身兮不屈其道”[⑥]的自信，才大大淡化了进退出处的矛盾困惑，表现出“忧以天下”“不以己悲”的阔大胸襟。

宋代士人的历史幸遇又是被现实严格限定的。对于宋代士大夫来说，他们所面对的不是“天下无道”的乱世，而是国家弱势难挽、政

① 李焘《续资治通鉴长编》卷一八，中华书局 1995 年版。

② 冯琦、陈邦瞻《宋史纪事本末》卷二〇，明万历刻本。

③ 李焘《续资治通鉴长编》卷二三。

④ 李焘《续资治通鉴长编》卷二二一。

⑤ 宋朱翌（新仲）语，王应麟《困学纪闻》卷一八引，《四部丛刊三编》影元本。

⑥ 王禹偁《三黜赋》，《小畜集》卷一，《四部丛刊》影宋本。

治态度保守、官僚机构日益庞大僵化的有“道”难为局面。在这样的形势下，广大士人的事功之心常遭挫折，“兼济”之志难以施展，人生实践的轨迹便显出特殊的样态。以道德文章为主要内容的自我人格修养成了人生实践的重心，人们纷纷对各种文化活动表现出强烈兴趣。这些文化活动既以其关于社会人生的清醒理识给人以化解人生困惑的智慧，也以其学术活动本身的相对独立性和成就感实现了人生缺憾的弥补。虽然内向的道德文章之求，在实质上不免于淡化外在事功之心和掉臂于社会责任之外的消极因素，但它也属于对现实人生的一种积极态度，是宋代士大夫阶层意识活跃的重要一环，它以其意识的内向伸展和实践的个体普及圆足了士人阶层对历史殊遇的幸运体验。

从社会地位及其各种政治、经济既得利益等一系列历史际遇的热情体认，到社会责任意识的自觉承当，再到文化实践和人生价值的全面追求，构成了宋代士大夫阶层意识进展的“三部曲”。正是在这持续不断的历史进行曲中，文学“乐”的主题得到了持续不断的建设和发展，使宋以前文学中只是零星地实现的乐观境界一跃而为时代的主旋律，从而使文学迈出了传统文学慷慨苍凉、悲怨弥漫的沉重氛霾，实现了中国文学中“乐”主题与乐观情调的大规模拓展。

“乐”主题的发展打破了传统文学“悲哀为主”①的格局，虽然在实质上“乐”的主题不能如“悲”的主题那样形成几乎一统的盛大之势，即便是在最“快活”、最乐观的作家那里，从根本上排斥悲哀是不可能的，有时反而成就了一种“乐景写哀”②，强颜为欢，悲怆寓于诙谑的特殊艺术构型，但是“乐”毕竟伴随着生活的轻松、理性的加强和心灵的透脱，以鲜明的姿态大踏步地走向艺术的殿堂，获得了与“悲”之主题近乎平分秋色的地位。南北宋之交的吴子良说：“和平之音难工，感慨之词易好。近世文人能兼之者，惟欧阳公。如《吉州学记》之类，和

① 范仲淹《唐异诗序》，《范文正公文集》卷六。

② 王夫之《姜斋诗话》卷一，《四部丛刊》影《船山遗书》本。

平而工者也；如《丰乐亭记》之类，感慨而好者也。”[①]元人袁桷从欧阳修的诗中也看到了同样的情况，他说：“欧阳子出，悉除其偏而振絜之，豪宕、悦愉、悲慨之语，各得其职。”[②]欧阳修是北宋诗文革新中的代表性人物，像他这样“和平”与“感慨”，“豪宕”“悦愉”与“悲慨”兼而有之，各极其工的作家何止一人！主题的多样化带来了表现艺术的开拓。严羽曾指出：“唐人好诗，多是征戍、迁谪、行旅、离别之作，往往能感动激发人意。”[③]这就是说，唐代诗歌的高超成就主要地属于写悲的艺术，以至于唐代以前的整个传统文学也未必不如古人所言，所谓“工”所谓“好”，“必言其悲，则所谓工者，特工于悲耳”[④]。只有到了宋代，“悲”与“乐”的平分秋色，才带来了“和平之音”与“穷愁之言”的异调同工。这是宋代“乐”主题发展不可忽视的文学史价值。

（原载《中国社会科学》1995 年第 4 期，第 161—179 页。另载程杰《北宋诗文革新研究》，南京师范大学中文系博士学位论文，1994 年 5 月，第 90—119 页；文津出版社 1996 年版，第 365—397 页；内蒙古教育出版社 2000 年版，第 307—335 页。王博阅校订）

---

① 吴子良《和平之言难工》，《林下偶谈》卷三，民国重印明《宝颜堂秘笈》本。

② 袁桷《书鲍仲华诗后》，《清容居士集》卷四九，《四部丛刊》影元本。

③ 严羽《沧浪诗话》，明《津逮秘书》本。

④ 吴宽《石田稿序》，《匏翁家藏集》卷四三，《四部丛刊》本。

从陶杜的典范意义看宋诗的审美意识

北宋后期的蔡宽夫这样描述本朝诗坛状况:"国初沿袭五代之余,士大夫皆宗白乐天诗,故王黄州主盟一时。祥符、天禧之间,杨文公、刘中山、钱思公专喜李义山,故昆体之作,翕然一变。而文公尤酷嗜唐彦谦诗,至亲书以自随。景祐、庆历后,天下之尚古文,于是李太白、韦苏州诸人,始杂见于世。杜子美最为晚出,三十年来学诗者,非子美不道,虽武夫女子皆知尊异之,李太白而下殆莫与抗。"[①]这里,我们看到的是一个持续不断的诗坛典范的抉择过程。当然,蔡氏所述是不够全面的,但我们接受他的启示,注意到这样一个事实:宋代诗坛经过几番选择,最后把自己的最高典范落实到了杜甫和陶渊明身上。对于杜、陶的推崇并非出于某一两个诗人的个人爱好,而是整个诗坛的共同意愿。一定文学发展时期的典范直接关合这个时期的创作实践和理论宗旨,为我们把握这个时期的创作倾向提供了一个认识上的契机。我们从宋代诗人们对杜甫、陶渊明的认识和阐发中,可以看到宋人从这两个诗歌典范中汲取的指导意义,进而可以把握到这个时代诗歌美学的基本思想。

① 胡仔《苕溪渔隐丛话》前集卷二二,人民文学出版社 1962 年版。

一、杜甫典范意义的抉发

我们的认识从宋代诗人对杜、陶典范的抉择过程开始。

肇自宋初，郑文宝、王禹偁、丁谓、孙何等人就都学过杜诗。其中，王禹偁对于杜诗的认识是一个较特殊的现象。他是"白体"代表诗人，但他却认为杜诗是比白诗更高一层的境界。然而，当时"白体"流行，在众人沉溺于白居易晚期诗风而不能自拔之际，对杜诗的提倡不仅得不到应有的反响，就是王禹偁本人的学杜，在其生命后期的七八年间也几无进展。

杨亿等人在"白体"日趋俗滥之际，主张学习李商隐，企图以秾赡的词藻和精密的组织矫正"白体"诗的浅滑俗易。不过他们忽视了李诗秾丽之中有沉郁，精警之中有挺拔，凝定之中有激荡的内在力量，而这正是义山诗与杜诗律髓的相通之处。他们只是借助于李诗的某些技巧，以艳丽示富贵，以故事逞才学，以缜密求典雅，从而表现台阁文人的廊庙气息和馆阁风度，这是昆体诗"包蕴密致"之韵味的实质。他们这种耸动一时的风采和韵度与杜诗的精神颇相径庭。所以，在他们看来，杜甫只能算一个"村夫子"①。承平之际的台阁文人固难认识到杜甫之作为"寒儒"的价值。

欧阳修领导的诗文革新运动呼应了当时社会改革的潮流，对宋代文学产生了深广的影响。他为这个时期推出的创作典范是韩愈和李白。适应整个时代的需要，韩愈的典范价值远远突破了文学领域而进入了整个文化领域，人们是在文道合一、复古归正的前提下主张学习韩愈的。此外，韩氏的古体诗创作在盛唐之后近体诗风日趋轻柔细切的形势下是一个矫拨世俗的力量，这一点正投合宋诗复古革新的精神。"宋初三体"的创作以近体律绝为主，古体诗的倡导为宋

① 刘攽《中山诗话》："杨大年不喜杜工部诗，谓为村夫子。乡人有强大年者，续杜句曰'江汉思归客'，杨亦属对，乡人徐举'乾坤一腐儒'，杨默然若少屈。"明《津逮秘书》本。

人提供了古雅质朴、雄健开阔的自由风格和无施不可的表现形式。欧阳修从李诗豪迈飞扬、韩诗横放踔厉的精神气概中吸取了起卑矫俗的力量。在诗歌创作中,以“切于世事”而又充实于内的理性内容、豪宕爽朗的精神面貌、“思以正议排纵横”①的气魄,以及雄健坦荡的形式,附之以“以文为诗”、无施不可的“笔力”,形成了“以气格为主”②的审美特征。这种“气格”,是以范仲淹、欧阳修为代表的奋厉当世、欲有作为之新一代进士们精神面貌的艺术反映,体现了欧、梅时代诗人们对主体素质的追求和对艺术格局的开拓。继西昆诗“包蕴密致”的韵味之后,这种“气格”之美从根本上改变了宋诗精神内容的性质,大大提高了宋诗的精神品位,显示了宋诗审美趣味和美学理想的基本指向。

但是,欧氏的“气格”之诗连同它的先范——韩诗,在北宋中后期引起了一些反思和非议。关于韩愈“以文为诗”,沈括认为“韩退之诗乃押韵之文尔,虽健美富赡,而格不近诗”,吕惠卿对此则大不以为然③。从北宋后期以及南宋初期的大量诗话中我们可以发现,当时人们大多倾向沈括的观点。这说明在诗文革新思潮的作用下,蹈踏上韩、欧之途的诗人们已经面临着新的抉择。他们从韩、欧诗歌中发现了艺术的薄弱环节,这就是“意与语俱尽”④,“少余味”,“其言多平易疏畅”,“往往遂失于快直”⑤。因此,他们需要一个既没有这些艺术缺憾而又尽可能涵有韩诗那样的精神价值的新的创作典范。

这个创作典范只能是杜甫。

作为一代文坛领袖的欧阳修,对杜甫不像杨亿那样刻薄。他在《感二子》《堂中画象探题得杜子美》等诗中,客观地以李杜并称。但

① 王安石《次韵信都公石枕蕲簟》,《临川集》卷五,《四部丛刊》影明嘉靖本。
② 叶梦得《石林诗话》卷上,宋《百川学海》本。
③ 魏泰《临溪隐居诗话》,胡仔《苕溪渔隐丛话》前集卷一八。
④ 叶梦得《石林诗话》卷下。
⑤ 叶梦得《石林诗话》卷上。

是，杜诗并不符合他的审美趣味，他认为："杜甫于白，得其一节，而精强过之，至于天才自放，非甫可到也。"[①]在他看来，李白的成就涵盖了杜甫，杜之于李仅是单方面的深化，杜诗不及李白处就在于缺少李诗那种横放的气概。这就是著名的"李杜优劣说"，同时他还认为杜甫有不如韩愈的地方。以横放超踔振起浅俗卑弱是欧阳修变革诗风的基本精神，李、韩诗正提供了这方面的审美规范。欧氏将李杜并称，也主要是着眼于他们能起卑矫俗的"豪放之格"[②]，因而他特别标举李白，而不可能真正把握到杜诗之髓。

宋人多把推扬杜诗的功绩归于黄庭坚，其实宋代诗坛第一个大力推扬杜诗并真正深契其奥的是王安石。王安石编《四家诗》，首以杜甫，次以欧、韩、李。这种次第尤其是将李白置于最后，曾引起一些人的困惑。据载，王安石对此曾有两种解释。

第一种解释是："白识见污下，十首九说妇人与酒。"[③]这说明王安石扬杜抑李有着思想价值方面的考虑。其《杜甫画像》一诗也称赞杜甫："瘦妻僵前子仆后，攘攘盗贼森戈矛。吟哦当此时，不废朝廷忧。"可以说，是王安石第一次发现了杜甫位卑处难而不忘忧国的伟大人格。由于王安石本人生前和身后的特殊遭遇，他对杜诗的这一评价没有得到应有的注意。稍后苏轼说杜甫"一饭未尝忘君国"[④]，黄庭坚说"老杜虽在流落颠沛，未尝一日不在本朝"[⑤]，同样的意思，就得到了后人的反复称述。这说明王安石从杜诗中所抉发出的思想价值对于宋人来说有着普遍的意义。

王安石的第二种解释是："白之歌诗豪放飘逸，人固莫及。然其格止于此而已，不知变也。至于甫，则悲欢穷泰，发敛抑扬，疾徐纵

① 欧阳修《李白杜甫诗优劣说》，《欧阳文忠公集》笔说，《四部丛刊》影元本。
② 欧阳修《欧阳文忠公集》诗话："唐之晚年，诗人无复李杜豪放之格。"
③ 胡仔《苕溪渔隐丛话》前集卷六。
④ 苏轼《王定国诗集叙》，《苏文忠公全集》东坡集卷二四，明成化本。
⑤ 潘淳《潘子真诗话》，胡仔《苕溪渔隐丛话》后集卷一五。

横，无施不可。故其诗有平淡简易者，有绮丽精确者，有严重威武若三军之帅者，有奋迅驰骤若泛驾之马者，有淡泊闲静若山谷隐士者，有风流蕴藉若贵介公子者。”[①]王安石从内容和风格两个方面阐发了杜诗“兼人人所独专”的成就。这对于欧阳修的“李杜优劣说”是一个彻底的颠覆。此论着重表明了王安石对杜甫艺术能力的赞扬和推崇。其《老杜诗后集序》又云：“予考古之诗，尤爱杜甫氏作者，其辞所从出，一莫知穷极，而病未能学也……非人之所能为而为之者，惟其甫也……世之学者，至乎甫而后为诗，不能至，要之不知诗焉尔。”[②]杜诗之为诗，不在于其“敢”，而在于其“能”，在于其道尽“世间好语言”[③]。与王安石同时的韩维、王令等人也认识到了杜诗之“能”，王令即称杜诗“镌镵物象三千首，照耀乾坤四百春”[④]。杜诗之“能”就是这种陶钧万物的工力。

对能力的崇拜，必然引起对能力的思考和探索。故王氏在称赞杜诗内容、风格多样性之后感叹道：“盖其诗绪密而思深，观者苟不能臻其阃奥，未易识其妙处，夫岂浅近者所能窥者？此甫所以光掩前人而后来无继也。”[⑤]所谓“思深”“绪密”，就是指构思命意的深刻细致、脉理格律的精密严整，这是杜诗尤其是其律诗的特点。在王安石之前，宋人对此并没有具体而明确的认识。王安石早年学韩、欧之诗，往往“以意气自许，故诗语惟其所向，不复更为涵蓄”[⑥]，晚年博览唐诗，始意识到“以文为诗”的弊端。继王安石而起的诗人们大都开始意识到韩欧之诗是“文人之诗”，非“诗人之诗”，有“气格”，有“笔力”，但“意与语俱尽”。只有杜诗“气象雄浑，句中有力，而纡徐不失言外

---

①⑤ 胡仔《苕溪渔隐丛话》前集卷六。

② 王安石《临川集》卷八四。

③ 陈辅《陈辅之诗话》：“荆公尝言，世间好语言，已被老杜道尽；世间俗语言，已被乐天道尽。”中华书局 1980 年版《宋诗话辑佚》本。

④ 王令《读老杜诗集》，《广陵集》卷一一，民国《嘉业堂丛书》本。

⑥ 叶梦得《石林诗话》卷中。

之意"[①]。正是因为这一点，王安石在欧阳修大倡韩文大学韩诗之后，别具只眼，推出杜诗作为典范。他指出了杜诗之"能"，又指出了"能"之所在，以此向人们展示了杜诗的阃奥，为宋诗的发展明确了一条新的道路。王安石本人的诗歌创作在相当程度上实现了自己的主张。

江西诗派是沿着王安石指认的"思"与"绪"的途径进摹老杜之境并能"深造而具体"的。"具体"则落实为"法"。陈师道说："学诗当以子美为师，有规矩，故可学。"[②]至此，对杜诗之"能"的叹服和仰羡已完全落实为"退而结网"的实际仿效。虽然王安石在事实上是宋代第一个"发明"杜诗的人[③]，但真正把杜诗奉为师祖，作为楷式，具体点揭和效法，并因性之所近加以发挥，进而开创一个新流派的是黄庭坚、陈师道等人。大概正是从这个意义上，宋人多把杜诗的"发明"权归于黄庭坚。

二、陶渊明典范意义的抉发

宋人把陶渊明诗歌价值的发明权同样毫无保留地归于自己，这也有一个可资寻绎的过程。

宋初白体、昆体诗大都是在饮酒、归耕、职田等字面意义上使用陶渊明故事。值得注意的是宋初的寇准、盛度，稍后的晏殊、范仲淹等人，都主张学习并实际效法过韦应物的诗。韦应物和柳宗元在后来曾作为陶渊明的配殿受到宋人高度的推赏。晏、范等人之倡韦，主要立足于学习韦诗雅丽婉细的风格，意图是在当时诗风或滥入浅滑鄙俗、或走向词藻堆垛的情况下，使诗坛保持一脉清新的灵气。

梅尧臣提出了一个对于宋人来说极富于魅力的口号——"平

---

① 叶梦得《石林诗话》卷下。

② 陈师道《后山诗话》，明《津逮秘书》本。

③ 刘克庄在《后村诗话》中曾公正地提到这一点，但宋人多不持此见，而倾向于把杜诗的"发明"权派给黄庭坚，如张戒《岁寒堂诗话》等。

淡”。从梅尧臣的诗语中可以看到,他所说的“平淡”与陶诗有着一定的联系。他常常在诗中叙述自己对平淡之境的追踪。对于一个一生守贫贱,而又耿耿于怀的诗人来说,淡泊的机缘只能是偶然的,争取平淡的努力应该是艰难的。他的创作从根本上说只能是“老不得志,而为穷者之诗,乃徒发于虫鱼物类、羁愁感叹之言”,“探其奇怪”,“兴于怨刺”,“愈穷而愈工”的[1],其创作心态基本上呼应了韩孟之“不平则鸣”的创作口号。这种创作态度使他获得了超越流俗的力量,他作诗力避婉丽轻快,追求简朴淡拙,却多出以沉挚琢刻。诚如朱自清所说:“平淡有二,韩诗云‘艰窅怪变得,往往造平淡’,梅平淡是此种。朱子谓‘陶渊明诗平淡出于自然’,此又是一种。”[2]梅尧臣是以不平淡的精神意志来追求平淡之境的,与陶诗的气质格调有着相当的距离,在人格精神上没有深刻的契合,没有陶渊明那种自然性灵的底蕴。所以,他的诗“辞虽浅陋”,构思却“克苦”[3]。即便是“作诗无古今,唯造平淡难”这样的诗句,也是“寝食游观”之际苦苦“吟讽思索”的结果[4]。

在精神内涵和形式法则相统一的水准上彻底完成对陶渊明及其诗歌审美价值抉发的是苏轼。苏轼与陶渊明在精神上实现了自觉的认同,他说:“我即渊明,渊明即我。”[5]在创作上,把陶诗作为创作的楷式,和遍全部陶诗。苏轼对陶渊明及其诗歌价值的“发明”主要表现在两个方面:

首先,是对陶渊明人格境界的发现。苏轼指出陶渊明的人格价值就在于仕与不仕“无适而不可”,一切任其自然的高古志趣。苏轼说:“孔子不取微生高,孟子不取于陵仲子,恶其不情也。陶渊明欲仕

① 欧阳修《梅圣俞诗集序》,《欧阳文忠公集》居士集卷四二。
② 朱自清《宋五家诗钞》,上海古籍出版社1981年版,第1页。
③ 梅尧臣《答裴送序意》,《宛陵集》卷二五,《四部丛刊》影明万历梅氏祠堂本。
④ 刘延世《孙公谈圃》卷下,宋《百川学海》本。
⑤ 苏轼《和东方有一士》,《苏文忠公全集》东坡续集卷三。

则仕，不以求之为嫌；欲隐则隐，不以去之为高。饥则扣门而乞食，饱则鸡黍以迎客。古今贤之，贵其真也。”[①]这种自然真率，是宋人最高的人格理想，它不仅否定了世俗功名的牵累，而且破弃了仕与隐之间的“对峙”，进入了绝对自由的境界。在苏轼看来，这才是真正之“有道”。这里的“道”体现了儒、释、道三教融合后的思想深度。作为一个人格理想，它不拘以隐逸的生活方式，而是立足于个体内在的独立和自由，适应了宋代广大仕流知识分子普遍的心理需要。它在官僚士大夫的世俗化生活中表现为“寓意于物”而不“留意于物”，优游于世而不耽溺其中的情趣。苏轼对陶渊明这种生活态度的揭示，得到了宋人普遍的赞同。范温说，这是苏轼对陶渊明人格的“新发明”，“非如昔人称渊明以退为高耳”[②]。有宋一代的理学家持“理”科人，对陶渊明却是引为知己，惺惺以惜的。魏了翁认为陶渊明的为人不仅在于其“志守”，更重要的是其“悠然自得之趣”[③]。这与苏轼的见解是一致的。

其次，是对陶诗审美特征的阐发。在这方面，最著名的评论是“质而实绮，癯而实腴”[④]。同样的意思苏轼在“发明”韦、柳以分美陶诗时有过相对明了一些的说法：“发纤秾于简古，寄至味于淡泊。”[⑤]陶诗的审美意象是“淡”的，“简古”的，陶诗的审美情感是冲淡自然的。他那种自然真率的情调，在宋人看来不是一般的情感体验，而是包含着整个人生哲学感受与领悟。“枯淡”“简古”的形式中包含了如此深刻的内容，美感效果才能是“外枯而中膏，似淡而实美”[⑥]的。

我们看到，为了突出陶诗审美效果的特殊性，苏轼的表述强调了内容和形式间的反差，其实，陶诗的内容和形式达到了高度完美的统

① 胡仔《苕溪渔隐丛话》前集卷三。
② 胡仔《苕溪渔隐丛话》前集卷四。
③ 魏了翁《费元甫陶靖节诗序》，《鹤山全集》卷五二，《四部丛刊》影宋本。
④ 苏轼《追和陶渊明诗引》，《苏文忠公全集》东坡续集卷三。
⑤ 苏轼《书黄子思诗集后》，《苏文忠公全集》东坡后集卷九。
⑥ 胡仔《苕溪渔隐丛话》前集卷一九。此句未见于苏轼文集，而宋人诗话记载多归于苏。

一。这种统一是建立在任意无为的创作精神之上的。只有把握到了这一点，才是真正把握到了陶诗创作价值的实质。苏轼说："陶渊明意不在诗，诗以寄其意耳。"[①]陶诗的精神就在于创作主体是自然率性的，艺术创造过程也是自然无为的，艺术活动本身已经消融在"悠然自得"、随心无为的生命存在之中。所以，陶诗涉笔生趣，所寓皆妙，"未可于文字精粗间求之"[②]。苏轼同时和以后的许多诗人及诗学家都把握到了陶诗这一"关键"的艺术价值。陈模说陶渊明"人品素高，胸次洒落，信笔而成，不过写其胸中之妙尔，未尝以为诗，亦未尝求人称其好。故其好者皆出于自然，此其所以不可及"[③]。陶诗平淡的艺术品性完全出于其平淡的生命存在，只有这样，艺术平淡中才能包含艺术本质的充分实现，从而具有无尚的艺术魅力。苏轼对于陶诗"外枯而中膏，似淡而实美"的阐扬，为宋人标揭了一个审美价值典范。这种审美典范概括起来就是"意到语自工，心真理亦邃"[④]，即形式法则和精神观念统一在任意无为的人生态度之上的"自然之工"。

三、陶、杜典范意义的互补结构与时代内涵

从欧阳修之推韩、李到王安石、苏轼、黄庭坚之倡杜、陶，反映了审美意识从"发扬感动"到"覃思精深"，从"不平则鸣""穷而后工"到"悠然自得""无意为诗"的深刻变化。从中我们不难把握到时代精神的折射。北宋中后期，各种社会矛盾和危机日益深重，围绕着处理这些社会危机所展开的政治斗争日益激化，广大知识分子"进亦忧，退亦忧"的忧患意识在社会现实的压抑下越来越扭向心理深层，"进不

① 晁补之《题陶渊明诗后》，《鸡肋集》卷三三，《四部丛刊》影明本。
② 胡仔《苕溪渔隐丛话》前集卷三。
③ 陈模撰、郑必俊校注《怀古录校注》卷上，中华书局 1993 年版，第 29 页。
④ 谢逸《读陶渊明集》，《溪堂集》卷一，清鲍氏知不足斋抄本。

为喜，退不为惧”[①]的超越意识越来越获得深刻的心理力量和理智形式。知识分子的这种精神面貌和心理现实直接决定了这个时期诗坛对典范形象的选择。当典范的意义对应了人们的深层意识，照亮了这个时代的基本精神，典范也就获得了普遍的价值意义。陶、杜对于宋人来说就是如此！这两个典范以互补的形式集中体现了宋代诗人的基本创作意识和审美理想：

（一）“少陵有句皆忧国，陶令无诗不说归”

南宋周紫芝《乱后并得陶杜二集》一诗中的这两句[②]，集中概括了陶、杜二人所体现的两种思想价值取向。显然，这并没有超出传统儒道互补的精神法式，但是，时代毕竟赋予这种精神法式以新的内涵。这主要表现在宋人对这两个典范的价值阐释上。

把杜诗的思想价值概括为忠君忧国，与杜诗内容的实际成就相比，有一个“阐释差距”。宋人把杜诗纳入了自己的道德伦理框架，让杜诗来代表他们所标榜的“正统”，虽为推尊，实际上却抹杀了杜诗原有的“谏诤”姿态和“忧愤”精神。宋人更多地注意杜诗“温柔敦厚”的诗教意义。司马光说：“古人为诗，贵于意在言外，使人思而得之，故言之者无罪，闻之者足以戒也。近世诗人，惟杜子美最深得诗人之体。”[③]黄庭坚说：“诗者，人之性情也。”诗之“正”，在于“忠信笃敬”，而不是“讪谤侵陵”[④]。在这里，儒家的积极入世精神并不是表现为直言敢谏、补察时政的社会功能要求，而是内敛为主体自觉性的人格要求。到了南宋，人们对杜甫的认识主要落实在人格修养上。“少陵忠

① 欧阳修《记旧本韩文后》，《欧阳文忠公集》外集卷二三。

② 周紫芝《乱后并得陶杜二集》，《太仓稊米集》卷一〇，清抄本。

③ 司马光《续诗话》，明《津逮秘书》本。

④ 黄庭坚《书王知载〈朐山杂咏〉后》，《豫章黄先生文集》卷二六，《四部丛刊》影宋乾道刊本。

义之气，根于素守。”[①]“杜子美爱君之意，出于天性，非他人所能及。”[②]人们专注于这种“抱道而居”的人格意识，也就忽视了杜诗雄浑悲壮、忧愤沉郁的精神力量。

当“忠义之气”完全内敛为人格意识时，对于性情规范化（“正”）的要求，也就具有了自觉的主体力量。宋代诗人们从“正”的要求出发，不满于李白那种托寓于酒色的叛逆性格，反感李贺的鬼怪境界和李商隐的幽艳情怀，鄙视唐末五代那种“区区物象磨穷年”[③]的小慧琐念，甚至对韩愈出于歌功颂德的目的对平叛战争的淋漓刻画也不无讥诮[④]。这些都是道德理性对诗歌内容的严格规范。

对于陶渊明的推扬阐发主要着眼于“悠然自得”的生活情调。宋人对于“自然”境界的追求也立足于自然，他们没有采取魏晋时的任诞和李白式的狂放那样的情感方式，而是在散文化的世俗生活中寻求诗化的超逸情韵。意在“胸中之妙”，而不在于遁迹江湖，一切都不失为理智和优雅。正因为这一点，宋人也把陶诗列入“正”的范畴。理学家认为陶诗“以物观物，而不牵于物；吟咏情性，而不累于情”[⑤]，合乎理学的精神。相对于陶渊明这种高超自然的优雅情调，韩愈的不平则鸣、孟郊“出门即有碍”的哀怨、白居易“忍泣青衫对商妇”[⑥]的感伤，都有失于“道”，有碍于“正”，因而也都或多或少受到了宋人的非议。

无论是杜甫这一典范形象所代表的儒家伦理道德的严格规范，

---

① 费士戣《漕司高斋堂记》，《全蜀艺文志》卷三四，明嘉靖刻本。

② 俞文豹《俞文豹集·吹剑三录》，浙江古籍出版社 2016 年版。

③ 梅尧臣《答裴送序意》，《宛陵集》卷二五。

④ 苏辙《诗病五事》："韩退之作《元和圣德诗》，言刘辟之死，曰：'宛宛弱子，赤立伛偻。牵头曳足，先断腰膂。次及其徒，体骸撑拄。末乃取辟，骇汗如雨。挥刀纷纭，争切脍脯。'此李斯颂秦所不忍言，而退之自谓无愧于雅颂，何其陋也。"《栾城集》三集卷八，《四部丛刊》影明嘉靖蜀活字本。

⑤ 魏了翁《费元甫陶靖节诗序》，《鹤山全集》卷五二。

⑥ 戴复古《琵琶行》，《石屏诗集》卷一，《四部丛刊续编》影明弘治刻本。

还是陶渊明这一典范形象所体现的超逸意识实现方式和情感形式的改造，都贯注着一个基本精神，这就是情绪的内敛和理性的加强。宋人所追求的是坚定的理性人格及其优雅自在的生命情调，陶杜这两个典范从思想价值的两个向度指归到了这一点。

（二）“少陵雅健材孤出，彭泽清闲兴最长”

曾巩《孙少述示近诗兼仰高致》中的这两句诗[①]，简洁地道出了杜诗和陶诗所代表的两种不同的风格形态。南宋施德操也有过类似的咏赞：“子美学古胸，万卷郁含蓄。遇事时一麾，百怪森动目。渊明淡无事，空洞抚便腹。物色入眼来，指点诗句足。彼直发其藏，此但随所瞩。”[②]一个以才学功力之“材”见长，一个以天然灵性之“兴”为胜。一个陶钧万物，气象峥嵘；一个随境适性，妙趣横生。前者美在力度，后者妙在韵度；前者偏于表现人格的力量，后者主于发挥人格的风神。

欧阳修时代所追求的“气格”，也是以主观精神力量为底蕴的，但这种力量基本上是外向的，“发扬感动”的，是一种“豪放之格”，难以与杜诗的内敛形态建立起联系。随着人格的内敛，王安石等人发明了杜诗“陶钧万物”的艺术功力，为新的人格内容找到了新的表现方式。江西诗派有选择地深化了这一表现方式，这就是陈师道说的“立格、命意、用字”[③]。立格指词理要端直，语脉要曲折新奇，音律要清峻拗峭；命意指构思要深刻细致；用字指语句字词要精审得力。在这些内容和形式的不同层次，都包含了力的追求[④]，这就形成了“雄浑雅健”[⑤]的风格形态。这种风格境界有欧诗之格力，却无其发露，在构思

① 曾巩《孙少述示近诗兼仰高致》，《元丰类稿》卷七，《四部丛刊》影元本。

② 施德操《北窗炙輠录》卷下，清刻《奇晋斋丛书》本。

③ 张表臣《珊瑚钩诗话》卷二，宋《百川学海》本。又方回《瀛奎律髓》卷四二：“以意为脉，以格为骨，以字为响。”

④ 如许𫖮《彦周诗话》论诗之“力量”，就举杜诗为例。

⑤ 严羽《答出继叔临安吴景仙书》，《沧浪诗话》附，明《津逮秘书》本。

的深严和理脉的精细之中有着内敛的态势。但是，这种境界并非得杜诗之全体，有其雄健，无其浑沧；有其高雅，无其深厚。这种境界关键在一“健”字。对“健”的追求，对“力”的强化表现，正是本原于坚定、贞静、冷峻的理性人格。

陶渊明“无意为诗”，诗歌境界的构成就“无迹可寻”，学陶所导致的风格变异之可能性就更大。虽然苏轼说过“吾若归田，不乱鸟兽，当如陶渊明”①的话，但不仅终其一生未能归居园田，更不可能真正享有陶渊明那种朴素、平和的心境。人们可以学到陶渊明那样的生活态度，但绝不可能学到他那种心态和气质。所以，学习陶渊明只能接受其“无意为诗”的精神，在变化了的精神内涵与形式法则之间寻求新的统一方式，以实现新的“无意”境界。苏轼这样表述自己的创作境界：“吾文如万斛泉源，不择地皆可出，在平地滔滔汩汩，虽一日千里无难。及其与山石曲折，随物赋形，而不可知也。所可知者，常行于所当行，常止于不可不止，如是而已矣。”②这是另一副“自然”形态的风格。与李白诗歌相比，无其情绪的奔突和热烈，无其气象的苍莽和雄浑，却自有其胸襟意气的浩穰与渊雅、文理姿态的变幻和夭矫。与陶诗相比，意度虽无其朴素、宁静，但不失为高妙有趣，气象虽不如其古穆、质厚，却自得其丰逸、生动。以“妙理”为“新意”，以“豪放”为“法度”，在“不得已而为之”的准自然态度的基础上构成了苏诗的风格形态。在这种风格中流溢着圆满的理性、聪敏的灵机和生动的情趣等理性人格的风神。

苏、黄对于陶、杜两个典范的学习，使他们的创作呈现了两种不同的风格。这两种风格是各具个性的，同时又典型地体现了宋诗的基本面貌。严羽曾说过，宋诗发展“至东坡、山谷，始自出己意以为诗，唐人之风变矣”③。正因为苏、黄为宋代诗坛找到了两个契合宋人

① 苏轼《跋李伯时卜居图》，《苏轼文集》卷七〇，中华书局1986年版。
② 苏轼《文说》，苏轼撰、郎晔注《经进东坡文集事略》卷五七，《四部丛刊》影宋本。
③ 严羽《沧浪诗话》。

心理法式的典范，正因为他们对陶、杜诗歌独特的价值认识和学陶、杜而自不为陶、杜的独特追求，他们的创作才能为宋代诗坛构筑起两个完全属于这个时代的风格典型，宋诗的独特风格也因此而得到了两个形态的充分表现。

（三）“拾遗句中有眼，彭泽意在无弦”

黄庭坚的这两句诗[①]，其用意并非仅仅是指出陶、杜诗歌创作形态的不同，而是在于通过他们两人在不同创作层次所展示的个性特色来树立一个完整的诗歌创作理论，“句中有眼”与“意在无弦”构成了这个创作理论的两个环节。如果我们不能认识黄庭坚诗论着手拾遗、指归彭泽的全部内涵，不仅会导致对黄庭坚诗论乃至于创作实绩的误解，更重要的是难以把握苏、黄之间的关捩，即宋诗审美意识的结穴。

根据苏轼和黄庭坚的看法，陶、杜所代表的自由境界、终极理想是所谓“老”和“古”。

黄庭坚认为杜子美到夔州以后的诗才达到了“不烦绳削而自合”[②]的境界，苏轼也主张：“大凡为文，当使气象峥嵘，五色绚烂，渐老渐熟，乃造平淡。”[③]在他看来，“老”境是对“五色”“气象”的否定和超越。黄庭坚的观点大抵也是如此，方回对杜甫夔州后诗歌境界的解释颇能代表黄庭坚的看法。方回说，杜甫关辅、成都时诗“如绣如画”，成都后则“绣与画俱泯”，至夔州后，则“莫不顿挫悲壮，剥浮落华”[④]。他还进一步说，老杜诗是“一节高一节，愈老愈剥落”[⑤]。所剥落的是诗境的音容声色，是感相的渲染、外境的烘托、技巧的刻琢。

---

① 黄庭坚《赠高子勉四首》其四，《豫章黄先生文集》卷一二。

② 黄庭坚《与王观复书》其一，《豫章黄先生文集》卷一九。

③ 周紫芝《竹坡诗话》，明《津逮秘书》本。

④ 方回《程斗山吟稿序》，《桐江集》卷一，清嘉庆《宛委别藏》本。

⑤ 方回编、李庆甲集评点校《瀛奎律髓汇评》卷一〇方回评杜甫《春远》，上海古籍出版社1986年版。

这些都是唐诗的重要美质，在宋人看来却是“浮华”。“老”境的标志是“剥落浮华”，当彻底地摆脱了对感相、外境、技巧的依赖，诗境就直造内心，就能最充分地展示主体的精神境界。“浮华落尽见真淳”，真淳就意味着最彻底的人格自由，这就是“老”境的实质。

苏轼、黄庭坚都把陶渊明其人其诗与整个“古人”“古风”联系起来。在他们看来，陶渊明“风流不落正始后”，依然属于古典境界。对于“古”境，苏轼有一段著名的论述：“予尝论书，以谓钟、王之迹萧散简远，妙在笔画之外。至唐颜、柳，始集古今笔法而尽发之，极书之变，天下翕然以为宗师，而钟、王之法益微。至于诗亦然，苏、李之天成，曹、刘之自得，陶、谢之超然，盖亦至矣，而李太白、杜子美以英玮绝世之姿，凌跨百代，古今诗人尽废，然汉魏以来高风绝尘，亦少衰矣。”[①]我们知道，美的实践在本质上是不可重复的，从而决定了美在本质上也就不是积累的。文学技巧的发展，赋予了主体以客体化、对象化的能力，但它又以单向发展、僭越本位的副作用时时剥夺主体本质表现的自由。所以，越是接近于艺术发生的原点，主体就越具有充分乃至于绝对的审美自由，这就是苏轼所说的“高风绝尘”的境界。要进入这一境界，就要实行主体本质的回归，对于宋人来说，首先要否定唐人在形式法则上“登峰造极”的努力，剥落其词采意象、音调风容，从而归于“平淡”“简古”。实现了“平淡”“简古”，就超越了唐人艺术表现的定势及其俗套而进入“高风绝尘”的主体自由境界。对于这一境界的神往反映了宋人对独立、高古、自由人格的强烈希求，这与“老”境的实质是一样的。

“老”境和“古”境所体现的是这样的一种境界，否定和剥落了流俗的技巧，超越了体现在技巧中的一切外在矫作装点的机心，使艺术创作显出一种不设邪思、不惑其心、无所用智的“平淡”境界。一旦超越了流俗技巧的束缚，实现了这一境界，也就进入了独立自由、高风

① 苏轼《书黄子思诗集后》，《苏文忠公全集》东坡后集卷九。

绝尘的人格境界。这是立足于整体人生的艺术态度。在这里，“平淡”的艺术实现了不平淡的人生目的，表现在美感构成上则是“平淡”的艺术形式中包含着不平淡的人格内涵。所以，黄庭坚把艺术的自由境界称为“平淡而山高水深”①，苏轼则表述为“外枯而中膏，平淡而实美”。用语不同，其旨为一。

这种境界在黄庭坚的学生范温那里被概括为“韵”。他的基本命题是“有余意之谓韵”。人们在把这一命题与谢赫、钟嵘、司空图、严羽、王士禛、王国维等人的理论命题放在一起进行理论阐释时，容易忽视范温这一命题的时代底蕴。范温在解释这一命题时说，为文众善“一不备焉，不足以为韵；众善皆备而露才用长，亦不足以为韵。必也备众善而自韬晦，行于简易闲淡之中，而有深远无穷之味，观于世俗，若出寻常……测之而益深，究之而益来，其是之谓矣。其次一长有余，亦足以为韵。故巧丽者发之于平淡，奇伟有余者行之于简易，如此之类是也”②。这些，与其说是艺术观，不如说是人生观。“有余”是对主体人格境界的要求和肯定，而“发之于平淡”“行之于简易”则是处人寰、观世俗的态度。“韵”的内涵已突破艺术创造的本体意义，而直接指向艺术创造主体的生命存在。“韵”，实质上展示了一个人格内敛、“高风绝尘”的生命存在方式，落实为新的审美规范，它要求以“平淡”“简洁”的形式法则来体现而又表现这一生命存在方式，即在内容和形式的统一上实现“高风绝尘”的境界。苏、黄透过陶、杜之境所发现并追求的自由“无意”境界，其美学价值聚焦于这一点。

但是，有一个深刻的矛盾存在于“高风绝尘”的人格要求与“平淡简古”的形式法则之间。以陶渊明为代表的古典精神境界是上古时代的现实存在，有着那个时代无可追复的社会形态和群体心理依据。当宋人把这种群体精神风貌作为个体人格理想加以追求时，就从根本上改变了这一精神法式。这就使得那些洋溢着古典气息的“平淡”

① 黄庭坚《与王观复书》，《豫章黄先生文集》卷一九。

② 范温《潜溪诗眼·论韵》，《宋诗话辑佚》本，中华书局 1980 年版。

形式也随着其精神本原的失落而最终悄然远逝了。所以，宋人所追求的“平淡简古”，不可能是汉魏古诗的平淡简古。宋人只能是在“平淡简古”的价值观念和追“古”求“老”的自由精神的指引下，超越唐人的形式“流俗”，从而建立起属于自己的形式法则，在精神观念与形式法则的统一上创造与唐诗气象远不相同的审美风范。这在宋人看来是“平淡简古”的，是有“韵”的，范温把苏黄作为“有韵”的典型，姜夔把黄庭坚诗视为“含蓄”的典型，都是基于这个时代自己的审美理想原则。苏轼和黄庭坚，虽然一个意在陶趣，一个志在杜学，一个任性顿悟，一个具识渐修，但都认同由“法”而“无法”、由“句中有眼”而“意在无弦”，“渐老渐熟，乃造平淡”的精进之路，标举“平淡而实美”“平淡而山高水深”这样的终极自由境界，都既充分又典型地体现了这个时代的审美风范和精神理想。

（原载《文学评论》1990 年第 2 期，第 67—74、102 页。另载程杰《北宋诗文革新研究》，文津出版社 1996 年版，第 570—587 页；内蒙古教育出版社 2000 年版，第 483—498 页。林俊英校订）

宋诗“平淡”美的理论和实践

已有论者从宏观的角度指出：“中国古典诗歌的平淡美，作为审美理想而确立于成熟的理论自觉之中”，“是自宋代开始的”[①]，在宋诗的发展进程中确实存在着一个对“平淡”美不断探索的轨迹。这种实践轨迹并不是单线的传承积累，而是由于不同的思想倾向和艺术态度，呈现着复杂的发展形态，“平淡美”理论及其相应的诗美创造因此获得了丰富的内涵。

一、欧、梅的“古淡”论

宋人“平淡”诗观首先是与梅尧臣紧密联系在一起的，梅尧臣“作诗无古今，唯造平淡难”[②]的诗句是宋人“平淡”诗观中的经典表述。关于梅尧臣“平淡”诗风的主张和实践，应从其与以“西昆体”为代表的宋初诗风的比较中去把握。元人有一段关于梅尧臣诗史地位的精辟之论：“去浮靡之习，超然于昆体极弊之际；存古淡之道，卓然于诸大家未起之先。”[③]这“古淡”是梅尧臣自己的主张，欧阳修有诗载：“子

① 韩经太《论宋人平淡诗观的特殊指向与内蕴》，《学术月刊》1990 年第 7 期；《中国诗歌的平淡美理想》，《中国社会科学》1991 年第 3 期。

② 梅尧臣《读邵不疑学士诗卷，杜挺之忽来，因出示之，且伏高致，辄书一时之语以奉呈》，《宛陵集》卷四六，《四部丛刊》影明万历梅氏祠堂本。

③ 梅尧臣《宛陵集》附录引龚啸语。

(引者按:梅尧臣)言古淡有真味,大羹岂须调以齑。”[①]“古淡”也是同时许多诗人推尊的境界。如欧阳修认为“辞严意正质非俚,古味虽淡醇不薄”[②]。苏舜钦称:“会将趋古淡,先可去浮嚣。”[③]所谓“古淡”,是指针对晚唐五代以来时体之情思浮靡、形式雕绘而提出的一种审美主张,它是宋初以来追还三代之风的复古主义思潮在审美理想上的反映,要求诗人摈弃晚唐浮艳雕绘的作风,追踪唐之中盛尤其是韩孟等人的诗风。因此所谓“古淡”意在复古,并无诗风上的统一定义。苏舜钦自称“笔下驱古风,直趣圣所存”[④]是一种,欧阳修学李白横放展宕也是一种,而当时真正“古”而能“淡”者当以梅尧臣最为典型。梅诗笔尚朴拙,意象清雅,立意平实,又多用五言,尤长于五古,相对于西昆体七律之秾丽密致,相对于苏舜钦七古的宏壮豪健,都显示出十足的平淡气质。他的这一实践使“平淡”理论的探索具有了初步明确的方向。

欧阳修对于梅尧臣,生而序之,死而铭之,对梅尧臣的诗歌造诣深心称阐。晚年,欧阳修在《六一诗话》中指出:“子美笔力豪隽,以超迈横绝为奇;圣俞覃思精微,以深远闲淡为意。”[⑤]在《梅圣俞墓志铭》中,欧阳修进一步总结道:梅尧臣“其初喜为清丽闲肆平淡,久则涵演深远,间亦琢刻以出怪巧,然气完力余,盖老以劲”[⑥]。不难看出,他是认定“平淡”为梅诗基本风格的。

这种风格虽“以闲远古淡为意”,却是“苦于吟咏”,“构思极艰”,“覃思精微”[⑦]的结果。其形成过程融合了多种艺术风格因素,如中晚

---

① 欧阳修《再和圣俞见答》,《欧阳文忠公集》居士集卷五,《四部丛刊》影元本。

② 欧阳修《读张李二生文赠石先生》,《欧阳文忠公集》居士集卷二。

③ 苏舜钦《诗僧则晖求诗》,苏舜钦撰,傅平骧、胡问涛校注《苏舜钦集编年校注》卷四,巴蜀书社 1991 年版。

④ 苏舜钦《夏热昼寝感咏》,苏舜钦撰,傅平骧、胡问涛校注《苏舜钦集编年校注》卷三。

⑤ 欧阳修《六一诗话》,明《津逮秘书》本。

⑥ 欧阳修《梅圣俞墓志铭》并序,《欧阳文忠公集》居士集卷三三。

⑦ 欧阳修《六一诗话》。

唐五律诗的清丽婉细和郊、岛等人的怪巧。因此，它是一种外示“平淡”与内含艰巧表里殊致的特殊构型。反映为审美感受，便是“如食橄榄”，津意见于咀嚼的风味。

欧阳修对于梅诗之“平淡”深心推阐，固然是因为梅诗艺术成就的客观魅力，然而也与欧阳修本人的整个艺术主张相吻合。欧之擅长在“古文”，倡导“文与道俱”，“简易自然”，标志着新一代“古文”精神和作风的成立。欧言“平易自然”，这是他从艺术的角度推阐“平淡”之义的原因。在他的“古文”艺术论中，也不乏艺术上“进其业，修其辞”①而致“平淡”的主张，指出了“平淡”是艺术精进的结果。这与梅尧臣所言“作诗无古今，唯造平淡难”相一致。

然而，“平淡”不只是个艺术问题，更是个情感问题。梅诗平淡有味的情感基础可以用谢景初称赞梅诗“苦语有淡工”②一语来概括。所谓“苦语”是指梅尧臣诗歌以“贫贱”之士的身世之感为主，正如欧阳修所说，梅诗之“工”是“穷”的结果。庆历六年(1046)，梅尧臣与当时显达闲适之士晏殊之间围绕“平淡”问题曾有过思想交流③。梅尧臣虽尊重晏殊关于闲雅平淡的见解，然实践上表现出明显的不惯。梅在诗歌中写道：“微生守贫贱，文字出肝胆。……因吟适情性，稍欲到平淡。苦辞未圆熟，刺口剧菱芡。”④心虽属之然意实难造。“相公(指晏殊)贵且事翰墨，我辈岂得专游嬉。”⑤既然游嬉闲适不起，“适情”“平淡”之诗便无缘任真。

值得注意的是，随着改革急流的退潮，尤其是诗人心意的“老大”，梅尧臣逐渐领略到了陶渊明诗歌具有的高古野逸意趣，同时对隐逸诗人的风格表现出欣赏的态度。宋初在“白体”“昆体”缙绅诗人之外，本来就有僧侣隐士组成的在野诗人群体，继踪晚唐五代栖隐苦

---

① 欧阳修《与郭秀才书》，《欧阳文忠公集》外集卷一六。
② 梅尧臣《冬夕会饮联句》，《宛陵集》卷一一。
③ 梅尧臣《途中寄上尚书晏相公二十韵》，《宛陵集》卷二八。
④⑤ 梅尧臣《依韵和晏相公》，《宛陵集》卷二八。

吟之流的疏淡清远诗风，后人称为“晚唐体”。逸民在野的风气于宋初政权建设有所不利，因此“宋兴，岩穴弓旌之招，叠见于史”①。但随着政权的巩固，隐士的形象便由政权建设的消极因素转变为道德风教的积极因素。种放被召，不久又求归，宋真宗认为“能守分恳让，益可嘉”②。范仲淹作《严先生祠堂记》称严子陵“归江湖，得圣人之清”，“而使贪夫廉，懦夫立，是有大功于名教也”③，都见出复古思潮中儒家政教思想对传统静退野逸情趣的融摄。隐者之诗以山水优游为主，相对于红尘浮嚣、台阁富贵之语，以“格调清卓，辞意平淡”④为胜境。梅尧臣晚年对这种“平淡”也有了一定的理解，他称林逋：“顺物玩情为之诗，则平淡邃美，读之令人忘百事也。其辞主乎静正，不主乎刺讥，然后知趣尚博远，寄适于诗尔。”⑤可见梅尧臣对这种早年无缘的境界现在已是深心知赏了。梅尧臣这一变化，预示了“平淡”诗观开始具有更多审美情感方面的规定。

对于欧、梅等人来说，晚年的情感“平淡”，主要属于越过生命鼎盛期之后心意的“老大”和“淡泊”。欧阳修说：“狂来有意与春争，老去心情渐不能。世味惟存诗淡泊，生涯半为病侵陵。”⑥这种“淡泊”包含了社会时事、自然生命和心理规律等多方面的体认。王安石晚年不似少壮时“以意气自许”，而是“深婉不迫”⑦。这种“少小”“老大”的迥然异格，包含了更多艺术上博观约取、深思渐进的诗家工夫。因此，王安石对“闲淡”中的“不淡”有着深切的体验，即所谓“看似寻常最奇崛，成如容易却艰辛”⑧。这是“平淡”诗论中抉发此义最精辟的措语。

---

①② 脱脱等《宋史》卷四五七，清乾隆武英殿刻本。

③ 范仲淹《桐庐郡严先生祠堂记》，《范文正公文集》卷七，《四部丛刊》影明翻元刊本。

④ 释智圆《联句照湖诗序》，《全宋文》卷三一〇，上海辞书出版社 2006 年版。

⑤ 梅尧臣《林和靖先生诗集序》，《宛陵集》卷六〇。

⑥ 欧阳修《病告中怀子华原父》，《欧阳文忠公集》居士集卷一三。

⑦ 叶梦得《石林诗话》卷中，宋《百川学海》本。

⑧ 王安石《题张司业诗》，《临川集》卷三一，《四部丛刊》影明嘉靖本。

二、“平淡”诗论的深化

继欧、梅、王之后，苏轼和黄庭坚把“平淡”诗美的探索推进到高度自觉的阶段，他们的理论和实践代表了“平淡”诗美的最高成就。然而，细加寻绎，两个人的视野是有分别的。

苏轼侧重于从审美情感上把握“平淡”的韵味和风神。他特别强调“平淡”中的“至味”“奇趣”，因此他高度评价司空图关于“韵味之致”的观念和实践。他说：“司空图表圣自论其诗，以为得味于味外。‘绿树连村暗，黄花入麦稀’，此句最善。又云‘棋声花院静，幡影石坛高’，吾尝游五老峰，入白鹤院，松阴满庭，不见一人，惟闻棋声，然后知此句之工也。”[①]可见苏轼所谓“至味”“奇趣”，主要是一种萧散野逸之趣。正是因为这一点，他的“平淡”诗观较之梅尧臣更为明确地与陶渊明联系在一起，同时适当吸收了与陶相近的“韦、柳”等人的诗歌风格因素，把他们作为“平淡”美的典范，发明其“简古”“散缓”“枯淡”中的“至味”、“奇趣”和“腴美”[②]。

苏轼之大量赞陶和陶，提倡“平淡”，是在带罪出贬黄州之后，与生命历程的挫折密切相关，因而包含着人生境况和人生态度转变的深刻内涵。苏轼曾这样分析自己贬谪之际的生活：“仆行年五十，始知作活。大要是悭尔，而文以美名，谓之俭素。然吾辈俗为之，则不类俗人，真可谓淡而有味者。”[③]这种面对人生困境冷静乐观、任真自适的态度，赋予“平淡”以特殊的人格品味和哲理深意。苏轼自称“渊明形神似我”[④]，正是品格妙识上的高度契合，使苏诗多“与渊明诗意，

① 苏轼《书司空图诗》，《苏轼文集》卷六七，中华书局1986年版。

② 苏轼《评韩柳诗》，《苏轼文集》卷六七；《书黄子思诗集后》，《苏轼文集》卷六七；《书唐氏六家书后》，《苏轼文集》卷六九。

③ 苏轼《与李公择二首》，《苏文忠公全集》东坡续集卷五。

④ 王直方《王直方诗话》“东坡慕乐天”，中华书局1980年版《宋诗话辑佚》本。

不谋而合”[①]，而其学陶和陶也最为会“意”得“真”。把“平淡”诗风与陶渊明紧密相联，标志了“平淡”诗观的成熟。

黄庭坚侧重于从诗歌艺术的角度把握造于“平淡”的艰难历程，把“平淡”视作含纳“大巧”而又纯熟无迹的艺术极地。黄庭坚的这一立足点是由江西诗派的诗学精神决定的。黄庭坚“喜作诗而得名”[②]，因奉杜甫为鹄的，追摹其命意曲折句法精深，但是，江西之学杜摹古，又别存心裁，并非学杜全体，而是重在老杜夔州以后诗，他说：“但熟观杜子美到夔州后古律诗，便得句法简易，而大巧出焉。平淡而山高水深，似欲不可企及。”[③]杜甫夔州前后诗达到炉火纯青的地步，体现了“晚节渐于诗律细”与“老去诗篇浑漫与”，“用心精密”与“出乎纯熟”[④]的高度统一。黄庭坚所属意的正是这种艺术上的“渐老渐熟，乃造平淡”的老至之境。所以他强调的是“简易”中的“大巧”，“平淡”中的“山高水深”。

为了说明造于平淡后的“奔轶出尘”之义，黄庭坚把陶渊明引进了自己的描述系统。他说：“宁律不谐不使句弱，宁字不工不使句俗，此庾开府之所长也，然有意于为诗也。至于渊明，则所谓不烦绳削而自合者。”[⑤]同样的意思，用陶诗来形容比杜诗更加醒豁，因为黄庭坚也看到，“渊明直寄焉耳”[⑥]。有时黄庭坚用“拾遗句中有眼”与“彭泽意在无弦”[⑦]分别代表诗家次第由法度至于自由的两个不同阶段，以表达“绚烂至极，归于平淡”的完整过程。与苏轼相比，黄庭坚的“平淡”诗论主要侧重于把握艺术创作中自由与法则之间的辩证关系。

---

① 苏轼《录陶渊明诗》，《苏轼文集》卷六七。

② 魏泰《临溪隐居诗话》，胡仔《苕溪渔隐丛话》前集卷四八，清乾隆刻本。

③ 黄庭坚《与王观复书》，《豫章黄先生文集》卷一九，《四部丛刊》影宋乾道刊本。

④ 杜甫《遣闷戏呈路十九曹长》，仇兆鳌《杜诗详注》卷一八，上海古籍出版社 1992 年版。

⑤ 黄庭坚《题意可诗后》，《豫章黄先生文集》卷二六。

⑥ 黄庭坚《论诗》，《山谷题跋》卷七，《丛书集成初编》本。

⑦ 黄庭坚《赠高子勉四首》之四，《豫章黄先生文集》卷一二。

三、“平淡”美意识的普遍性

从梅尧臣、欧阳修到苏轼、黄庭坚，“平淡”诗美理论和实践构成了一条清晰的发展线索，代表了“平淡”诗美理论和实践探索的主流与最高成就。但在宋代，“平淡”之作为最高诗美理想不只成就于少数诗人的天才发现和创造之中，而是有着普遍的社会心理和创作实践基础。

宋初有一个“白体”流行的现象。虽然由于白居易诗歌艺术成就的丰富性，自中唐以来，所谓“白体”的概念就歧义纷纭，但就宋初诗坛的实际情况看，以浅近的语言从事闲适的吟唱是最为普遍的现象，尤其是文士中的显贵之流如李昉、李至等人更是如此。至真宗朝，“民风豫而泰，操笔之士，率以藻丽为胜”①，但是雕绘满目，反见膏腴害骨，浮薄乏理，至真宗朝这种风气便受到一定的裁阻。景德四年(1007)，“枢密直学士刘综出镇并门，两制馆阁，皆以诗宠其行，因进呈。真宗深究诗雅，时方竞务西昆体，磔裂雕篆，亲以御笔选其平淡者，止得八联”②。此“平淡”是相对于昆体诗雕绘涂饰、襞积密塞的诗风而言的。真宗所选如晁迥“夙驾都门晓，微凉苑树秋”③、刘筠“极目关山高倚汉，顺风雕鹗远凌秋”④都气象清远，语言淡雅。真宗朝后期，盛度、晏殊倡学韦应物，正是这一“平淡”意向的发展。晏殊喜好韦诗“全没些脂腻气”，又“集梁《文选》以后迄于唐别为《集选》五卷”，“凡格调猥俗而脂腻者皆不载”⑤。晏殊的诗虽以富贵宴游为主要内容，但对人生宠遇采取了一种超越优雅的把握方式，诗中“不言金玉

---

① 苏舜钦《石曼卿诗集序》，《苏舜钦集编年校注》附录一，巴蜀书社 1991 年版。

② 释文莹《玉壶清话》卷一，清《知不足斋丛书》本。

③④ 释文莹《玉壶清话》卷一。

⑤ 吴处厚《青箱杂记》卷五，明《稗海》本。

锦锈而唯说气象”[①]，因而在昆体之外自得其“闲雅而有情思”的韵致。“庆历新政”后，边鄙安绥，朝政一时难于作为，大批志士闲置，富弼、韩琦、宋祁、文彦博、司马光、韩维等纷纷“人安闲淡内”[②]，以洛阳为中心，形成了山水优游、诗酒闲适的风气。这种风习与白居易“本之于省分知足，济之以家给身闲，文之以觞咏弦歌，饰之以山水风月”[③]的“闲适”诗，具有精神本质上的一致性。

宋诗闲适情调之普遍性有着深厚的社会生活基础。宋开国之初便确定优待士大夫的政策，鼓励士大夫“多置歌儿舞女，日饮酒相欢”[④]，以弥息觊觎之志，倡导清虚淡泊的品格气质。其后更从各类制度上保证厚禄与法权。宋人退休，例有祠禄，即便获罪远窜置闲，也能粗了伏腊。在这样的情况下，进退无虞、富贵闲适的心志便易养成，构成了宋代士大夫精神面貌的底色。

正是这相沿已久的闲适诗风的传统，孕育了“邵康节体”这一“理学诗派”的代表。“邵康节体”的精神实质正是闲适。朱熹曾指出“他诗篇只管说乐，次第乐得未厌了”[⑤]。这乐便是“乐天四时好，乐地百物备”[⑥]，“满目云山俱是乐，一毫荣辱不须惊”[⑦]，“忽忽闲拈笔，时时乐性灵”[⑧]。总之，安时处顺，随缘适性。邵雍把诗酒雅吟、岁月优游的闲适之意发挥到淋漓尽致的地步，难怪当时党争中人羡他“在急流中”，“安然取十年快乐”[⑨]。

这种人格理想因其逸愉保和、循默无为的消极因素，在天圣至庆

---

① 方孝岳《晏殊对于富贵风趣的批评》，《中国文学批评》，三联书店 1986 年版，第 103 页。
② 韩维《自静教院晚步溪上》，《南阳集》卷七，影印清文渊阁《四库全书》本。
③ 白居易《序洛诗》，《白氏长庆集》卷六一，《四部丛刊》影日本翻宋大字本。
④ 司马光《涑水记闻》卷一，清武英殿聚珍本。
⑤ 黎靖德《朱子语类》卷一〇〇，明成化九年陈炜刻本。
⑥ 邵雍《乐乐吟》，《击壤集》卷九，《四部丛刊》影明成化本。
⑦ 邵雍《龙门道中作》，《击壤集》卷三。
⑧ 邵雍《闲吟》，《击壤集》卷四。
⑨ 程颐、程颢《河南程氏外书》卷一一，中华书局 1981 年版《二程集》本。

历年间的变革思潮中受到一定的批判。然而,改革急流退落之后,高明虚淡、恬退闲雅的人格追求更为坚定、明确,理学便以融佛道入儒的理论形式体现了这种人格追求的思想水平。作为"理学""花草"的"理学"之诗因而也实现了真正的"平淡"之境。其"平淡"由于根基于理学思想的成就,闲适的情调中流溢着儒者宽仁、以理自律的"忠厚和平"气象。理学家自来以文章为"闲言语"①,以学文为好道,南宋朱熹观点稍为通脱,认为文从道中流出,"大意主乎学问以明理,则自然发为好文章,诗亦然","间以数句适怀亦不防","当其不应事时,平淡自摄,岂不胜如思量诗句"②。这种自然流出、平淡适怀的主张是理学家关于诗歌最为流行的观点,也是与一般诗人闲适诗风神理符契之处。理学家作诗,反对各种雕饰奇巧之笔,语言平易浅切,甚至不避理俗。清人指出"邵子之诗,其源亦出白居易"③,正是有感于这种平易浅俗与"白体"闲适诗有许多相近的因素。理学诗可谓实现了从情感到形式的真正"平淡"。

宋初以来的富贵闲适诗经过理学思想的洗礼,终至"平淡美"理论的成熟,是谓又一条清晰的线索。在这一走向成熟的过程中,"吟咏性情"的创作态度,尤其是理学家无意为诗的文学价值观,起了实质性的作用。"平淡"不可以风格求之,它首先是一种诗学价值观,一种对待诗艺的准虚无主义态度。这种无为的诗学态度,至南宋因理学的昌炽而显示了大势普及的倾向。元代袁桷曾指出,北宋诗以苏、黄为宗,至南宋"乾淳间,诸老以道德性命为宗,其发为声诗,不过若释氏辈条达明朗,而眉山、江西之宗亦绝"④。诗人田雯批评道,南渡后"竞趋道学,遂以村究语入四声,去风人之旨实远"⑤。这些意见都

① 程颢、程颐《河南程氏遗书》卷一八,《二程集》本,中华书局 1981 年版。
② 朱熹《朱子全书》卷六五,清康熙五十三年武英殿刻本。
③ 永瑢、纪昀等《四库全书总目》卷一五三《击壤集》提要,清乾隆武英殿刻本。
④ 袁桷《书汤西楼诗后》,《清容居士集》卷四八,《四部丛刊》影元本。
⑤ 田雯《论诗》,《古欢堂集》卷一六,影印文渊阁《四库全书》本。

从反面道出了理学“平淡”之诗的特征和在南宋的流行情况。

四、“平淡”美的内涵规定

从上面的论述可以看到，宋人“平淡”美理论和实践有着广泛的社会生活基础，展现着多维的展开序列，其中通向“平淡”的理想心路和实践取径更是因人因时歧义纷呈。但作为被宋代诗人普遍确认的诗美理想，共同的社会背景和统一的文化基础又决定其必然包含统一的思想规定性。

（一）“平淡”美的情感规定性

“平淡”的概念不同于“自然”，它包含了明确的情感要求。“平淡”美对情感的要求便是平静淡泊。情感的这一要求是与宋代整个士人精神建设的整体方向相吻合的。早在宋初，针对五代干戈、文儒荡然的局面，广开科举，宽养以待，以期唤起广大士人奋身当世的热情。然士气振作的同时也带来了文人奔竞浮躁之弊，“躁进者多，知止者少”①。为了倡导一种恬退寡求、清虚淡泊的士人品格，“人性贵乎平淡”②，变成了当时士人之间、官僚之间评品鉴量的标准。于是，宋人援佛道入儒反求于内，种种淡泊明志、虚静求理的学说便应运而生。“诗本道情性，不须大厥声。”③这种“情感”上的“平淡”要求，是与宋代整个士人精神建设的整体方向相吻合的。“平淡”之上升为最高的诗美理想，带有更多以理遣情、以理制情的理性主义性质，因此，“平淡”不同于传统士人之放逸而更倾向于儒者之闲适和萧散。然而，大多数情况下，通向“平淡”的路径却是不平淡的。在实际的创作中，情感的“平淡”多见于历经磨难后的生命逆转或越过鼎盛期的投

① 毕沅《宋纪》二十，《续资治通鉴》卷二〇，清嘉庆六年递刻本。
② 王钦臣《性贵平淡》，《王氏谈录》，民国影明《宝颜堂秘笈》本。
③ 梅尧臣《答中道小疾见寄》，《宛陵集》卷二四。

老赋闲。王安石、苏轼、黄庭坚、陆游等宋诗大家几乎都经历过早期的豪健清雄，在其生命后期归于清旷闲远、自然平淡。可以这么说，真正的“平淡”之诗属于人生的“老”境。这种“老”境，一方面反映了“老之将至”听命于自然规律的意兴萧瑟；另一方面，“老去唯存诗淡泊”中又未尝不积淀着厚重的人生经验，包含了一种对世事更为通达、冷静的态度。而从“欲造平淡”的角度看，它又是人生修养功夫老到，“随心所欲不逾矩”的产物。晁补之说：“鲁直于治心养气，能为人所不为，故用于读书，为文字，致思高远，亦似其为人。陶渊明之泊然物外，故其语言多物外意。而世之学渊明者，处喧为淡，例作一种不工无味之辞，曰吾似渊明，其质非也。”[①]“平淡”终究不是一个风格问题，更不是诗法问题，而是人格境界问题，只有人格上圆成一种淡泊渊如的境界，才有诗意的真正“平淡”。

（二）“平淡”美的形式规定

无论是黄庭坚等人的“出则奔轶绝尘”，还是理学家的“无意为诗”，虽然其立足点大相径庭，但都表现出对诗歌形式层面的超越和否定。任何否定最终都要转换为某种肯定，于是我们看到，宋人在建构“平淡”诗美时把目光投向晋宋以前的“古诗”时代。与唐人力求恢复汉魏古诗“风骨”及中唐以来主张效法《诗经》、汉乐府之“风雅比兴”不同，宋人之重古诗在于其“意象简朴足镇浮”[②]的平淡效果。吕本中说：“大概学诗，须以《三百篇》《楚辞》及汉、魏间人诗为主，方见古人好处，自无齐、梁间绮靡气味也。”[③]理学家张栻说：“古诗皆是道当时实事，今人做诗多爱装造言语，只要斗好，却不思一语不实便是欺。”[④]主张像古诗那样直道其事，别无所求，这代表了理学家否定艺

---

① 晁补之《书鲁直题高求父杨清亭诗后》，《鸡肋集》卷三三，《四部丛刊》影明本。
② 陆游《闰二月二十日游西湖》，《剑南诗稿》卷一，《四部备要》本。
③ 吕本中《吕氏童蒙训》，何汶《竹庄诗话》卷二引，中华书局 1984 年版。
④ 盛如梓《庶斋老学丛谈》卷中之下，清《知不足斋丛书》本。

术独立价值的极端派观点。苏轼则从诗歌艺术形式的发展上看到了古诗“高风绝尘”的风神。苏轼说:“苏、李之天成,曹、刘之自得,陶、谢之超然,盖亦至矣。而李太白、杜子美以英玮绝世之姿,凌跨百代,古今诗人尽废,然魏晋以来高风绝尘亦少衰矣。”①所谓“高风绝尘”就是指诗艺声色未开,各类诗格未立之前,诗歌形式无拘无束,质朴自由的风采。朱熹也认为:“至律诗出,而后诗之与法皆大变,以至今日,益巧密而无复古人之风矣。”②其意大致相同,包含了思想上追求平淡渊静,艺术上追求超越流俗、优入老成等多种心理祈向。他们都认为陶渊明的古诗与陶之后追蹑其风的韦、柳等人之诗,其形式简古朴素,“不如是,无以发萧散冲澹之趣”③。所以宋人多推崇魏晋古诗的古雅简妙,而“平淡”之诗也多以五言古诗为常式。

（三）“平淡”美的美感形态规定

苏轼说:“佛言:‘譬如食蜜,中边皆甜。’人食五味,知其甘苦者皆是,能分别其中边者,百无一也。”④宋人之于“平淡”美的抉发,最显著的贡献就是分别出“中边”或“内外”。“平淡”是容易被人认知的,但要体认出其中的“真味”,就需要有很高超的艺术修养。欧阳修最早把梅尧臣的“平淡”诗“比以为橄榄,回甘始称逆”⑤。王安石也在“寻常”“容易”中看到了“奇崛”“艰辛”。这种由表及里的鉴赏,并非一般地强调不停留于意象之表作细致的品味,而是要超越外部,深入体认其与表象不一致甚或迥异的内蕴。

“平淡”美的基本特征就在于“中”“边”不一的矛盾深层结构。这种构型是宋人内敛之文化心理的反映。范温曾经提出一个具有宋代

---

① 苏轼《书黄子思诗集后》,《苏文忠公全集》东坡后集卷九。

② 朱熹《答巩仲至》,《晦庵集》卷四六,《四部丛刊》影明嘉靖本。

③ 罗大经《朱文公论诗》,《鹤林玉露》甲编卷六,中华书局1983年版。

④ 胡仔《苕溪渔隐丛话》前集卷一九。

⑤ 梅尧臣《答宣阒司理》,《宛陵集》卷四五。

特色的韵味理论。他说"有余意之谓韵",为文众善"一不备焉,不足以为韵;众善皆备而露才用长,亦不足以为韵。必也备众善而自韬晦,行于简易闲淡之中,而有深远无穷之味,观于世俗,若出寻常……测之而益深,究之而益来,其是之谓矣。其次一长有余,亦足以为韵。故巧丽者发之于平淡,奇伟有余者行之于简易,如此之类是也"[①]。所谓"有韵"就是"有余"而能自我"韬晦","奇伟"而行之简易。这与其说是艺术的观点,不如说是人生的态度。"平淡"美正是以外在枯槁而中存腴美,"平淡而山高水深"的内敛结构成为了淡泊韬晦之人生态度和内敛沉潜之文化人格的艺术载体。宋人于平淡诗,也每每要求超越字句表层的工拙之别,把握这种风格整体体现的人格之美。

最后必须指出的是,"平淡"诗观作为一个时代的审美理想,其价值和弊端都是明显的。它对于萧散野逸、闲适老成、质朴淡雅之文人情趣的发挥和表现,对于艺术创造中法度与自由关系的思考都有深入的推进。但是,"平淡"诗观包含的对审美情感的规范节制,对艺术技巧和形式美一定程度的否定,都使"平淡"诗美时刻面临着"不是平淡乃是枯槁"[②],质木无文"平淡无味"的风险。南宋理学诗之"大失风人之旨"便是这种流弊的极端表现,应注意谨慎借鉴。

(原载《学术研究》1995 年第 6 期,第 117—121 页;另载程杰《北宋诗文革新研究》,南京师范大学中文系博士学位论文,1994 年 5 月,第 132—147 页;文津出版社 1996 年版,第 417—431 页;内蒙古教育出版社 2000 年版,第 307—335 页。娄京金校订)

① 范温《潜溪诗眼 · 论韵》,《宋诗话辑佚》本,中华书局 1980 年版。

② 黎靖德辑《朱子语类》卷一三九。

从“西昆体”到“后西昆体”

“西昆体”是真宗朝崇文而求博归厚之时代新风的产物，它的出现构成了宋初诗风走出晚唐五代衰陋气局的重要步伐。近年来，人们倾向于承认其艺术价值，尤其是肯定其在一些宋诗特殊风格如“以才学为诗”[①]形成中的地位。但是，关于“西昆酬唱”活动的短暂性却未引起足够的注意。事实上，许多被视为“西昆派”的诗人不仅没有参与“西昆酬唱”，而且在年辈上分属于不同的时代。我们把未参与“酬唱”而继踪其风的诗人统称为“后西昆体”诗人。正是这前后延长的“风景线”，构成了真宗朝后期、仁宗朝前期诗风蜕变的重要环节。

一、“西昆体”之受裁阻

“西昆体”因“西昆酬唱”尤其是其作品集而得名，有着相当明确的定义。它主要指西昆酬唱活动所表现出的群体风格，这一风格由杨亿创始，与杨亿等人当时台阁文章的华贵富赡风格相统一。真宗景德二年(1005)九月，杨亿应诏编《历代君臣事迹》(《册府元龟》)，与同事钱惟演、刘筠等人相与唱和，至大中祥符(1008—1016)初年，杨亿编定《西昆酬唱集》，前后历时三年。《西昆酬唱集》的艺术风格是极为鲜明的，不仅像张咏、晁迥等本来诗风去杨亿较远的诗人见于此

① 严羽著、郭绍虞校释《沧浪诗话校释》，人民文学出版社1983年版，第26页。

集的作品风格高度一致，就是杨亿本人西昆酬唱中的作品与此前收于《武夷新集》（所收以景德三年为止）的作品相比也有很大变化。真宗景德（1004—1007）年间，杨亿在艺术趣味上有所改变，对此杨亿自述道："至道中，偶得玉溪生诗百余篇，意甚爱之，而未得其深趣。咸平、景德间，因演纶之暇，遍寻前代名公诗集，观富于才调，兼极雅丽，包蕴密致，演绎平畅，味无穷而炙愈出，钻弥坚而酌不竭，曲尽万态之变，精索推言之要，使学者少窥其一班，略得其余光，若涤肠而换骨矣。繇是孜孜求访，凡得五七言长短韵歌行杂言共五百八十二首。……鹿门先生唐彦谦慕玉溪，得其清峭感怆，盖圣人之一体也。……世俗见予爱慕二君诗什，夸传于书林文苑，浅拙之徒，相非者甚众。"①杨亿新诗风的实践开始于真宗景德年间，师法李商隐之"包蕴密致，演绎平畅"和唐彦谦之"清峭感怆"。依据后人的看法，杨亿之学李义山，意在其"丰富藻丽，不作枯瘠语"②，而"喜唐彦谦诗"，"以其用事精巧，对偶亲切"③。主观的自叙与客观的评价从不同方面指出了杨亿与李商隐、唐彦谦之间的关系。当时与杨亿一起领导诗风新变的还有钱惟演和刘筠。杨亿曾说过："钱惟演、刘筠首变诗格，学者慕之，得其格者，蔚为佳咏。"④显然这是出于自谦进人的心理。从《西昆酬唱集》的实际创作情况看，唱和共七十题次（含再赋），其中杨亿首唱四十一次，刘筠十三次，钱惟演九次，杨亿的主导地位极为显著。"西昆酬唱"可以看作是杨亿诗歌审美趣味指导下的群体实践，"西昆体"以杨亿的作品最为典型。

杨亿《西昆酬唱集》中的作品在命题、意象、色泽、用典、声律、结构等方面都表现出追摹"李商隐体"⑤的鲜明特征，尤其是杨亿首唱的

---

① 江少虞《宋朝事实类苑》卷三四，日本元和七年活字印本。"炙"原作"久"，此据葛立方《韵语阳秋》卷二所引改。

② 葛立方《韵语阳秋》卷二，宋刻本。

③ 叶梦得《石林诗话》卷中，宋咸淳《百川学海》本。

④ 阮阅《诗话总龟》卷一三，《四部丛刊》影明嘉靖本。

⑤ 严羽著、郭绍虞校释《沧浪诗话校释》，第 59 页。

作品更是如此。其中的《南朝》《汉武》《明皇》《始皇》等诗的咏史之意是否包含现实的指向，曾有学者表示肯定，尚可进一步探索，但就总体的情形而言，艺术性是“西昆体”创作的主要目的。杨亿所倾心的是李商隐诗的博雅才调和精深技巧以及由此营构的曲味包蕴而演绎平畅、绮丽博实而中存感怆的境界，其中有着技巧效法和诗味领会的双层窥入。就杨亿《汉武》《泪》等作品来说，确实达到了登堂入室的成就。

以艺术为目的的创作需要诗思的沉潜、技巧的研磨。我们从杨亿的表述中不难感受到一种严肃认真的态度。前引杨亿自述是“遍寻前代名公诗集”，又称西昆酬唱是“历览遗编，研味前作，挹其芳润，发于希慕。更迭唱和，互相切劘”[①]。从杨亿本人的思想逻辑而言，艺术上的精进为“登高能赋，始为大夫，因事陈辞，爰称作者”[②]的士人职责与文化功能所必备，是太平盛世朝廷多士、斯文不坠的体现。正是这样一种自觉的责任感与创作上的专致投入带来了艺术境界的深雅之求。

杨亿艺术上的专致精神，虽然经过自己的独特论证，与当时振兴斯文、润色鸿业的政治需要相结合，从而获得了功能价值上的贞定，但是它又与日益注重士人道德操行的时代倾向有着本质上的乖悖。《儒林公议》记载，真宗朝著名儒者“孙奭敦守儒学，务去浮薄，判国子监积年，讨论经术，必诣精摩。监库旧有《五臣注文选》镂板，奭建白，内于三馆。其崇本抑末多此类也”[③]。在这样的情况下，“西昆酬唱”便面临价值上的挑战。尤其是当它“夸传于书林文苑”，对士风建设构成妨碍时，受到裁阻便成必然。不仅是在大中祥符二年（1009）诏令禁绝为文浮艳，早在“西昆酬唱”兴盛之时，宋真宗便通过御选诗句的方式对杨亿等人雕刻过当的倾向进行抑制。《玉壶清话》卷一记

---

① 杨亿《西昆酬唱集序》，《全宋文》卷二九五，上海辞书出版社、安徽教育出版社 2006 年版。

② 杨亿《答舒州孙推官启》，《全宋文》卷二九二。

③ 田况《儒林公议》卷上，明刻本。

载:"枢密直学士刘综,出镇并门,两制馆阁,皆以诗宠其行,因进呈。真宗深究诗雅,时方竞务西昆体,磔裂雕篆,亲以御笔选其平淡者,止得八联。晁迥云:'夙驾都门晓,微凉苑树秋。'杨亿止选断句:'关榆渐落边鸿过,谁劝刘郎酒十分。'朱巽云:'塞垣古木含秋色,祖帐行尘起夕阳。'李维云:'秋声和暮色,膏雨逐行轩。'孙仅云:'汾水冷光摇画戟,蒙山秋色锁层楼。'钱惟演云:'置酒军中乐,闻笳塞上情。'……刘筠云:'极目关山高倚汉,顺风雕鹗远凌秋。'"[①]刘综之出镇并州在景德四年(1007)[②],正当杨、刘酬唱盛时。此次唱和参与者非尽书局同仁,故不入《西昆酬唱集》。真宗所选之句与"昆体"隶事炫博、刻琢逞巧相比,确实见出了一种即目寓情、取境清远、句清律调、语意婉雅的气质和韵味。

宋真宗的这一审美标准,在宋初诗坛较具代表性。晚唐五代以来的诗坛沿中唐名家林立之余绪,诗风显得零乱芜杂,途辙莫辨。但正是在衰颓混乱的局面中,诗风反见出通融糅合的趋势。五代以来诗坛最流行的实际上是一种融合温庭筠、韩偓、郑谷等艳情绮丽、才调温婉,白体闲适唱酬平易浅切,姚、贾"苦吟"调清律工等多种艺术因素的凄清雅丽、精切谐婉的风格基调。宋初之诗人容或有着个性的偏倚,但观其大概,很少有掉臂于此风之外一无浸会者。宋太宗也曾御选文士诗句,《渑水燕谈录》卷八记载,"杨侍读徽之以能诗闻于祖宗朝,太宗知其名,索其所著","选十联写于御屏",如"犬吠竹篱沽酒客,鹤随苔岸洗衣僧""天寒酒薄难成醉,地迥楼高易断魂""戍楼烟自直,战地雨长腥""新霜染枫叶,皓月借芦花""开尽菊花秋色老,落迟桐叶雨声寒"等等。与真宗御选相较,不难看出两者风格趣味上的大同小异。宋真宗这一具有深厚创作背景的审美标准比起杨亿才高学博的个性化实践,显然更易为诗坛所接受。

---

① 释文莹《玉壶清话》卷一,清《知不足斋丛书》本。

② 李焘《续资治通鉴长编》卷六五:景德四年六月,"癸丑,以枢密直学士、户部员外郎刘综知并州"。又《宋史》卷二七七刘综本传:"四年,……出知并州。"

值得注意的是，“西昆酬唱”之后，杨亿也有选句之举。《诗话总龟》前集卷十三引杨亿摘钱惟演、刘筠“二公丽语”八十四句。选摘范围却不以《西昆酬唱集》为主。大量入选的是“雪意未成云着地，秋声不断雁连天”“客亭厌见名长短，村酒哪能辨圣贤”（钱《奉使途中》），“宿舍孤烟起，行衣梦雨凉”（钱《送僧游楚》），“角迥含秋气，桥长断洛尘”（刘《陕州从事》），“溪笺未破冰生砚，炉酒新烧雪满天”（刘《九陇》）等“平淡”之句，至于入选之《酬唱集》作品也多是“天渊风雨多秋思，辽海烟波失旧期”（钱惟演《禁中鹤》），“欲作飞烟散，犹怜反照迟”（钱《槿花》断句），“梨园法部兼胡部，玉辇长亭更短亭”（刘筠《明皇》），“密锁香风深处户，乱飘梨雪晚来天”（刘《洞户》）等“演绎平畅”之句。可见杨亿后期审美趣味也发生了微妙的变化，“后西昆体”诗人正是在这诗风趋变的基础上向前发展的。

二、晏殊的闲雅娱适诗风

“后西昆体”诗人，主要包括晏殊、宋庠（宋郊）、宋祁等人，清王士禛认为还应包括文彦博、赵抃、胡宿等①。其中晏殊在真宗朝被举神童，诗名较早。杨亿曾把太宗、真宗朝著名诗人分为两代，晏殊被视为与钱惟演、刘筠、丁谓等“昆体”诗人同属第二代②。宋庠、宋祁，仁宗天圣二年（1024）进士，视晏殊为师主，主要活动于仁宗朝。胡宿、文彦博皆天圣（1023—1032）进士。赵抃，景祐（1034—1038）进士。胡宿仕至英宗治平（1064—1067）末，赵抃仕至神宗熙宁（1068—1077）末，文彦博更是号为四朝元老，仕至哲宗元祐（1085—1094）年间。因此，所谓“后西昆体”应视为一种诗风的延长线，而非一时群体同辈的文学集团。正是因为它表现为漫长的过程，因而也就包含了诸多与时新变的情况。在这漫长的风景线上，晏殊和“二宋”可以看

---

① 王士禛《渔洋诗话》卷中，上海古籍出版社 1999 年版《清诗话》本。

② 阮阅《诗话总龟》卷一二。

作是诗风新变的两个里程碑。

晏殊的诗歌创作代表了真宗朝后期以来诗歌功能由宣导王泽和风格实验向闲雅娱乐方向的转变。晏殊文学活动中最生动活泼的是幕府唱酬。《石林诗话》卷上云:“晏元献公留守南郡,王君玉时已为馆阁校勘,公特请于朝,以为府签判,朝廷不得已,使带馆职从公……宾主相得,日以赋诗饮酒为乐,佳诗胜日,未尝辄废也。”①虽然杨亿《武夷新集》中也不乏这种诗酒优游生活的吟咏,并且主张“恬愉优柔,无有怨谤”②,但在杨亿心目中这是与“宣导王泽”紧密相关的,表现的是君子儒雅的风采。杨亿《冬夕与诸公宴集贤梅学士西斋分得今夕何夕探得云字并序》称其同僚宴集,“申宴乐于一时。挥麈清谈,峨冠屡舞,杯盘狼籍,星汉倾颓。因念夫饮酒者,未尝不始于治而卒于乱,盍各吟咏,以止喧哗。于是迭出巨题,互探难韵,构思如涌,弄翰若飞”③。以诗止乱,把诗歌视作体现君子大雅的方式。与杨亿相比,晏殊多了一份诗酒纵情之意。这显然与真宗景德(1004—1007)以来朝廷诏劝吏民燕乐有关。当时朝野一片嬉游享乐。这一在“西昆酬唱”中尚未及充分反映的时代内容,在晏殊诗中得到了较为鲜明的表现。晏殊诗较多表现岁时扈从、休沐游乐的生活,其中甚至包含了当时都市吏民娱乐情景的渗透。如:“三千世界笙歌里,十二都城锦绣中。”(《和扈从观灯》)“百万人家户不扃,管弦灯烛沸重城。游车正满章台陌,为报天鸡莫浪鸣。”(《丁卯上元灯夕》)这样的情景俨然柳永早期都市风情词的内容。入宋以来,承五季醉生梦死之态,士人渐开苟安享乐之风,这与宋廷优遇政策有关,宋太祖“杯酒释兵权”之际的陈词便是一篇劝乐“宣言”④。宋初大臣出镇,多不以吏事为意,

---

① 叶梦得《石林诗话》卷上。

② 杨亿《西昆酬唱集序》,《全宋文》卷二九四。

③ 杨亿《冬夕与诸公宴集贤梅学士西斋分得今夕何夕探得云字并序》,傅璇琮等主编《全宋诗》卷一一七,北京大学出版社 1991 年版。

④ 司马光《涑水记闻》卷一,清武英殿聚珍本。

如寇准所至终日宴游[1]。这种宴游之风以真、仁之际最为盛行，与晏殊同时的夏竦，稍后之杜衍、韩琦都以富贵好娱著称。晏殊本人则“喜宾客，未尝一日不燕饮。……既命酒，果实蔬茹渐至，亦必以歌乐相佐，谈笑杂出。……稍阑即罢，遣歌乐曰：‘汝曹呈艺已启遍，吾当呈艺。’乃具笔札，相与赋诗，率以为常”[2]。晏殊等人的诗歌更多地体现了这种游宴娱乐的风气。

由于创作起缘于诗酒娱情的氛围，对于艺术技巧的兴趣便相对淡薄一些。宋祁《笔记》：“晏丞相末年诗见编集者，乃过万篇，唐人以来未有，然晏不自贵重其文，凡门下客及官属解声韵者，悉与之酬和。”[3]这是一种娱悦性情而不刻意标高求深的态度。与杨亿等人“西昆酬唱”诗的丽藻密致不同，晏殊的诗较少用典，意象相对疏淡清雅。如著名的《示张寺丞、王校勘》：“元巳清明假未开，小园幽径独徘徊。春寒不定斑斑雨，宿醉难禁滟滟杯。无可奈何花落去，似曾相识燕归来。游梁赋客多风味，莫惜金钱万选材。”又如《无题》：“油壁香车不再逢，峡云无迹任西东。梨花院落溶溶月，柳絮池溏淡淡风。几日寂寥伤酒后，一番萧索禁烟中。鱼书欲寄何由达，水阔山长处处同。”只就岁时物色、眼前景致点染入诗，一无雕刻涂饰，形象地渲染出府枢重臣的富贵“气象”[4]，全无昆体“厚粉浓朱”之态[5]、捋扯堆垛之弊。又如《赋得秋雨》：“点滴行云覆苑墙，飘萧微影度回塘。秦声未觉朱弦润，楚梦先知薤叶凉。野水有波增淡碧，霜林无韵湿疏黄。萤稀燕寂高窗暮，正是西风玉漏长。”语言婉丽，笔触细致，虽也用典，但不襞积密塞，通体流转着清怨而又和雅的气脉。清纪昀称此类“意境自

---

① 丁传靖辑《宋人轶事汇编》卷五，中华书局 1981 年版，第 202、203 页。

② 叶梦得《避暑录话》卷上，明《津逮秘书》本。

③④ 胡仔《苕溪渔隐丛话》前集卷二六，廖德明校点，人民文学出版社 1962 年版。

⑤ 方回选评、李庆甲集评校点《瀛奎律髓汇评》卷一七，上海古籍出版社 1986 年版，中册，第 692 页。

佳”，是“‘昆体’有意味者”①，概括了这类诗不袭西昆之貌而求其婉丽雅畅之神的艺术造诣。

晏殊的诗风追求是自觉的。他称自己喜读韦应物诗，“爱之曰：‘全没些脂腻气。’”曾编《集选》五卷，“诗之选尤精，凡格调猥俗而脂腻者皆不载也”②。否定富贵俗艳，希慕清婉闲雅，是晏殊诗表现出来的基本美感取向。晏殊的这一审美追求在“西昆酬唱”赡博富艳的艺术风采之后具有一定的典型意义，它为士大夫仕宦显达、富贵雍容的生活情趣找到了一条美感表现的途径，因此在当时较有影响。宋庠就曾选出晏殊佳句如“无可奈何”一联，“静寻啄木藏身外，闲见游丝到地时”，“楼台冷落收灯夜，门巷萧条扫雪天”等书于斋壁以便吟诵。宋庠、宋祁兄弟的诗歌创作就首先得力于晏殊这一审美趣味的影响。

三、“二宋”诗风内涵的拓展

“西昆体”的务雅求博不可避免地，同时也客观地存在着膏腴害骨、刻琢伤情的危机。杨亿《武夷新集》中的作品也多近体排律，显出铺排有余、意味不足的整体缺憾。而晏殊的诗在淡化色泽、疏通意象中开始透现出了灵动的情思。“二宋”——宋庠（宋郊）与宋祁在此基础上进一步向抒写情感的方向迈进。与晏殊一样，“二宋”尤其是宋祁生活作风也倾向于侈靡享乐，因此，创作中也包含了浓重的娱情色彩。宋祁说：“诗者，探所感于中而出之外者也，所以怡性情，娱僚宾。”③但“二宋”的“探所感于中”不只是自“怡”“娱”人的恬适之情，还包含了士人失意情怀的抒发。在理论上，“二宋”明确推举“风骚”哀怨的传统。宋庠为人序诗称其“登高感别，临年悼往。或鞅掌官下，或凄凉酒所。春庚秋蟀之候，芳茗宿莽之变，莫不造兴端绪，揣侔声

---

① 方回选评、李庆甲集评校点《瀛奎律髓汇评》卷一七，中册，第 692 页。

② 吴处厚《青箱杂记》卷五，中华书局 1985 年版。

③ 宋祁《西州猥稿系题》，《全宋文》卷五一六。

色，悲欣万态，一纳于风什”①，赞美汉魏以来文士感物悲喜、缘情绮靡之抒情传统。宋祁对这种传统的肯定更加详至。他明确指出：“因物造端者，述作之常理。”②在《（与）座主侍郎（刘筠）书》中，宋祁赞扬了“灵均以来”的藻翰传统：魏晋之“曹王”，唐代之“沈宋”③，他们的作品“傍三户之牢愁”，“摅六朝之杂拟”④，内容上既不是纯粹的优愉之情，功能上也不重在“宣导王泽”。

认识上对缘情绮靡的强调，带来了创作上大量感物抒怀之作。“二宋”作品中开始出现一批纯粹的抒情小赋，如宋庠《登应州古城赋》《啸台赋》，宋祁《感交赋》《卧庐悲秋赋》《送将归》《穷愁赋》《悯独赋》《感螃蚓赋》等，这些赋或怀古述怀，或对景伤逝，洋溢着浓郁的牢落抒情之意。这样的作品在杨亿只是零星偶见，如其《君可思赋》抒发与真宗的疏离希合之情，而在“二宋”却构成了创作中的主要部分。推究其缘由，与他们的个人遭遇有关。据载，晏殊自南都移陈，“离席，官奴有歌‘千里伤行客’之词，公怒曰：‘予平生守官，未尝去王畿五百里，是何千里伤行客也！’”⑤此语虽有些失实，但确实反映了晏殊等诗坛前辈顺达又复优游的人格特征。而“二宋”生活的时代，承平气象已被打破，政治改革与因循保守两种势力对峙争执。无论政治态度与否，个人仕官经历的沉浮动荡已是普通的现象。“二宋”都有一定的迁徙经历，尤其是宋祁起伏播迁较多。以其文士诗酒优裕雅适之习性遇此朝野多事仕路纷歧之形势，自然不免情有所触，心起“不平”。宋祁在理论上甚至提出了诗歌是“穷踬其命，而怫戾所为”⑥的思考，他列举了王维、杜甫、李白、白居易、元稹、刘梦

---

① 宋庠《王侍郎集序》，《全宋文》卷四三〇。
② 宋祁《春日同赵侍禁游白兆山寺序》，《全宋文》卷五一八。
③ 宋祁《座主侍郎书》，《全宋文》卷五〇三。
④ 宋祁《送同年吴昌卿之上元序》，《全宋文》卷五一五。
⑤ 吴曾《能改斋漫录》卷一六，清《守山阁丛书》本。
⑥ 宋祁《淮海丛编集序》，《全宋文》卷五一六。

得等一系列遇穷的事实加以论证。这一关于"诗人例穷"[1]的认识虽然算不上新鲜,也不如欧阳修"穷而后工"[2]的命题来得深刻,但它标志了杨亿那种馆阁文臣、晏殊那种太平宰相主宰文坛的时代已经结束,广大文人都别无选择地被推到了新的历史起跑线,坎坷与不平的体验卷上心头。

"二宋"的诗确实在许多方面突破了"昆体",也突破了晏殊"富贵"闲雅诗的规范。首先是诗歌内容上感物抒情的"张力"增大,杨亿、晏殊诗中酬唱的敷衍笔调和富贵生活的从容闲雅被鲜明的有时甚至是强烈的情绪内容所代替。如宋庠《休日》:"弥旬出沐道山头,僦庑萧萧避俊游。枉是胸中无块垒,可能皮里有阳秋。驾车款段惭乡品,托乘鸱夷笑客愁。曲突无烟宾坐冷,时闻庭雀一啁啾。"虽属岁时休沐之感怀,但"块垒""阳秋"字眼、"款段""鸱夷"用典都给人胸臆不平的印象。宋庠一些作品如《浩叹》《昔叹》《官况》《谋退》《河间秋思》等,望其题引便知是"闲雅"不得的抒情。宋祁作品中的抒情更具展宕之势,感物伤时多发为牢落颓放。"世路风波恶,天涯日月遒"(《侨居》),"歌管嘈嘈月露前,且将身世付酡然……青史有人讥巧宦,黄金无术治流年"(《把酒》),"吾党成章真小子,官中了事是痴儿"(《予既到郡有诏仍修唐书寄局中诸僚》),这样的诗句在《景文集》中不是少数。其中后一联,纪昀认为"犷气太重"[3],虽然主要说的是艺术,但由此也可看出宋祁诗中情怀已远非西昆先辈的温婉闲雅。

由于感怀深切,"二宋"诗中关于人生理性思考的内容也突破了晏殊那种"小园香径独徘徊"式的含蓄品味,而是发为深入细腻的推求和议论。如宋庠《壬子岁四月甲申夜纪梦》(引者案:"壬子"当为"壬午"之误)从梦境晤会人事之忧乐。宋庠多"内讼"的作品,如《自

① 苏轼《病中大雪数日未尝起观虢令赵荐以诗相属戏用其韵答之》,苏轼撰、王十朋集注《东坡诗集注》卷七,《四部丛刊》影宋本。
② 欧阳修《梅圣俞诗集序》,《全宋文》卷七一六。
③ 方回选评、李庆甲集评校点《瀛奎律髓汇评》卷六,上册,第263页。

讼》《淮南自讼》《岁晏出沐感事内讼》等。所谓“内讼”就是自我反省。这一类作品多见说理的倾向。宋祁诗中议论比乃兄更具分量，如《远行》：“楚人巧悲歌，分作四种戚。最极有远行，百感攒羁臆。”边议边写，与梅尧臣同类主题之平实叙说、质朴感喟相仿佛。他如《杂咏三首》《劝酒》等也都是以叙事说理为主的作品。“二宋”说理诗中的人生态度虽也不外“秋物自能晚，秋声何足悲”（宋庠《河间秋思六首》）的理遣和“此生信有天年乐，堪置庄蒙大社中”（宋祁《旬休》）的放达，但这一以理遣情的态度与杨亿才豪处世、“智不及气”[①]的情况相比，体现了在晏殊富贵闲适姿态上进一步向理性层次的深入。虽然在“二宋”，这种“醉趣兼醒趣”（宋祁《把酒》）的理性态度也统一于其或静惰（宋庠）、或奢乐（宋祁）的人格，但如果结合宋代士风以道自遣、追求闲逸自适的普遍倾向考察，不难看出，“二宋”之理性兴趣体现了“后西昆体”诗风变延，最终汇入仁宗朝以来诗文创新大潮的必然趋势。

“二宋”的诗在抒情言志的基础上还表现出诗歌题材朝多样化和细致化方向的拓展。宋庠作品中有咏物、写景、怀古、咏史、言志、赠别等类型，虽然这些类型西昆诗人作品中也都具备，但像宋庠《晚庭》《小桥》《晚春小园观物》《噪雀》《晨兴读书》《读书多所废忘》《坐池上看水》之类细切之笔却极为罕见。宋祁的作品中这一类细碎杂录杂感诗更多，同时还出现了边塞（如《塞垣》）、风俗（如《敝俗》《农歌》）等新的题材。

从形式上看，“二宋”尤其宋祁的律诗的词汇、组织格局较之杨亿、晏殊都有变化。前引宋庠“枉是胸中无块垒，可能皮里有阳秋”，宋祁“慢态已成书几积，黠姿无半画厨空”（《旬沐》），“轮困自许先枯木，首鼠何曾忌秃翁”（《古意》）等等，就隶事用典、对仗工整、组织精巧而言，直逼昆体胜境，但属有感而言，“警迈”[②]而不密塞，清人称此

① 田况《儒林公议》卷上，明刻本。

② 宋祁《兄长莒公赴镇，道出西苑，作诗有“长杨猎近寒熊吼，太液歌余瑞鹄飞”语警迈，予辄拟作一篇》，《景文集》卷一七，清武英殿聚珍本。

类“犷气”之语“病处似江西，渐启江西体”①。宋人认为江西黄庭坚“独用昆体功夫，而造老杜浑成之地”②。宋祁对杜甫给予了高度的评价，有《拟杜子美峡中意》等诗，学杜律法。宋祁正在“西昆”典博与江西诗拗峭之间作中介。

由于内容的变化，“二宋”诗远远突破了“昆体”前辈一色近体的格局，增加了古体的分量。宋庠《入谒马上作》《留别知郡职方杨员外》《壬子岁四月甲申夜纪梦》等都是篇幅较长、叙述说理兼具的五古作品。这种情况在晏殊时已初露端倪，到“二宋”数量已是增加，篇幅更复可观。特别值得注意的是，“昆体”前辈不常使用的绝句在“二宋”已是大幅度增加。入宋以来，王禹偁有一些清新明快的写景绝句。寇准、郑文宝等一仍晚唐五代郑谷等人诗风，多以绝句写山水渺绵之风景，发清丽哀怨之情思，晏殊始有一些岁时感咏园景杂咏之绝句。至“二宋”或咏景、或咏怀、或纪事、或写物、或读史，意趣渐见多样，语言趋于轻松活泼。尤其是宋祁趣味更形纷沓，如《客舟》：“上溪不弛帐，下溪不打桨。上下各有趣，相遇风波上。”浅语有趣，俨有南宋杨万里“诚斋体”风味。如《早秋》：“离骚何苦怨鶗鴂，鶗鴂本因摇落鸣。寒蝉惊鹤亦无谓，要是愁人闻自惊。”即景议论，较具理趣。像这样以简便之格、浅近之语写景、叙事、说理的作品在宋代蔚为大宗，“二宋”可谓得此风气之先。

晏殊、“二宋”等“后西昆体”诗人处于仁宗朝初期文学风气和诗人队伍结构性转变的过渡时期，他们不仅自身文学创作的演进构成了北宋中期文学革新的重要方面，而且还以其文学前辈的身份对以欧阳修、梅尧臣、苏舜钦为代表的新一代文学家产生了一定的影响。欧、梅等人在天圣、明道间曾在西昆宿老钱惟演幕下唱和，梅尧臣与胡宿、宋祁、晏殊都有唱和交游，他们早期诗风之清雅细婉即脱胎于

---

① 冯班评宋祁《予既到郡有诏仍修唐书寄局中诸僚》，方回选评、李庆甲集评校点《瀛奎律髓汇评》卷六，上册，第262页。

② 朱弁《风月堂诗话》卷下，明刻本。

真、仁之际“后西昆体”的流行风格。

就“后西昆体”的前瞻趋势而言，“后西昆体”之被视为诗风延长线，又与“后西昆体”内容上擅长表现富贵雍容、闲雅恬适的情调，艺术上浑雅平正、律切调谐的气质有很大关系。它实际上在欧、梅等人高度创造性追求之外提供了一种较具普及优势的创作规范。范仲淹、韩琦、富弼、文彦博、赵抃、范镇等不以文学名世的显达之士，当其优游文事时总以晏、宋风格为依归，程度不等地体现了“后西昆体”的某些属性。“后西昆体”以其不断变延泛化的趋势构成了仁宗朝以来诗风演进中一个不应忽视的方面。

（原载蒋寅、张伯伟主编《中国诗学》第四辑，南京大学出版社1995年版，第133—139页。另载程杰《北宋诗文革新研究》，南京师范大学中文系博士学位论文，1994年5月，第16—26页；文津出版社1996年版，第44—57页；内蒙古教育出版社2000年版，第39—50页。姜高威校订）

北宋京东文人群体及其诗文革新实践

宋仁宗天圣(1023—1032)至庆历(1041—1048)年间是北宋历史发展的关键阶段,政治革新和儒学复兴思潮是这一阶段的重要内容。思想史和文学史家们对此都作出了详细的论述。人们已经注意到,当时在范仲淹周围形成了庞大的士人集团,正是他们的群起呼应,奋发作为,造成了政治革新和儒学复兴的浩大声势,在宋代社会政治、思想、文化史上掀起了轩然大波。人们同时也已经注意到,在这士人队伍的历史性交替中,新的士人队伍并不是以完全统一的姿态出现于当时的历史舞台。在范仲淹的周围,在政治改革的大旗下,走到一起的新一代士人实际上可以清晰地划分成两个不同的群体,这就是以石介、孙复等为代表的京东士人群体与以欧阳修、梅尧臣等为代表的文人群体。两个群体之间,文化背景、人生经历、思想精神乃至于群体活动方式等方面的种种差异决定了他们文学观上的分歧和对诗文革新的不同作用与贡献。就时间上来说,京东士人群体主要活跃在仁宗朝前期。这里讨论的是京东士人的群体状况及其文学革新的实践。

一、京东士人的活跃状况

所谓“京东”,指北宋前期行政区划上的京东路,《宋史·地理志》:“至道三年,以应天、兖、徐、曹、青、郓、密、齐、济、沂、登、莱、单、濮、淄、淮阳军、广济军、清平军、宣化军、莱芜监、利国监为京东路。”①相当于今山东省大部(与河北省接壤沿线小部分地区除外)及河南商丘市,江苏徐州市、淮阴市附近地区。一个统计数据很能说明真、仁之际京东士人的活跃状况。笔者根据巴蜀书社 1989 年版《全宋文》第 3 至第 20 册所收《宋史》有传记的作者进行统计,于穆修(979—1032,京东郓州人)之前,得:

排序	区域	人数	所占比例
①	江南	66	30%
②	河北、河东	54	25%
③	京畿、京西	38	17%
④	京东	24	11%
⑤	巴蜀	15	7%
⑥	淮南	9	4%
⑦	湖广	7	3%
⑧	关中	6	3%

于穆修至欧阳修(1007—1072)得:

①	江南	47	28%
②	京畿与京西	34	20%
③	京东	32	19%
④	河北、河东	27	16%
⑤	淮南	9	5%
⑥	巴蜀	9	5%
⑦	湖广	6	3.5%
⑧	关中	6	3.5%

① 脱脱等《宋史》卷八五,中华书局 1977 年版。

两相比较，以河北、河东与京东两厢变化较为显著。宋初河东、河朔士人所占比重较大，是因为唐末五代军阀纵横，其势多承中唐河朔方镇，争霸中原，发迹俱在两河地盘。宋初将相也多出身此间。河朔士人数量的减少应属政治上偃武修文、社会人口重心南移所致，而京东士人的增加则与京东士人队伍和士风传统的酝酿及真、仁之际政治形势的变化有关。

太宗朝以来，京东士人就在政坛、文坛崭露头角。濮州张咏以干才闻名于时，两度治蜀政绩斐然，以至太宗叹道："咏在蜀，吾无西顾之忧。"[①]济州王禹偁直节主朝，"危言危行"，又三践词职，执文坛牛耳。如果不拘执于行政区划上的界限，就不难发现，宋初另一位著名的复古倡导者柳开与张咏、王禹偁在地缘上相去不远。柳开与高锡、梁周翰、范杲齐名友善，习尚淳古，当时有"高、梁、柳、范"之称。[②] 其中"范、柳"为大名人。宋大名府，治今河北大名县。与京东路之郓州、濮州为紧邻。与柳、范同时知名的大名人还有王祐、臧丙。太祖朝，王祐知大名，柳开通书倡古论道，得王祐赏识，臧丙年长于柳开，然而数度致书问学。柳开早年又以"东郊野夫"自居，教授生徒，有学生张景等人。可见当时围绕柳开活跃着一股习古尚道的势力。张咏、寇准(961—1023)未仕前也曾客居游学大名。张咏"太平兴国四年秋诣大名府举进士"[③]。寇准本华州下邽人。"父相，晋开运中，应辟为魏王府记室参军"[④]，死葬大名[⑤]。太平兴国五年寇准与张咏同以大名进士及第。王禹偁未仕前"客游十年"[⑥]，结识张咏、臧丙等人。张咏、寇准、柳开、王禹偁或以政能，或以文才，或习古，或尚义，都表

---

① 《宋史》卷二九三。

② 《宋史》卷四三九。

③ 钱易《宋故枢密直学士礼部尚书赠左仆射张公墓志铭》，《全宋文》卷二一〇，上海辞书出版社 2006 年版。

④ 《宋史》卷二八一。

⑤ 王禹偁《送寇密直西京迁葬序》，《小畜集》卷一九，《四部丛刊》本。

⑥ 王禹偁《次韵和仲咸送池秀才西游》，《小畜外集》卷七，《四部丛刊》本。

现出一种有别于宋初宰辅大臣韬光养晦的奋发姿态。

真宗景德(1004—1007)以来,政治形势发生变化。由于对真宗种种迷信、奢浮之举态度不一,官僚内部的派别之争趋于明显。尤其是真宗末年昏聩,大臣争权于外,太后干政于内,政治腐败加剧。集中表现为刘后与太子之间的权力之争,丁谓(966—1037)、钱惟演(962—1034)等夤缘刘后,擅权售奸。以寇准、李迪(971—1047)、王曾(978—1038)为另一方,力阻刘后预政。两派展开了激烈的斗争。寇准、李迪相继罢相远谪,独王曾智处"母子之间",因势利导,"正色立朝,时倚为重"[①]。寇准之作风已如前言。李迪,其先赵郡人,后徙幽州,曾祖避五代乱,又徙家濮(今山东鄄城北),遂为濮人。李迪"深厚有气局"[②],曾问学于柳开,历京东路徐、兖通判,郓州知州等。王曾,青州益都人,咸平进士,为寇准所知,历任知刑院、参政等职。仁宗即位,拜为宰相。可以这么说,当时代表着正义的一方以京东士人为主角。当寇、李、王等人在前沿斗争时,京东士人中多有明确支持者。如莱州(治今山东掖县)蔡齐拒绝丁谓拉拢[③],齐州(治今济南市)范讽"通判郓州,时知州李迪贬衡州副使,宰相丁谓戒使者持诏书促上道,讽辄留迪数日,为治装祖行"[④]。

仁宗初年,刘后听政,外家与宦者骤进仍是政治腐败的根源,也是任何有志之士无可回避的政治现实。天圣以来范仲淹等人屡章辩寇准之被诬,谏阻皇帝上太后寿,再三疏请太后还政,都显系真宗末年政治斗争的继续。京东士人依然于中充当主角。王曾居相位,对刘后姻亲多所裁抑[⑤],范讽弹劾钱惟演[⑥]。圣人之后"孔公道辅以刚毅直谅名闻天下,知谏院日,请明肃太后归政太子"[⑦],都表现了京东

---

①③ 陈邦瞻《宋史纪事本末》卷二三,上海古籍出版社 1994 年版。
② 穆彰阿撰《(嘉庆)大清一统志》,《四部丛刊续编》本。
④⑥ 《宋史》卷三〇四。
⑤ 《宋史》卷三一〇。
⑦ 王辟之《渑水燕谈录》卷二,清《知不足斋丛书》本。

士人在政治立场上的连续性。值得特别一提的是范仲淹(989—1052)。虽然出生于苏州吴县,然“二岁而孤”,随母适京东淄州长山朱氏,改名朱说,用他自己的话说是“生于唐虞,学于邹鲁”①。二十岁前后客游中原,二十一岁读书于长山县(治今山东邹平市长山镇)长白山醴泉寺。二十五岁前往京东路应天府(治今河南商丘睢阳)书院,苦读三年,登大中祥符八年(1015)蔡齐榜乙科。天禧元年(1017)始复范姓。可见其早年活动之背景为京东,尤其是受学之应天书院,在宋初是较为著名的。天圣以来,范仲淹“感激论天下事,奋不顾身”②,与孔道辅等一起代表了新一代士人的战斗风姿和改革倾向,受到王曾等人的积极支持③。正是因为京东士人的政治态度和正直品格,其从真宗后期以来一直与刘后及其附缘者处于对立状态。明道二年(1033)章献刘后崩,仁宗亲政,贬黜后党,亲近吕夷简、夏竦、范雍、晏殊等人,所进用者多京东人士。李迪为相,范讽、范仲淹、孔道辅(孔子之后)、郭劝(郓州人)等为谏官,一时京东士人济济于朝,群情为之振奋。石介(1005—1045)作《宋颂》以献,列赞太祖神武、太宗圣文,于真宗颂其幸澶亲征,于仁宗美其“雷动乾行,进退大臣”,“诛逐群竖”④。政治斗争开始进入以范仲淹为首的改革派与吕夷简等新进保守势力对峙的新阶段。

京东士人在真、仁之际高层政治中的忠直相继,其意义洵为重要,但就京东士人的整体状况而言,下层和在野士人的漫游讲学之风则显得更为引人注目。石介曾说:“至道、咸平以来,山东文人之杰贾公疏、高公仪、刘子望、孙明复。”⑤贾同,青州临淄人,“笃学好古”⑥,大中祥符四年年逾四十方举进士。当时与之师徒相从者有刘颜、李

---

① 范仲淹《移苏州谢两府》,《范文正公别集》卷四,《四部丛刊》影明本。
② 《宋史》卷三一四。
③ 司马光《涑水记闻》卷一〇,清武英殿聚珍本。
④ 石介《宋颂》,《徂徕石先生文集》卷一,中华书局 1984 年版。
⑤ 石介《贤李》,《徂徕石先生文集》卷九。
⑥ 《宋史》卷四三二。

冠等人。高弁，濮州雷泽人，曾学于种放、柳开、王禹偁等。“性孝友，所为文多祖六经及孟子，喜言仁义。”[①]石延年(994—1041)、刘潜、刘颜皆其门人[②]。刘颜，京东彭城(今徐州市)人，“少孤，好古，学不专章句”，尝举进士第，坐法免官，后授徐州文学，“居乡里，教授数十百人”。“岁饥，发大姓所积，活数千人。”[③]这种居乡授徒、讲习古道的风气远承齐鲁儒士之余绪，近沿五代干戈之际士人避世，寄迹田亩，以耕读自安的人生态度。宋初著名儒士戚同文，当天下丧乱，绝意不仕，以孝敬信义“深为乡里推服”，救人之困，愉人以道。“筑室聚徒，请益之人不远千里而至，登第者五六十人。”[④]柳开未第前教授魏之东郊，所追求的也是这种“传道授业”的境界。京东士人居乡授徒的传统发展到仁宗明道(1023—1033)、景祐(1034—1038)间进入极盛。景祐二年(1035)，石介延孙复入山东，为其筑室泰山之麓，讲学授徒，并以身下之，率乡里游从执弟子礼。据石介《寄弟会等》《上杜副枢书》等作品及欧阳修为石介所作《墓志铭》，当时及门与从游者有张洞、李缊、刘牧、士建中、杜默、徐遁、张豹、刘君平、李常、赵泽、孔彰及石介妹夫卢淑、侄婿高枢、姜潜、弟会、侄师愚等人，足见一时群体之盛。

群体活动方式是士风活跃的重要标志。石介等人对群体声势的作成更是具有自觉的意识。明道以来，石介利用地缘上的关系，致书王曾、李迪、范讽、孔道辅、蔡齐等京东前辈显达，竭力推荐京东后生之佼佼者如士建中、姜潜、张洞、颜太初、赵师民、杜默等人。李迪等也多好援引乡贤，石介作《贤李》《明孔》等文，称美李迪、孔道辅好贤礼士之举。正是如此上下呼应，声气相求，使京东士人显示了地缘性结盟的鲜明群体优势。

---

①②③《宋史》卷四三二。

④《宋史》卷四五七。

二、石介：道德之士的文化传统和实践风采

京东士人在真、仁之际的活跃虽然有着高层政治和下层师徒游从两个不同的方面，但就对仁宗前期诗文革新思潮的作用而言，则以石介为代表的群居游从、习古传道之士为主力。他们继承了宋初柳开、孙何等人对于儒道的尊崇，以极端的道德理想主义精神和斗争热情，凭借着地缘性群体优势，向当时流行的传统文士风习发出严厉的挑战，在当时积极倡导诗文革新的诸多力量中充当了急先锋的角色。石介无疑是京东士人的代表。下面通过对他的分析展示京东习古志道之士的文化传统和实践风采。

根据石介《石氏墓表》《上徐州扈谏议书》等有关自叙，石介出身道地的农家。原籍沧州，唐末迁入山东，高祖以来，耕田为生。值中原干戈，家人多习战尚勇，骑射格斗，豪于乡里。曾祖“勤农”外，始“喜衣冠”，属石介父石丙于乡先生，识字授经，希望其“儒名吾家”，石丙终于大中祥符五年及第①。但石丙仕迟未显，年逾六十方得一县令。至石介时，石家依然是“田薄牛弱，常苦贫窭，岁尽天之时，穷地之利，竭人之力，并大人（引者按：石丙）与介两人禄，四十口仅得饱食”②。这样的家世属于典型的庶族平民。由农耕数世积累而能就学、应举、入仕，代表了下层知识分子最普遍的成长道路和生活状况。

这样的家道背景，决定了石介的思想和实践打着鲜明的庶族知识分子的烙印。正如敦煌文献所说，所谓“庶人者，白屋之士也。家无轩冕，世□缙绅……井邑相望，其流实繁。或有业在典坟，心惟孝悌，竟从乡赋，自致青云……谨身节用，以养父母，此庶人之本也”③。

---

① 石介《石氏墓表》，《徂徕石先生文集》附录　。

② 石介《上徐州扈谏议书》，《徂徕石先生文集》卷一七。

③ 敦煌文献伯 2518《二十五等人图并序》，录文见罗振玉《雪堂丛刻》，北京图书馆出版社 2000 年版，第 656 页。

耕读薄宦之家最易于感受宗法伦理道德的温情馨意。王禹偁“家本寒素”，五代乱离，“举族分散”，丧亡四弃，做官后“誓将积余俸，市高原，捧土起坟，负骨归葬”①。柳开于太宗至道末求官邢州，图谋收葬九族，《河东集》中颇多亲族墓铭。寇准仕求通显，以期赠封父母，王禹偁称其“立身扬名，以显父母”，洵为“孝子”②。对于庶族士子来说，没有比起身致家、承担起保族耀祖更具切实之孝义了。石介对此深怀责任。康定二年石介“举曾王父而降为三十二坟”③。在为祖茔所作《石氏墓表》中，他对家族六世祖以至曾祖七院逐一详叙，最后感慨道：“吾诸子若孙，既材而孝，其必能大石氏，基斯厚矣，堂斯峻矣，构斯崇矣，石氏传万世矣。”④庆历元年又于祖茔增设祭堂，石介明知自己官位卑下，立庙祭祖“品贱未应于式”，但是仍“自为之制”，“缘古礼而出新意”，“推神道而本人情”⑤。石介作品中两篇人物传都是为孝行义举所作，其一《郑元传》记载咸平(998—1003)初，契丹南侵，郑氏父被虏死于契丹，郑元深入契丹寻访，“卒能负父骨而归，易中国之棺衣”，葬于先茔。石介呼吁道：“推郑氏之子孝化于天下，天下无不忠之臣，无不顺之子；挹郑氏之子风移于海内，海内无不仁之人，无不厚之俗。”⑥石介作品中颇多关于亲朋师友孝友仁爱之举的同情和咏赞，如《又送从道》《刘生病归》《永伯仲渊在狱作九十二言伤之》。对于下层民生问题颇为关切和揭露，如《录微者言》中记载，东南有“庸而耕者，谓之客户”。岁饥之年“不得与占田之民同除其赋”。这种不平等现象在封建时代是极为平常的，但石介从府吏那里听到后，“矍然而骇，悚然而恭，抗声大叫”，责问道：“此衣食天子者之所宜思也，牧养天子之民者之所宜忧也。”府吏知忧，吾辈为官不能忧，“亦何施其面

---

① 王禹偁《送鞠仲谋序》，《小畜集》卷一九。

② 王禹偁《送寇密直西京迁葬序》，《小畜集》卷一九。

③④ 石介《石氏墓表》，《徂徕石先生文集》附录一。

⑤ 石介《祭堂记》，《徂徕石先生文集》卷一九。

⑥ 石介《郑元传》，《徂徕石先生文集》卷六。

目哉!”[1]这些民生人伦的关注之意和道德良知的自觉,都根基于庶族知识分子对下层生活的深切体验。石介曾称他们师徒“信义忠孝,乃其天性”[2],固然有着自夸求售的动机,但客观上也道出了下层士人与以温情脉脉的人伦之情为核心的儒道在思想本根上的联系。

与儒道思想的联系对于广大的士阶层来说是普遍的情况,但京东士人的儒学传统和“圣地”意识却使他们较之其他地区的士人更倾向于因缘圣贤开济之心和教化之意作为社会的理想,树立起人生的信念。石介曾经称“夫求圣人之道者,必自鲁始。鲁,周公之所封也,孔子之所出也,圣人之道尽在鲁矣”[3],他赞叹齐鲁大地“圣人遗风烈,生民多材良”,“士风实深长”[4],对儒生辈出的现象引以自豪。早在天圣中,身处京东群居游从、师徒授受的郁郁文化氛围中,石介便感受到了“王化周南始,儒缝鲁俗通”的三代气象,为自己能“孤生荷乐育”而兴奋不已,并希望“四方观表则”,天下同向化[5]。我们在欧阳修、梅尧臣等南方士人的早期经历中没有发现类似的“王化”思想。虽然梅尧臣早在天圣五年就荫补入仕,欧阳修天圣五年试礼部,天圣八年与石介同榜中进士,但直到明道初年他们的活动主要仍属于纯粹的文士诗赋唱酬。而石介作于及第前的五古长诗《过魏东郊》已经通过对柳开的缅怀和赞美,表达了对“述作慕仲淹(王通),文章肩韩愈”[6]古文传统的敬仰。两者之间的差异不能不归结于文化传统和士风背景上的不同。正是在京东士风传统的影响下,石介的整个文化实践也以对“道统”的鼓吹和维护,对“道”崇高地位的论证最为引人瞩目。

真、仁之际京东士风的活跃不仅赋予石介等新一代京东士人复古重道的明确方向和较早的自觉性,而且还决定了石介等人关心国

① 石介《录微者言》,《徂徕石先生文集》卷八。
② 石介《上范思远书》,《徂徕石先生文集》卷一三。
③ 石介《归鲁名张生》,《徂徕石先生文集》卷七。
④ 石介《赠李常李堂》,《徂徕石先生文集》卷三。
⑤ 石介《留守待制视学》,《徂徕石先生文集》卷四。
⑥ 石介《过魏东郊》,《徂徕石先生文集》卷二。

计民生，干预时风朝政，把复古崇道与现实批判结合起来的积极意向和战斗姿态。柳开的复古实践主要局限在进士及第之前一段时间，入仕后并没有表现出积极的"行道"意向，其"立言"的成就仅是一部篇幅极有限而又未完稿的语录体著述《默书》。而真宗以来京东士人的复古传道开始显示了鲜明的现实指向。"鲁叟谈五经，白发死章句。问以经济策，茫如坠烟雾。"[①]与李白游历山东时遇到的这种腐儒不同，高弁著《帝则》三篇，刘颜有《辅弼名对》四十卷、《儒术通要》、《经济枢言》等，贾同有《山东野录》等著述[②]，从题目就不难看出其经世致用的目的。天圣初，贾同上书论列寇准之贤不当黜，丁谓祸不可容，锋芒直指章献太后，与范仲淹声气相通，时论壮之。石介自明道初元以来，向王曾、孔道辅、郭劝等人频频致书陈言，劝他们立朝敢言，"坚正不顾其身"[③]，正直不懈，"能有其初，能有其终"[④]。石介本人则如欧阳修所言，"遇事发愤，作为文章，极陈古今治乱成败，以指切当时，贤愚善恶，是是非非，无所讳忌"[⑤]，表现出以天下是非为己任的现实批判精神。

在石介的道学鼓吹和时事美刺中可以强烈地感受到一种新型庶族知识分子奋身效时的历史主动精神。石介在诗中唱道："我本鲁国一男子，少小气志凌浮云。精诚许国贯白日，有心致主为华勋。"[⑥]他作诗劝勉其侄："不行一千里，安得为良马？不连十五城，安得称善价？汝皆有血气，非如木偶者。撮发号男儿，肯甘在人下？汝不闻图王，不成犹可霸。舜与吾俱人，学之则舜也。汝等但勉旃，前贤皆可亚。"[⑦]石介认为圣贤不远，宏图可求，贵在自力自勉。一种典型的尚

① 李白《嘲鲁儒》，鲍方校点《李白全集》，上海古籍出版社 1996 年版，第 222 页。

② 脱脱等《宋史》卷四三二。

③ 石介《上孔中丞书》，《徂徕石先生文集》卷一三。

④ 石介《上郭殿院书》，《徂徕石先生文集》卷一二。

⑤ 欧阳修《徂徕石先生墓志铭并序》，《徂徕石先生文集》附录二。

⑥ 石介《闻子规》，《徂徕石先生文集》卷二。

⑦ 石介《勉师愚等》，《徂徕石先生文集》卷三。

志进取的精神品格跃然纸上。

这种尚志的精神还与英豪雄武的“河朔清刚”之气有着某些传统上的联系。石介祖籍沧州，当“中原用武”之际，诸祖“习战尚勇”，“豪于乡里”[①]。这种情况并不只是一种家族的偶然，在石介之前，张咏、柳开、寇准等少年时皆以义豪作风闻名，尤其是张咏，更多侠行见诸记载，包括王禹偁在内的京东、河朔和中原士人及第前大都有漫游的经历。王禹偁自称“未第前，客游十年”[②]，张咏、寇准都西涉关中，北入河朔。此风至石介时依然较盛，石介未第前也曾客游河朔，在《过魏东郊》诗中，石介敬慕柳开的是“斯文”“宗主”与“四海”“英雄”的双重风采。他描写柳开“塞上诸猛将，低头若首鼠。渴忆海为浆，饥思鳌为脯。两手拿人肝，大床横斗肚。一饮酒一石，贼来不怕惧。帐下立孙吴，樽前坐伊吕”[③]，对其勇武豪侠作风大加赞美。孔道辅“为宁州军事推官”，有巨蛇扰事，“一郡以为神”，孔道辅“径前以笏击蛇，碎其首”[④]。石介对此勇敢行为大为敬佩，特作《击蛇笏铭》赞其“纯刚至正之气”[⑤]。石介所交游者颇有“负剑”[⑥]“言兵”[⑦]之徒。石介有《感事》五古长篇，味其辞意当作于早年客游中，诗歌集中抒发了四方游历后的感慨。诗人从天下山川大势与国初统一步骤叙写起议，为北州“割剔”、中夏暴露而又无从收拾的现实“叹息”“感伤”，体现了以天下四方为意的“豪杰”情怀[⑧]。石介诗中有一组咏史之作，所咏唐颜真卿、李愬、裴度等或将或相，都是功绩彪炳之士。石介的人格里包含了浓重的器识功名的英雄主义倾向。可以这么说，正是齐鲁圣贤之

① 石介《石氏墓表》，《徂徕石先生文集》附录一。

② 王禹偁《次韵和仲咸送池秀才西游》，《小畜外集》卷七。

③ 石介《过魏东郊》，《徂徕石先生文集》卷二。

④《宋史》卷二九七。

⑤ 石介《击蛇笏铭》，《徂徕石先生文集》卷六。

⑥ 石介《送李生谒张侯》，《徂徕石先生文集》卷二。

⑦ 石介《寄沛县梁子高》，《徂徕石先生文集》卷四。

⑧ 石介《感事》，《徂徕石先生文集》卷三。

乡的儒学传统与京东“河朔”士人的清刚雄奇之气的有机结合，蕴育了以石介为代表的新一代京东士人大志笃道、救弊无忌而又不免于狂傲激直的先锋人格。

石介的诗文革新主张完全由其崇道救弊的思想人格所决定。在石介看来，所谓“文”，“必本于教化仁义，根于礼乐刑政，而后为之辞”①。主张文本于道，文以载道，这样的观点与柳开等人相比并无多少新鲜之意，但在石介一如其“指切时政”，“是是非非”间不容缓，他发扬了孟子拒杨墨、韩愈排佛老的战斗精神，把“时文”与释老同作为异端痛加讨伐。明道初年，仁宗亲政，贤臣立朝，石介认为政治有望，“直与唐比”，“独斯文邈乎不可视于唐”②，在继续针砭时政世风的同时，把主要兴趣用于“斯文”的黜邪求正。他自知“无位”行道求文，便反复致书朝中大臣，劝他们在位振道救弊。站在复兴古道、追乎三代的崇高立场，石介对当时文风之弊有着沉重的估计，他说：“今斯文也，剥已极矣，而不复，天岂遂丧斯文哉！斯文丧，则尧、舜、禹、汤、周公、孔子之道不可见矣。嗟夫！小子不肖，然每至于斯，未尝不流涕横席，终夜不寐也。顾已无孟轲、荀卿、扬雄、文中子、吏部之力，不能亟复斯文，其心亦不敢须臾忘。”③他一再许人以圣贤之才，希望他们作为“宗主”，自己率弟子群起附从以恢张斯文。他给孙复的信中热情地描绘这样的情景：“使先生（孙复）与熙道（士建中）为元帅，介与至之、明远被甲执锐，摧坚阵，破强敌，佐元戎周旋焉。曹二、任三坐于樽俎之间，介知必克捷矣。然后枭竖子辈首，致于麾下。使斯文也，真如三代、两汉，跨逾李唐万万。使斯道也，廓然直趋于尧、舜、禹、汤、文、武、周公、孔子。”④为了这充满热情想象的理想境界早日实现，石介可谓不择尊卑老少，唯可师是求，他甚至把希望放在自己的弟子张绩身上，勉其“卒能霸斯文，吾恐不在己。禹功幸勉旃，当仁勿

①② 石介《上赵先生书》，《徂徕石先生文集》卷一二。
③ 石介《上张兵部书》，《徂徕石先生文集》卷一二。
④ 石介《上孙先生书》，《徂徕石先生文集》卷一五。

让尔"[①]。其实当时张绩二十五岁，石介本人也仅三十六岁，而且石介当时也未必像他所说已"老大""渐衰"[②]，由此可知其情不自禁、时不我待的迫切之情。因此，当庆历二年(1042)石介受荐为太学直讲时，他自然是利用这一难得的机会，大刀阔斧地矫改学风、文风。《湘山野录》卷中载：石介"主盟上庠，酷愤时文之弊，力振古道"。时以题试生，中有四六俗调，不合意，石介"晨兴，鸣鼓于堂，集诸生，诮之曰：'此辈鼓箧游上庠，提笔场屋，稍或出落，尚腾谤有司，悲哉，吾道之衰也！如此，是物宜遽去；不尔，则鼓其姓名，挞以惩其谬。'时引退者数十人"[③]。如此大张旗鼓地升降诸生，黜抑时文，真可谓爱憎分明，斩钉截铁。虽然后来因此流行之"太学体"深罹矫枉过正之弊，但石介此举对彻底扫荡"时文"，促进古文古风在广大士子中的兴起有着不可忽视的作用。与石介同时之张方平于庆历六年上书论举人文章："自景祐元年，有以变体而擢高第者，后进传效，因是以习。尔来文格日失其旧，各出新意，相胜为奇。至太学之建，直讲石介课诸生，试所业，因其好尚，而遂成风。"[④]景祐元年状元及第者为京东青州张唐卿，其少时，以"文行为东州士人所称"，"每文章之出，远近为之传诵，与石守道游，最相知"，"乡举与礼部试，俱在高等"，其试论《积善成德论》为时人激赏[⑤]。张方平虽然是从反面立论，但同时也指出了石介等京东士人当时所产生的巨大影响。

石介"重道轻文"的文学主张及其诋时救弊的斗争实践在当时与后来都是毁誉参半，也确实是功过并存的。但如果体谅其以复兴儒教为济世之道的"道学"立场，把他们的文学主张视作诸多诗文革新力量中与儒学复兴思潮紧密结合之一支，有自身文化背景、社会心理

---

① 石介《赠张绩禹功》，《徂徕石先生文集》卷二。

② 石介《上赵先生书》，《徂徕石先生文集》卷一二。

③ 释文莹《湘山野录》卷中，明《津逮秘书》本。

④ 张方平《贡院请戒伤天下举人文章》，《乐全集》卷二〇，清抄本。

⑤ 韩琦《故将作监丞通判陕府张君墓志铭》，《全宋文》卷八五七，上海辞书出版社、安徽教育出版社2006年版。

和群体思想倾向上的历史合理性，那么，我们对于石介等京东士人在古文观点上的某些迂腐和狭隘、作风上的某些矫厉和偏激就不至过于苛求。事实上，文学风气的演进和变化是一个极为艰难复杂的过程，任何理论上的呼吁即或是付诸政治的手段，最终总有相当的部分仍是停留在理想的层面，而未得到实际的贯彻。如果我们联系一下石介的实际创作，对这一理论和实际的差距会有更为清醒的认识，对诗文革新复杂过程的把握也会避免局限在观念口号层面的肤浅和片面。

首先值得特别一提的是，与柳开不同，石介之重道轻文并没有像柳开那样导致弃韩就经向纯粹学术的转变。石介对韩愈一直表示崇敬①，尤其是向往韩愈为文坛霸主、从者云集的"声烈"。石介自己"子衿青青多"的门庭也包括能赋之士②，其群体活动中也有"唱和友朋倦"③的节目。他盛赞过石延年、欧阳修、杜默、张方平等人"豪"于诗的成就④。可见石介实际激烈反对的只是"缀风月""弄花草"，"浮华纂组"⑤的"时文"风气，而非包括诗赋在内的整个文学创作。

石介虽然崇道不遗余力，但他没有像孙复那样埋头学术研究（石介有《唐鉴》《三朝圣政录》《易解》等学术著述），而是直切现实，济时救弊，其发为文章，大多是单篇的古文作品。其中有原、说、辨、明、论、书、序等议论说理之作，也有赠序、记、传等叙事记实之作。议论文或直陈己见，阐明道旨，或指切当时，辨说义理。其书信多出于称荐同党、敦道勉行。其序、记、传多傍去依恃，彰善瘅恶，感慨大义，总

---

① 石介《读韩文》，《徂徕石先生文集》卷三。

② 石介《寄弟会等》，《徂徕石先生文集》卷三。

③ 石介《竹书筒》，《徂徕石先生文集》卷四。

④ 详见石介《三豪诗送杜默师雄并序》《读石安仁学士诗》《郑师易秀才诗奔腾遒壮，殆有石曼卿学士风骨，作四韵以勉之》，《徂徕石先生文集》卷二、卷四。

⑤ 石介《怪说中》，《徂徕石先生文集》卷五。

谓之“慷慨激直，理达气充”[①]。在艺术上多取排比语势，“辞句健跳”[②]，“倔强劲质”[③]，“多方少圆”[④]，一如其人格。

石介的诗也许比文更能反映他人格的底蕴。石介现存诗144首，其中古诗64首，律诗80首。古诗所占比重当时无比，体现了坚定的复古之士掉臂于当时诗坛风习之外的超然之势。其中作于及第前的五古长篇《过魏东郊》《感事》已如前言，又如明道二年(1033)的《麦熟有感》隐有“讽谕”之意，景祐二年(1035)的《河决》长达五十六韵，诗人针对天禧以来的频年河患，追叙三代治水之绩、战国河患之虐，从天下理乱的角度思考现实的自然灾害，为自己居官窃禄、无言以补天深感自责，最后献言三策，希君择用。全诗纵横指陈，忧思深广。同年的《西北》一诗对边鄙攻守形势及“堂上守章句，将军弄娉婷”[⑤]的腐败状况表示担忧。这些诗都说明石介并不是只知空言古初的迂儒，其于国计民生“忧思深远”[⑥]，与同代之范仲淹、苏舜钦不相上下。

石介诗中较多师友往还勉慰之作，与宋初以来官场流行之唱酬诗全然不同，体现了君子相劝以道的儒者之心。另外特别值得注意的是，石介曾代父远官嘉州，诗中便有一组历险蹈危的行役诗，如《大寒早行》：“万动皆休迹，五更独鸣鞭。星霜结凄色，风霰过长川。草暖犬犹睡，河水马不前。城墙多有穴，村屋半无烟。饿虎寒犹吼，妖狐怪不眠。山空乱猿叫，树折一鸡颠。几处炉熏炭，何人坐有毡。崎岖转行路，凛冽逼穷年。脚指两个落，衫裳百孔穿。嘘唏鼻才润，僵直手难拳。身固冻不死，志当穷且坚。四方丈夫事，谁为泪潺湲。”[⑦]

---

① 徐肇显《重刻徂徕先生集序》，《徂徕石先生文集》附录三。

② 石介《书箴贻君豫》，《徂徕石先生文集》卷七。

③ 王士禛《池北偶谈》卷一七，中华书局1982年版。

④ 马端临《文献通考》卷二三四，清浙江书局本。

⑤ 石介《西北》，《徂徕石先生文集》卷二。

⑥ 欧阳修《徂徕石先生墓志铭》，《欧阳文忠公集》居士集卷三四，《四部丛刊》影元本。

⑦ 石介《大寒早行》，《徂徕石先生文集》卷四。

虽出于排律，但剥落浮华，取材质朴，叙述平实。其他如《过潼关》《蜀道自勉》等也是如此。清王士禛曾认为石介古文“倔强劲质”，“未脱草昧之气”①。这“草昧之气”体现在道学中便是学笃志大、切时激直的学风，体现在古文中便是大义凛然、“多方少圆”的文风，体现在诗歌中便是剥落浮华、平实咏志的诗风。它反映了入宋之后下层儒学道义之士古朴质健的气性本色，在宋代文学新生的美感中有着普遍的价值，比如梅尧臣的诗即被宋人喻为“如深山道人，草衣葛履”②。

三、“东州逸党”与宋诗“慷慨悲歌”之音的昙花一现

在京东士人的活跃声浪中，还跳动着一串不尽谐和的音符，这就是所谓的“东州逸党”，东州即京东，宋人习惯称京东路诸州为东州。“东州逸党”的说法源于颜太初《东州逸党》诗，“景祐初，青州牧有以荒淫放荡为事，慕嵇康、阮籍之为人，当时四方士大夫乐其无名教之拘，翕然效之，浸以成风。太初恶其为大乱风俗之本，作《东州逸党》诗以刺之”③。颜太初在诗中这样描写逸党作风：“东州有逸党，尊大自相推。号曰方外友，荡然绝四维。六籍被诋诃，三皇遭毁訾。……或为童牧饮，垂髽以相嬉；或作概量歌，无非市井辞；或作薤露喝，发声令人悲；或称重气义，金帛不为赀；或曰外形骸，顶踵了无丝。尘聚复优杂，何者为尊卑。……不知二纪来，此风肇自谁？都缘极显地，多用宁馨儿。斯人之一唱，翕然天下随；斯人之一趋，靡然天下驰。”④

颜太初诗中所言不免夸人其辞，然大致概括了“逸党”人士豪放任气、不拘礼法的特点。诗中所责首唱此风的“斯人”为范讽。范讽

① 王士禛《池北偶谈》卷一七，中华书局1982年版。

② 胡仔《苕溪渔隐丛话》后集卷三三，清乾隆刻本。

③ 司马光《颜太初杂文序》，《温国文正公文集》卷六四，《四部丛刊》影宋本。

④ 吕祖谦《皇朝文鉴》卷一六，《四部丛刊》影宋本。《宋诗纪事》卷一二所辑文字稍异。

虽与王曾、李迪等一同抵阻后党权奸，然不似王、李“正色危言”[①]，性格偏于“旷达”，“不守名检”，好“饮酒自纵”，“所与游者辄慕其所为，时号‘东州逸党’”[②]。田况《儒林公议》载：“范讽，齐人，性疏诞，不欲小节。……好大言捭阖，亦时有补益。……好朋饮，高歌激呼，或不冠帻，礼法之士深疾之。”[③]当时传效其风者有刘潜、李冠、石延年、张方平、释秘演等人。

关于刘潜，《宋史》卷四四二称：“刘潜，字仲方，曹州定陶（引者按：今属山东）人，少卓逸有大志，好为古文，以进士起家，为淄州军事推官。……过郓州（引者按：治今山东东平），方与曼卿（引者按：石延年）饮，闻母暴疾亟归。母死，潜一恸遂绝。”[④]张方平《乐全集》有《哭刘潜》一诗，谓其“尝谓君才似武侯，草庐牢落卧龙愁”。并注云：“君没二年，西陲聚师，朝廷校用才士，而碌碌竞进矣。”[⑤]西陲聚师，指宝元、康定间西夏扰边，可见刘潜卒于此前。李冠与刘潜“同时以文学称京东”，举进士不第，仅得同三礼出身[⑥]。

张方平，应天宋城（今河南商丘）人，自称“少有事四方，自宋、卫、陈、蔡、荥、洛、陕、蒲、河之北，山之东，淮服之南，历游而已。至于是邦，必问其俊豪而从之”[⑦]。“于时山东士人若刘潜、吴颢、石延年、韦不伐、陈靖、田度、马武十数人，皆负豪杰之气不得骋，相与纵游为高。仆年少好奇论，与诸酒徒游。”[⑧]在“东州逸党”的活动中，张方平可能只是短暂的加入，张方平游山东在明道二年（1033）[⑨]，次年即举茂材异特，入仕为秘书郎知昆山县。不过其早年的恣游求士之举也见其

---

① 《宋史》卷三一〇。

② 《宋史》卷三〇四。

③ 田况《儒林公议》卷下，明刻本。

④⑥ 《宋史》卷四四二。

⑤ 张方平《哭刘潜》，《乐全集》卷二，清抄本。

⑦ 张方平《答孙生秀才书》，《全宋文》卷八〇四。

⑧ 张方平《谢苏子瞻寄〈乐全集序〉》，《全宋文》卷八〇四。

⑨ 张方平《素书明录序》：“明道二年三月，余自睢阳游山东。”《全宋文》卷八〇四。

气概与刘、李之辈浑然相通。

石曼卿是“东州逸党”中影响最大的人物，《宋史》称其“先世幽州人，晋以幽州遗契丹，其祖举族南走，家于宋城。延年为人，跌宕任气节”[①]。“读书不治章句，独慕古人奇节伟行非常之功，视世俗屑屑，无足动其意者。自顾不合于时，乃一混以酒。然好剧饮，大醉，颓然自放，由是益与时不合。”[②]其他有关石曼卿磊落使气豪于诗酒的记载也较多[③]。

与石曼卿交往颇密之释秘演也是党中之人。欧阳修《释秘演诗集序》：“浮屠秘演者，与曼卿交最久，亦能遗外世俗，以气节相高。二人欢然无所间，曼卿隐于酒，秘演隐于浮屠，皆奇男子也。然喜为歌诗以自娱，当其极饮大醉，歌吟笑呼以适天下之乐，何其壮也。一时贤士皆愿从其游。”[④]

综合上面的材料可以看出，“东州逸党”是京东士人中一群豪迈放逸之士，他们仰慕古人奇节伟行非常之功，好言天下大事，以纵游狂饮为高，不屑世俗之琐为，表现出逸于礼法之外的狂狷之态，在一定程度上带有游士豪侠作风和河朔尚武精神，如其中的刘潜，即被宋人径称为“大侠”[⑤]，张方平感悼其不遇也强调其将帅韬略之才。石曼卿“读书通大略”，于天下承平之时“尝上言天下不识战三十余年，请为二边之备”[⑥]。康定元年，石与吴遵路奉使河东，所至于山川形势、兵民粮刍纤悉备知，同事叹为“奇才”[⑦]。从地缘上看，他们主要活动在山东济、郓、齐、青一线，其中刘潜、石曼卿、张方平等人又北游河朔，或西行关洛，颇得河朔清刚之气。尤其是石曼卿，以幽州之家世，得“燕俗之劲武”，典型地体现了“慷慨悲歌之士”的豪杰气概。他们

---

①⑥《宋史》卷四四二。

② 欧阳修《石曼卿墓志》，《欧阳文忠公集》居士集卷二四。

③ 如欧阳修《归田录》卷二、沈括《梦溪笔谈》卷九等。

④ 欧阳修《释秘演诗集序》，《欧阳文忠公集》居士集卷四一。

⑤ 陈师道《后山诗话》，明《津逮秘书》本。

⑦ 王辟之《渑水燕谈录》卷四，清《知不足斋丛书》本。

的豪迈放逸之风也因石曼卿等人的经历带到了汴京。如石曼卿与秘演便多汴京纵游之事[①]，相国寺僧人释惟俨虽为杭人，也喜与之游，欧阳修、苏舜钦早年在京也“喜从曼卿游”[②]。

这股“逸党”活动大约结束于石曼卿去世之庆历元年(1041)。欧阳修在《释秘演诗集序》中写道：“十年之间秘演北渡河，东之济、郓，无所合，困而归，曼卿已死，秘演也老病，嗟夫，二人者予乃见其盛衰”，“曼卿死，秘演漠然无所向，闻东南多山水，……遂欲往游焉”[③]。释秘演庆历三年(1043)春离京南下。

“东州逸党”的文学活动主要是诗歌，他们在诗坛刮起了“歌吟啸呼”的旋风，引入了北国“慷慨悲歌”的激昂声腔。宋人称，石延年“天圣、宝元间，以歌诗豪于一时”[④]。此“豪”既指以诗称雄一时，更指其诗风之豪迈雄健。苏舜钦《石曼卿诗集序》：“曼卿之诗，又时振奇发秀。盖取古之所未至，托讽物象之表，警时鼓众，未尝徒役，虽能文者累数十百言，不能率其意，独以劲语蟠泊，会而终于篇，而复气横意举，洒落章句之外，学者不可寻其屏阈而依倚之，其诗之豪者欤！”[⑤]石曼卿作品中最著名者为《筹笔驿》《铜雀台》《留侯庙》三首，都是长篇怀古之作[⑥]。《筹笔驿》为五言排律，历叙武侯英才烈业，抒发“战地悲陵谷”，“迟留慕英气”的思古惜贤之情，诗中取象偏于“意中流水远，愁外远山青”[⑦]的阔大苍茫，典型地体现了“气横意举”的风格。类似的五言长篇之作还有《华山》《嵩山》《泰山》[⑧]等，味其命题，大概也成于仗剑漫游之际，风格也当是豪迈健举。除了登临怀古外，送别寄赠之作如《赠刘潜归陶丘》《赠别》《寄尹师鲁》等，尤其是后一首“十年一

---

① 释文莹《湘山野录》卷上，明《津逮秘书》本。

②③ 欧阳修《释秘演诗集序》，《欧阳文忠公集》居士集卷四一。

④ 王辟之《渑水燕谈录》卷七，清《知不足斋丛书》本。

⑤ 苏舜钦《苏学士集》卷一三，《四部丛刊》影清康熙刊本。此文作者或作石介。

⑥ 魏泰《临汉隐居诗话》，清《知不足斋丛书》本。

⑦ 厉鹗辑撰《宋诗纪事》卷一〇，上海古籍出版社 1981 年版。

⑧ 刘克庄《后村集》卷一七七，《四部丛刊》影旧抄本。

梦花空委，依旧河山损桃李。雁声北去燕南飞，高楼日日春风里。眉黛石州山对起，娇波泪落妆如洗。汾河不断天南流，天色无情淡如水”[①]，取境阔大，感慨深长，也见出意格之遒举不凡。

范讽、刘潜、李冠存诗寥寥，难见全豹，然其风格也应同于石曼卿，李冠有两首《六州歌头》[②]颇能反映个中消息。陈师道《后山诗话》云：“冠，齐人，为《六州歌头》，道刘、项事，慷慨雄伟。刘潜，大侠也，喜诵之。”[③]这是一首，另一首署题“骊山”，道明皇杨妃事。两词歇拍分别是：“遣行人到此，追念益伤情，胜负难凭。”“便使人到此，千古只伤歌，事往愁多。”[④]慷慨悲歌之意在宋初词坛洵为难得，时间也早于范仲淹《渔家傲》。作小词尚且如此，诗风就不难推想。

张方平文集中所收未第前的作品较多。叶梦得《石林诗话》记载张方平漫游至徐，“沛县有汉高祖庙并歌风台，前后题诗人甚多，无不推颂功德，独安道《高祖庙》诗曰：‘纵酒疏狂不治生，中阳有土不归耕。偶因乱世成功业，更向翁前与仲争。’又《歌风台》曰：‘落魄刘郎作帝归，尊前感慨《大风》诗。淮阴反接英彭族，更欲多求猛士为。’”[⑤]张诗不同于前人之处在于不作功德推颂，而是感叹英雄遭际，议论历史冷暖，表达的是慷慨凭吊之情。他如《过丰》感秦末风云际会，英雄纵横得时。《临淄同刘仲方读齐世家》歌吟齐人图王争霸的进取之心。《幽蓟行》悲叹燕赵奇士难见，致使燕云不归，吾民被发左衽。《登泰山太平顶》则登高壮观，发出尘世沧桑、英雄云烟的历史浩叹。这些作品的情感大都与陈子昂“观燕之旧都”，“慨然仰叹”[⑥]，“泫然流涕”[⑦]之英豪风概同。除了吊往怀贤，张方平感怀赠别也如石曼卿之

---

① 王辟之《渑水燕谈录》卷七，清《知不足斋丛书》本。

② 唐圭璋编《全宋词》，中华书局 1965 年版，第 1 册，第 114 页。

③ 陈师道《后山诗话》，明《津逮秘书》本。

④ 《全宋词》，第 1 册，第 114 页。

⑤ 叶梦得《石林诗话》卷中，宋《百川学海》本。

⑥ 陈子昂《蓟丘览古赠卢居士藏用》，《陈子昂集》卷二，上海古籍出版社 2013 年版。

⑦ 卢藏用《陈氏别传》，《陈子昂集》附录，第 265 页。

作，并且意气更形豪迈。如《赠韦不伐》："学鄙浅讹趋古道，天教坎坷与刚肠。俯投胯下人皆笑，独卧隆中自不常。"[①]《寓兴》："代舍悲弹铗，夷门默抱关。风云未时会，意气与身闲。剑为屠龙砺，弓须待虎弯。君看纬萧子，一旦探珠还。"[②]《清明感事》："好是把花歌北榭，更休提剑哭西风。"[③]如此等等。总之，"东州逸党"诗多登临感怀之作，或追缅昔贤英烈，或悲叹古风不存，或悲悯人世播迁，或痛心时事乖迁，或哀戚时光虚度，总归视野阔大，心期高远，"怊怅述情"[④]，梗概多气。颜太初称他们"或作概量歌"，"或作薤露喝"[⑤]，确实概括出了"逸党"诗慷慨悲歌的情感特征。

不难看出，所谓"东州逸党"无论就其生活方式还是诗歌内容而言，都属于汉魏以来传统文士中极为常见的一种风习的延续。诗酒豪放，磊落任气，慷慨言志，怊怅述情。从魏晋"风骨"中的魏武、陈思、阮籍、嵇康，至"盛唐气象"中的陈子昂、李白等人，都或多或少地带有这样的色彩。任侠之风更是"盛唐气象"的精神支柱之一，初盛唐文人追求风云际会，君臣相遇，仗剑漫游，纵横干禄，在一派生机勃勃中透现着自由雄放的精神格调。中唐以还，藩镇林立，晚唐五代，干戈四起，这种粗放型的古典英雄主义和自由主义传统自然也有其延续的社会基础。加之中晚唐都市风潮渐起，士人染习其间，或矫厉尚奇，或浮薄逐艳，呈现出更为复杂的形态。宋初士风承五代乱余之绪，多表现出刚肠嫉恶与矫厉不逊、仗义任情与疏荡失检驳杂糅合的色彩。如《宋史·文苑传》所载，宋白"豪俊，尚气节，重交友"，"赡济亲族，抚恤孤藐"，又"不拘小节"；梁周翰"习尚淳古"，但"疏隽卞急"；何承裕"好为歌诗，而嗜酒狂逸"；郑起"少游京、洛间，佻薄无检操"；

① 《乐全集》卷一。
② 《乐全集》卷二。
③ 《乐全集》卷三。
④ 刘勰《文心雕龙·风骨》，《四部丛刊》影明本。
⑤ "喝"，《宋诗纪事》作"唱"。

“时有郭昱者，好为古文，狭中诡僻”；冯吉“性滑稽无操行”，“为少卿，颇不得意，以杯酒自娱……酒酣即弹琵琶，弹罢赋诗，诗成起舞，时人爱其俊逸”[①]。这仅是《宋史·文苑传》一卷所载的情况，其普遍性便可想而知。宋太祖之慢遇文士，太宗、真宗礼遇文士而又不断颁诏加以戒饬，固然各有其政治动机，然而晚唐五代以来士风有待整顿的实际状况也是其重要原因。宋初三朝之著名士人如柳开、张咏、寇准都有任侠仗义、纵横使气的行为。这显然与中原士人尚武的传统有关。“东州逸党”以京东、河朔为活动背景，正是属于这种自唐以来北方士人尚武豪迈、诗酒任性的传统风习，仅是他们以地缘为纽带造成了群体的声势，使这种相沿不绝的士人风习获得了一次集中活跃的表现，并发为慷慨悲歌之音，在当时的社会产生了“旋风”般的影响，也给北宋诗坛带来了晚唐以来久违的“奔腾遒壮”的“风骨”[②]之美。

“东州逸党”之作风虽然有着历史的渊源，也有着潜在的民风士气基础，但却有悖于日益明确和加强的崇德归厚、复古求雅的政治要求和士风规范。对“东州逸党”的批评首先来自京东士人内部。虽然以石介为代表的京东儒学复古之士在精神气质上与“逸党”作风有着潜在的联系，而且实际也有较为密切的交往，石介曾作诗称赞石曼卿、张方平诗歌有“风骨”，但“逸党”的疏宕放纵毕竟与儒家之道德名教有着鲜明的对立。写作《东州逸党》诗的颜太初，字醇之，号凫绎先生，颜渊四十七世孙[③]。在诗中，他从道德“常理”的角度批评“东州逸党”反常入乱，把逸党作风与越名教任自然的魏晋清玄虚诞之风相提并论，认为其都是误国乱俗之举，担心任其发展，“万一染成俗，虽悔何由追”。颜太初又庆“幸有名教党，可与决雄雌”[④]。这里所说的“名

① 《宋史》卷四三九。
② 石介《郑师易秀才诗奔腾遒壮，殆有石曼卿学士风骨，作四韵以勉之》，《徂徕石先生文集》卷四。
③ 《宋史》卷四四二。
④ 吕祖谦《皇朝文鉴》卷一六。

教党”，指以孔道辅为代表的京东儒教之士。“太初作《东州逸党》诗，孔道辅深嫉之。”[①]石介曾指出“(李)冠刚褊自伐”[②]，石介学生姜潜对范讽“又尝贻书以疏其过”[③]。景祐元年，京东单州庞籍奏弹范讽还朝后某些交结外戚的行为[④]。这些都说明京东士人内部思想风格上的两翼之分。

然而，对于“东州逸党”来说，悲剧还不仅仅在于受到礼法之士、“名教之党”的侧目和抵制，更重要的是其豪杰勇武、谋士韬晦之才在当时的社会很难寻求到满意的位置和时宜的前景。欧阳修在《释秘演诗集序》中以叹惋的口吻道出了其中的奥秘：“予少以进士游京师，因得尽交当世之贤豪。然犹以谓国家臣一四海，休兵革，养息天下，以无事者四十年。而智谋雄伟非常之士，无所用其能者，往往伏而不出，山林屠贩，必有老死而世莫见者，欲从而求之，不可得。其后得吾亡友石曼卿，曼卿为人，廓然有大志，时人不能用其材，曼卿亦不屈以求合，无所放其意，则往往从布衣野老，酣嬉淋漓颠倒而不厌。”[⑤]宋代偃武修文，抑武崇文，在“文德致治”的口号下掩盖了本质上的苟且偷安，集中表现为武备不修，边事荒疏。反映在用人政策上，不以“拣别英豪”为“急事”，致使英才难以“特达拔擢”[⑥]。张方平在天圣八年所作《送古卞北游序》中感慨当时朝廷“文德怀远，以交好息民”，“念颇、牧之无所用兮”，“天下奇士，汗漫之伎无所施尔”[⑦]，其《哭刘潜》写道：“尝谓君才似武侯，草庐牢落卧龙愁。”可见，“东州逸党”之悲剧正在于崇文苟安时代其勇武精神无所施展，报效无门。张方平后来为《哭刘潜》一诗所作的注语写道：“君没二年，西陲聚师，朝廷校用才士，而

① 《宋史》卷四四二。
② 石介《上王沂公书》，《徂徕石先生文集》卷一四。
③ 《宋史》卷三〇四。
④ 《宋史》卷三一一。
⑤ 欧阳修《释秘演诗集序》，《欧阳文忠公集》居士集卷四一。
⑥ 张方平《与邵监簿书》，《全宋文》卷八〇三。
⑦ 张方平《送古卞北游序》，《全宋文》卷八〇四。

碌碌竞进矣。”透过其惋惜之意，正见出“逸党”勇武之才、奇伟之志际会难待、悬瓠无当的悲剧。

即便是时令大变，机会降临，事实上也难保“我才必用”，“张元、吴昊、姚嗣宗，皆关中人，负气倜傥，有纵横才，相与友善。尝薄游塞上，观觇山川风俗，有经略西鄙意”。韩、范西线为帅，虽惊叹其才，终“踌躇未用”，致使张、吴径走西夏，“夏人倚为谋主”以抗朝廷，连兵十年①。狄青值西夏和广南侬智高之犯，屡赴边事，所至以兵智称，然而在“东华门外以状元唱出者乃好儿”②的时代里，终以一介赳赳武夫，处处遇忌受制。范仲淹在边，坚辞观察使之武职，愿“以学士之职行都统之权”③。认为“儒者报国，以言为先”，若非近臣“无弥缝其阙之理”，“则减议论之风采”。④ 张载“长安人，少喜谈兵，至欲结客取洮西之地”⑤，“当康定用兵时，年十八，慨然以功名自许”，上书谒范仲淹，范“责之曰：‘儒者自有名教，何事于兵。’因劝读《中庸》”⑥。范仲淹之忧时济世之志及抵御西夏自有可称道之贡献，然而其重“清列”、轻武班的心理也是有代表性的。真、仁之际，天下久安，民风豫泰，边备驰废，终致烽火。当此际，先觉忧患与感奋国难者不在少数，石介、尹洙、苏舜钦、梅尧臣或上书献策，或研学兵书，都表现出投身报国欲有作为的积极性。纵观北宋，正如苏轼所言“二虏（契丹、西夏）之大忧未去，而天下之治，终不可为”⑦，所以广大士人气刚血热之际也总不忘作“回幽夏之故墟，吊唐晋之遗人”⑧的企想，然而在功名不向马上取的岁月里也只是青春狂热的血性呓语而已。

---

① 洪迈《容斋三笔》卷一一，《四部丛刊续编》影宋刻本。

② 王铚《默记》卷上，清《知不足斋丛书》本。

③ 范仲淹《让观察使第一表》，《范文正公别集》卷一六，《四部丛刊》影明本。

④ 田况《儒林公议》卷上，明刻本。

⑤《宋史》卷四二七。

⑥ 吕大林《横渠先生行状》，《张载集》附录，中华书局，1978 年，第 381 页。

⑦ 苏轼《策略二》，《苏轼文集》卷八，中华书局，1986 年，第 228 页。

⑧ 陈师道《秦少游字序》，《后山居士文集》卷一六，宋刻本。

“东州逸党”与京东礼法名教之士一样，以地缘和群体的偶然性体现了历史的必然。他们中的大多数都表现出当时社会危机尤其是边鄙形势刺激下士人英迈雄武气概的焕发，这种气概统一于以范仲淹为代表的新一代士人开济自期、奋发进取的历史主动精神。他们的悲剧则反映了社会重文轻武保守格局对士人精神的制约。这种制约以士人队伍内部道德名教的方式表现出来，典型地体现了士人精神自我更新的历史趋势和在新的士人精神建构中某些传统因素的被迫扬弃。这种慷慨言志、怊怅述情的“风骨”之诗在北宋文坛的昙花一现，同时标志着一种历史的失落。在这历史的失落中，可以清晰地听到宋诗迈出唐诗规范的一步足音。

（原载《文学遗产》1996年第3期，第45—56页。另载程杰《北宋诗文革新研究》，南京师范大学中文系博士学位论文，1994年5月，第41—51页；文津出版社1996年版，第77—104页；内蒙古教育出版社2000年版，第68—91页。王晨校订）

范仲淹：儒者道德情操与传统文士情趣的融摄

范仲淹"生于唐虞，学于邹鲁"①，无论从哪方面看，他都是当时活跃的京东士人群体中成长起来的优秀人物。他继承发扬了京东士人倡复古道和忠直立朝两方面的精神传统，并把两者有机结合起来，从改革时风弊政的政治需要出发，全面阐发了"古道"的内涵，以追复三代之治为号召，以改革时风弊政为己任，掀起了一场政治改革运动。作为政治改革运动的领导者，范仲淹的思想、人格境界构成了这个时代士人精神风貌的崇高典范。

但是在另一方面，范仲淹又远远突破了京东士人的精神传统。作为一名高层政治家，他对石介等京东下层士人的狷介激直之气有着清醒的认识，丰富的政治斗争实践和反复的沉浮历练培养了他对社会人生的理性、冷静态度。广泛的社会活动和师友交游尤其是多次贬官南方的经历，使他有机会接触了多样化的文化传统。这些都使得他的文学实践突破了单一传统的局限，从而表现出融摄儒学风教与文士雅逸两种传统的双重品格。

---

① 范仲淹《移苏州谢两府启》，《范文正公别集》卷四，《四部丛刊》影明刻本。

一、圣贤开济之志与仁者忧乐之情

范仲淹作为新一代士人的代表，其人格最光亮可贵处便是“慨然有志于天下”①。这一精神在著名的《岳阳楼记》中有着最为警动的表述：“先天下之忧而忧，后天下之乐而乐。”这种思想主要得力于古代儒家忧济精神的影响。

范仲淹从大中祥符四年二十三岁至大中祥符八年进士及第的五年间，就读于应天府学，地在今河南商丘。应天府学是在戚同文讲学旧居的基础上建立起来的。这种学校教育的模式本身就是古儒传统的继承，其教学内容则又是“讲议乎经，咏思乎文”②。今所见范仲淹关于人生志向的最早表述见于真宗乾兴元年(1022)《上张右丞(知白)书》，在这份求结主官的信中，范仲淹自称“生四民中，识书学文，为衣冠礼乐之士；研精覃思，粗闻圣人之道。知忠孝可以奉上，仁义可以施下，功名可存于不朽，文章可贻于无穷，莫不感激而兴，慨然有益天下之心，垂千古之志”③。不难看出，其精神信念建立在“衣冠礼乐之士”的责任感上，直接受启于“圣人之道”。由于根基于儒家精神传统，这种慷慨大志就不同于一般的世俗功名之意。反映在政治思想上，范仲淹不以汉唐盛世为止境，而以三代之治为目标。其《奏上时务书》云“我圣朝千载而会，惜乎不追三代之高”④，表达了对真宗朝袭汉唐盛世之虚名所致种种弊政的彻底否定。儒家所谓三代之治，是带着上古氏族政治色彩之道德政治一体化的社会理想。这种“圣贤共理”⑤的政治理想要求于士人的是一种深刻的道德义务感，一种

---

① 欧阳修《资政殿学士户部侍郎文正范公神道碑铭》，《欧阳修全集》居士集卷二〇，中国书店1986年影印世界书局版。

② 范仲淹《南京书院题名记》，《范文正公集》卷六，《四部丛刊》影明刻本。

③ 范仲淹《上张右丞书》，《范文正公集》卷八。

④ 范仲淹《奏上时务书》，《范文正公集》卷七。

⑤ 范仲淹《上执政书》，《范文正公集》卷八。

对社会人生更大的责任承当。因此,我们在范仲淹身上看到的是一种深刻的责任自觉:“士之常也,在于己,不在于人”[①],“每感激论天下事,奋不顾身”[②],“其所有为,必尽其力,曰:为之自我者当如是,其成与否,有不在我者,虽圣贤不能必,吾岂苟哉”[③]。这种责无旁贷,奋不顾身,舍我其谁,知其难为而为之的精神对于身处国势积弱不振、因循保守之风弥漫士林之际的士人发出“盛世”之危言,树立开济之信心,实施变革之作为,是十分必要的。正是在这时事艰难与主体奋发的两相对比中,范仲淹的人格显示了独特的刚健和豪迈。

这种道义之人格不仅表现为定国安邦、开物成务之宏阔业绩,而且还有着表率天下、化成风俗的道德实践意向。范仲淹“尝推其奉以食四方游士,诸子至易衣而出,仲淹晏如也”[④]。范仲淹乐贤好施,曾周济过年轻的孙复,帮助其走上学术道路。友人吴遵路,身没之后“室无长物”,范仲淹“分奉周其家”[⑤]。范之晚年更创义庄,以赡本族。这些作为虽多属细枝末节,但在当时大官僚、大商贾、高利贷者的利己主义日益弥漫,士族传统的封建礼法随着士族豪门荡涤不存而趋于衰落,广大士子痴迷于利禄之途余不知所向的情况下,范仲淹能如此继承古儒宗法道德规范,自然卓然特立于士大夫之群,指出向上一路。对范仲淹的这些善行义举,宋人表现出极大的兴趣,反映了范仲淹的道德实践在当时创立风气、表率天下的意义。

这种道德精神的思想基础首先在于儒家。“先天下之忧而忧,后天下之乐而乐”一语,从语源上看与曾子的“仁以为己任”[⑥]、孟子的“乐以天下,忧以天下”[⑦]有关。范仲淹对《中庸》的“诚明”之说有着深

---

① 范仲淹《易义》,《范文正公集》卷五。

②④ 脱脱等《宋史》卷三一四,中华书局 1977 年版。

③ 欧阳修《资政殿学士户部侍郎文正范公神道碑铭》,《欧阳修全集》居士集卷二〇。

⑤ 脱脱等《宋史》卷四二六。

⑥ 何晏集解《论语》卷四,《天禄琳琅丛书》影元翻宋本。

⑦《孟子》卷二,赵岐注,《四部丛刊》影宋大字本。

刻的理解[1]，只知率性尽命，不计个人得失。但又隐有佛教的影响，范仲淹本人早年就曾在僧舍读书三年[2]，自称“尝览释教《大藏经》，究诸善之理，见诸佛菩萨施广大慈悲力，启利益方便门”[3]。其创立义庄，应也受到佛门慈善事业的启发。范仲淹以儒家的淑世精神为核心，又吸收了佛教思想的积极因素，从而成就了以社会责任感和道德义务感为特征的一代士人新风范。

以天下风教为己任的崇高责任感发为文学，便是开济自期、尚友古人的阔大情志的抒写，这是范仲淹诗文创作的基本主题。范仲淹在一些奏疏等政论文中形成了个性鲜明的情志内容，这就是忧乐观。

范仲淹的诗文作品中，反复提及“忧”“乐”二字。在其著名的《上执政书》中，范仲淹称自己为国家大事常常“泣感风树，忧思无穷”，“冒哀上书，言国家事”，是“不以一心之戚，而忘天下之忧”[4]，而不忘天下之忧，正是为了致天下无忧，通篇蕴含着深厚沉重的忧患意识。集中表达范仲淹这种忧乐思想的是《岳阳楼记》，其中“进亦忧，退亦忧”，“先天下之忧而忧，后天下之乐而乐”诸言，继杜甫“穷年忧黎元”[5]之后，以一个大政治家的身份把儒家济时抱负发挥到了极致。

特别值得注意的是，这一精神口号是在对传统士人精神风习深刻反思的基础上提出的，有着当时特定的情境机缘。滕子京重修岳阳楼，“增其旧制，刻唐贤今人诗赋于其上”，请范仲淹为之作记。所谓“唐贤”，据滕子京当时所作《岳阳楼诗集序》《求岳阳楼台记书》等介绍，指张说、张九龄、李白、杜甫、韩愈、柳宗元、刘禹锡、白居易等人；所谓“今人”，则主要指真宗朝的丁谓、夏竦。他们关于岳阳楼的

---

① 范仲淹《上资政晏侍郎书》，《范文正公集》卷八。

② 江少虞《宋朝事实类苑》卷九引《湘山野录》，日本元和七年活字印本。

③ 范仲淹《十六罗汉因果识见颂序》，《范文正公别集》卷三，《四部丛刊》影明刻本。

④ 范仲淹《上执政书》，《范文正公集》卷八。

⑤ 杜甫《自京赴奉先县咏怀五百字》，仇兆鳌《杜诗详注》卷四，中华书局 1979 年版。

作品,多作于迁谪之中,“类多《离骚》叹惋之意”[①]。在给范仲淹的《求岳阳楼记书》中,滕子京进一步指出,其间也有“雅吟自放”之作,惜乎不多。滕子京希望范仲淹“少吐金石之论,发挥此景之美,庶漱芳润于异时,知我朝高位辅臣有能淡味而远,托思于湖山数千里外,不其胜与!”[②]不难看出,滕氏《求岳阳楼记书》构成了范仲淹艺术构思的直接缘起。范文中所说两种“览物之情”正分别概括了“唐贤今人诗赋”和滕子京“求记”之意所代表的两种人生态度。范仲淹既憾滕氏之所憾,也不以滕氏之所望为然。无论是迁客之悲,还是雅放之乐,在范仲淹这里都成了否定、超越的对象。这比他在《唐异诗序》中致力于反对五代文士溺情于个人生活,文章尽是“悲哀为主,风流不归”[③]的倾向又深入了一步。

检阅范仲淹以前的宋人作品,寇准的诗歌“以感伤为主”[④],是悲哀之作的代表。寇准身当大任,立朝有节,果敢勇决,英风可尚,“然富贵之时,所作诗皆凄楚愁怨”[⑤]。人们对此颇多不解,或存憾意:“人曰:‘少贵,无不足者,其摅辞绮靡可也,气焰可也,惟不当含凄尔。’今而思之,乃暮年迁谪流落不归之意。”[⑥]寇准这种诗法晚唐、尚乎悲哀的情态,后来受到更明确的指摘。如欧阳修景祐元年批评其“老不知退”[⑦]。释文莹则把寇准与五代诗风联系起来加以批评:“余尝谓深于

---

① 滕子京《岳阳楼诗集序》,明薛纲纂修、吴廷举续修《(嘉靖)湖广图经志书》卷七《岳阳府文类》,明嘉靖元年刻本。又载明隆庆刻本钟崇文纂修《(隆庆)岳州府志》卷七《职方考·岳阳楼》、《全宋文》卷三九六。

② 滕子京《求岳阳楼记书》,明薛纲纂修、吴廷举续修《(嘉靖)湖广图经志书》卷七《岳阳府文类》。又载明钟崇文纂修《(隆庆)岳州府志》卷七《职方考·岳阳楼》、《全宋文》卷三九六,题作《求记书》。“吐”原作“壮”,“此景之美”原作“此美之景”,此据明隆庆刻《(隆庆)岳州府志》卷七《职方考·岳阳楼》所载改。后世岳州府、巴陵县志及《全宋文》所收篇名、文字均本隆庆府志。

③ 范仲淹《唐异诗序》,《范文正公集》卷六。

④⑥ 范雍《忠愍公诗序》,《忠愍公诗集》卷首,《四部丛刊三编》影明本。

⑤ 释文莹《湘山野录》卷上,明《津逮秘书》本。

⑦ 王辟之《渑水燕谈录》卷四,清《知不足斋丛书》本。

诗者，尽欲慕骚人清悲怨感以主其格，语意清切，脱洒孤迈则不无。殊不知清极则志飘，感深则气谢。”①

关于娱乐之情的反思集中在对“山水之乐”的讨论上。以山水之清音，抚慰心灵的悲寂，是士人传承已久的精神风习。五代、宋初，隐士、僧侣文学活跃一时。宋初三体中的“晚唐体”自不待说，就是在“白体”“昆体”中，山水雅意、风月情思也是连篇累牍。至范仲淹时代，文学中“连简累牍，不出月露风云之状”②的现象开始受到批评。但是，风云月露，尤其是山水清音，又是无可避免的题材。因此，从宋初以来，持儒家诗教的诗文革新倡导者们便企图以新的价值标准为“山水清音”定位。张咏《春日宴李氏林亭记》把李氏之山水园林设施与汉晋之“竹林诞放，金谷淫侈”区别开来，突出其“安然与贤者游”，是“志大而识远”之事，符合儒道之“宜”③。天台宗高僧智圆身居吴越胜地，熟睹诗僧禅客山水宴游的沉溺之态，对“山水之乐”颇多规戒和婉讽。他劝人遨游山水，“乐不可极”，“无以盘游为务”④，他自释其山水之观是以仁智之心而观之，“非以华彩而为奇也”，“非以其险溺而为壮也”⑤。释智圆还作有《好山水辨》，辨别出对于山水的“君子之好”与“小人之好”之不同⑥。在另一篇文章中他明确指出“夸饰山水之辞”，“无用之文也”⑦。在不得已为他人作山水诗序时，则竭力牵附上“乐王者之化洽”的“诗教”价值⑧。显然，范仲淹之否定传统悲喜、哀乐之情，是上述这些先行思考的继续和深化。在范仲淹看来，无论是沉溺于一己之得失的骚怨，还是游心于物表之感性的欢乐，都是仁

① 释文莹《湘山野录》卷上。
② 释智圆《送庶几序》，《全宋文》卷三〇八。
③ 张咏《春日宴李氏林亭记》，《全宋文》卷一一二。
④ 释智圆《送智仁归越序》，《全宋文》卷三〇八。
⑤ 释智圆《送天台长吉序》，《全宋文》卷三〇八。
⑥ 释智圆《好山水辨》，《全宋文》卷三一二。
⑦ 释智圆《评钱唐郡碑文》，《全宋文》卷三一一。
⑧ 释智圆《远上人湖居诗序》，《全宋文》卷三一〇。

人志士所不取的。

在否定了传统文士的卑琐情态之后,范仲淹把目标投向古仁人志士,把古儒圣贤境界作为心灵的归宿。富弼《范文正公仲淹墓志铭》云:"公为学好明经术,每道圣贤事业,辄跂耸勉慕,皆欲行之于己。"①贾昌朝《题范仲淹书伯夷颂》也回忆道:"范希文好谈古贤人节义,老而弥笃。"②由此,我们看到,游心于古儒先范,神往其大节凛然、高风彪炳的崇高境界构成了范仲淹诗文中个人情志富有特色的一环。在《岳阳楼记》中是"古仁人之心"的归依之意,在《桐庐郡严先生祠堂记》中是对"先生之风"③的深情赞叹。在诗歌中则是"我爱古人节,皎皎明于霜","相期养心气,弥天浩无疆"④的慷慨自陈。

为了表达尚友古人、风节自期的情操,范仲淹还继承了儒家"比德"的传统,如《岁寒堂》之题"美先人之故庐,有君子之嘉树"⑤,把松树作为君子人格的象征加以赞美,以寄托对淳雅刚劲之仁德情操的自我期许。其他如写"清风"之可解民蒸(《清风谣》),翠竹之具"圣贤魄"(《寄题孙氏碧鲜亭》)等等。

上述这些,无论是开济自期、尚友古人之慷慨大节的抒写和议论,还是道德情操的比喻寄托,都典型地属于儒者道义情志的表现。在作品中如此鲜明集中地表达儒者道德情操,在范仲淹之前的宋人作品中,尚难考见。这不能不说是这个时代新型士人精神给文学内容带来的新的因素。

二、道德清味与山水之乐

范仲淹提出"先天下之忧而忧,后天下之乐而乐"的思想,其本人

---

① 富弼《范文正公仲淹墓志铭》,《全宋文》卷六一〇。

② 贾昌朝《题范仲淹书伯夷颂》,《全宋文》卷四八一。

③ 范仲淹《桐庐郡严先生祠堂记》,《范文正公集》卷七。

④ 范仲淹《鄱阳酬泉州曹使君见寄》,《范文正公集》卷二。

⑤ 范仲淹《岁寒堂三题》序,《范文正公集》卷一。

是否随时随地都做到了，是值得探究的。细加推考，不难发现，邵博关于范仲淹自称每夜扪心自省的记载[①]，黄庭坚关于“先天下之忧而忧，后天下之乐而乐”，“此文正公饮食起居之间先行之，而后载于言”[②]的赞叹，都带有油然崇拜的理想化色彩，理想并不等同于实际。滕子京请范仲淹为岳阳楼作记，就是因为平时对范仲淹山水雅吟之习有一定的了解。滕子京在《求岳阳楼记书》中说：“恭惟执事文章气业，凛凛然为天下之特望，又雅意在山水之好。每观送行还远之什，未尝不以游物外，而心与景接。矧兹君山、洞庭，杰杰为天下之特胜，切度风旨，岂不欲摅遐想于素尚，寄大名于清赏者哉！”[③]滕氏明确指出范仲淹“雅意在山水之好”，考诸范之诗文尤其是诗歌，洵为事实。范仲淹不仅在睦州、饶州等地多山水之咏，就是在邓州写作《岳阳楼记》的同时也多“行乐”“清狂”之作[④]。指出这一点，并不是对范仲淹的精神境界表示怀疑，而是为了揭示其人格内涵的另一面，即在儒家入世的积极精神之外又受到其他方面的精神传统影响，表现出对山水游乐、诗文雅赏等传统文士风雅的习染和兴趣。

与石介等人相比，范仲淹接受的思想文化传统具有相对多样化的色彩。大中祥符初年，范仲淹曾西游鄠、杜，与道士周德宝、屈元应、隐者王镐游。王镐有“美田百顷，枕琴藉书，酿醇酒，养灵药，优游云泉”，范仲淹与他们“相与啸傲于鄠、杜之间，开樽鸣弦，或醉或歌，未尝有荣利之语”，同赏“隐君子之乐”[⑤]。后来范仲淹东归击节读书，试举为官，主要为儒家思想所激励，但其与道士释子仍多往还。如天

---

① 邵博《邵氏闻见后录》(明《津逮秘书》本)卷二二：“范文正公曰：‘吾遇夜就寝，即自计一日饮食奉养之费及所为之事，果自奉之费与所为之事相称，则鼾鼻熟寐。或不然，则终夕不能安眠，明日必求所以称之。’”

② 黄庭坚《跋范文正公诗》，《豫章黄先生文集》卷三〇，《四部丛刊》影宋乾道刻本。

③ 滕子京《求岳阳楼记书》，钟崇文纂修《(隆庆)岳州府志》卷七《职方考·岳阳楼》，明隆庆刻本。《(嘉靖)湖广图经志书》卷七所收文字稍异。

④ 如《中元夜百花洲作》《览秀亭诗》，《范文正公集》卷二。

⑤ 范仲淹《鄠郊友人王君墓表》，《范文正公集》卷一四。

圣二年所作《赠张先生》一诗就表达了对浮丘之乐的神往之情,文集中《赠都下隐者》《听真上人琴歌》《移丹阳郡先游茅山作》《赠茅山张道士》《访陕郊魏疏处士》《寄安素高处士》《送徐登山人》《赠余杭唐异处士》《和僧长吉湖居五题》等诗都是与释道酬答之作,其中不乏对仙逸出世之意的欣赏。滕子京也曾以道箓相示,范仲淹作诗致谢,称自己也有求"仙志",表示愿"服此上清箓,上清庶可攀。无为尘土中,草草凋朱颜"[1]。这些方外之交和出尘之思,无疑给范仲淹的情感生活带来了斑驳的色彩。范仲淹人格理想的崇高中包含了某种独立超然的姿态,便隐然与这些仙隐交游及思想的影响有关。

明道二年(1033),范仲淹谪知睦州,三年后与宰相吕夷简争,落职知饶州,直至康定元年(1040)赴西线战事,前后六七年,先后知睦、苏、饶、润、越诸州,皆在江南。在这几年中,范仲淹表现出对南方山水和文士传统的浓厚兴趣。范仲淹谪知睦州,初至郡即给晏殊等人去信盛称江南山水之佳、为郡之乐:"渔钓相望,凫鹭交下。有严子陵之钓石、方干之隐茅。又群峰四来,翠盈轩窗。东北曰乌龙,崔嵬如岱;西南曰马目,秀状如嵩。白云徘徊,终日不去。岩泉一支,潺湲斋中。春之昼,秋之夕,既清且幽,大得隐者之乐。……且有章、阮二从事,俱富文能琴,夙宵为会,迭唱交和,忘其形体。郑声之娱,斯实为暇。往往林僧野客,惠然投诗,其为郡之乐,有如此者!"[2]情绪为之兴奋,大有相见恨晚、乐以忘忧之势。难怪欧阳修当时要在给范仲淹的信中委婉地批评建议:"足下……迁延南方,岁且终矣。南方美江山,水国富鱼与稻,世之仕宦者,举善地,称东南。然窃惟希文登朝廷,与国论,每顾事是非,不顾自身安危,则虽有东南之乐,岂能为有忧天下之心者乐哉!"[3]青年欧阳修的担心和批评,从侧面反映了范仲淹在南方优美山水中流连忘返的忘情之态。同样,范仲淹对于当时的文人

① 范仲淹《滕子京以真箓相示因以赠之》,《范文正公别集》卷一。
② 范仲淹《与晏尚书书(一)》,《范文正公尺牍集》卷下,《四部丛刊》影明刻本。
③ 欧阳修《与范希文书》,《欧阳修全集》居士外集卷一七。

唱酬也多所参与，文集中颇多唱和之作，诗中反复提及“诗社”[①]“元白”“刘白旧风光”[②]。其在地方之作为也每有文雅之举，如在睦州建严陵祠，图唐处士方干像于郡斋壁。在饶州，创庆朔堂、春香虚静亭等，并发为诗赋雅咏[③]。此后范仲淹出帅入相，屡当大任，然终不废山水之雅赏，即便在西线控边之际，也不忘“书生”意度，“风月诗家”[④]。在《与张焘太博行忻代间因话江山作》一诗中，范仲淹写道：“数年风土塞门行，说着江山意暂清。求取罢兵南国去，满楼苍翠是平生。”《城大顺回道中作》写道：“三月二十七，羌山始见花。将军了边事，春老未还家。”其对江南山水的眷恋之情、对边关的倦怠之意溢于言表。其《渔家傲》词有“将军白发征夫泪”之语，被讥为“穷塞主之词”[⑤]，殆也由于此。正是因为这些，我们在范仲淹的作品中看到了为数不少的抒写山水之音、风月之态的作品。

范仲淹的这一倾向，使他与京东士人拉开了距离。虽然石介等京东儒学之士也非全然与山水之乐等文士雅赏绝缘，如石介面对山寺风景就曾激起过“平生山野性，暂喜据梧瞑”[⑥]的刹那神往。但是，石介等人沉滞下僚、僻处一隅的生活天地毕竟相对狭小，而抱道执经、书斋讲习的生活趣味毕竟过于贫乏，加之其人生志向过于执着专一，性格也偏于耿介激直，甚至有时还不免诡奇偏激。这些在京东士人身上表现得极为鲜明的局限，在范仲淹这里已被广泛的交游、强烈的风雅兴致和丰富的人生经历所代替。值得注意的是，范仲淹成长于山东，中年后却越来越自觉地以南方士人自许。他自称范蠡之后，

---

① 范仲淹《次韵和刘夔判官对雪》，《范文正公集》卷三。

② 范仲淹《依韵酬光化李简夫屯田》《依韵奉酬晏尚书见寄》，《范文正公集》卷四。

③ 范仲淹《桐庐郡严先生祠堂记》《题方干处士旧居》《怀庆朔堂》《秋香亭赋》，《范文正公集》卷七、卷四、卷一；陈贻范《范文正公鄱阳遗事录》，《范文正公集》附，《四部丛刊》影明刻本。

④ 范仲淹《依韵酬李光化叙怀》，《范文正公集》卷四。

⑤ 魏泰《东轩笔录》卷一一，明刻本。

⑥ 石介《游灵泉山寺》，《徂徕石先生全集》卷四，清康熙五十六年刻本。

景仰其高风亮节,在《题翠峰院》一诗中,范仲淹写道:"千载家风应未坠,子孙还解爱青山。"这一自我认识上的转移,集中反映了范仲淹心理上对南方士风传统的认同。

范仲淹对传统文士山水、方外之情趣的属意是与如何对待忧济天下、变革现实所带来的穷通进退这一人生课题紧密联系在一起的。在石介等身处官僚下层的京东道德之士那里,这一问题似乎并不突出。一方面高度的理想主义使他们每每在实践中表现出一往无前的意志,石介自称"胆气雄烈,无所畏恐","谁谓石介刚过于孟轲,勇则诚敢自许"①。另一方面,他们原本仕宦平淡甚至是终生布衣,因而用世求售之心常烈,自感致身无望,便思"立言""授徒"以传道,"位"和"道"的矛盾困惑并不直接:"达也,以孔氏之道;穷也,以孔氏之道。""穷达之间,绰绰然有余裕,其有能动心乎?"②范仲淹同样也具有这样的思想境界,但他毕竟反复颠簸于进退用舍之际,现实政治的经历和穷达通塞的感觉比起石介等下层士人要强烈得多。从现存文献看,范仲淹于儒家经典中独精于《易》。在其《易义》中,他集中思考的是士人"德""位""时"之间的关系,通过有关卦义的讨论,既为自己进以救时,"以有德易无道"的改革实践张目,同时也为自己处"阴进""柔胜"之时,谋计远辱肥遁之道。在范仲淹心目中,"进则尽忧国忧民之诚,退则处乐天乐道之分"③,它们都是君子之道不可或缺的方面,都是道德人格的有机组成部分。很显然,这一思想与广为人知的"先天下之忧而忧,后天下之乐而乐"的境界已大相径庭,属于儒家所谓"用舍行藏"的思想传统。正是在这一"进忧""退乐"都有思想准备的前提下,范仲淹把传统文士"以物喜"的种种情趣引进自己"乐天乐道"的生活,赋予它们以新的价值意义。

① 石介《上孙先生书》,《徂徕石先生全集》卷一五。
② 石介《送张绩李常序》,《徂徕石先生全集》卷一八。
③ 范仲淹《谢转礼部侍郎表》,《范文正公集》卷一七。

在范仲淹看来，“雅对江山之助”可以“乐道忘忧”[①]。范仲淹初贬睦州，“江山满前，风月有旧”[②]，“水石琴书，日有雅味，时得佳客，相与咏歌，古人谓道可乐者，今夫信然”[③]。此处所谓“古人”之“道”，是儒家君子“安贫乐道”之道。范仲淹明确地从儒家“乐道”的角度为山水之乐作出定义。在传统的思想观念中，山水之乐主要地属于“隐者之乐”。主张儒释融合、以儒补释的智圆对五代以来南方僧人风行的山水云游之兴表示不满，其原因就在于它是一种个人遁世的行为。范仲淹把它作为“乐道”的表现，则体现了一种新的价值思路。

沿着这一思路，范仲淹明确地把隐者之志与儒家道德情操联系起来，赋予隐士以道德风教的积极意义。这一思考也是从初贬睦州开始的。睦州有严子陵钓台，范仲淹对严子陵与光武之关系深有感触：“先生，汉光武之故人也，相尚以道。及帝握赤符，乘六龙，得圣人之时，臣妾亿兆，天下孰加焉，惟先生以节高之。既而动星象，归江湖，得圣人之清，泥涂轩冕，天下孰加焉，惟光武以礼下之。”[④]从严子陵身上，范仲淹看到了隐退造成的振主动俗的气派，他把它概括为“风”“节”。“思其人，咏其风，毅然知肥遁之可尚矣，能使贪夫廉，懦夫立，则是有大功于名教也。”[⑤]传统的遁世远俗之举具有了儒家“名教”的积极价值。范仲淹称林逋之隐：“风俗因君厚，文章至老淳。”[⑥]把林逋与“圣人之清”者相提并论：“莫道隐君同德少，尊前长揖圣贤清。”[⑦]

“圣之清”的概念本于孟子，孟子曾评价伯夷、柳下惠之隐能使

---

① 范仲淹《睦州谢上表》，《范文正公集》卷一五。

② 范仲淹《与谏院郭舍人》，《范文正公尺牍》卷下。

③ 范仲淹《与王状元书》，《范文正公尺牍》卷下。

④ 范仲淹《桐庐郡严先生祠堂记》，《范文正公集》卷七。

⑤ 范仲淹《与邵餗先生书》，《范文正公尺牍》卷下。

⑥ 范仲淹《寄赠林逋处士》，《范文正公集》卷三。

⑦ 范仲淹《和沈书记同访林处士》，《范文正公集》卷三。

“鄙夫宽,薄夫敦”[①]。范仲淹此处显然受到了孟子观念的影响。范仲淹借助这一先儒的概念,调和了隐者清节与儒家“名教”在价值上的对立。虽然观点渊源有自,却主要发自这个时代广大士人以儒道为本思考人生出处、建立人格理想的心理欲求。在儒家政教传统日益上升为统治思想,忧济之志逐渐成为士风建设主导精神的情况下,如何处理积极入世所带来的穷通进退的困惑,是摆在新一代士人面前的课题。范仲淹从古儒先范中发现忧济之志的同时,发现了圣人“清节”,就为解决这一课题提供了一个新的精神良方。范仲淹的作品中反复提及的是一个“清”字,他大量使用“松”“竹”“清风”“明月”“明镜”“清流”等意象来赞美士人“清节”。这在范仲淹是一个富有个性特征的美感意象,它以昔贤古哲为人格典范,统一于范仲淹“求古仁人之心”的崇高人格理想,符合儒家道德精神,同时它又以“远耻辱”[②]“乐名教”[③]的超越追求标示了一种处世的理性态度。

尽管范仲淹对“清”的价值解释仍坚持严格的“名教”标准,但其中包含的对人格独立的肯定、对越世超逸的期求也是值得注意的精神内容。因此,我们在范仲淹的作品中感受到了一种较之王禹偁等复古先驱远为清越雅逸的意态。如《鄠郊友人王君墓表》即有一段描写自己早年与隐士王镐出游的情景:“君常戴小冠,衣白纻,骑白驴。相与啸傲于鄠、杜之间,开樽鸣弦,或醉或歌。未尝有荣利之语。一日,会君之别墅,当圭峰之下,山姿秀整,云意闲暇,紫翠万叠,横绝天表。及月高露下,群动一息,有笛声自西南依山而起。上拂寥汉,下满林壑,清风自发,长烟不生。时也,天地人物洒然在冰壶之中。”[④]山水的秀美清旷与人格的萧散洒落相为辉映,读之令人超尘忘俗。如

---

① 《孟子》卷一〇,赵岐注,《四部丛刊》影宋大字本。
② 范仲淹《岁寒堂三题》序,《范文正公集》卷一。
③ 范仲淹《和葛闳寺丞接花歌》,《范文正公集》卷二。
④ 范仲淹《鄠郊友人王君墓表》,《范文正公集》卷一四。

此洋溢着越世乐意而又优美生动的艺术境界，在宋代文坛还属出现较早的。

范仲淹诗歌中的山水游乐之作更为普遍，其情调也更为清旷雅逸。“素心爱云水，此日东南行。笑解尘缨处，沧浪无限清。”（《出守桐庐道中十绝》）“嵩高最高处，逸客偶登临。回看日月影，正得天地心。念此非常游，千载一披襟。”（《和人游嵩山十二题》）“湖山满清气，赏心甲吴越。晴岚起片云，晚水连初月。渔父得意归，歌诗等闲发。”（《和僧长吉湖居五题》）“尽览湖中秀，历历销人忧。”“五马不行乐，州人为之羞。”（《览秀亭诗》）这样的作品并不是少数。

韩愈曾经说过：“士之行道者，不得于朝，则山林而已矣。山林者，士之所独善自养，而不忧天下者之所能安也。如有忧天下之心，则不能矣。”①这是中唐复古之士笃信不二的刚毅执着之志，其间容不得半毫的懈让和通融。而在范仲淹这里我们看到“忧天下之心”与乐“山林”之趣间的尖锐对立已不复存在。范仲淹通过“圣人之清”的论证把传统文士的一些风习悄悄地引进到“复古明道”的理想之中，从而在新的历史条件下明确了一条以儒道为本，而又进退有据，重道义而守德性，法大方而道中庸的“君子”之道。在文学创作中则表现出综合山水审美之乐与道德人格之义，道义之庄严崇高与情趣之优雅超逸趋于兼美的可贵倾向。作为处于政治改革、文化发展和文学革新关键期的代表性人物，范仲淹这些人格和审美趣味上的新意，是当时文化和文学发展趋势的反映。当时在其改革旗帜下集合了具有各种不同精神传统的进步之士，同样，他的文学实践也体现了宋初以来处于对立之中的两种士人传统的贯通融合。这种贯通融合倾向是北宋诗文革新乃至整个宋代士人精神文化发展的重要特征。

（原载《江苏文史研究》1995 年第 1、2 期合刊，第 13—19 页，题为

① 韩愈《后廿九日复上书》，《韩昌黎文集校注》卷三，马其昶校注、马茂元整理，上海古籍出版社 1986 年版。

《范仲淹的双重文化品格》,作者署名“北窗”。笔者自 1982 年研究生入学以来,居室均在楼之阴面,冬寒而夏凉,一弊复一利,感陶令高卧羲皇之乐,著文引为署名。另载程杰《北宋诗文革新研究》,南京师范大学中文系博士学位论文,1994 年 5 月,第 61—71 页;文津出版社 1996 年版,第 105—120 页;内蒙古教育出版社 2000 年版,第 92—105 页。姜高威校订)

论范成大以笔记为诗

——兼及宋诗的一个艺术倾向

清人纪昀曾就范成大的方志著作《桂海虞衡志》提出过这样的猜测:"成大《石湖诗集》,凡经历之地,山川风土,多记以诗。其中第十四卷自注皆桂林作,而咏花惟有《红豆蔻》一首,咏果惟有《卢橘》一首,至咏游览惟有《栖霞洞》一首,《佛子岩》一首,其见于诗注者,亦仅蛮茶、老酒、蚺蛇皮腰鼓、象皮兜鍪四事,不及他处之详,疑以此志已具,故不更记以诗也。"[①]这一猜测忽视了这样一个明确的事实,即《桂海虞衡志》是范成大离桂赴蜀途中"追记"而成,此前未曾表示过这方面的写作愿望,也就不可能在平时的登临游赏之际有着诗、志分工的预先安排。但是,这一猜测表示了一个有益的思路,即范成大的诗歌与他的方志、笔记著作之间有着某种内在的联系。范成大平生雅好志述,写下了《揽辔录》、《骖鸾录》、《桂海虞衡志》、《成都古今丙记》(佚)、《吴船录》、《吴郡志》等多部方志和笔记,这就有可能把笔记写作的趣味和方式带到诗歌创作之中,使他的诗歌显出一些特殊的风貌格局,包含着两宋尤其是南宋诗风的一些时代倾向。

---

① 永瑢、纪昀等《〈桂海虞衡志〉提要》,《四库全书总目》卷七〇,中华书局 1965 年版。所谓《卢橘》诗指范成大《石湖居士诗集》卷一四《燕台后卢橘一株冬前先开极香》,《四部丛刊》影印清康熙吴郡顾氏爱汝堂刊本。

一、山川游记与纪行组诗

范成大一生经历颇广，他说自己“于南、北、西三方，皆走万里”[①]，其《揽辔录》《骖鸾录》《吴船录》即是幽燕、桂广、巴蜀三次差使途中的经历日记。比读他的诗集与这三部日记，可以发现这样一个现象，凡日记所载的经历在诗中也叙写得特别细致、详尽。《揽辔录》记录的是出使金国的经历，前后仅四十天，相应的诗歌则有一卷，七十二首[②]。《骖鸾录》记录的是从平江（苏州）出发至桂林的经历，为时一百天，诗则有卷十三的四十二首[③]。《吴船录》记录离蜀归吴的历程，为时一百二十多天，诗则有第十八、十九两卷一百一十二首之多，平均一天一篇，而在桂林、成都任期各满两年，诗存卷十四、十七，四年仅有一百二十三首。其他如在临安、明州、建康任上，作诗亦不多。可见桂林作诗不多不是偶然现象，也不存在“志已具，不更记以诗”的分工。恰恰相反，范成大的创作有着诗、志并举，同步丰收的特点。这说明他的诗与纪行之志有着共同的或基本相同的创作兴趣。

他的三部征行日记，凡所经历，按日计程，一一写出。写景物，记古迹，叙风俗，作考证，文词质实详备。而同期诗歌也如此。似乎他实现了杨万里“只是征行自有诗”[④]的创作主张，一有征行活动，诗什便见繁富，诗歌对生活内容的反映也因之详细、丰富。除了上述三次征行的系列作品，还有其他几处明显的征行系列创作：

（一）绍兴二十一年(1151)，故乡城西道中，诗见卷三，二十首。

（二）绍兴二十三年(1153)，“赴金陵漕试作”[⑤]，诗见卷一、卷二，

---

① 范成大《丁酉重九药市呈坐客》自注，《石湖居士诗集》卷一七。

② 范成大《石湖居士诗集》卷一二。

③ 按本卷诗题实有三十九首，其中一首为三绝，一首为两绝，故计数如此。下同。

④ 杨万里《下横山滩头望金华山》，《诚斋集》卷二六，日本宫内厅书陵部藏宋端平初刘炜叔刊本。

⑤ 范成大《南徐道中》自注，《石湖居士诗集》卷一。

十五首。

（三）绍兴二十五年（1155），岳家省亲往游溧水、宣城之间，卷五，十四首。

（四）绍兴二十八年（1158），徽州户曹任上公差外出得游，卷七，八首。

（五）绍兴二十九年（1159），“沿檄严、杭道中，得诗十五首”①，卷七。

（六）绍兴三十年（1160），渡鄱阳、游黄山，诗九首，卷七。

（七）淳熙二年（1175）正月二十八至六月七日，从桂林赴蜀任，道途四个多月，诗见卷十五、十六，一百三十五首。

（八）淳熙八年（1181），离明州赴建康任，游天童山、阿育王山，卷二十一，十首。

其他散见的纪行诗不算，这些有一定规模的系列作品总计四百五十二首，占其淳熙十年（1183）退居石湖之前诗作总数的二分之一强。

在这些创作系列中，诗与诗之间有着明显的日记式勾连。从诗题可以看出这一点，如严、杭道中十五首，诗题分别是《淳安》《严州》《钓台》《桐庐》《富阳》《余杭》《于潜》《昌化》《百丈山》《昱岭》《王千岭》《刈麦》《插秧》《晒茧》《科桑》。十五首大都按行役过程叙次，紧密而明确，有着鲜明的日记体游记的结构意味。卷十二的北行七十二绝也是如此。不仅诗题叙述如此，有时前后诗之间题意和诗意都存在明显的勾连。如诗人入蜀至忠州垫江县，在《垫江县》一诗中写道“旧雨云招新雨至，高田水入下田鸣”，接着的诗题为《巾子山又雨》，诗则有句云“晚晴幸自垫江县，今雨奈何巾子山”②。这全然是一种日记式的连续交代。

日记式的系列组合牵带到各单篇作品的内容，每每使其表现出

① 范成大《淳安》自注，《石湖居士诗集》卷七。

② 范成大《石湖居士诗集》卷一六。

明显的叙述语调和实录态度。如“路入高淳麦更深，草泥沾润马骎骎”①，“涌土涨沙漫白道，天成桥石在高山”②，“常山多清溪，玉山富乔木”③，“新喻渡无桥，分宜桥有栏。孰欤两徽吏，贤否已判然”④，“今晨入湖南，甘土绛以紫。厥壤既殊异，风气当称此。回思始安城，旧籍赘楚尾。实惟荆州隶，零陵之南鄙。时雪度严关，物色号清美。倘以土宜观，尚非清湘比”⑤。或交代地貌、风物特征，或落实舆地方位，没有意象的经营，也没有土宜的夸饰，纯然是一种客观的叙述和记录。即便是一些略见异常的景观，那也是客观本有的形态。如诗人所写的万州：“前山如屏墙，得得正当户。西江朝宗来，循屏复东去。”⑥诗人自注：“此万州形势也，惟亲历者当知此言之工。”在诗人笔下，寻常与奇异，都是出于客观。

正是这种实录的态度使他的诗和笔记经常有着几乎相同的描写。如《峨眉县》一诗写道：“穷乡未省识旌旄，鸡犬欢呼巷陌骚。村媪聚观行绩布，野翁迎拜踞然蒿。泉清土沃稻芒蚤，县古林深槐瘿高。珍重里儒来献颂，盛言千载此丘遭。”⑦《吴船录》这一天的记载则是：“壬辰。早发苏稽。午过符文镇。两镇市并繁，类壮县。符文出布，村妇聚观于道，皆行而绩麻，无索手者。民皆束艾蒿于门，燃之发烟，意者熏祓秽气，以为候迎礼。午后，至峨眉县宿。”⑧诗歌以县为题，与前一首《苏稽镇客舍》相连续，本身就预示了记录意味。比较诗与记的内容，也基本相同。在诗题下又有同样内容的注文。诗、诗注、记三者内容的同一，说明了诗歌内容的具体和切实。不仅记叙对

① 范成大《高淳道中》，《石湖居士诗集》卷五。
② 范成大《天成桥》，《石湖居士诗集》卷一二。
③ 范成大《玉山道中》，《石湖居士诗集》卷一三。
④ 范成大《入分宜》，同上。
⑤ 范成大《初入湖湘怀南州诸官》，《石湖居士诗集》卷一五。
⑥ 范成大《万州》，《石湖居士诗集》卷一六。
⑦ 范成大《石湖居士诗集》卷一八。
⑧ 范成大《吴船录》卷上，民国影明《宝颜堂秘笈》本。

象同一，诗、记之间有时描写方式也基本相同。如写衡州石鼓书院形势，诗云："石鼓郁嵯峨，截然踞沧洲。有如古盟主，勤王会诸侯。蒸湘伯叔国，禀命会葵丘。敢不承载书，戮力朝宗周。混为同轨去，崩奔不敢留。"[①]《骖鸾录》则记云："石鼓雄踞要会，大略如春秋霸主，号令诸侯勤王，蒸、湘如兄弟国奔命来会，禀命载书，乃同轨以朝宗。盖其形胜如此。"[②]比喻相同，说明描写出于实录，诗人毫无另加夸饰的表现兴致，准确地记录就是诗歌描写的全部意义。再看描写峨眉奇观，本可以因势发挥想象，但范诗的描写和《吴船录》一样凿凿有稽。比读范诗与其笔记，这样的例子不胜枚举。

更有甚者，有时诗人还把笔记中的考辨态度带到诗歌之中。比如诗人有三篇关于巫山神女的诗，其一是隆兴二年(1164)枢密编修任上所作，诗题详细交代了创作缘由——《韩无咎检详出示所赋陈季陵户部巫山图诗，仰窥高作，叹息弥襟。余尝考宋玉谈朝云事，漫称先王时，本无据依。及襄王梦之，命玉为赋，但云"頩颜怒以自持，曾不可乎犯干"。后世弗察，一切溷以媟语，曹子建赋宓妃，亦感此而作，此嘲谁当解者？辄用此意，次韵和呈，以资抚掌》[③]。诗的内容就是申明题义的。后赴蜀过巫山，作《巫山高》续此意道："楚客辞章元是讽，纷纷余子空嘲弄。玉色頩颜不可干，人间错说高唐梦。"[④]最后一次过巫山，诗人详考了巫山形势，《吴船录》写道："十二峰皆有名，不甚切，事不足录。""世传《巫山图》，皆非是，虽夔府官廨中所画亦不类。余令画史以小舠泛中流摹写，始得形似。"[⑤]在诗中对高唐之事的思辩，在记中得到了实地考察的证实。诗人意在"形似"，那些不切实际的浮辞艳意都在摒弃之列。诗人在《后巫山高》中对巫山最后的描

---

① 范成大《合江亭》，《石湖居士诗集》卷一三。

② 范成大《骖鸾录》，清《知不足斋丛书》本。

③ 范成大《石湖居士诗集》卷九。

④ 范成大《石湖居士诗集》卷一六。

⑤ 范成大《吴船录》卷下。

写就全出于目击之实[①]。如十二峰中两峰“诡特”，巫山“最嘉处，不问阴晴，常多云气，映带飘拂”[②]，并有神鸦迎送客舟数里等等，一一被摄入诗句[③]。这完全符合游历杂记事出躬亲、不单凭耳闻和虚构想象的写作原则。这与同样是“不袭用玉色頩颜”，但“徘徊神境，仿象仙踪”[④]的苏轼《巫山》《神女》二诗相比，方式迥异。

二、村社风土与田园组诗

除了记游之外，范诗中另一个能体现志述态度的内容是对地方土宜和村社风俗的叙录。范成大在其早年的行役和写景诗中就表现出对土风乡俗的兴趣。如《南塘寒食书事》写溧水、高淳间景物，就注意点明其“土风并节物，不与故乡同”[⑤]的特点。其他如记“巴蜀人好食生蒜”[⑥]，巫山山民刀耕火种[⑦]等等。

在诗歌中大量咏写风土人情见于范成大晚年。淳熙十年（范五十八岁）之后的十年他一直闲居在苏州市郊石湖等地。他熟谙城乡两个方面的风俗习惯和世态人情，宴居野步，每多兴会之感。于是，早年那种纪游的兴致便转移到了对故乡风土人情的优闲记述上。他对太湖石颇有研究，诗中遂多有记异石之作，如《烟江叠嶂》《天柱峰》[⑧]等。他熟知吴中农事，诗中对农作物多所涉及，仅水稻就提到长

---

① 范成大《石湖居士诗集》卷一九。

② 范成大《吴船录》卷下。

③ 范成大《吴船录》卷下：“庙有驯鸦，客舟将来，则迓于数里之外，或直至县……土人谓之神鸦，亦谓之迎客鸦。”又《后巫山高》有句云：“惟余乌鸦作使者，迎船送船西复东。”

④ 清官修《唐宋诗醇》卷三二苏轼《神女庙》诗评语，清文渊阁《四库全书》本。

⑤ 范成大《南塘寒食书事》，《石湖居士诗集》卷五。

⑥ 范成大《巴蜀人好食生蒜，臭不可近。顷在峤南，其人好食槟榔，合蛎灰、扶留藤（一名蒌藤）食之，辄昏然，已而醒快，三物合和，唾如脓血可厌。今来蜀道，又为食蒜者所薰，戏题》，《石湖居士诗集》卷一六。

⑦ 范成大《劳畲耕》并序，《石湖居士诗集》卷一六。

⑧ 范成大《石湖居士诗集》卷二五。

腰、齐头白、白莲、香子、占城等优良品种。又记园林草木，如岩桂、桂元红、紫绣球等名花异草。或以一诗专咏一物，或在一诗中映带数物。咏写也多着眼于花容、花品乃至于具体的栽培技术。在《上元纪吴中节物俳谐体三十二韵》中，诗人详细地记录了苏州上元节的灯火、社火、市乐、风味小吃、节物礼事及嬉游情景。诗的最后说："掎摭成俳体，咨询逮里甿。谁修吴地志，聊以助讥评。"[①]由此可见，范成大在诗歌中记述土风有着聊备方志的目的。事实上，范成大自己编撰了《吴郡志》，其中所志吴中风俗与《腊月村田乐府十首》的内容基本相同。该诗序云："余归石湖，往来田家，得岁暮十事，采其语各赋一事，以识土风。"[②]可以说，范成大退居石湖之后有相当一部分诗歌是"识土风"的产物。

从"识土风"的角度来看范成大的《四时田园杂兴》等诗，就不难看出他的"田园诗" 既不同于陶、孟的"田园牧歌"，也不同于中晚唐王建、聂夷中等人关于农家生活的讽谕诗，范成大更多注意的是村社风俗和四时农事。当然，范成大的"田园诗"作为闲居生活的产物并非没有传统田园诗的超逸情调，但是，这种超逸意义并不是落实在意境的经营和拟喻之中，而是体现在创作活动本身的文雅情调上。只因为有着一份闲情逸致，才有对风土人情的优雅玩味和叙录，用他自己的话说是"不深闲里趣，争识个中情"[③]。这也就是后人所称赞的"杂缀园亭，经营草木，乡居琐事，吴俗岁华，亦足以陶写尘襟，流传佳话，雅人深致，故自不凡"[④]。同样，范诗也并非没有对民生疾苦的反映，相反他在这一点上比南宋其他任何诗人都做得突出，但是这种反映并不是出于明确的讽喻目的，也毫无直截的批评语言。读"无力买

---

① 范成大《上元纪吴中节物俳谐体三十二韵》，《石湖居士诗集》卷二三。

② 范成大《腊月村田乐府十首》，《石湖居士诗集》卷三〇。

③ 范成大《咏吴中二灯》，《石湖居士诗集》卷二六。

④ 李慈铭《越缦堂日记》卷下之上"光绪十一年十月初四日"条，民国铅印本。

田聊种水，近来湖面亦收租”[①]，“黄纸蠲租白纸催，皂衣旁午下乡来”，“过门走马何官职，侧帽笼鞭战北风”[②]之类貌似揭露、批评的语句，不难感受到其中平淡、冷静的客观性。诗人是把它们作为风俗长卷中的细节来加以描写的。范成大这类诗歌的创新就在于“纤悉毕登，鄙俚尽录，曲尽田家况味”[③]。《四时田园杂兴》按节令顺序写出，不避琐屑和杂沓，如“系牛莫碍门前路，移系门西碌碡边”，“随人黄犬搀前去，走到溪边忽自回”[④]，“鸡飞过篱犬吠窦，知有行商来买茶”[⑤]，这种“于桑麻洲渚一一有情”[⑥]的描写是由于一种风俗漫录的态度[⑦]。范成大称自己的“田园”组诗是“野外即事，辄书一绝”[⑧]，这是一种近乎日记式的创作。其实，七绝组诗这一南宋诗人常用的形式就颇有意味地体现了一种日录式的态度。它极便于把琐屑的日常景象和漫然轻松的生活感受松散地联缀在一起。范成大早年的北行七十二绝与晚年的田园组诗都具有日记漫录式的系列意义。《四时田园杂兴》很容易使我们联想到当时大量涌现的风俗画。楼璹的《耕织图》、李嵩的《服田图》打破了《清明上河图》那样的单幅规制，以相互关联的多幅画，描绘当时男耕女织的村社习俗和农事过程。范成大的田园组诗就类似于这种风俗图录。我们与其称之为田园诗，莫如说它是风土诗。它与范成大早年的记游诗一样，都是一种志述兴趣的产物。

综上所述，我们可以说，范成大把“好志述”的作风带到了诗中，在山川纪行和村社田园诗中带有相应行旅经历与乡里风土志述的情

① 范成大《四时田园杂兴·夏日》，《石湖居士诗集》卷二七。
② 范成大《四时田园杂兴·冬日》，《石湖居士诗集》卷二七。
③ 宋长白《柳亭诗话》卷二二“田园”条，清康熙天苗园刻本。
④ 范成大《四时田园杂兴·春日》，《石湖居士诗集》卷二七。
⑤ 范成大《四时田园杂兴·晚春》，《石湖居士诗集》卷二七。
⑥ 翁方纲《石洲诗话》卷四，清《粤雅堂丛书》本。
⑦ 这种七绝系列，在宋末有汪元量的《湖州歌》，颇为引人注目，至清代龚自珍《己亥杂诗》大概是个极端。
⑧ 范成大《四时田园杂兴》题引，《石湖居士诗集》卷二七。

趣,从而形成了以笔记为诗的创作特色。

三、以笔记为诗的时代内涵与诗学意义

在古代文章学体系中,笔记是“文章”一体。据此,以笔记为诗,应该属于“以文为诗”的范畴。但是,在我们心目中,“以文为诗”,除了语言形式上鲜明的散文化倾向外,重要的是一反传统的意象经营、情景渲染的铸境方法,代之以内容上的理事兼备、结构上的曲畅旁通,从而形成散文般事理逻辑融通着情感意气的逶迤境界。由“唐宋八大家”古文烘托出来的“以文为诗”,或横厉踔发,或纡徐疏畅,或奇崛峭健,或汪洋恣肆,它们是“以文为诗”的典型风格。而范成大的诗大都体制短小,情事质实,叙写细屑,与韩、欧、王、苏之诗大异其趣。它们之间是否有着可以沟通的意义?如果对“以文为诗”不仅仅局限于风格特征的理解而是把握其包含的诗歌美学主题的时代性转变,那么,我们就不难发现两者之间有着并非文体概念所能揭示的深刻联系。“以文为诗”不只是一个形式上甚至于风格上的创新,透过形式和风格的变化更应该看到的是,诗歌美学主题由主观情感世界向世俗日常生活细节的深刻变迁。

对此,严羽曾提示了一个简切的视角,他说:“唐人命题,言语亦自不同。杂古人之集而观之,不必见诗,望其题引而知其为唐人今人矣。”[①]李白诗歌以乐府为主体,有着原始诗乐浑然般的强烈抒情性,杜诗虽然趋近叙实,但大量的仍然是《遣兴》《即事》《寓目》《怀旧》《悲秋》《登高》《咏怀》《孤雁》《喜雨》《花底》《柳边》之类一望题目即能感知其抒情写景风调的作品。而打开苏轼、黄庭坚、陆游、范成大等宋大家名家诗集,一个个诗题所标示的是一幕幕客观、实在的生活细节与切实场景。世俗生活的散文涌进了诗歌,诗人们把更多的注意力

---

① 严羽《沧浪诗话·诗评》,人民文学出版社 1983 年版。

投向日常生活。宋诗数量远过唐诗几倍，这数量上的优势就主要来自日常生活细节的大量涌入。在散文性的内容中，精细的观察、客观的叙述、切近的描写、机敏的思考取代了唐诗中激烈的情绪感兴与超妙的想象虚构。对日常生活的细致观察和切近述录与“以才学为诗，以议论为诗”的理性发挥一样都是宋代诗坛放逐抒情性之后的建设性主题，都是散文性内容的一个环节，都体现了这个时代的客观、理性精神。而且，就两宋诗歌创作的整体情况看，前者有着更为深刻的普遍性。

那么，是什么原因导致北宋“以才学为诗”“以议论为诗”向南宋这样“以笔记为诗”的转变呢？考察一下南宋的散文创作，就不难看出这一转变的历史必然。南渡初期，由于血与火的洗礼，一些浴血沙场、抗颜朝廷的有志之士曾经写下了一篇篇大气磅礴、壮怀激烈的散文作品。但是，“绍兴和议”的达成带来了偏安形势的最终定局。随着时光的流逝，广大士大夫在南渡初期曾切骨体验过的激烈的民族情绪和深刻的亡国之耻日渐磨销和沉顿，代之以心理深层的苟且、冷漠、恋安和萎靡。“都将万字平戎策，换得东家种树书。”①在惨淡国势和萎靡心理作用下的散文创作，不仅不能望尘汉唐古文的峥嵘气象，也难以追摹北宋盛时的凌厉博辩和敷腴恣肆，而是充满了一片“委曲柔弱之态”②。具体的表现是：第一，叙事作品大量出现，表现主题从军国大事撤入日常生活。大量的碑志、游记、叙录等杂记作品，连同理学家的语录一起予人以散漫庸沓之感。第二，笔记著作特见繁富。举凡天文地理、朝政典章、风俗民情、遗闻轶事、辩经说字、品诗论文、街谈巷议，无所不包，无所不言，信笔写来，自然成文。虽然广闻博识，周备世态，但终是文情杂沓，气派破碎，难构大家风范。

---

① 辛弃疾《鹧鸪天·有客慨然谈功名因追念少年时事戏作》，唐圭璋《全宋词》，中华书局1965年版，第1943、1944页。

② 朱熹称赞“绍兴渡江之初”以前的文字有志气、有气魄，“更无委曲柔弱之态”，见《朱子语类》卷一〇九，明成化九年刻本。

这些都容易使人感受到一种萎靡时代所特有的冗弱文化气息。诗坛自然不会掉臂独行于这一文化氛围之外。走出江西、投换晚唐是南宋诗坛的基本趋势。综观南宋诗歌,其才调不及北宋大家之健,其气象更不如北宋盛时之阔。杨万里就认为"诗非文比也",反对"挟其深博之学、雄隽之文,于是隐括其伟辞以为诗"[1]。这种主张固然有着清新诗坛的艺术追求,但毕竟显示了艺术格局的缩小。在这样的背景下,寻常的生活细节、便捷的生活感受以其特有的散漫姿态和清新气息占据诗苑的突出位置也就理所当然,大势所趋。我们看到,南宋诗坛道行写景诗、田园风俗志述诗和闲居杂感诗蔚然成风,范成大的"以笔记为诗"就是顺应这些散文性生活内容而出现的一种表现形态。

宋代尤其是南宋这种"以笔记为诗"的形态以明确的主体经历和切近的生活描写获得了不可移易的实在性和具体性,因而具有了新的美感质性。它迥异于力图在情绪感奋和意象经营的融会之中获致虚浑博大旨趣的唐诗境界,在放逐激情、想象的同时也洗刷了古典意象语汇[2]日久积重的腐熟情态和肤廓气色——这在中晚唐的近体诗中表现得尤为明显,实实在在的生活、漫不经心的叙述、切近细致的描写、平正精到的知解,带给人们一股质实朴素、平易近人的世俗人文气息。当然,正如美学史所揭示的那样,一切近代价值的获得都是以古典魅力的失落为代价的。当以散漫、客观、切实、细致的态度叙录日常生活的同时,个人生活经验中的庸杂和琐屑也随之涌入诗歌。艺术创造失却必要的拣择和提炼,从而导致了传统"诗味"的淡化。这是稍具古典常识的人们所不难感觉到的事实。

(原载《南京师范大学学报》哲学社会科学版 1989 年第 4 期,第 52—56 页。潘昊明校订)

---

① 杨万里《黄御史集序》,《诚斋集》卷七九。

② 此处指汉魏至隋唐几百年间诗歌和辞赋中使用的语汇和意象系统,多以《昭明文选》《艺文类聚》《初学记》所收作品、词藻掌故为其语典词汇。

论词所体现的音乐艺术精神

唐代中叶以后,更确切地说,在宋代,音乐和文学达到了空前的密切结合。这种结合不同于原始艺术那种朦胧状态下的浑然一体,而是在艺术分化、发展之后,相关艺术意识高度自觉基础上的再结合。对这种结合状态的分析,有助于揭示那些只有在结合状态中才能得到充分表现的艺术因素。作为文学的词,要深刻地把握它的艺术个性,只有考察它与音乐结合的状况,当我们认识了音乐赋予它的艺术表现优势,我们也就可以说在根本上把握到了词的艺术个性。要有机地把握音乐对于词的深刻作用,我们的研究就不能停留在声音的层面做笼统的比较,我们应该从内容着手,进而在内容的外化过程中,考察音乐作用下的形式诸因素如何在主题、情感、形象的诸关系中发挥作用,以配合内容的表现。只有在内容与形式的辩证关系中,才能真正认识词所体现的音乐艺术精神,认识音乐艺术赋予词这一文学类型的特性。

一、词情感内容的纯粹集中与“音乐般的抽象”

词,常被人们誉为“音乐的文学”。一切的艺术本质上都是趋向音乐那样的纯粹状态的,词之被称为“音乐的”,就在于它在这个“趋向”上比其他艺术部类,比语言艺术中散文和诗等体裁更进了一步。

首先,词的题材范围和音乐一样局限在情感活动上,沈祥龙《论词随笔》说："作词须择题，题有不宜于词者，如陈腐也，庄重也，事繁而词不能叙也，意奥而词不能达也。几见论学问、述功德而可施诸词乎？几见如少陵之赋《北征》、昌黎之咏《石鼓》而可以词行之乎？"[①]一句话，词有所不宜，"不应有太重的思考意味和哲学深度"[②]，真正宜于谱曲的诗词是那些"语言简单而情感深刻，渗透到某一种情调和感情境界里去而又美妙地表现出来的作品"[③]。

音乐没有视觉艺术所具有的客观性，也没有语言艺术那种语义的明确性，而作为最能体现其客体性的声响"模仿"，在整个音乐表现中又是微不足道的，所以，音乐的纯抒情性不只"体现在反映现实的范围上"[④]，而且也体现在"反映现实的具体性上受到局限"[⑤]这方面。词，虽然具有语言艺术的语义确定性和表现的灵活性，可以写实、状物乃至于叙事和议论，但这方面的成分是比较少的。我们看周邦彦《兰陵王·柳》一词，共一百三十字，相当于两首半七律。但是，除"京华""隋堤"等几个字眼以外，别无其他可以据以落实抒情角色、背景内容的写实意象。随着写实意象的减少，象征意象则大量增加，其中"长亭""津堠""别浦"[⑥]等词，同样是地名意象，但已失去了写实意味，成了别词的"套语"，主要取其象喻意义。词中意象，绝大多数是历代诗人尤其是六朝、唐代诗人反复吟咏和使用的"主题"，它们长期流转在艺术的天地里，吸附而凝结了丰富的情感意蕴，从最初由于偶然的比兴关系被引入诗文的客观事物演变为一定情感的象征符号，其象喻意义远远超过其写实意义。这些意象——感情的象征符号所构成的境界，也就和音乐"感觉的组合的形式"[⑦]一样，纯粹是一种感情的

① 沈祥龙《论词随笔》，唐圭璋编《词话丛编》，中华书局1986年版，第4050页。

②⑤ [德]黑格尔《美学》第三卷上册，朱光潜译，商务印书馆1979年版，第396页。

③ [德]黑格尔《美学》第三卷上册，第398页。

④ [波]丽莎《论音乐的特殊性》，于润洋译，上海文艺出版社1980年版，第37页。

⑥ 周邦彦《清真集》，吴则虞校点，中华书局1981年版，第43页。

⑦ 何乾三选编《西方哲学家、文学家、音乐家论音乐——从古希腊罗马时期至十九世纪》，人民音乐出版社1983年版，第65页。

象征世界。沈祥龙说："诗有赋比兴，词则比兴多于赋。"[①]比兴是比喻、烘托、渲染以表情，而赋多属直接述事写实，借用闻一多《诗与歌》一文中的概念，比兴产生"意味"，而赋则说明"意义"，风诗与雅诗之区别就在于歌的"意味"与诗的"意义"比例不同。诗歌与歌词之异也在于此，歌词表情多于写实，正如闻一多先生所说"在歌里，'意味'比'意义'要紧得多"[②]。歌词尽可能减少关于抒情主体和背景意义的客观性内容，这是词比诗更具抒情性，更接近于"音乐的状态"的重要原因，也是音乐作用的结果。

词既然在内容上较少写实等确定性成分，那么也就必定和音乐一样失去许多确定性内容所具有的客观具体性，使感情失却了许多个性色彩。我们知道，任何感情都是主体与客体间关系的态度反映，都是有具体背景、条件和情境的，这些内容是认识感情个性特征的依据。大量减少这些内容，着重于感情的强度、紧张水平和复杂度等情绪状态方面的比兴渲染，艺术境界就显得精纯剔透，具有一定的普遍象征意义，使我们倾向于像对待音乐作品一样把它"作为一种感情的范畴来体验"[③]。刘熙载说："词深于兴，则觉事异而情同。"[④]"事异"就是说具体情境不同，"情同"则是指具体情境升华为一种情感范型的象征，艺术境界具有共性特征或类型抽象。仍就《兰陵王》一词看，虽然对离别的原因可以作出各式各样的解说，但总离不开一个"别"字，我们可以说它写的是离别这一情感类型包含的情绪体验和心理境界。虽然因着具体情境、作家本人的审美情趣诸多因素的间接作用和渗透，这种情绪体验的艺术表现会显示出一些个性以区别于其他作家的赋别之作，但背景内容终究是难以在作品中一一落实和指认的。陈廷焯认为该词是抒写"淹留之苦"，提出了情感的属性，但他

---

① 沈祥龙《论词随笔》，唐圭璋编《词话丛编》，第 4048 页。

② 闻一多《诗与歌》，《闻一多全集》，湖北人民出版社 1993 年版，第 10 册，第 7 页。

③ [波]丽莎《论音乐的特殊性》，第 41、42 页。

④ 刘熙载《词概》，唐圭璋编《词话丛编》，第 3704 页。

不得不承认，全词“只就眼前景物约略点缀，更不说淹留之故”①。有“苦”无“故”，抒情而无本事交代，这就是词境由具体情境到类型抽象的扬弃纯化过程，这种情况在词中是普遍的。

词境的类型化特征也基本是由倚声合乐决定的，我们知道，任何艺术都会因其创造过程中的艺术概括和提炼，程度不等地舍弃事物的非本质方面，因而具有一种艺术的抽象效果。音乐因其感性材料的局限，在这方面表现得尤为突出。音乐理论直接说明了这一点，叔本华说，音乐所表现的“不是这样或那样个别的和一定的快乐，这样或那样的悲哀，或痛苦，或恐惧，或狂欢，或喜悦，或心灵的宁静，而是表现快乐、悲哀、痛苦、恐惧、狂欢、喜悦、心灵的宁静等的本身，某种程度是 in abstract（抽象地）”③。不是情感的个性而是情感的“本身”（状态），构成了具体的表现内容。它是抽象的，又是具体的，感受是具体的，而指涉则是抽象的。倚声填词与采诗入乐不同，就文学创作而言，前者是无条件的，独立的；后者则是有条件的，依存的。诗人在倚声填词时不能不考虑自己的构思谋篇与乐曲主题情调（声情）相协调，对诗人兴会保持一定的自觉控制，进而纳入乐曲的主题情调之中，使辞情与声情圆满结合。

除了这一主导原因外，词曲结合中还有一些特殊情况致使词受制于音乐而不得不趋向于“音乐般的抽象”。其一，宋词中的相当一部分是文人应乐工之邀、为歌妓演唱而作。词人要博得广泛的社会声誉，就不得不考虑尊重乐工、歌妓乃至于整个市民社会的艺术趣味和情感水平。宋词更多写的是“常人之境界”，与“诗人之境界”不同，是一些大众化、类型化，“常人皆能感之”④的情感。其二，燕乐杂曲的“艳科”传统和“娱宾遣客”的功能使词偏向于以两性之情写社会之

---

① 陈廷焯《白雨斋词话》卷一，唐圭璋编《词话丛编》，第 3787 页。

③ 何乾三选编《西方哲学家、文学家、音乐家论音乐——从古希腊罗马时期至十九世纪》，第 121、122 页。

④ 王国维《清真先生遗事》尚论，周邦彦《清真集》，第 113 页。

情，诗人之情常人化，比兴寄托手法的运用更为普遍，容易出现“事异情同”的现象，宋代词人主要是婉约派词人不像唐代诗人那样有一个据以自立的题材领域。其三，词是入乐应歌的，深奥、生疏、繁琐的内容和语言都不宜于“随生随灭”的演唱，尤其不易于有效地作用于人们的听觉欣赏。词更多需要“套式”和“套语”，才能使听者迅速地把握词的情调，不至于费心思考而干扰对“音乐形象”的把握。上述种种情况，使词的艺术境界极易于表现出鲜明的大众化、普遍性和概括性。

词境超越一人一时一地之具体情境的局限，升华为一种类型化情感的象征，一种情感的符号性、普遍性形式，具有较强的概括力和典型性，提供了较广阔的审美再创造的空间，因而具有普遍的艺术感染力，所谓“有寄托入”“无寄托出”[①]，在理解和欣赏时，就可以不断地被欣赏者改造成各自经验的表现形式，显示出普遍的艺术魅力。词境这种艺术魅力的发生过程与音乐艺术的情况有着深刻的类似。

上面我们论述了词在内容特征上与音乐协调一致的情况。但是，它们终究分属于两种不同的艺术部类，词作为语言艺术之一种，语言意义的确定性和客观具体性都是音乐难以伦比的，而且随着文人兴趣的提高，词越来越被当作一种新体格律诗来写作，我们很难在诗—词—音乐的“光谱系列”上划分一个严格的诗词界限，词中有诗境（如苏轼），诗中也不乏词境（如秦观），我们只能在诗词创作的总体风貌上肯定词的内容特征，即它更趋近音乐的状态。

二、词抒情的往复深细与音乐的旋律演绎

苏珊·朗格在《艺术问题》一书中指出，两种艺术的结合和转换，其完美的“效果完全是通过材料和技巧之间，情感本身的范围同表现

---

① 谭献《复堂词话》，唐圭璋编《词话丛编》，第3990页。

这种情感的形象的范围之间的合理比例取得的”①。在上面我们着重论述的是词与音乐在情感范围上的基本一致，我们有必要向形式方面过渡到从“表现这种情感的形象的范围”②的角度，对词与音乐做进一步的比较认识。

黑格尔说过，“由于音乐能引导主体进入单纯的凝神内省状态，就可以对思想观念和观照的漫无约束的自由划定界限，不让它们越出一定的内容意蕴之外，这样，它就把心灵集中到一个特殊内容上，情感也就只能在这个范围里活动和伸展”③，单纯的情感与高度集中的形象就是音乐作品内容与形式的“合理比例”④。词要与音乐密切地结合，在情感内容与形象范围之间也要符合这种“比例”，才能使两者的结合完美协调。

音乐的结构方式总给我们一定的启发，音乐是以一定时间的声响运动来表现内容的，但“音乐的变化并不是每一次都恰恰代表某一情感、观念、思想或个别形象的变化，而只是一种音乐的向前运动”⑤。这种运动贯穿着“一个始终不离的线索”⑥，主题旋律总“保持着灵魂的支撑和统一作用”⑦。乐曲中的重复、变化重复、扩展和紧缩等发展方式，都是为了“把主题本身原已包含的东西较周密地分析出来”⑧，为了“从简单的主题引出隐蓄未宣的美点”⑨。音乐这种在“随生随灭”⑩的运动中包含着许多重复因素，使审美兴趣始终徘徊在一个抒情基调上的方法，赋予与之相配合的语言艺术词相应的抒情态势。

---

①② [美]苏珊·朗格《艺术问题》，滕守尧译，中国社会科学出版社 1983 年版，第 84 页。

③ [德]黑格尔《美学》第三卷上册，第 385 页。

④ [美]苏珊·朗格《艺术问题》，第 84 页。

⑤ [德]黑格尔《美学》第三卷上册，第 379 页。

⑥⑦ [德]黑格尔《美学》第三卷上册，第 400 页。

⑧ [德]黑格尔《美学》第三卷上册，第 338 页。

⑨ [美]该丘斯(P. Goetschius)《音乐的构成》，缪天瑞编译，人民音乐出版社 1964 年版，第 159 页。

⑩ [德]黑格尔《美学》第三卷上册，第 353 页。

宋代词曲绝大多数为两遍体，宋王灼《碧鸡漫志》说，“近世曲子无单遍者”[①]。龙榆生《唐宋词格律》所收150多个常用词谱中，两遍体占90%，两遍体中的80%又是上下片格律完全或基本相同，这应出于所合乐曲旋律对应部分的完全或基本相同。但是，宋词中极少有上下片文字完全相同的简单重叠现象。从柳永开始的相当一部分词人，尤其是盛宋词人大都采用“前半泛写，后半专叙”[②]的结构模式。“泛写”就是围绕所抒之情做陈述性的景物铺写，“专叙”则是直接就情感本身加以抒发、描述。前面的铺陈为后面的叙情做渲染和铺垫，后面的“专叙”则是在上片铺陈基础上对情感的直接点揭和发挥，一个简单的抒情主题获得了两个层次不同角度的叠合表现。在渲染歌的“意味”上，这种两层次的结构与“国风”、乐府等“音乐文学”中的简单重章叠唱结构相比抒情效用是一致的，都是为了“把主题本身原已包含的内容较周密地分析出来”[③]，“从简单的主题引出隐蓄未宣的美点”[④]。只不过，在语言简单叠唱重复的情况下，这种“分析”更多依赖音乐的发挥，而在后一种情况里，词作为高度发展的语言艺术以自己的艺术手段积极参与了这种“分析”。

这种两层次的情景抒写结构在宋词中是十分普遍的，堪称经典模式。柳词是这方面的代表。柳永对传统铺叙手法的创造性使用奠定了这种模式的基础。唐五代小令中那种幽微恍惚、蕴藉精致的境界到了柳永这里被从容地铺摊在慢词舒展、开阔的形式中，演化为大量的景物渲染和情事的勾勒[⑤]，一切都不厌其烦地落实为形象细部的“分析”。根据衡量诗的标准，有人批评他“意过久许，笔犹未休”[⑥]，却忽视了这一点，单纯的情感，要求形象范围的相对狭窄，而这种简单

① 王灼《碧鸡漫志》，唐圭璋编《词话丛编》，第114页。
② 徐釚《词苑丛谈》卷一引毛稚黄语，清《海山仙馆丛书》本。
③ [德]黑格尔《美学》第三卷上册，第338页。
④ [美]该丘斯《音乐的构成》，第159页。
⑤ 程杰《论柳永词的铺叙手法》，《淮阴师专学报》(社会科学版)1984年第4期。
⑥ 沈雄《古今词话》卷下引宋征璧语，唐圭璋编《词话丛编》，第850页。

的词“意”，又要分布在衍长的词“笔”（篇幅）中，铺叙是解决这一矛盾的有效途径。铺叙，以大量景物的横向铺排，情事内容的细部勾勒，构成了一种舒徐缓慢的发展速度和集中周详的叙写姿态，适应了词“笔”的衍长即词体容量的开扩，又符合主题简单、形象活动范围狭小的要求，符合内容范围与形象范围间音乐般的“合理比例”①，对于宋词长调慢词的技巧发展和风格形成有着特殊的意义。

与柳永词不同，周邦彦词代表了宋词中多层次错综变化的结构模式。但是，章法的变化和音乐艺术中的声音变化一样，主要是形式因素的变化，是对内容意蕴的细致分析和复杂表现。正像一个移转着的万花筒，虽然变换出千姿万态，但其意境终归是相对集中狭隘的。陈廷焯说周邦彦词结构上“繁碎重复”，但“一篇皆有一篇之旨，寻得其旨，不难迎刃而解”②。例如《瑞龙吟》一词，共二百三十多字，在结构上“层层脱换，笔笔往复”③。但主题不过是“桃花人面”这一简单的情思。词中内容活动范围的狭窄，也要求以结构的变化来加以弥补。词“以量言，须层出不穷”④，“否则非竭即复”⑤。在音乐旋律的发展中，简单的“反复只要有细微的变化，便对曲调发展有所影响”，“就使简单的方式一跃而成为曲调发展上有力的促进者”⑥。词也是如此，章法的变化可以改变柳永词那种简单平铺直叙所带来的“意过久许，笔犹未休”⑦的印象。当然，这种变化终归又不能越出音乐规定的内容活动的狭窄范围。所以词“最忌步步相联”，又忌“行行愈远”⑧错综多变，不能横生枝节，天马行空，泛滥无归。词在章法上

① [美]苏珊·朗格《艺术问题》，第 84 页。
② 陈廷焯《白雨斋词话》卷一，唐圭璋编《词话丛编》，第 3787 页。
③ 周济《宋四家词选目录序论》，唐圭璋编《词话丛编》，第 1646 页。
④ 陈匪石《宋词举》，金陵书画社 1983 年版，第 148 页。
⑤ 陈匪石《宋词举》，第 30 页。
⑥ [美]该丘斯《音乐的构成》，第 72 页。
⑦ 沈雄《古今词话》卷下引宋征璧语，唐圭璋编《词话丛编》，第 850 页。
⑧ 刘熙载《词概》，唐圭璋编《词话丛编》，第 3699 页。

特别注重往复、脱缩、开合纵收等对立因素的交错转换和配合统一。在诗中许多章法的细微变化都因内容的涵博而消融了痕迹，在词中却因为内容的单纯而显得突出和重要。这正说明，词不管结构如何复杂多变，都没有违反由合乐规定的单一的情感主题与高度集中的内容范围的独特“比例”。

姜夔、张炎等人的词则又代表了另一种结构模式。他们大量运用“虚字”呼应承转，使词呈现出一种单线纵向旋折勾连，层层曲折深化的结构态势。张炎在理论上把这种结构表述为“意脉不断”[①]。李渔在《窥词管见》中道破了意脉不断的真谛：“总是认定开首一句为主，为二句之材料不用别寻，即在开首一句中想出，如此相因而下，直至结尾。”[②]清代周济将这种结构不无讥意地称为“换笔不换意”[③]，这也是解决“辞”多“意”少矛盾的一种方式。这种纯然从简单的题旨出发，句句抽引盘剥而出的单线纵向发展方式似乎更近于音乐那种在流转中“从简单的主题引出隐蓄未宣的美点”[④]的旨趣。

莱辛说：“诗要在和音乐结合时就不能很凝炼，它的美就不在于用尽可能少的字去表达出最好的思想，而在于用一些最长的、最软的字，用音乐所用的那种拖长方式，把每个思想表达出来，才能产生某种类似的效果。”[⑤]上面说的柳永那种从容的铺叙，那种铺景叙情断然两层的结构程式，以及周邦彦、姜夔、张炎等人或错综或屈折的结构方式，其内部都包含了与音乐结合的情况下必然出现的“拖长方式”。

优劣长短总是辩证的统一体。“拖长”的尺度是难以把握的，把握不住则流为敷衍冗长。但重要的是，“拖长”具有独特的抒情价值。高度技巧化的“拖长方式”，使内容的细部一一展示出来，落实为具体

---

① 张炎《词源》卷下，唐圭璋编《词话丛编》，第 258 页。
② 李渔《窥词管见》第十二则，唐圭璋编《词话丛编》，第 555 页。
③ 周济《宋四家词选目录序论》，唐圭璋编《词话丛编》，第 1644 页。
④ [美]该丘斯《音乐的构成》，第 159 页。
⑤ [德]莱辛《拉奥孔》，朱光潜译，商务印书馆 2017 年版，第 209 页。

的形象表现。一意化两，一唱三叹，以丰富的意象、细致的勾勒、反复的申说、深刻的剖析综合起来表达一个简单的情感主题，使情感的表达在狭窄的渠道中向详赡、细微、曲折、深长的方向发展。上述柳、周、姜张三种不同的结构方式都体现了这一精神，都体现了这种音乐作用所带来的艺术表现优势。这样，我们可以说，词在解决倚声合乐所带来的“意”与“笔”、抒情主题与形象范围矛盾的同时，接受了音乐艺术的孕育和引导，为自己在诗歌抒写方式外找到了一种独特的结构原则，一种更宜于走向抒情的纯粹化，更宜于渲染“意味”的内在形式。正是在这个意义上，我们把所谓“词之言长”即词境的境狭言长看作词的一种独特的音乐美。

三、词语言的“流动脱化”与音乐的“随生随灭”

词在外在形式上面的独特性最为鲜明，其中“声韵平上之差”与“句度短长之数”①是主要的两个方面。关于前者，和诗中的情况一样，我们主要从吟咏声调的谐婉美听和声情效果方面评说其“音乐美”。关于后者，我们会毫不犹豫地肯定，它是音乐作用的产物，但对这种在音乐作用下句式节奏的变化，对这种新的语言配置、组合方式所体现的音乐美和独特价值，却缺乏应有的认识。

古诗和近体诗大都是“二三”(五言)和“二二三”(七言)的句式节奏，句与句间也大都截断并列，节奏上相对平稳，意义趋于完整，尤其是近体诗则进一步讲求骈俪、平仄，并固定句度篇幅，构成了一种整俪、均衡、凝定的形式。词则突破了这种形式框架，在新的句式节律中体现了音乐般的流动态势，要把握这一点，必须从词的“均拍”结构入手。

宋代词乐一般由两遍构成，词也相应分为两片。每遍又可分为

① 元稹《乐府古题序》，《元氏长庆集》卷二三，《四部丛刊》影明嘉靖本。

若干小段，称为“均”。“均”是乐曲中相对完整的音乐单位，乐曲于此为“大顿”，为“住”，词则于此断句、押韵。所以，《乐府指迷》说：“均即韵也。”[①]就曲言“均”，词则是“韵”（句中韵与短句韵除外）。“曲之大小，皆合均声”[②]，词的长短也与此相应。每一均中分拍称“乐句”，与此相应词则为单句。从一首词来看，“均”是重要的、基本的结构单位。考察词律，每一均大多由二至四个乐句组成，在一均中，单个乐句绝大多数比较短小，具有不稳定的结构功能，在乐句与乐句间有一种从前起到后应、从“变化”到“解决”的相互依赖性和持续发展的要求。只有一均的长度才能完足这种呼应过程，因而具有较稳定的结构功能和相对独立性[③]。这是“均拍”之中的情况。在“均”与“均”之间，每一“均”在曲调的通体组合上只能是一个结构单位，其独立性和稳定性相对于整个乐曲“随生随灭”[④]的持续运动，又是微弱的。上述这些“绝对”不稳定（拍）和相对不稳定（均）是乐曲流转发展的内在动力。同样，与这种“均拍”结构相对应，词的句式组合也有一些特殊的句式及组合方式，形成前趋继生的节奏趋势。具体表现如下：

第一，在一“均”开头使用领字。“领字”，是音乐上的着力处，具有揭唱和呼起的作用。“领字”大都具有“及物”和“连系”性质，它们都能领贯一“均”之数句，以构成一语意连续的整体。“领字”产生了一种领起并一贯到底的力量。

第二，特殊的句式节奏。词中大量出现了近体诗中绝少见的“空头句”（一二三）和“折腰句”（三二二）[⑤]。这种句式没有近体诗句式（二二三）最后三字节奏所具有的收顿感，相反，节奏内部有一种延伸效果和对归宿的期待。这和“领字”的情况是类似的。

---

① 沈义父《乐府指迷》，唐圭璋编《词话丛编》，第 283 页。

② 张炎《词源》卷下，唐圭璋编《词话丛编》，第 257 页。

③ 江明惇《汉族民歌概论》，上海音乐出版社 1982 年版，第 401 页。

④ [德]黑格尔《美学》第三卷上册，第 353 页。

⑤ 沈雄《古今词话》词品卷上，清康熙刻本。

第三,处理对偶句的方式。对句在近体诗中作为安置美感经验的中心,具有特殊的作用。词则多安排对句(主要是短对句)铺景状物,处于抒情的从属位置。词关于对句的形式要求具有特殊性:长对句(如七言对)因其足以构成一“均”而要求“流动脱化”[①],“使观者不作对疑”[②]。至于那些“整炼工巧”[③]的四言对,因其本身不足一均的分量,大都被前面的领字、领句所统摄,或为后面的韵句所收束,失却(淡化)了许多独立存在时的骈俪色彩,成了整个“流动脱化”[④]过程的一部分。

第四,以均为单位的句式“蝉联”。词中具有不稳定结构功能的短句多,这些句子难以像近体诗所表现的那样,构成完整的一行一句式的独立句式和阅读节奏。这就需要两句、三句以及更多的句子连绵成“均”以求得内在结构的稳定。这里有前问后答的,如:“试问闲愁都几许,一川烟草,满城风絮,梅子黄时雨。”(贺铸《青玉案》)有因果等复句(并列式除外):“早知恁地难拚,悔不当时留住。”(柳永《昼夜乐》)有判断句式:“才子词人,自是白衣卿相。”(柳永《鹤冲天》)这些例子中前后句都有着紧密的语意关系和语法连接,如分析开来,则难以具有完整的叙写表达,所以句与句间有一种“蝉联不断”的趋势。这是词中最常见的情况。

上述种种都说明了这一点:均,是词体真正具有独立性,能表达一个完整意义的结构单位。每一均中的各“乐句”间都具有较大的依赖性和一种从揭起到归顿的持续性。这种持续性正是音乐艺术那种“各段落先后连贯,滔滔前进”的“一气呵成的精神”[⑤]所赋予的节奏前动力。

值得注意的是,在婉约派的一些经典词人那里,有时“均”之间的关系也有这样一种继动效果,如领字的跨均提领:“正絮翻蝶舞、芳思交加。柳下桃蹊、乱分春色到人家。”(秦观《望海潮》)领字的承前启后:“东风且伴蔷薇住,到蔷薇,春已堪怜。更凄然,万绿西泠,一抹荒

①③④ 沈祥龙《论词随笔》,唐圭璋编《词话丛编》,第4051页。
② 刘体仁《七颂堂词绎》,唐圭璋编《词话丛编》,第621页。
⑤ [美]该丘斯《音乐的构成》,第158、159页。

烟。”(张炎《高阳台·西湖春感》)这些例子中均与均之间都有一种前后承接的紧密关系。

总之,由于词乐“均拍”结构的作用,词在句与句之间连绵继生,均与均间节节勾连承传,产生了鲜明的前趋继动性和单行律动感。这种流动节律是词合乐过程中对音乐“随生随灭”[①]运动的一种顺应与配合,是词体独具的形式美。

艺术形式在运动中的自我节制和自我表现,都不是要达到什么纯形式的目的,而是要以种种方式能动地配合内容,艺术形式的积极意义就在于它对内在意蕴的呈现起着作用。词的前趋继生性以及由“均拍”结构决定的意义单元的组合和划分,就极有利于创造一些独特的抒情效果,有利于渲染词的情感意味。

句式的长短相协,语言的“流动脱化”[②],可以使词摆脱近体诗辞局于俪偶的现象,大量引用口语入词。如“可惜一片清歌,都付与黄昏。欲共柳花低诉,怕柳花轻薄,不解伤春”(黄孝迈《湘春夜月》),这是诗中没有的口吻和语态,不能说它与词之长短参差、句式之“流动脱化”[③]无关。

词中每一均中语意的衔接都是紧密的。在此基础上,词人就可以安排独特的语意关系来达到一定的表达效果。刘熙载说:“词之妙全在衬跌。”[④]所谓“衬跌”,就是指前起后应中的语意转折关系。沈祥龙说了三种情况:“词之妙在透过,在翻转,在折进。‘自是春心撩乱,非关春梦无凭’,透过也;‘若说愁随春至,可怜冤煞东风’,翻转也;‘山映斜阳天接水,芳草无情,更在斜阳外’,折进也。三者不外用意深,而用笔曲。”[⑤]语意承接起伏跌宕婉转曲折,是词的表情特点。只有在内部关系紧密的“均拍”单位中,才能创造出如此鲜明的效果。

---

① [德]黑格尔《美学》第三卷上册,第353页。

②③ 沈祥龙《论词随笔》,唐圭璋编《词话丛编》,第4051页。

④ 刘熙载《词概》,唐圭璋编《词话丛编》,第3701页。

⑤ 沈祥龙《论词随笔》,唐圭璋编《词话丛编》,第4057页。

均拍结构以及由此决定的单行律动性对词的内在抒情结构也起着一定的作用。领字的领贯和间隔，带来鲜明的单元组合和层次划分，这种组合和划分在以柳永、周邦彦词为代表的结构模式中最为显著和重要。在柳词中，它们以简单的直线方式逐一呈现，使景境得以有秩序地铺展开来，情语得以无拘滞地直泻下去。在周词中，它们则多以错综变化的方式承续转换着。如果说柳词总体上有一种层进效果，那么，周词则更多表现出一种层折效果。姜张词则充分发挥词的单行律动性，力求使全词意脉贯穿，意脉贯穿是与"虚字呼唤"[①]紧密相关的。虚字，在句与句、均与均之间把原本紧密继生的语意关系落实为明确的语法勾连，使词从头到尾清晰地贯穿着一种纵向递接关系，表现出单笔折进效果。

从以上几个方面可以看出，词体形式不仅具有音乐般的形式效果，而且对词"情深"而"言长"的抒情风貌的形式，有着不可忽视的能动作用。

音乐创造了词这一文学类型。正如任何艺术作品的内容和形式都是不可割裂的整体一样，音乐对词的作用也是一个有机的过程。乐曲声情界定词情的同时，也就限制了"形象的范围"[②]，情感的纯粹性和类型化又有赖于形象范围的高度集中和形象特征的鲜明。形象范围的控制是由抒情结构的"拖长"来完成的，而词体独特的句式组合和节奏效果既具有音乐般流动的美质又极利于建造以细部伸展、深向开拓为特征的内在结构。内容、内部结构和外在形式这三方面相互作用、有机统一。正是在这三方面有机统一的意义上，词充分地表现了自己孕育于音乐艺术的文体特质。

（原载《学术研究》1987 年第 6 期，第 110—115 页。张可骄校订）

---

① 张炎《词源》卷下，唐圭璋编《词话丛编》，第 259 页。

② [美]苏珊・朗格《艺术问题》，第 84 页。

从古代词作和词话看歌词特性

通常与诗相提并称的词，产生于隋唐之际。它本来是配乐的歌词，因此最初被称作“曲子词”。唐宋时期，精通音乐的人多按照乐谱规定的音律节拍来写词，写词被称作“依声填词”。后来的词人则按照前人作品规范的字句、平仄来填写，使词逐渐脱离音乐，纯粹成为诗的一种别体。尽管如此，词毕竟是在音乐胚胎中萌生的，音乐孕育了词，使词带着音乐艺术元素，表现出某些区别于传统诗歌的特性。

关于词的特性，古代词论家有许多精辟而又形象的论述：“制词须布置停匀，血脉贯穿。过片不可断了曲意，如常山之蛇，救首救尾。”[①]“词家意象，亦或与诗略有不同……长篇须曲折三致意，而气自流贯乃得。”[②]“构曲贵变。”[③]“长调如娇女步春，旁去扶持，独行芳径，徙倚而前，一步一态，一态一变。”[④]综合这些评说，可以看出词的两点特征：一、流贯；二、变化。我们可以把这两点与音乐的特性相比较。柏西·该丘斯谈到音乐的技术特性时指出：“关于技术的特性，首为‘连贯性’，次为‘主题发展’。”[⑤]这种比较，有益于我们对歌词特性的认识。

---

① 陆辅之《词旨》，唐圭璋编《词话丛编》本，中华书局1986年版。

② 朱承嗣《存馀堂诗话》，明嘉靖顾氏《四十家小说》本。

③ 清沈谦《填词杂说》，《词话丛编》本。

④ 清毛先舒语，清王又华《古今词论》辑录，清康熙刻本。

⑤ [美]该丘斯(P. Goetschius)《音乐的构成》，缪天瑞编译，人民音乐出版社1964年版，第158页。

“连贯性”是指“通彻全曲有一种一气呵成的精神”①。音乐是时间艺术、听觉艺术,它以一定时间长度的声音流动来表现人的情感。“音乐的变化并不是每一次都恰恰代表某一情感、观念、思想或个别形象的变化,而只是音乐的向前运动。”②这就是说,虽然乐曲中的声音不断变化,但在一定时间长度内,表现的情感内容是相对稳定的,情感色调前后是基本统一的。词要合乐就得在内容的表达上迁就音乐这一特性,使主题相对单纯、专一,内容前后一线贯通。这是词要“血脉贯穿”的实质。

姜夔《齐天乐·咏蟋蟀》曾被词人张炎推为血脉贯穿的典范,词云:“庾郎先自吟愁赋,凄凄更闻私语。露湿铜铺,苔侵石井,都是曾听伊处。哀音似诉,正思妇无眠,起寻机杼。曲曲屏山,夜凉独自甚情绪? 西窗又吹暗雨。为谁频断续,相和砧杵?候馆迎秋,离宫吊月,别有伤心无数。豳诗漫与,笑篱落呼灯,世间儿女。写入琴丝,一声声更苦。”起句写人,人已愁,又听到蟋蟀的凄凄私语,起调即点明悲哀的“曲意”,以下就此意渲染铺写。“露湿铜铺”三句,通过写不同地点的蟋蟀之声,把“愁”写成一种普遍现象。“哀音”承“私语”来,写情更进一步。“正思妇”二句,写别有听“哀音”之人,一“正”字领贯两句,把思妇体验到的悲苦之情融入“曲意”之中。接下去发以问句,似问似叹,亦问亦叹,赋情深婉。下片别辟一境,但上、下呼应紧密,“曲意”似断实连。“又”字与上片“甚”字呼应,“西窗”仰承“曲曲屏山”,“暗雨”与“夜凉”关合。张炎评论说:“此则意脉不断矣。”③通篇写声,愁人的吟咏声、蟋蟀的悲吟声、思妇的机杼声、西窗的秋雨声、捣衣的砧杵声,如此一声声写来,“一声声更苦”,真正达到了“哀音似诉”的艺术效果。

但是,这首词也有不够“流贯”之处,“豳诗漫与,笑篱落呼灯,世

---

① [美]该丘斯《音乐的构成》,第159页。

② [德]黑格尔《美学》第三卷上册,商务印书馆1981年版,第379页。

③ 张炎《词源》,《词话丛编》本。

间儿女”,“笑”字设情孤傲,不仅与上下文不连贯,与全篇所抒发的悲苦之情也不够协调,难为“意脉”所融化,难怪有人批评此两句是“补凑”①,“太觉呆诠”②。

上面说了“流贯”,下面说“变化”。音乐的流动过程就是变化过程。音乐,由于其使用材料的限制,一般说来,一首歌曲只能表现一种类型化情感,主题比较单纯,但是音乐通过声音的运动,可以“从简单的主题引出隐蓄未宣的美点”③。在一段声乐中,如果音乐不流于“宣叙式”的伴奏,即不放弃“音乐运动的自由流转”④,“如果音乐保持一种自有特性的独立地位,歌词在诗的创作上也就只能是肤浅的,只能限于表现一般性情感与观念”⑤。但是,正如音乐的“主题发展”一样,词也要“从简单的主题引出隐蓄未宣的美点”。词通过意脉层次、章法结构上的“变化”,反复渲染,曲折致意,表达情感较诗就深刻、细腻。清人贺裳说:“词家用意极浅,然愈翻则愈妙。”⑥“翻”就是指章法层次上的曲折变化,也就是词的“主题发展”。

柳永是北宋精通音律的著名词人,我们看他的《雨霖铃》是如何“愈翻愈妙”的:“寒蝉凄切,对长亭晚,骤雨初歇。都门帐饮无绪,留恋处,兰舟催发。执手相看泪眼,竟无语凝噎。念去去,千里烟波,暮霭沉沉楚天阔。　　多情自古伤离别,更那堪,冷落清秋节!今宵酒醒何处?杨柳岸,晓风残月。此去经年,应是良辰好景虚设。便纵有千种风情,更与何人说?”上片可以说是一个叙事的片段,以事见情,叙写细腻。写分别时节、地点、气候,写别筵、话别,又想象前程,以虚景写实情,层层深入,曲折尽致,大有“山重水复疑无路”之势。下片发为新意,转换中有承接。“多情自古伤离别”是泛写别情,继而立即

---

① 周济《宋四家词选目录序论》,《词话丛编》本。
② 陈锐《褒碧斋词话》,《词话丛编》本。
③ [美]该丘斯《音乐的构成》,第159页。
④ [德]黑格尔《美学》第三卷上册,第387页。
⑤ [德]黑格尔《美学》第三卷上册,第343页。
⑥ 贺裳《皱水轩词筌》,《词话丛编》本。

折回本题，点出秋天之别尤为可悲，感情一层深入。进而设想别后酒醒时的情景，“杨柳岸，晓风残月”千古传诵。古代行客往往拂晓启程，晓风凛冽，残月苍凉，此时的一切在行人看来都倍感凄清。酒本浇愁，酒醒愁醒，以愁怀触此凄清之景，其情尤为难堪，较前是又进一层。下面更从“今宵”翻进至“经年”，从“良辰好景”联想至“千种风情”，通过不断的联想，进一步开拓、延伸，以深化主题的表达。正如黑格尔所说的那样，“把主题本已包含的东西较周密地分析出来”①。刘熙载称“今宵酒醒”句手法是“点染”，不避望文生义之嫌，“点”是对主题的直接揭示，而“染”则是主题的渲染发展，即“从简单的主题引出隐蓄未宣的美点”。

上面说的“翻”“点染”都是“变化”的手法或现象，其他如离合、顺逆、虚实，乃至上片写景下片抒情、不同时空情景的错综变化等等都是词人常用的手法。古代词人精于词的变化手法，同样的主题或大致相同的主题在不同的词人笔下往往有千姿百态的表现。

“流贯”与“变化”是歌词的两大特性，“流贯”则主题集中而单纯，“变化”则丰富而深入。在“流贯”中求变化，“变化”而归于“流贯”，这就是古代词作和词话给予我们的启示。

（原载《词刊》1983 年第 4 期，第 35—36 页）

① ［德］黑格尔《美学》第三卷上册，第 338 页。

论秦观的词

秦观处于北宋词坛急剧变化的时期。词在文人阶层兴起后，经晚唐五代“花间”、南唐的发展，逐渐形成以“绮罗香泽”的艳情内容和“绸缪宛转”的表现特色为主体的婉约风格。宋初晏殊、欧阳修基本上沿袭这一传统，柳永第一个大张旗鼓地向民间词学习，创制慢词，在内容和形式上都有许多创新与开拓，但词坛以“艳科”为主的总体风格尚未得到改变。要等到苏轼出现，词坛才发生了根本的变化。正如胡寅所说：“眉山苏氏，一洗绮罗香泽之态，摆脱绸缪宛转之度，使人登高望远，举首浩歌，而逸怀浩气，超然乎尘垢之外。”[①]人们把苏轼在词坛上的革新概括为“以诗为词”。苏轼的“以诗为词”主要表现在扩大词的题材领域和提高词境的艺术格调。这两方面是相辅相成的，正因为突破了“艳科”的樊篱，面向广阔的社会人生，表现多方面的社会内容和思想情感，其艺术境界就相对丰富和高雅起来。秦观处于词坛革新的转折点上，无论内容、风格都包含了传统与创新双重因素，在“苏门四学士”中，展示了自己独特的个性。

一、秦观词的题材内容

苏轼的创新不仅是风格的，而且首先是创作功能和题材内容的。

① 胡寅《向芗林酒边集后序》，《斐然集》卷一九，清文渊阁《四库全书》本。

苏轼在词题材内容上的开拓是极为突出的。在苏轼笔下,不仅用词来抒写男女间的悲欢离合,举凡纪游、怀古、忆旧、唱和、谈禅、说理,乃至隐括旧文、代人赠别、调笑戏谑、回文等内容,都可用词来表现。作为继欧阳修之后的文坛盟主,他的艺术实践和成就又吸引和影响了许多追随者。"苏门四学士"中擅词的黄庭坚、晁补之"皆学东坡"①,不仅学其清雄超逸的意度,而且词的题材也多步趋。山谷词中颇多次韵赠答、咏物和隐括之作,而且与苏轼一样多有记叙本事缘起的词序。晁补之的词风更近苏轼,也有大量次韵题赠、集句咏物作品。苏门李之仪、陈师道的词也多作序。

与他们不一样,秦观基本上遵循相沿已久的婉约传统。他不像苏轼那样"无意不可入,无事不可言"②,秦观近八十首词中,《南歌子》(亦名《南柯子》)一首据载为朝云所作可算为应酬戏谑之篇外③,另有茶词两首,其他大都是道地的"本色"之词。我们看到,元丰八年八月苏轼自黄州至京口,年底与秦观饮别淮上,苏轼作《虞美人》赠送秦观,但不见秦观酬答之词。李之仪有《采桑子·席上送少游之金陵》,而秦观词中无一首相应的次韵题赠之作。秦观词就题材来说,严格以传统的恋情和别情为主要内容。

与同时代的其他封建文人一样,秦观也沾染了狎妓游冶的生活习气。在越州,他自称"牙樯锦缆,拥南国之佳人;玉斝金罍,醉西园之清夜"④。在扬州,他曾"殢酒为花"(《梦扬州》)⑤,流连十里春风。在汴京,他眷恋一位号"师师"的名妓⑥。在汝南任上,他有与一畅姓

---

① 王灼《碧鸡漫志》卷二,清《知不足斋丛书》本。

② 刘熙载《艺概》卷四《词曲概》,清同治刻《古桐书屋六种》本。

③ 严有翼《艺苑雌黄》,胡仔《苕溪渔隐丛话》后集卷二九,清乾隆刻本。其云:"《艺苑雌黄》云,朝云者,东坡侍妾也,尝令就秦少游乞词,少游作《南歌子》赠之。"

④ 秦观《谢程公辟启》,《淮海集》卷二八,宋乾道刻本。

⑤ 本文所引秦观词,除特别说明外,均出自《彊村丛书》本《淮海居士长短句》,不一一标注卷次。

⑥ 秦观《一丛花》:"年时今夜见师师。"妓名师师者数见同时人词,如张先有《师师令》。

道姑相恋的传说。他与侍妾朝华颇为欢洽，以至遣而复归，终而恋恋不舍。由于经济状况、政治环境以及自己的飘泊生涯等，他与她们是离多合少。在这些艳情经历的基础上，他写下了许多缠绵悱恻的相思之词："长记曾陪燕游。酬妙舞清歌，丽锦缠头。殢酒为花，十载因谁淹留。醉鞭拂面归来晚，望翠楼，帘卷金钩。佳会阻，离情正乱，频梦扬州。"（《梦扬州》）这是秦观的自制曲，显然，是关于扬州情人的思念之词。

秦观一生不乏飘泊，他说自己"奔走道涂常数千里"①。因此，词中也多抒发羁旅别愁。例如："东风吹碧草，年华换，行客老沧洲。见梅吐旧英，柳摇新绿，恼人春色，还上枝头。寸心乱，北随云黯黯，东逐水悠悠。"（《风流子》）年华似流水，飘泊如行云，正是他客游生活的深切感受。上述艳情、恋情、飘泊之情都是传统婉约词的常见内容，是秦观词的主要部分。

秦观处于宋代词坛大变革、大发展时期，又是苏轼的弟子，对当时词坛上出现的题材大解放也无法完全绝缘。我们看到，秦观词对婉约词的传统题材也有所突破，思想内容上也显出了一些新因素和新气象。

秦观青少年时代慷慨豪隽，自命不凡，曾有相当一段时间过着浩歌剧饮的生活。这种生活在他的词中有所反映。元丰二年，赴越省亲，与郡守程公辟偕游，"往来乎十洲三岛之上，俯仰乎千岩万壑之间"，"兴与天横，情随水远"②，颇为豪宕。我们看这时所作的《望海潮》："梅市旧书，兰亭古墨，依稀风韵生秋。狂客鉴湖头。有百年台沼，终日夷犹。最好金龟换酒，相与醉沧洲。"自称狂客，豪气纵横，写出了风流倜傥、朝气勃勃的青春英姿。又如几乎作于同时的另一首《望海潮》："星分牛斗，疆连淮海，扬州万井提封。花发路香，莺啼人起，朱帘十里春风。豪俊气如虹，曳照春金紫，飞盖相从。巷入垂杨，

① 秦观《登第后青词》，《淮海集》卷三二。
② 秦观《谢程公辟启》，《淮海集》卷二八。

画桥南北翠烟中。”扬州地近高邮，是秦观常来常往之地。秦观“少时如杜牧之强志盛气”①，这首词就表现了这种青春意气。

最能表现其超然尘俗、任真放达性格、志向的词要算《满庭芳》：“红蓼花繁，黄芦叶乱，夜深玉露初零。霁天空阔，云淡楚江清。独棹孤篷小艇，悠悠过，烟渚沙汀。金钩细，丝纶慢卷，牵动一潭星。时时，横短笛，清风皓月，相与忘形。任人笑生涯，泛梗飘萍。饮罢不妨醉卧，尘劳事，有耳谁听。江风静，日高未起，枕上酒微醒。”这首词形象化地表现了自己归钓江湖、任性逍遥的生活情趣与人生理想。这与苏轼词中抒发的“但知临水登山啸咏，自引壶觞自醉”（《哨遍》），与黄庭坚那种“黄菊枝头生晓寒，人生莫放酒杯干。风前横笛斜吹雨，醉里簪花倒著冠”（《鹧鸪天》），与晁补之那种“买陂塘，旋栽杨柳”（《摸鱼儿》）的生活志趣都如出一辙。这种生活情趣和人格理想远非男女艳情范畴，是晏殊、欧阳修前的婉约词所未曾吟及的。所以我们说，这些词带上了以词“言志”的色彩。

秦观的道教神仙思想在词中也有所表现。作于元丰间的《雨中花》就是典型一例②：“指点虚无征路，醉乘斑虬，远访西极。见天风吹落，满空寒白。玉女明星迎笑，何苦自淹尘域？正火轮飞上，雾卷烟开，洞观金碧。　重重观阁，横枕鳌峰，水面倒衔苍石。随处有，奇香幽火，杳然难测。好是蟠桃熟后，阿环偷报消息。在天碧海，一枝难遇，占取春色。”又如《点绛唇·桃源》：“醉漾轻舟，信流引到花深处。尘缘相误，无计花间住。　烟水茫茫，千里斜阳暮。山无数，乱红如雨，不记来时路。”苏轼在词中常表现“便欲乘风，翻然归去”的超脱意念，但他更多的是醉心于“物与我皆无尽”的理性慰藉和对蓬瀛仙境的神往，而像秦观这样展开对仙家洞天福地具体描写的词尚不多见。秦观这类内容，更近于游仙诗。秦观诗中即有《游仙二首》③

---

① 陈师道《秦少游字序》，《后山集》卷一六，宋刻本。
② 胡仔《苕溪渔隐丛话》前集卷五〇引《冷斋夜话》。
③ 秦观《淮海集》卷六。

和《自警》《精思》等具有浓重游仙色彩的道教发愿类诗①,如《自警》:“闻道蓬宫仙子闲,红尘不染无瑕谪。日月迟迟异短明,三峰秀丽皆仙格。女萝覆石蔓黄花,芝草琅玕知几尺。”②秦观把这类仙游内容带到词中,在北宋词坛极为少见。释惠洪说“少游小词奇丽,咏歌之,想见神情在绛阙、道山之间”③,固然主要说的是艺术意境带给人的感受,但也应包含这些仙道内容给人的印象。

显然,上述两种内容都远非艳情所能概括,而是传统士大夫文人的情志书写。我们还看到,即便是婉约词人的传统题材,在秦观笔下,也表现出明显的个性。他多把强烈的身世之感带到词中,赋予传统的艳情题材以深挚的人生感受。秦观生性多情善感,坎坷艰难的生活遭遇易引发内心的触动和伤感,因而他的情感比较深厚,有些是难以用相思、羁愁之类来形容和概括的。比如:“伤怀,增怅望,新欢易失,往事难猜。问篱边黄菊,知为谁开。谩道愁须殢酒,酒未醒,愁已先回。”(《满庭芳》)“韶华不为少年留。恨悠悠,几时休,飞絮落花时候,一登楼。便做春江都是泪,流不尽,许多愁。”(《江城子》)这些词没有沉溺于艳情细节,而是着意于内心深处的身世感怀。注意联系他那穷愁、曲折的一生,就不难感受其情感的分量。人们都注意到了秦观词抒情深挚的特点,清人乔守敬(号笙巢)说,秦观“词寄慨身世,闲雅有情思,酒边花下,一往而深”,又说“他人之词,词才也;少游,词心也”④。所谓“词心”“一往而深”都是说其词非一般风尘艳情的例言套话,而是贯注着自我身心的刻骨感受,显得特别真切、深沉。

因为抒写自己的真情实感,有些词也就透露着个人特有的遭遇和心境,比如:“那堪万里,却寻归路,指阳关孤唱。苦恨东流水,桃源路,欲回双桨。仗何人,细与丁宁问呵,我如今怎向。”(《鼓笛慢》)“雾

① 分别见秦观《淮海集》卷二、卷六。
② 秦观《淮海集》卷二。
③ 胡仔《苕溪渔隐丛话》前集卷五〇引《冷斋夜话》。
④ 陈廷焯《白雨斋词话》卷六引,清光绪二十年刻本。

失楼台，月迷津渡，桃源望断无寻处。”(《踏莎行》)联系前举《点绛唇·桃源》《雨中花》等吟咏仙境的词，不难看出这些词中的“桃源”是一种理想的心灵世界。秦观早年久淹场屋，入仕后迭遭挫折，因而对人生穷通进退产生困惑，对人生的意义不免迷茫。元祐末年的诗中，即常流露出这样的感情：“孰云行半百，身世各茫然。”“功名良独难，虽成定奚为。”[①]词中对前途的迷茫、对桃源归路的期望正是秦观这种心境的反映。

贬至郴州后，秦观词更是变为凄厉哀伤、怨愤沉痛之音。在这些词中，他抒写自己万里逐臣窜身南荒、行行愈剧的痛苦、迷茫和哀怨，情感强度、意境深度远远超出了一般的离愁别绪。“湘天风雨破寒初，深沉庭院虚。丽谯吹罢小单于，迢迢清夜徂。　乡梦断，旅魂孤，峥嵘岁又除。衡阳犹有雁传书，郴阳和雁无。”(《阮郎归》)“春路雨添花，花动一山春色。行到小溪深处，有黄鹂千百。　飞云当面化龙蛇，天矫转空碧。醉卧古藤阴下，了不知南北。”(《好事近·梦中作》)第二首，周济称为“概括一生”，揣其理解，应是认为上片以春来花开暗喻科举和仕途追求，下片天上人间的幻象醉梦正是其仕途的剧变和理想的破灭，隐含着深刻的怨愤和悲慨，“造语奇警，不似少游寻常手笔”[②]，具有强烈的政治和人生感慨。

从上面的分析可见，秦观首先是一位正统的婉约词人，在近八十首词作中，大部分都严格抒写婉约词人传统的恋情和别情。但是，秦观也接受了苏轼“以诗为词”的影响，在传统婉约词花间尊前、男欢女爱、相思离别、羁旅行役等题材内容中，融入了更多“言志”的内容，即周济所说“将身世之感，打并入艳情”[③]，或独立或组合抒写人生遭际、仕宦经历乃至贬谪生涯的丰富感受，寄托了生活志趣和生命感悟。甚至还有游仙词、梦境词、《满庭芳》等茶词、《调笑令》转踏体等写作，

---

① 秦观《送李端叔从辟中山》，《淮海集》卷四。

② 周济评秦观《好事近·梦中作》，周济《宋四家词选》，清《滂喜斋丛书》本。

③ 周济评秦观《满庭芳》，《宋四家词选》。

体现了苏门文人"以诗为词"切实抒写的丰富性。我们可以这样说,秦观的生活情趣、一生的心迹变化在其词中都可找到投影。虽然与苏轼及苏门其他文人相比,内容相对保守,但综观其词的题材内容,前后有变化,从"言情"到"言志",内容不断拓展,整体上也显示了一定的丰富性和深刻性。

二、秦观词的艺术风格

秦观在词史上的地位主要不在于题材内容方面的开拓和深化,而在其独特的艺术风格。人们把秦观词独特的艺术境界概括为"妍丽丰逸"①"俊逸精妙"②"情韵兼胜"③"和婉醇正"④等。这些片言只语中包含了丰富的艺术体验。下面我们通过对其词艺术特征的具体分析,多方面来感觉和认识秦观词独特的艺术风格。

(一) 鲜明清妍的色彩

秦观善于捕捉一些细致优美的景象,尤其注意色彩的对比运用。例如《八六子》:"倚危亭,恨如芳草,萋萋铲尽还生。念柳外青骢别后,水边红袂分时,怆然暗惊。　无端天与娉婷,夜月一帘幽梦,春风十里柔情。怎奈向、欢娱渐随流水,素弦声断,翠绡香减。那堪片片飞花弄晚,蒙蒙残雨笼晴。正销凝,黄鹂又啼数声。"词中写的"柳外青骢""水边红袂""素弦""翠绡""飞花""黄鹂"等,都富有鲜明的色彩。

这类写景在秦观笔下不属偶见,他常常就词句的对偶或排比,着意安排色彩意象的对比描写,例如:"柳吐旧英,柳摇新绿。"(《风流

---

① 李清照《词论》,胡仔《苕溪渔隐丛话》后集卷三三。
② 王灼《碧鸡漫志》卷二。
③ 永瑢、纪昀等《四库全书总目》卷一九八《〈淮海词〉提要》,清乾隆武英殿刻本。
④ 周济《宋四家词选目录序论》,《宋四家词选》。

子》)"红蓼花繁,黄叶零乱。"(《满庭芳》)"珠钿翠盖,玉辔红缨。"(《满庭芳》)"红凋岸蓼,翠减汀蘋。"(《木兰花慢》)这些四字短对中,都包含对比鲜明的一组色彩词。还有些写景,虽然没有两相对应的色彩词,但景物本身具有色彩对比的因素,如:"烟水秋平岸,绿荷多少夕阳中。"(《虞美人》)"满庭芳草衬残花。"(《浣溪沙》)马克思说过:"色彩的感觉是一般美感中最大众化的形式。"[①]色彩最富有直觉性,描写景物时,运用鲜明的色彩意象容易激发人的感官,形成生动的画面感,产生丰富的"官觉的美"[②]。

秦观词色彩鲜明妍丽与他写景取象的独特偏好有一定的关系,这在与柳永词写景的比较中看得更清楚。柳永词多写秋季景象,情感也多建立在"宋玉悲秋"的抒情基调上,而秦观更喜欢写春天的景物,近 80 首词中,有 38 首是写春天或以春天为背景的,写秋天的仅 15 首。秦观爱写春天,有一定的心理基础。他好野游,好观赏参悟自然景物,对于"春动林塘物物鲜"(《春日绝句》)的生机勃勃景象有着特殊的偏爱。在词中,他尤其喜欢写暮春、写斜阳:"斜阳院落,红成阵,飞鸳甃。"(《水龙吟》)"瘴雨过,海棠暗,春色又添多少。"(《添春色》)"雨余芳草斜阳。"(《画堂春》)"烟水茫茫,千里斜阳暮。"(《点绛唇》)"枕上魂梦飞不去,觉来红日又西斜。"(《踏莎行》)"斜日半山同,暝烟两岸。"(《风流子》)"可堪孤馆闭春寒,杜鹃声里斜阳暮。"(《踏莎行》)从情感内涵看,暮春、斜阳都应是其"气血未衰心已哀"[③]这一内在感伤的象征。

从意境构成说,诚如唐人皎然所说,"取境偏高,则一首举体便高;取境偏逸,则一首举体便逸"[④],景物的取向在一定程度上影响整个艺术风格。春天是四季中色彩最丰富的季节,艳阳西坠又是一天

---

① 马克思、恩格斯《马克思恩格斯全集》第 13 卷,人民出版社 1956 年版,第 145 页。

② 闻一多《泰果尔批评》,《闻一多全集》,三联书店 1982 年版,第 3 册,第 443、444 页。

③ 秦观《夜坐怀莘老司谏》,《淮海集》卷二。

④ 释皎然《诗式》,清光绪《十万卷楼丛书》本。

中色彩最绚烂的时刻。秦观多写春天、暮春和西坠的艳阳，又善于捕捉和使用具有对比因素的色彩意象，这就使他的词披上了一层“妍丽”的光彩。这种“丽”不同于温庭筠“画屏金鹧鸪”[①]式的秾艳，也不同于晏几道“嫱施之袂”[②]式的浓妆盛艳。秦观多取景于自然丽色，因而丽而不失为清新明朗。张耒曾把秦观文学风格概括为“秦文倩丽舒桃李”[③]，秦观词所具有的也正是这种春风桃李般的清妍明丽。总之，“妍丽”可谓秦观词的一大特质，清妍明丽中呈现出暖色的基调，因而比柳永词温和清丽一些，不似柳永同类词那么凄寒苍凉。

（二）幽倩精细的意象

秦观还善于细致地描写景物，不像柳词取境阔大苍凉，也不似周邦彦那样把景物铺写得繁富密丽，他取景往往亲近而幽细，描写工致而精巧。

秦观词多描写一些细景小象：“水边沙外，城郭春寒退。花影乱，莺声碎。”（《千秋岁》）“梦破鼠窥灯，霜送晓寒侵被。”（《如梦令》）“舞困榆钱自落，秋千外，绿水桥平。”（《满庭芳》）“夕阳村外小湾头，只有柳花无数，送归舟。”（《虞美人》）细美的景象，如一幅幅风景小品，十分亲切、明丽[④]。

秦观还善于炼用动词，使写景比较雅致精巧，如一个“弄”字，他就反复使用：“破有轻风，弄晴微雨，欲无还有。”（《水龙吟》）“片片飞花弄晚，蒙蒙残雨笼晴。”（《八六子》）“西城杨柳弄春柔。”（《江城子》）“落红铺径水平池，弄晴小雨霏霏。”（《画堂春》）动词的炼用、动词意象的加强，使画面的重心凝聚到细微的动态上，景物描写尤见新颖细

---

① 温庭筠《更漏子》。《人间词话》卷上：“‘画屏金鹧鸪’，飞卿语也，其词品似之。”民国《王忠悫公遗书》本。

② 毛晋《小山词跋》，晏几道《小山词》卷末，明崇祯刻《宋名家词》本。

③ 张耒《赠李德载二首》，《张右史文集》卷一三，《四部丛刊》影旧抄本。

④ 笔者此番编阅旧稿，感觉此处所举例句多不够典型。

巧。一个“弄”字是这样，著名的“山抹微云，天粘衰草”也是如此：写远山淡云，写天涯衰草，本为阔远之景，只因用了一个“抹”字、一个“粘”字，便觉亲切、幽细十分(秦观另有诗句“林梢一抹青如画”，效果相仿)。秦观词中其他一些对句如“宿霭迷空，腻云笼日”(《沁园春》)，“碧水惊秋，黄叶凝暮”(《满庭芳》)，动词都用得细致、精巧。

总之，以工致精细的笔触描写景物是秦观词写景营境的又一特色，它使秦词的境界在妍丽中又包含了一种幽倩婉细之美。而正如王夫之所说，“凡取景远者类多梗概，取景细者多入局曲”①，这种写景的精致细致之美对于其整体婉约蕴藉风格的形成多有帮助。

(三) 委婉含蓄的表情手法

人们评秦观词多标举一个“韵”字，如清楼俨(字敬思)称秦词“如红梅作花，能以韵胜”②。清《四库全书提要》称秦观词“情韵兼胜”③，刘熙载《艺概》说：“少游词有小晏之妍，其幽趣则过之。”④用语不同，其意一样，秦观词以韵胜。何谓“韵”，宋人范温说得最为简切：“有余意之谓韵。”⑤“丛彩为花，绝少生韵”⑥，妍丽精细的取象偏于引发直觉的美感，而令人回肠荡气的余意幽韵则主要来自委婉含蓄的表现手法。

我们看秦观的小令：“漠漠轻寒上小楼，晓阴无赖似穷秋。淡烟流水画屏幽。　　自在飞花轻似梦，无边丝雨细如愁。宝帘闲挂小银钩。”(《浣溪沙》)这首词描绘一种在初春凌晨阴凉天气中产生的寂寞意绪。词中几乎没有一丝人物的声貌行迹，没有任何直接抒情，全然是环境景象的静态描写。其中用了一个“愁”字，也只是反向比喻。

① 王夫之《古诗评选》卷五。
② 周之琦《喜迁莺·红梅》注引，《心日斋词集》，清刻本。
③ 永瑢、纪昀等《四库全书总目》卷一九八《〈淮海词〉提要》。
④ 刘熙载《艺概》卷四。
⑤ 范温《潜溪诗眼》，《宋诗话辑佚》本。
⑥ 陆时雍《诗镜总论》，《历代诗话续编》本。

但是景中有情，境中有思，在静冷幽雅的景象中弥漫着淡淡的愁绪。结尾一句，以宝帘闲挂银钩暗喻人的寂聊之情，比吴文英同调“玉纤香动小帘钩”（《浣溪沙》）更为含蓄。景外有景，象外有象，令人回味不已。又如：“锦帐重重卷暮霞，屏风曲曲斗红牙。恨人何事苦离家。枕上梦魂飞不去，觉来红日又西斜。满庭芳草衬残花。”（《浣溪沙》）前面大部写闺阁别情，最后一句收结，把情感注入景物描写中，使人从景语的直觉体验中领略到一种悠悠不尽的余味。

这是唐五代花间、南唐词的传统风格，秦观词或幽倩婉细，或轻灵明快，而其含蓄蕴藉的风神是一致的。难能可贵的是，秦观还把这种含蓄蕴藉的风神引入长调慢词中。慢词在宋代第一作手柳永那里，形成铺叙详赡、曲尽人情的风格特点，但直率豁露有余，婉约含蓄不足，而秦观的长调慢词则沿用了传统小令词委婉含蓄的手法。我们看他的《满庭芳》：“山抹微云，天连衰草，画角声断谯门。暂停征棹，聊共引离尊。多少蓬莱旧事，空回首，烟霭纷纷。斜阳外，寒鸦数点，流水绕孤村。　　销魂，当此际，香囊暗解，罗带轻分。谩赢得青楼，薄幸名存。此去何时见也？襟袖上，空惹啼痕。伤情处，高城望断，灯火已黄昏。”据说，苏轼曾批评秦观此词学柳永①，就抒情部分的口吻言，此词确实接近柳永。但是我们看到，在上片和下片的结尾处，都用了两句景语的描写作结，这就使感情的表达远非一泻无遗，而是留下了回味的余地。张炎《词源》说：“词之难于令曲”，“末句最

① 宋黄昇《唐宋诸贤绝妙词选》（《四部丛刊》影明本）卷二苏轼《永遇乐·夜登燕子楼梦盼盼》词下：“秦少游自会稽入京，见东坡。坡云：‘久别当作文甚胜，都下盛唱公“山抹微云”之词。’秦逊谢。坡遽云：‘不意别后公却学柳七作词。’秦答曰：‘某虽无识，亦不至是，先生之言无乃过乎？’坡云：‘“销魂，当此际”，非柳词句法乎？’秦惭服，然已流传，不复可改矣。又问别作何词，秦举‘小楼连苑横空，下窥绣毂雕鞍骤’，坡云：‘十三个字，只说得一个人骑马楼前过。’秦问先生近著，坡云：‘亦有一词说楼上事。’乃举‘燕子楼空，佳人何在，空锁楼中燕’。晁无咎在座，云：‘三句说尽张建封燕子楼一段事，奇哉！’”这一传闻，与事实多有不合。元丰二年五月，苏轼与秦观在吴兴分手后，即遭“乌台诗案”之祸，贬至黄州。元丰七年，两人再见于润州金山寺，而不是汴京。苏轼《永遇乐·夜登燕子楼梦盼盼》一词作于元丰元年，在苏、秦前次相会前，自不是“近作”。

当留意,有有余不尽之意乃佳,当以《花间集》中韦庄、温飞卿为则”①。秦观把令词的结尾方法施于长调慢词,以景写情,也就具有了小令含蓄蕴藉的艺术效果。

上面说的是含蓄,下面说委婉。委婉与含蓄略有区别,委婉主要就抒情而言。如果上面说的是以景语写情的含蓄效果,下面则主要说情语表达的含蓄韵味。

秦观词的抒情语态和口气极为和婉。词中感慨多于叙述,抒情温和多于激烈。较多运用感叹句、问句,似问似叹,亦问亦叹,表现出一种无可奈何、怨而不怒的情态。例如:“但恐生时注著,合有分于飞!”(《望海潮》)“屈指艳阳都几许,可无时霎风和雨?”(《蝶恋花》)这是一种肯定的揣拟,又是一种不希望出现的担心,说得何其柔婉。“郴江幸自绕郴山,为谁流下潇湘去?”(《踏莎行》)人有情,物无意,缘情有思,思而弥惑,逐臣之感伤说得何其深婉,宜乎东坡叹赏②。又如,“仗何人,细与丁宁问呵,我如今怎向?”(《鼓笛慢》)“算天长地久,有时有尽,奈何绵绵,此恨难休?”(《风流子》)哀而不伤,怨而不怒,读来何其凄婉!

除贬谪岭南的作品外,秦观词大都抒情平和,很少愤激语、直截语、痛挚语。清人贺裳曾批评说,秦观“形容处殊无刻肌入骨之言,去韦庄、欧阳炯诸家尚隔一尘”③。周济也说:“少游最和婉醇正,稍逊清真者辣耳。”④秦观既少韦庄那种“妾拟将所身嫁与一生休,纵被无情弃,不能休”(《思帝乡》)式的决绝之语,也少周邦彦“沉思前事,似梦里,泪暗滴”式的拙重之笔,而更多是一种“温柔敦厚”式的感慨自怜,诉说又十分温和委婉,这使秦观词比其他婉约词人之词更富有阴柔性与含蓄美。

---

① 张炎著、夏承涛校注《词源注》,人民文学出版社 1981 年版,第 25 页。

② 胡仔《苕溪渔隐丛话》前集卷五〇引《冷斋夜话》。

③ 贺裳《皱水轩词筌》,邹祗谟、王士禛《倚声初集》卷一,清顺治十七年刻本。

④ 周济《宋四家词选目录序论》,《宋四家词选》卷首。

（四）从容平婉的结构

就词的结构而言，慢词更为突出些。柳永开创慢词创作，以铺叙作为基本手法，每运用“领字”或相当于“领字”的词语作承转勾连，使词结构层层铺展，连环而下，大开大合，整体一气贯注，极富力度感。清人周济说，柳词“或发端，或结尾，或换头，以一二语勾勒提掇，有千钧之力”①。在此基础上，周邦彦词多转折变化，而有杜诗那样沉郁顿挫之势。两人或直截酣畅或曲折变化，都不难感受到一种精力弥满的抒情力量。

而秦观的长调慢词不同，大多用景物对句平起“徐引”②，“从容整炼”③。过片也多平叙接过，移步换形，从容和婉。如《望海潮》“梅英疏淡”一首，以对句并起，接着叙写春景，过片仍上片之意写景，“兰苑未空，行人渐老，重来是事堪嗟”感慨接转，继而又以景语作接，语势极为和婉。整首词的抒情核心，只在上、下片结尾“柳下桃蹊，乱分春色到人家”，“无奈归心，暗随流水到天涯”的相对相形中暗示出来。通篇无一驰骤腾挪之笔，结体绵婉平正。陈匪石评论说：“此词局度安详，语意婉约，气味醇厚，则少游之本色。”④除一些例外的情况（如《八六子》），秦观的慢词长调少用领字，无驰骤跳掷之笔，少“回环往复”⑤之态，淡淡的语言，娓娓地叙说，不着力不使气，态度安详，格局平缓，具有独特的气度和风致，体现了一种安闲、从容、绵婉、柔和的结构美和整体美。

（五）凝整谐婉的律调

秦观通晓音律，其词中自制或首次见于使用的词牌有《添春色》

---

① 周济评柳永《斗百花》，《宋四家词选》。

② 况周颐《蕙风词话》卷三，民国刻《惜阴堂丛书》本。

③ 沈祥龙评“山抹微云，天粘衰草”，沈祥龙《论词随笔》，《词话丛编》本。

④ 陈匪石《宋词举》，金陵书画社 1983 年版。

⑤ 夏敬观语，龙榆生《唐宋名家词选》，上海古籍出版社 1980 年版，第 87 页。

《画堂春》《梦扬州》《鼓笛慢》《风流子》《千秋岁》等，还有一些对已有曲调加以改进变化的，如《八六子》《促拍满路花》等。秦观对于声律是非常讲究的，曾说："夫作曲虽文章卓越，而不协音律，其声不和。"[①]所以，叶梦得这样评价："秦观少游亦善为乐府，语工而入律，知乐者谓之作家歌。"[②]比如仄声的选用，清周济认为："平声韵韵上应用仄声者，去为妙。"[③]对于这样一种声律上的微妙之处，秦观虽不像周邦彦那样严格，但也有讲究，如《八六子》"怆然暗惊"和"黄鹂又声"的"暗""惊"二字，都在两平声之间，极为美听。其他如几首《阮郎归》也有类似现象。

形式是为内容服务的，如果说四声的讲究可以归结为对单纯音律美的追求，那在词牌的选用和协韵方面的追求则可以说是整体艺术风格一个不可忽视的因素。

秦观是慢词、小令兼擅的词人，他对长调慢词词牌的选择体现出词在声韵音律方面的追求。我们知道，一定词牌句式的长短变化和对偶安排，体现词的快慢节奏，一定也影响曲子的基本情调。对偶句多，散句少，则易于凝重端庄；对偶句少，散长句式多，则节奏或驰骤或绵缓。以四六句式作韵句，则有收顿之感；以散长句式收韵，则有远引之势[④]。秦观所选用的词调，多以四六句式为主，而且用韵也多在偶字句上，长句较少，领字不多，领字大都也只提挈四六短句。秦观二十多首慢词中使用频次最多的是《望海潮》和《满庭芳》。《望海潮》首见《乐章集》，柳永为杭州知守孙何作，主要铺叙钱塘繁华游乐景象。《全宋词》共有此调 20 多首，大都是赋景、庆寿、酬赠之作。两宋名家除柳永外，少见使用，而秦观则有四首。全词 22 句，除上下片结尾各一七字句略具远引之势外，多为四六句式。秦观自制曲《梦扬

---

① 李廌《师友谈记》，宋《百川学海》本。

② 叶梦得《避暑录话》卷三，明《津逮秘书》本。

③ 周济《宋四家词选目录序论》，《宋四家词选》卷首。

④ 龙榆生《词曲概论》，上海古籍出版社 1980 年版，第 157—165 页。

州》也仅一领字短句，韵脚多在四六偶字句上。其他如《水龙吟》《长相思》《八六子》等都是如此，清人沈际飞即称《八六子》"长短句偏入四六"[①]。因此，秦词用调在句度音律上偏于整而不流，徐而不舒，闲雅而和婉的节奏气韵。这与前文论述的从容平正结构正相协调，对其婉约词风有着潜在的作用。秦观"少时用意作赋"[②]，其词多用富于四六对句的词牌，也许与此有关。秦观词多四六句式，因而多有一种凝整、端庄、从容之美。

秦观慢词在用韵上也有自己的特点。一般说来，慢词多用仄声韵，用平声韵相对少一些。秦观的长调慢词除《水龙吟》，几乎全用平声韵。平声悠长，多押平声，音律声韵偏于柔婉和畅。柳永等宋词大家较擅长使用入声韵，如柳永《尾犯》《征部乐》《法曲献仙音》《轮台子》等都用勿月入声韵，周邦彦更精于此道，如《应天长》《丹凤吟》《满江红》《浪淘沙慢》《大酺》《六丑》《一寸金》等慢词多用入声韵。姜夔自度曲中的《暗香》《疏影》《淡黄柳》《惜红衣》《凄凉犯》等也都用入声韵。入声短促，声情峭拔。这构成了周、姜词声韵上的一大特色。而秦观慢词无一用入声韵者。在秦观所有词中，用得较多的是鱼语、尤有、支纸、侵寝诸韵，或细腻，或幽沉。我们看尤有韵的《江城子》："西城杨柳弄春柔，动离忧，泪难收。犹记多情曾为系归舟。碧野朱桥当日事，人不见，水空流。　　韶华不为少年留，恨悠悠，几时休。飞絮落花时候一登楼。便做春江都是泪，流不尽，许多愁。"宋人此调用十平声韵，而秦观此词下片增一韵，并在句中增加了同部"柳""犹""流"及叠字"悠"，强化了听觉效果，声韵轻灵、婉美，读来像绵延不绝的溪流，与所表达的溟蒙不绝的愁绪正相契合，声韵与词情达到完美的统一。

总而言之，秦观词的曲调格局多凝整、安详，无驰骤、跳掷之势；音韵则谐调、婉美，无紧健峭拔之声。秦词曲调音律上的这些特点，

---

① 顾从敬类选、沈际飞评正《草堂诗余正集》卷三，明末刊本。

② 李廌《师友谈记》。

是其风格有机体中重要的组成部分。

三、秦观词的词史地位

多方面的艺术追求,使秦观词形成了独特的艺术风格和审美造诣,上面从五个方面做了具体分析。下面则将其置于宋词尤其是北宋词的发展进程中观照考察,把握这些艺术追求和独特造诣在词史上有着怎样的地位。

中唐以来,词在文人阶层逐步兴起,最初以小令婉约词为主。在以温、韦为代表的“花间”词人那里,在南唐二主、冯延巳那里,逐渐形成了“花间尊前”、男欢女爱、相思离别为主要内容,婉约蕴藉为表现特色的艺术传统,被视为词风的正格或本色。如李之仪就说:“长短句于遣词中最为难工,自有一种风格,稍不如格,便觉龃龉”,“大抵以《花间集》中所载为宗”[①]。自柳永出现,这种风格受到一次冲击,柳永大张旗鼓取法市井曲子词,大量创制慢词。长调慢词字句多,容量大,节奏舒缓,相应地运用铺叙手法,这就使柳词形成了与小令迥然不同的风格,表情发露而径率,语言妥溜而明畅。宋代词坛自此发生了深刻变化,“发扬蹈厉,气局一新,而古意渐失”[②]。柳词在当时的市井社会影响较大,有所谓“凡有井水饮处,即能歌柳词”[③]的说法。从以柳永为代表的这一气局,人们也感到了一种缺憾,温、韦等人含蓄蕴藉的风格可以“为宗,然多小阕。至柳耆卿始铺叙展衍,备足无余,形容盛明,千载如逢当日,较之《花间》所集,韵终不胜,于是知其为难也。张子野独矫拂而振起之,虽刻意追逐,要是才不足而情有余……晏元献、欧阳文忠、宋景文则以其余力游戏,而风流闲雅,超出意表,

① 李之仪《跋吴师道小词》,《姑溪居士集》前集卷四〇,清文渊阁《四库全书》本。

② 陈廷焯《白雨斋词话》卷一。

③ 叶梦得《避暑录话》卷下。

又非其类”[①]。晏欧诸人风流闲雅，余力为词，气局未开，而张先欲变柳永风味，才力不足。

秦观则成功地把小令风格引进长调慢词，从而纠正了柳词过于发露和浅直的缺点，在长调慢词中实现了小令那样的婉约蕴藉境界。清人陈廷焯说：“秦少游自是作手，近开美成，导其先路；远祖温、韦，取其神，不袭其貌。词至是乃一变焉，然变而不失其正，遂令议者不病其变，而转觉有不得不变者。”[②]以温、韦为正宗，则柳词为一变，秦观在形式和风格上吸收了柳词的长处，自然也具“变”的因素。但又继承了温、韦含蓄蕴藉的风神，延续了婉约词之正格，这就是“变而不失其正”。秦观对当时词坛的贡献之一就在于糅合、融会了花间、南唐、晏欧小令和柳永长调慢词两种不同的体制与风格，形成了一种清新舒张、蕴藉雅致的风格和意境，在“变”与“不变”之间，为后世婉约词的发展树立了一个榜样，而“后来作者，无不胚胎于此”[③]。

相对于柳永词，秦观词语言上也有明显的变化。柳词多以市井口语入词，所谓“不知书者，尤好耆卿”[④]，虽通俗明畅，但“词语尘下”[⑤]。柳词中也时有“不减唐人高处”[⑥]，但不以此擅场。而秦观词中始多融化前人佳句妙意，与柳永相比，较为典雅。柳词尚多市井俗曲俚词气息，而秦观虽偶也有，但整体上已是道地的传统文人词了。我们看他的名句“斜阳外，寒鸦万点，流水绕孤村”（《满庭芳》），即化用隋炀帝诗句。晁补之称赞道：“虽不识字人，亦知是天生好言语。”[⑦]秦词还工于对偶，长于炼字，语言较柳永远为凝炼工丽，对后来周邦彦词风的典赡精炼有着直接的影响。

---

① 李之仪《跋吴师道小词》，《姑溪居士集》前集卷四〇。

② 陈廷焯《白雨斋词话》卷一。

③ 周济《介存斋论词杂著》，《词话丛编》本。

④ 王灼《碧鸡漫志》卷二。

⑤ 李清照《词论》，胡仔《苕溪渔隐丛话》后集卷三三。

⑥ 赵令畤《侯鲭录》卷七，清《知不足斋丛书》本。

⑦ 吴曾《能改斋漫录》卷一六，清《守山阁丛书》本。

作为"苏门四学士"之一，苏轼在"以诗为词"方面的革新成就，以及关于秦观文章"气格"方面的批评，对秦观的艺术追求也产生了潜在的作用。秦观在词中咏仙写茶，除了自身生活情志外，应是顺应了苏轼这方面的影响。这种影响有时还表现在婉约词境的提升上。比如秦观《鹊桥仙》"金风玉露一相逢，便胜却人间无数"，"两情若是久长时，又岂在朝朝暮暮"，这样一种高超的立意，完全跳出传统男欢女爱词的情态，既有自身游仙诗情志的渗透，也有苏轼类似题材"相逢虽草草，长共天涯老。终不羡人间，人间日似年"(《菩萨蛮·黄州朝天门上》)之类内容的影响。而秦观晚年词中深沉的政治、人生感慨，则明显受到苏门词风的影响。秦观婉约词"将身世之感打并入艳情"①，或摈弃绮思艳想而直接抒写仕宦遭遇的痛苦体验和迷茫情怀，都赋予婉约词主体自我抒写的色彩，丰富和深化了婉约词的思想情感。这对后来周邦彦、贺铸、辛弃疾等人同类词中政治遭际和社会内容的感怀寄托产生了深远的影响。

综上可见，秦观处于小令、慢词急剧发展，双流并进的词坛大变革时期，自觉糅合小令、慢词两种体制、风格的优势，形成一种气局开展、词雅语工而情韵兼胜的风格，适应了婉约派发展的要求。同时，他也适当接受了当时苏轼以诗为词革新精神的影响，对传统婉约词的题材内容和思想情感有所突破和深化。这些对当时与后来婉约词的发展都有鲜明和深远的影响。

(原载程杰《秦观及其诗词创作》，南京师范大学中文系硕士学位论文，1985年4月，第21—45页。原学位论文打印件，引文出处注释多只有作者、篇名或书名，远不充分和规范，答辩时承马兴荣、吴熊和、潘君昭、曹济平等先生前辈批评指正，此番始有机会订补，屈指已是三十六年后，且所作只是部分，不胜感慨愧疚)

---

① 周济《宋四家词选》评秦观《满庭芳》。

姜夔咏物词与江西诗派咏物诗

“唐五代北宋人词，不甚咏物”①，咏物词至南宋始蔚然成风。姜夔是南宋词坛较早大量制作咏物词的词人。姜夔共存词八十多首，严格意义上的咏物词就有二十三首之多(其中咏梅十四首)。对他的咏物词历来褒贬不一，褒之者推为圭臬(如张炎《词源》②)，贬之者也代不乏人，其中以王国维《人间词话》数语最为显豁。他说白石写景咏物，“虽格韵高绝，然如雾里看花，终隔一层”③。王国维所说的写景“不隔”，是指以“自然之眼观物”，抓住一刹那的景物观照，表现当下事物原有的姿态，写得“语语如在目前”④。姜夔的咏物却不是如此，我们看他的《疏影》：“苔枝缀玉。有翠禽小小，枝上同宿。客里相逢，篱角黄昏，无言自倚修竹。昭君不惯胡沙远，但暗忆、江南江北。想佩环，月夜归来，化作此花幽独。　　犹记深宫旧事，那人正睡里，飞近蛾绿。莫似春风，不管盈盈，早与安排金屋。还教一片随波去，又却怨、玉龙哀曲。等恁时、重觅幽香，已入小窗横幅。”全词几乎句句

---

① 蒋敦复《芬陀利室词话》卷三，唐圭璋编《词话丛编》，中华书局 1986 年版，第 3675 页。

② 如张炎《词源》卷下“清空”条：“白石词如《疏影》《暗香》《扬州慢》《一萼红》《琵琶仙》《探春》《八归》《淡黄柳》等曲，不惟清空，又且骚雅，读之使人神观飞越。”唐圭璋编《词话丛编》，第 259 页。又“咏物”条引姜夔《暗香》《疏影》作咏物词范例，见《词话丛编》第 262 页。

③ 王国维《人间词话》“白石写景之作”条，徐调孚注、王幼安校订，人民文学出版社 1960 年版，第 210 页。

④ 王国维《人间词话》“问‘隔’与‘不隔’之别”条，第 211 页。

关合梅花，但依据王国维的标准，依然是“无一语道著”[①]。同样是写梅，林逋的“疏影横斜水清浅，暗香浮动月黄昏”，直摄眼前之景，就应是王国维所谓道著之语，写景“不隔”。《疏影》一词，几乎没有林逋这种对梅花形貌方面的正面刻画。第一句，只以“玉”字写花，避开具体的颜色描写，又以梅苔和翠禽反衬梅之清疏朗健的风采。接着把梅花比作“日暮倚修竹”的佳人，写出梅花清寒高洁、超尘绝俗，见弃于世而又孤芳自赏的品格。“昭君”句远处起神，但又是承佳人句意而来，以孤魂化归收结到梅花。这几句全从杜甫诗句演绎生发而来。换头紧接用寿阳公主（美女）梅花妆事，在字面上交代梅花凋落。以下化用两个与梅花有关的典故，写惜花而花终落，唯有倩影写入画幅与人同伴相悦。全词不着笔姿态方面的描写，紧紧抓住梅花清疏孤寒的“风流标格”，用佳人形象、拟人手法从侧面对此加以渲染和暗示。

姜夔这种遗貌取神、虚处着笔的手法正是典型的江西诗派咏物诗法。吕本中说黄、陈等人“作咏物诗，不待分明说尽，只仿佛形容，便见妙处”[②]。关于咏物诗，陈与义即提出了著名的审美主张：“意足不求颜色似。”（陈与义《和张规臣水墨梅五绝》其四）他们的咏物诗，对事物的形貌，只“仿佛形容”，不做具体的、正面的刻画，而是抓住事物独特的风采和个性，着力于侧面渲染和烘托。例如黄庭坚的《王充道送水仙花五十枝，欣然会心，为之作咏》：“凌波仙子生尘袜，水上轻盈步微月。是谁招此断肠魂，种作寒花寄愁绝？含香体素欲倾城，山矾是弟梅是兄。坐对真成被花恼，出门一笑大江横。”第一联，紧扣“水仙”字面，以洛神比花，写水仙的风韵。这一联辟空而来，故第二联以神女英魂收束到水仙花上。接着以山矾和梅花从旁映衬。全诗几乎没有对水仙正面刻画，却写出了水仙花淡雅幽素、高洁超逸的神

① 王国维《人间词话》“咏物之词”条，第 209 页。

② 吕本中《童蒙诗训》“黄、陈学义山”条，郭绍虞《宋诗话辑佚》，中华书局 1980 年版，第 590、591 页。

采。姜夔早年从黄诗入手,“三薰三沐师黄太史氏”[①],自然受到江西诗派的影响。我们看姜夔的咏物绝句《绿萼梅》:“黄云承袜知何处,招得冰魂付北枝。金谷楼高愁欲堕,断肠谁把玉龙吹?”第一句从美女落笔,远处起笔。接着说绿萼梅就是绿珠还魂的产物,以落实梅花。第三句明写绿珠因殉情而坠楼,暗写梅花将要飘零,最后紧承此意写梅花四散。显而易见,此诗与黄诗同一机杼。我们再把《疏影》一词与这两首诗比较一下,也不难看出,《疏影》与这两首诗艺术构思与表现手法是基本相同的。

姜夔的咏物词(以咏花为主)长于以美女作比或以其他相类的景物从侧面加以烘托,写荷花:“日暮,青盖亭亭,情人不见,争忍凌波去。只恐舞衣寒易落,愁入西风南浦。”(《念奴娇》)写梅花:“翦翦寒花小更垂,阿琼愁里弄妆迟。”(《浣溪沙》)“有玉梅几树,背立怨东风。”(《玉梅令》)都是以佳人比花,至于利用其他景物作衬,我们看八首咏梅的《卜算子》,其中即很少正面写梅的颜色和形状,大都以青松、翠竹、苔藓、暝禽、悬冰、白雪、月色、寒水从旁暗示。例如“行过西泠有一枝,竹暗人家静”,“藓干石斜妨,玉蕊松低覆”,“梅雪相兼不见花,月影玲珑彻”。无论是以佳人拟物,还是用其他景物从旁烘托,都不如正面写物、情景交融式的描写那样形神俱备,兼有化工、画工之妙。以美女拟花,本体和喻体间的美学关系显然不会是外在形貌上的相似,而只能是内在神韵上的相通,同样,以青松、翠竹、悬冰、白雪写梅,正如黄庭坚以山矾和梅花写水仙一样,是取其“兄弟”“三友”辈相类似的品格和风采,艺术表现的焦点是所咏之物的神韵,而不是具体的形貌,因而不可能在人们心目中唤起花卉植物直观、鲜明而生动的画面感,难怪王国维觉得是“雾里看花,终隔一层”。

姜夔咏物词侧面用笔、虚处传神的特点,是与他对咏物词的艺术见解分不开的。白石有《诗说》传世,其诗歌理论明显受到江西诗派

① 姜夔《白石道人诗集·自叙》,《四部丛刊》影清江都陆氏刊本。

的影响。姜夔论词的原话仅见黄昇《花庵词选》所引序《梅溪集》之言[①]。《花庵词选》在史达祖的三首词下转述了姜夔的评论，都是关于咏物词的，颇值得玩味："'临断岸'以下数语，最为姜尧章称赏。"（史达祖《绮罗香·春雨》词下）"姜尧章极称其'柳昏花暝'之句。"（《双双燕·咏燕》词下）"结句尤为姜尧章拈出。"（《东风第一枝·春雪》词下）[②]清人贺裳曾对姜夔的观点表示不满："姜论史词，不称其'软语商量'，而赏其'柳昏花暝'，固知不免项羽学兵法之恨。"[③]就史达祖上述三首咏物词看，每首词的前面一大部分都重在物象形貌和姿态方面的刻画，如《双双燕·咏燕》的"差池欲往，试入旧巢相并。还相雕梁藻井，又软语、商量不定。飘然快拂花梢，翠尾分开红影"。其结尾数语笔意大都转入人事，进行侧面渲染和烘托。显然，姜夔所欣赏的不会只是"柳昏花暝"四字，他欣赏的是史达祖词结尾数语"就题烘衬推开去"[④]、虚处传神写照的词法。我们知道，黄庭坚就不欣赏林逋"疏影横斜水清浅，暗香浮动月黄昏"一联，而称赞林逋咏梅的另一联："雪后园林才半树，水边篱落忽横枝。"[⑤]与前一联相比，这一联就是侧面用笔，是遗去形貌，专摄神理。姜夔对咏物词的看法与黄庭坚在咏物诗方面表现出的审美趣味是基本一致的。

咏物词在北宋如花蓓蕾，至南宋则大放异彩，姜夔在其中是一关键人物。此就用笔一端言，宋初林逋《点绛唇》"金谷年年"，梅尧臣《苏幕遮》"露堤平"，名为咏物，其实纯属写景，被王国维称为不隔之

---

① 黄昇《中兴以来绝妙词选》卷七"史邦卿"作者小传下："尧章称其词奇秀清逸，有李长吉之韵，盖能融情景于一家，会句意于两得。"宋淳祐九年刘诚甫刻本。

② 黄昇《中兴以来绝妙词选》卷七。

③ 贺裳《皱水轩词筌》"姜、张咏蟋蟀词"条，《词话丛编》，第 704 页。

④ 李佳《左庵词话》卷下"史达祖词"条，《词话丛编》，第 3143 页。

⑤ 黄庭坚《书林和静诗》："欧阳文忠公极赏林和静'疏影横斜水清浅，暗香浮动月黄昏'之句，而不知和静别有咏梅一联云'雪后园林才半树，水边篱落忽横枝'，似胜前句。不知文忠公何缘弃此而赏彼，文章大概亦如女色，好恶止系于人。"《豫章黄先生文集》卷二六，《四部丛刊》影宋乾道刊本。

作。[1] 柳永咏物词不到全部词的二十分之一，且不以咏物名，苏东坡有几首咏物词，其《水龙吟》奇思奇句、形神兼备，《卜算子》比兴象征、寄托遥深，除此以外多属游戏之作。宋词中第一个着意咏物的是李清照，其咏物词占存词近四分之一[2]，时有侧笔，如《满庭霜》"小阁藏春"，但多数以正面描写为主，如《渔家傲》"寒梅点缀琼枝腻，香脸半开娇旖旎"，《摊破浣溪沙》"揉破黄金万点轻，剪成碧玉叶层层"之类。

而姜夔主要以江西咏物诗法入词，多侧面用笔，虚处传神。清人翁方纲说："诗则至宋而益加细密，盖刻抉入里，实非唐人所能囿也。而其总萃处，则黄文节为之提挈，非仅江西派以之为祖，实乃南渡以后，笔虚笔实，俱从此导引而出。"[3]江西诗派流行上下几二百年，其影响遍及整个南宋诗坛，自然也影响到词的创作。人们说姜夔、张炎"能以翻笔、侧笔取胜"[4]，这就受到江西诗派的影响，他们的咏物词主要以侧笔取胜。我们看张炎《南浦・春水》词，就侧面烘托、巧如"诗谜"，类似黄庭坚《咏雪奉呈广平公》诗，恕不一一分析。

（原载《文学遗产》1985 年第 3 期，第 69—71 页。潘昊明校订）

---

① 王国维《人间词话》，第 201 页。

② 李清照对黄庭坚词"尚故实"有赞许意，其咏物词也多用典。姜夔亦然，更具黄庭坚咏物诗"融化斡排"之功。

③ 翁方纲《石洲诗话》卷四，清《粤雅堂丛书》本。

④ 楼敬思（名俨）语，张宗橚《词林纪事》卷一六"张炎"条引，成都古籍书店 1982 年版，第 434 页。

宋代文学概说

文学史上通常所说的“宋代文学”，实际所指应该是“宋辽金文学”，包括宋、辽、金三个先后对立的封建王朝文学发展的状况。其中宋朝又分为北宋、南宋两个阶段，南、北两宋范围内的文学，文学史上则通常称为“两宋文学”。从时间上说，宋辽金文学自公元 960 年赵匡胤在开封东北陈桥驿“黄袍加身”、建立宋朝开始，至公元 1279 年宋帝昺在广东珠江口崖山投海结束，前后绵延三个世纪。从历史过程、创作状况、实际成就和文学史影响看，两宋文学是宋代文学即宋辽金文学的绝对主体。

一、宋代文学发展的时代背景

宋代是中国历史上一个极为重要的阶段，史学界有一个基本共识：汉唐时期是中国封建社会的上升时期，宋以后则属于中国封建社会的衰落时期。宋代正是这中国近世社会即封建社会后期漫长衰落过程的起始阶段，相对于此前的汉唐时期，社会、文化的各个方面都发生了明显的变化。整个变化过程从唐代“安史之乱”结束就已经开始，但只有到了宋代才得到了充分的展开，逐步显示出中国封建社会走向衰落的历史因素。这些社会、文化特征，对整个中国封建社会后期的社会、文化有着深远的影响。这一阶段的文学，也深受这些社会、文化因素的滋润和影响，显示着鲜明的时代特征。

（一）政治

宋辽金时期的政治主要有这样一些关节值得注意：

1. 多民族政权并列的统治格局

与汉唐时期的汉族“大一统”相比，作为汉民族正统的宋王朝并没有能全面统一汉唐故地，而是与辽、西夏、金以及大理、吐蕃等少数民族政权先后并存。这样的多民族政权并存的格局，无论是对于作为汉民族“正统”的宋朝社会，还是对于逐步兴起的外围少数民族来说，都是一个不容回避的政治现实。有宋一代三百年的历史趋势是，北方少数民族的发展劲头日益强劲，而中原汉民族的应对能力不断衰弱。在这样此消彼长的形势下，如何正确地处理民族矛盾，维护本民族的统治地位与民生发展成了各民族政治家首先必须面对的课题，由此引发的内部政治矛盾与斗争纷繁复杂。在民族矛盾激化的情况下，各民族的民族意识也普遍高涨，并逐步形成自觉的精神传统。

2. 中央专制集权的强化

针对中唐以来尤其是晚唐五代藩镇割据愈演愈烈、终致独立争霸的弊端，宋王朝实行“强干弱枝”的国策，加强中央的集权，削弱地方的势力。在各级政权尤其是中央政权的建设上，普遍实施分权制衡的原则，如相权分出枢密院执掌军事，又设三司统筹国家财政；加强御史台、谏院独立纠察、参议的权力，以监督、牵制各级政府；地方州府增设通判一职，作为副长官兼行监察之权。这些分权制衡措施有效地瓦解了各类政治强权和地方割据产生的基础，加强了封建君主专制的绝对权威，但也同时带来了决策歧途纷纭、派系斗争加剧、管理效能低下的弊端，后人批评宋王朝“金人渡河，议犹未决”①，正是击中了宋朝政治体制的一大要害。

---

① 多尔衮《清朝移史可法书》，计六奇《明季南略》卷七，任道斌、魏得良点校，中华书局 1984 年版，第 142 页。按：原文为“宋人议论未定，而兵已渡河”，此处取其意。

3. 崇文抑武的国策与官僚政治体制的发展

宋太祖即位的次年即以“杯酒释兵权”的手段，解除了禁军统帅石守信等人的兵权，封他们为仅有虚衔的节度使。宋王朝大量使用文臣，不但宰相须用读书人，而且主兵的枢密使等职也多由文人担任。为了扩大统治基础，宋王朝扩大科举规模，不断改革考试制度，科举考试成了国家录用官员的主要途径。广大文人由科举考试进入仕途，成了官僚队伍的主要成分，也形成了极其庞大、不断壮大的阶层群体。同时宋王朝积极优礼文士，建立稳定的磨勘、退休制度，厚予俸禄和其他恩荫，使广大官僚文人的政治、经济利益得到了制度保障，从而调动了他们投身政治的热情和维护封建秩序的责任意识。“开口揽时事，论议争煌煌”（欧阳修《镇阳读书》），是宋朝太平兴盛时士大夫普遍的政治风貌。

（二）经济

宋朝是中国封建社会经济比较活跃、发达的时期，与文学关系较大的，主要是这样一些表现：

1. 地主经济的发展

随着唐代均田制和租庸调制的解体，中唐以来尤其是入宋后，土地进一步私有化，土地买卖和劳动雇佣现象越来越普遍，促进了封建地主私有经济的发展。中小地主阶层进一步壮大，生活水平普遍提高。吴自牧《梦粱录》卷一六所言“盖人家每日不可缺者，柴米油盐酱醋茶”，这一“开门七件事”的说法即起源于宋朝，典型地反映了广大中小地主和自耕农阶层的日常生活面貌。

2. 生产力的提高

人们常说的宋朝“积贫积弱”，主要是就中央政府财政收支情况而言，但就社会一般生产力而言，宋朝则有了明显的提高和发展。宋朝是经济生产力水平较高的时期，农业生产技术和粮食产量都居当时世界领先的地位。新品种、新的耕作制度不断出现，农业多种经营较为普遍。产业进一步分化,茶、盐、丝、陶瓷等行业都得到了长足发展。

3. 商品经济的兴起

与农业的迅速发展相联系,宋代的手工业和商业也极为兴盛。纸币流通,商业行会组织形成,大小城镇星罗棋布,海外贸易也进一步增加。北宋都城汴京(今河南开封)、南宋都城临安(今浙江杭州)都是人口几十万的商业大都市。

4. 经济重心的东移、南下

北宋定都开封,较之汉唐长安、洛阳两京,地缘偏东,南宋更是行都临安(今杭州),比较活跃的新兴都市大都集中在运河沿线和东南沿海。整个经济重心更是移至长江中下游地区,尤其是今江、浙两省。"苏湖熟,天下足","天上天堂,地下苏杭"[①]的说法开始出现。影响于文学,文学家高度集中在浙江、江苏、江西、福建等东南省份,文学作品反映的生活内容和风格气质都有明显的南方化倾向。

(三) 社会

由中唐开始的社会变革,到了两宋时期尤其是南宋已完全定型,辽和西夏、金朝社会也取得了明显的进步。综而言之,主要有这样一些方面值得注意:

1. 门阀士族的衰亡和新型社会结构的形成

经过隋唐科举制的发展,对传统门阀政治的不断改造和政治结构的持续调整,尤其是唐末农民战争的扫荡和五代十国时期的战乱,门阀士族势力彻底崩溃。由门阀士族和部曲、奴客、贱民、奴婢等组成的旧的社会结构,到宋朝终于转变为官僚地主和佃客、乡村下户、差雇匠、人力、女使等组成的新的社会结构。官僚地主阶级和广大农民阶级的对立成了社会结构的核心。

---

① 范成大《绍定吴郡志》卷五〇,《择是居丛书》影宋刻本。

2. 商人地位的提高和市民社会的兴起

宋代商业兴旺，随着商业资本的积累，商人的地位也发生了变化。商人家庭读书做官或与士人联姻的现象增多，士人参与商业活动的现象也较频繁，如宋人诗文中就有对进士赴考、官僚游宦稍带长途贩卖现象的批评。南宋闽浙一带的书商对文学作品的编辑和出版贡献多多。宋代城市规模大，人口多，坊廓户与乡村户分别管理，使城市居民获得了独立的法律地位。同时又取消了坊(居住区)和市(商业区)的界限，不禁夜市，为商业尤其是城市娱乐业的发展提供了有利条件，导致了市民社会的壮大与活跃。孟元老《东京梦华录》、耐得翁《都城纪胜》、吴自牧《梦粱录》、周密《武林旧事》等对汴京、临安城中商贾辐辏、百业兴盛、弦歌填溢的繁华情景都有生动的记录。与市民社会的兴起相呼应，宋代百业兴旺，其他社会群体不断增加，胥吏、军士、僧道、舟师、渔人、医巫卜祝、江湖盗匪等流别众多、五花八门，行业和群体结社盟会现象纷繁，洋溢着近世社会特有的活力，为俗文学的兴起提供了浓郁的社会氛围。

3. 封建宗法关系相对松弛和新型家族组织的建立

传统地方性的门阀宗族组织解体，小宗别立的家族组织比较普遍。所谓“小宗”是嫡长子以下诸子的世系。宋代世袭门阀世家的衰落，除皇室外别无严守嫡长子为正宗的“大宗”世系。“小宗之法”的流行反映了宋代封建士大夫普遍的平民化倾向。五世之外少有聚族而居的现象，封建家族的规模和势力都较为有限，仕宦之家或中小地主阶级家庭在新型家族群落中居于核心或主导的地位。

4. 人口的增加和社会流动的加剧

虽然很难得出一个宋、辽、金各王朝人口的准确数据，但就各类文献的基本信息而言，可以明显地感受到经过隋唐五代的社会发展，整个社会人口是大大增加了。宋王朝统治区集中在今四川、云南、甘肃以东，河北、山西、山东以南的汉民族核心地区，人口较为蕃盛，尤其是南宋时，人口高度集中在江南地区，密度更是大幅度增加。福建、岭南等传统荒陬海隅之地，也成了人烟阗塞之区。除了“靖康之难”时中原衣冠大举南下这样大规模的人口迁移外，宋辽金时期一般人口的社会流动也大大加剧。自耕农、商贾乃至于穷苦家庭读书做官，从而改变社会地位的现象比比皆是。而城乡之间、不同地域之间的人口迁移更是普遍的现象。欧阳修籍贯江西，青少年时居随州（今属湖北），晚年退居颍州（在今安徽）。苏轼兄弟出生于四川眉山，出仕后求田问舍都在今江苏、河南一带，子孙也因此定居于此。南宋后期的江湖诗派，人数众多，其成员多属无业的江湖谒客，大多寄居都下（杭州）。反映在文学中，我们会明显地感受到，文学作品中的背井离乡之感、故国乡土之思远不像汉唐文学那样的强烈、浓郁和沉厚。

（四）文化

文学是文化的一个方面，文学之外的其他文化方面是文学发展最直接的环境背景与外围条件。宋代是封建文化发展的鼎盛时期，其对文学的影响也较为显著和深刻。

1. 文化教育事业的发展

印刷术发明于唐，至宋代则迅速发展，宋代公私刻书业极为兴盛，使书籍大量编刊流动，公私藏书规模也复增加，这为文学作品的流传与保存提供了切实的物质条件。晁公武《郡斋读书志》、陈振孙《直斋书录解题》等以私人藏书为对象的目录学专书在宋代的出现，就是一个标志。与此同时，各类教育蓬勃兴起，学校的种类、数量增加。除了从国子学到县学的各级官办学校，私立书院也日益兴盛。白麓洞书院等四大书院，其规模和水准都与官办学校媲美。“万般皆下品，唯有读书高”，成了社会上最为流行的价值观。朱熹等人对村学、女学一类初等教育极表关心，反映了宋代社会教育的进一步普及。教育的普及冲击了传统精英社会的文化垄断，导致了读书人、文化人激增，激发了学术文化的活跃，同时为文学创作培育了庞大的作者及读者队伍。宋代文学作家的社会成分较为复杂，文学对社会生活的影响极其广泛，对民间大众的影响开始鲜明。

2. 思想学术的繁荣

宋代是一个思想纷争、学派林立，思想与学术文化繁荣昌盛的时代，史家有“华夏民族之文化，历数千年之演进，造极于赵宋之世”[①]的说法。宋代的史学、理学和科学技术(农、医、历、算、土木)成就显著。其中理学的兴起无疑是思想文化史上最引人瞩目的环节。理学是中唐古文运动和儒学复兴的继续，其实质是复兴儒家思想教化功能，强化封建伦理秩序和道德意识，以适应官僚地主阶级壮大、中央专制集权和官僚政治体制强化的社会形势和统治利益。理学虽然在宋代长期没有得到官方的正式承认，真正上升为官方意识形态是宋以后的事，但以深刻、系统的理论形态代表了强化封建伦理道德思想统治的时代要求。作为封建官僚政治的既得利益者，倡导尊圣明道、维护纲常伦理、讲求道德品格构成了广大士大夫最切身的愿望和最普遍的心声。正是这一时代精神和主体意识，对文学创作的本体论、风格论、价值观诸方面产生了决定性影响，“文以载道”、重文品、讲格调等观念的流行，都与这一时代精神相联系。而史学、科技的发达，也进一步强化了文学创作中的理性主义倾向。

3. 宗教的衰落与转型

与汉唐时期道教的急剧发展、隋唐佛教的极为昌盛相比，宋辽金时期的宗教明显衰落。但也呈现了一些新的发展倾向。佛教禅宗具有鲜明的世俗化色彩，两宋时期比较活跃。道教也开始了世俗化的转型，到金元之交，以丘处机为代表的“新道教”完全确立。适应封建伦理道德的强化和理学的兴起，佛道两教都积极寻求与儒学的妥协与融合，主张“佛法”“道术”服务于“王法”，积极参与世俗社会教化。僧人、道士学者化、士人化，与士大夫知识分子深结世缘，对文学创作带来许多切实影响。

---

① 陈寅恪《邓广铭〈宋史职官志考证〉序》，《金明馆丛稿二编》，上海古籍出版社 2001 年版，第 277 页。

4. 艺术的新变

宋代艺术创作主体发生了明显的变化，传统的音乐、绘画工匠、倡伎之外，士大夫与市民成了艺术活动的生力军。宋代艺术形式和风格也发生了明显的变化，隋唐时期盛行的音乐、歌舞、雕塑、壁画、书法等都极富气势、激情与感性张力，而宋代乐舞转以市井说唱、杂剧为主，绘画转以文人的水墨写意为主，书法则由汉唐时的以“碑”为主转向以“帖”为主，变唐人的雄浑、狂放而趋于优雅、清逸的意趣。总之，两宋时期的艺术展现出高雅闲逸的文人情趣与通俗活泼的市井情调并驾齐驱的二元格局，这与宋代文学雅俗竞流的发展局面有机渗透、相互促进。

二、宋代文学发展的基本情况

宋代文学是中国文学史上的一个重要发展阶段，宋代文学的创作呈现出高度繁荣的状况，其思想内容和形式风格都打着鲜明的时代烙印，并显示了向封建社会后期文学转变的历史趋势。

（一）两宋文学的繁荣状况

两宋前后历史三百多年，文学领域呈现着典型的繁荣情形。诗、词、文三种文体的创作数量都极其庞大。《全唐诗》及后世各类补辑共得诗 55000 余首，而《全宋诗》所收姓名可考的诗人 9400 多人、作品 254000 多首，数量是唐诗的五倍。《全宋词》所收词作 20000 余首。《全宋文》360 册 8400 卷，虽然作家和作品的总数一时难以统计，但粗略地估计，作者逾万，作品逾 10 万。仅就《四库全书》所载 600 多个相对完整的作家别集可知，其数量是非常可观的。

作家、作品的数量只是文学繁荣的一个方面，宋代文学的质量即其艺术成就也比较突出，通常我们通过名家名作的数量来进行把握。宋代文学出现了苏轼、陆游这样一些可以与唐代李白、杜甫、韩愈等相提并论的文学大家，同时在诗、词、文各体也出现了像欧阳修、梅尧臣、柳永、王安石、曾巩、黄庭坚、陈师道、秦观、周邦彦、陈与义、李清照、杨万里、范成大、辛弃疾、姜夔、吴文英、张炎、文天祥等众多个性鲜明、成就突出，具有显著影响和历史地位的作家。在脍炙人口的古代文学作品中，断代数量最多的无疑是唐代，其次则是宋代。欧阳修、王安石、苏轼、黄庭坚、李清照、陆游、辛弃疾、姜夔等人的名篇佳句广为人们传诵和引用，其频率在古代作家中是较为突出的。在整个中国文学史上，宋代与唐代是常为人们相提并论的文学繁荣鼎盛时期。

（二）两宋文学的发展阶段

两宋历时三百年，社会变化复杂，文学与时逶迤，起伏变迁。大致说来，两宋文学分为北宋、南宋两大时期，每一时期又有两到三个兴衰演变的不同阶段。

1. 北宋初期

即宋太祖、太宗、真宗三朝，宋朝建国至公元11世纪20年代，时间大约六七十年。这一时期的文学主要属于晚唐五代文学的沿袭期。诗歌领域有所谓“宋初三体”，即学习白居易平易诗风的“白体”，效法贾岛、姚合等人“苦吟”诗风的“晚唐体”和学习李商隐律诗之工丽典赡的“西昆体”。散文也以典雅富赡的骈体赋颂之作为主。词现存作品零星，尚未形成声势。当然这个时期也有一部分作家如柳开、王禹偁等主张文学“复古”，号召学习韩柳、李杜等唐代大家，开北宋文学复古革新之先声。

2. 北宋中期

即宋仁宗、英宗、神宗、哲宗朝，公元11世纪30年代至12世纪初年，历时大约80年。这是宋代政治、经济、文化变化最为剧烈，发展最为迅猛的时期，也是文学创作最为繁盛、文学成就最为突出的时期。这一阶段政治上发生了“庆历新政”“熙宁变法”“元祐更化”等一系列大事,思想上则有儒学复兴和理学创立。相应地,文学上也发生了欧阳修领导的古文运动或诗文革新运动,从根本上改变了宋代文学发展的方向。欧阳修等人提出“复古明道”“文与道俱”等主张,奠定了宋代文学文道并重、审美与道德并重的价值理念,以欧阳修为代表的平易流畅的文风和梅尧臣等人倡导的平淡诗风则开创了宋代文学的新貌。继之而起的苏轼、王安石、黄庭坚等人沿着欧阳修的道路继续乘胜前进,竞出己意,各展所长。词的创作也走出了宋初长期的沉寂局面,柳永以其声色动人、气局开张、雅俗兼济的慢词长调掀开了宋词走向繁荣的序幕。苏轼则把文学革新的精神贯彻到词坛,指出向上一路,以诗为词,开创了豪放派,形成了豪放、婉约两派并驾齐驱的发展格局。宋代文学因之进入了一个最富创意、最为辉煌的阶段。总之,北宋中期这 80 年,是名家林立、人才辈出,诗、词、文相继全面革新、繁荣的时期,是由欧阳修与苏轼两个时代构成的持续发展、不断提高、终臻鼎盛的历史进程,在宋代文学史乃至整个中国文学史上都是不可多得的黄金时期。

3. 北宋末期

即宋徽宗、钦宗朝,公元 12 世纪的前 20 多年。这是北宋政治最为昏暗、腐朽的时期,文学领域也呈现出极不健康的状态。与世风奢靡相联系,词中歌舞升平、奢侈享乐的风气盛行。以周邦彦为代表,婉约词的艺术有了进一步的提高。而诗文的创作则由于“元祐党禁”等政治迫害而出现万马齐喑的萧条景象,只是到了宋徽宗的后期才稍见喘息和恢复。江西诗派人员虽多,但气局不振。整体上这是宋代文学一个相对衰落沉寂,同时开始酝酿转机的时期。

4. 南宋初期

即宋高宗朝,公元 12 世纪 30 至 60 年代,时间近 40 年。这是北宋晚期文学极度凋敝之后逐渐恢复的时期,而这时的社会环境发生了很大变化。北宋灭亡,中原沦陷,宋室南迁,人民流离。抗敌救国与妥协投降两条路线的斗争赋予文学极为沉重的内容,如李清照南渡后的词一扫早年的闺阁悲欢，而代之以浓重的国破家亡之痛，岳飞等人的作品则是一副英雄悲怆的怒吼，喷射着爱国主义和英雄主义的激情。随着南宋王朝妥协求和政策和宋金划淮而治局面的确立，文学中一种优游闲适的气息开始萌发并逐步弥漫，形式风格上也更多映现江南山水清秀灵动的色调。

5. 南宋中期

即宋孝宗、光宗及宁宗朝早期，公元 12 世纪 60 年代至 13 世纪初期，时间 40 多年。史家称为宋室“中兴”，在文学上也是稳定发展的又一高峰，相当于唐代文学中的“中唐”时期。陆游、杨万里、范成大、辛弃疾、姜夔、洪迈、朱熹等都主要生活在这个时代。陆游、杨万里、范成大等“中兴大诗人”都是与南宋王朝大致同龄，在苏轼、黄庭坚的巨大影响下成长起来的一代诗人，他们成熟之后的创作都力求走出前人的窠臼，写出自己的生活内容、情趣品节和风格个性，产生了广泛的影响。辛弃疾、姜夔等在词的领域也分别开创了豪放、婉约两派的新境界。古文创作中，政治家、理学家与文学家散文各师其心，同领风骚。以朱熹为代表的理学家对待文学的实际态度比北宋理学诸子更加趋于通达，其诗文作品多有一定的美感。文言小说在这个时期也有了不少收获。

6. 南宋后期

宋宁宗时的开禧北伐(1206 年)失败之后，宋王朝再次与金朝签订和议，宋金之间又处于相对稳定的对峙状态。宋理宗端平元年(1234)蒙古灭金，南宋面临更为强大的蒙古国的威胁和侵略，直到灭亡。在这约 70 年的时间里，奸臣史弥远、贾似道相继擅权，朝政黑暗，国势孱弱，文学进入了漫长的衰微过程。这是一个缺乏文学大家的时期，激昂悲壮的歌声和刚直雄阔的议论逐渐减弱，而吟风弄月、干谒应酬、谈理随笔之作则日益流行。就整体创作情况来说，此间实际并不萧条，江、浙、闽一线的江湖文人如过江之鲫，数量庞大，文学交游、诗词创作比较活跃，构成了绵延几十年的历史景观。衰危时世的艰难萧飒、富贵文人的优游闲雅、江湖文人的清贫野逸、理学之士的苦口婆心是这个时代最流行的色调，艺术上也趋于疏淡轻浅、纤巧幽倩。宋室覆灭前后，以文天祥、郑思肖等为代表的爱国遗民作家，或奋起反抗，或隐居守节，其经历、心志发之于文学，都是血泪凝成的内容，风格中也自有一份慷慨悲壮的力量，为两宋文学划出了一个极其有力的句号。

（三）宋代文学的时代特征

受社会政治、经济、文化诸多因素的激发和影响，加以处于唐代文学高峰之后的历史处境，宋代文学在思想内容、艺术形式、发展模式等方面都显示出深刻的时代特征。

1. 思想内容

由于积贫积弱的政治局面和平民化的社会氛围，宋代文学缺乏汉唐文学那种开廓恢宏的气象、激越的情感和雍容华贵的贵族情趣，传统的个人英雄主义、浪漫主义转向平民主义、现实主义。客观上阶级矛盾的普遍、民族矛盾的尖锐，主观上官僚地主阶级知识分子社会责任心和社会阅历的增加，促进了宋代文学形成鲜明的现实主义特色和爱国主义传统。由于封建统治集团政治斗争的加剧，文学家的官僚化与学者化，文学的政治色彩和思想性、议论性明显增强，表现出更多关于社会、人生的切实思考与理性感悟。由于思想统治的强化、伦理道德思潮的高涨和理学的兴起，“文以载道”说日益流行，宋代文学较之以往有着更多“道”为“文”先的自觉意识，体现出以理节情、审美归善的追求，对浮靡轻艳、险僻诡怪等不良倾向和极端情态常表现出自觉的防范和抵制。由于人口的增加、封建士大夫社会地位和生活质量的提高、社会物质和精神生活的不断拓展、近世社会氛围的逐步深化，文学情趣更为丰富多彩，自然与人文、感情与理智交融参杂，文学内容突破了“缘情”“言志”的纯粹色调，具有更多纷繁斑驳的社会映象和质朴浓郁的生活质感。

2. 艺术形式

由于封建文化的全面繁荣鼎盛和官僚知识分子官僚、学者、文人三位一体的心性阅历，宋代文学与文化艺术、思想学术乃至于日常生活各方面的有机渗透与交互影响十分明显。“诗中有画”“诗中有禅”的创作意趣，诗、书、画等艺术形式的合璧联姻，都显示了文学与艺术乃至于社会生活的相互交融。诗、词、文诸体并行发展、共同繁荣、相互渗透和相互影响，“文以载道”“诗以言志”“词以缘情”显示出多元互补的创作生态和繁荣格局。“以文为诗”“以诗为词”“以文为词”“以文为赋”“以赋为词”，不同的思维方式和表达技巧相互借鉴与融合，大大拓展了文学形式的活动空间和审美风貌。与内容上贵族情趣的消逝相对应，汉唐文学中常见的绚丽恣肆、铺张扬厉的贵族作派让位给切实细致、平易淡雅的平民风格。由于平民化的社会及其人文氛围的作用，宋代文学中语体写作的因素有所增长，整体上表现出清新明快的风格，洋溢着平易近人的气息。城市经济的繁兴、市民阶层的壮大更是为词的繁荣和俗文学的兴起准备了条件，雅、俗文学分道扬镳而又相互影响，拓展了文学发展的空间。

放在中国文学的历史长河中，宋代文学是中国文学进入成熟并走向转型的新阶段，以诗、词、文为代表的士人抒情言志文体全面繁荣，理论认识系统深入，技巧手法老成精湛，个性追求明确切实，但创作内容和形式的许多方面也开始显露出盛极难继、刻意推求而窘于创辟的危机，而以市民社会为主体的俗文学、叙事文学如诸宫调、话本、杂剧等则以崭新的内容和方式开始展露出活泼的生机，预示着光辉的前景。

（四）辽金文学发展概况

辽朝、金朝是各自独立的统治领域，先后与北宋、南宋相对峙，由于民族、区域和社会发展水平等时空环境不同，显现出了各自的文学特色和发展成就。

1. 辽朝文学

辽是契丹民族建立的北方政权，开始于公元907年，结束于公元1125年，恰与整个五代、北宋相始终，其鼎盛时期据有今东三省及河北省北部、内蒙古东部，定都于今北京地区。契丹是以游牧和渔猎为主要生产方式的北方少数民族，逐水草、随季节而迁移放牧，以车帐为家，从而形成豪放勇武的民族性格。辽代文学现存作品不多，作者既有契丹人，也有汉人，其中最能体现辽代文学特色的当属契丹诗人的作品，如耶律倍《海上诗》、萧观音《回心院词》、萧瑟瑟《讽谕歌》等，大多抒情真切，风格奔放。

2. 金朝文学

金是女真族建立的政权，公元1115年始，迄公元1234年被蒙古所灭。金在灭辽侵宋以后，占据了淮河以北的广大土地，在文化上比辽有显著的进步。女真统治者在政治制度、文化建设诸方面广泛吸收汉文化的要素，使金朝的封建化进程发展很快，其文学成就也远远超过辽代。金朝文坛，文人辈出，作品繁多。其发展过程大致分为三个阶段：

第一阶段是金朝建国到海陵王的近50年间(1115—1160)，作家主要是由辽宋入金的文士，如宇文虚中、吴激等，他们都以宋人而仕金，作品中常流露故国之思，风格上受北方风土环境和人文氛围的影响，沾染了北方文学常有的雄健豪放之气。

第二阶段是金世宗、金章宗统治的50年间(1161—1208)，这是金朝最为繁荣稳定的时期，金朝统治区各族人民生活上逐步融洽，文化上相互吸收，文学上也逐步走向成熟，初步形成自己的特色。此时的文学家主要有蔡珪、党怀英、赵秉文、王庭筠等，受北宋苏轼等人影响较大，风格更得北方文学的雄豪粗犷。

第三阶段是在蒙古进逼之下南渡直至金亡前后(1209—1234)。这期间金朝国势衰微，但文学创作却相当活跃，不事雕琢、重在达意的文学思想占据了主导地位，产生了一批关心国计民生的好作品。

金朝末年，社会动荡不安，人民饱受战乱之苦，不少诗人写出了反映动乱现实的作品。

元好问是金朝最伟大的文学家，他身当危乱时世，经历了亡国的惨痛，个人的遭遇与民族、国家的命运息息相关，他的诗歌成了金、元易代之际生动的历史画卷。其词作三百多首，写景抒情都气象阔大，风格雄放。金亡之后，元好问为保存金朝一代文献，编成《中州集》十卷，附《中州乐府》一卷，收录了金朝250多位文人的作品，且各系以小传，是金朝文学最可宝贵的文献。

（原载郁贤皓主编《中国古代文学教程》，高等教育出版社2007年版，第249—255页。李江才校订）

宋诗概说

宋代诗歌是宋代文学重要的组成部分，作家之多、诗作之富、成就之高都值得重视。宋诗无论诗人数量，还是诗作数量，都是现存唐诗的五倍。出现了苏轼、陆游这样一些堪与唐代李白、杜甫、白居易相提并论的大诗人。而像王禹偁、杨亿、梅尧臣、苏舜钦、欧阳修、王安石、王令、黄庭坚、陈师道、张耒、陈与义、吕本中、曾几、杨万里、范成大、姜夔、刘克庄、戴复古、文天祥、汪元量等人都各具个性，成就卓立，在整个中国古代诗歌史上都堪称名家。

宋人对于诗歌艺术比较重视。散文多关应用，词的地位还处在不断演进和提升之中，而诗歌自来便是文学的骨干样式，此时也备受人们喜爱和关注。宋代出现了诗话这样一种文学批评样式，其内容多是关于诗歌创作本事和经验得失方面的随笔、漫谈和品评，著名的如欧阳修《六一诗话》、叶梦得《石林诗话》、杨万里《诚斋诗话》、姜夔《白石道人诗说》、严羽《沧浪诗话》等。这种批评形式在宋代的兴起与流行，加以各类诗歌选本、评注本的大量出现，从一个侧面反映了宋人对于诗歌艺术的重视和诗歌创作意识的自觉与成熟。这些理论成果对我们了解和把握宋代诗歌的艺术成就大有裨益。

一、宋诗的特色

文学史上有一个旷日持久的争论，后人称作“唐宋诗优劣论”或

“唐宋诗之争”，说的是历代围绕唐诗与宋诗孰胜孰优所展开的争鸣。有关观点是非曲直另当别论，但这一现象本身至少包含了这样两个信息：一是在历代诗歌中，唯有宋诗与唐诗的成就大致旗鼓相当，可以相提并论；二是宋诗足以与唐诗分庭抗礼，代表了唐诗之外另一种美学风范。这是我们学习宋诗必须首先了解的。

对于唐、宋诗来说，论其“优劣”远不如辨其“异同”来得实在，宋以来不乏精辟中肯之见。著名者如南宋后期的严羽推崇唐诗，批评本朝即宋代诗人“以文字为诗，以才学为诗，以议论为诗”（《沧浪诗话·诗辨》），虽然意在否定，但从反面揭示了宋诗的几个主要特征。

所谓“以议论为诗”，是说宋人作诗好议论，除了大量论政、咏史、说理诗外，即便如写景抒情之诗，也喜借题发挥，引申思考，生发议论。如写庐山，李白《望庐山瀑布》“日照香炉生紫烟，遥看瀑布挂前川。飞流直下三千尺，疑是银河落九天”，着意所见之景，想象奇特，气势非凡。但苏轼到庐山，却不满足类似的局部风景感咏，而是希望把握全局，透过一层，对整个庐山有一个透彻的认识，于是就有了《题西林壁》：“横看成岭侧成峰，远近高低各不同。不识庐山真面目，只缘身在此山中。”这就不是客观地夸言景观之美，而是由对象特色的探寻，上升到事物认识规律的思考，进而获得了人生哲理的启迪。这样的诗歌其魅力在于精辟的思想见解及其新颖、警动的表达，也就是古人所说的“理趣”。

所谓“以才学为诗”，是说宋代值学术文化昌盛之际，诗人学植多过于唐人，因而所作多以用典相尚、博学相矜。宋代诗歌的内容和语言上更多书卷气，更多从书本知识和学问情趣出发，更多逞才炫学、张扬才情的意味。这固然影响了文学源于生活、率性表达的鲜活和自然，但才学终究是文学家的基本素质，才高学博更是文学家自由发挥和成功创造的必要条件，也是作者自我体验与表现的重要能力和情趣。细辨之，才学又有才与学的不同。所谓才，指人的才情或文才，指擅长文学表现的性格、气质与才能，包含了感受灵敏、情绪强烈、想象丰富、气质浪漫等因素，是文学创作的一种重要素质。像苏轼这样“才气浩瀚”[1]的大家，不少诗歌写得滔滔汩汩，汪洋恣肆，给人一种才情浩荡、气势壮阔的美感，这本就是文学中一种较为卓越、令人仰望的境界。所谓学，即以学问为诗，主要指创作中好搬弄文史掌故、专业知识、理论内容，包括前人的文学作品等书本材料，主要表现即俗言所谓“掉书袋”。这固然与直面生活、缘情抒发、自然成文这些创作原则相违背，但宋人才高学富本就是一种生活现象，一种主体存在，因此创作中自觉不自觉的流露也就是一个极其自然的现象，关键还在于是否富有新意和美感。这里仅就用典一方面而言，宋人作诗好用典，一些才学高超、书卷满腹的诗人多能左右逢源，运用自如，以故为新，出人意表。如王安石《书湖阴先生壁》:“茅檐长扫静无苔，花木成畦手自栽。一水护田将绿绕，两山排闼送青来。”“护田”“排闼”是用了两个汉代的典故:前者本于《汉书》，是说派兵护理西域营田之事;后者出于《史记》，是说汉将樊哙不管禁令阻拦，排闼(推门)直入刘邦卧室。此处用这两个军中故事，拟人化地写出了青山秀水扑面而来的生动气息。据说王安石主张用典要汉人之事与汉人之事对仗，这是一个高难度的要求。就此诗而言，如果不了解“护田”“排闼”两语的出典，并不影响基本诗意的理解。但一旦有所发觉和了解，便会对作者学问的渊博、语料的丰富以及运用的巧妙多了一份会心和感佩，这是高明的作者与高明的读者之间的才智交流，是才学“博弈”产生的意外感动和特殊情趣。就创作心理和美感类型而言，这是一种类似民间猜谜之类文字游戏的快感，文艺本就有“起源于游戏”一说，宋诗并不以“缘情”见长，但这类学问、才智“博弈”“游戏”的趣味也是人类的情感需求，可以说构成了宋诗创作中一种较为重要的灵感源泉和美感元素。

所谓“以文字为诗”，性质与“以学问为诗”颇为接近甚至交叉，主

---

① 何良俊《四友斋丛说》卷二三，明万历七年张仲颐刻本。

要是说通过文字技艺细节的锤炼、设计来谋求创新。宋人生唐后，为求另辟蹊径，成就自家面目，多注意文字技巧上求新求异，举凡章法、字法、句法，用典、对仗、用韵、声调等等，无不较唐诗着意经营，变本加厉，透过一层，做得更为细致、严密、深刻。这虽然难免“人力”胜于“自然”甚至形式主义之嫌，但精益求精总是艺术创新的重要法门。气局虽小，但措施切实、策略，诗家各用所长，别出心裁，间有所得，也不乏新意。这方面以黄庭坚为首的江西诗派用功最深，其简单处莫过于用一些生硬的字眼来创造奇特的效果，比如黄庭坚《登快阁》：“朱弦已为佳人绝，青眼聊因美酒横。”所说本是生活百无聊赖，只以美酒消遣，但后一句中“横”字却极怪异。众所周知“青眼”是一种正视所喜对象的表情，而横眼则又是一种侧目而视的神态，青眼何以能横，真有几分匪夷所思，但诗人正是透过这一“横”字，写出了一种睥睨流俗、兀傲不驯的性格与意态。这就是“以文字为诗”带来的特殊效果和意味。

上述严羽所说的三点主要着眼于艺术手法，其实唐宋诗的差别是多方面的。宋人生唐后，背负着唐诗繁荣的巨大阴影，不得不努力另辟蹊径，加以社会时代之浸染，无论内容还是形式，许多方面程度不等地都有所突破和变化。如内容上，唐代边塞诗的铺张扬厉，在两宋几于绝响，而慷慨悲凉的爱国诗篇却显得较为突出。唐诗仍保持着早期诗歌诗乐一体化的深刻影响，抒情气息比较纯粹和浓郁，而宋诗中社会交际应酬、书斋思考与日常休闲娱乐的作品偏多。唐诗中相思离别、儿女风情、男欢女爱的作品较多，而宋诗中这类内容大多转移到词中，剩下的多是仕宦生活的严肃和日常生活的优雅。唐诗的情感热烈外向，多有慷慨悲歌之音，而宋诗的抒情多较温和、内敛和节制。在艺术上，宋人注重学习与推磨，力求超越与生新。如梅尧臣之平淡、王安石之精致、苏轼之畅达、黄庭坚之瘦硬、陈师道之朴拙、杨万里之活泼都可说是自觉不自觉对唐诗风格有所超越的结果。从总体上说，唐诗色泽丰美，如牡丹、海棠，宋诗则平淡清雅，如寒梅、瘦竹。宋人最推崇的风格不是唐人那种“风骨”“气象”之类，而是“平淡”“古雅”之类。被誉为宋诗“开山祖师”的梅尧臣说：“作诗无古今，唯造平淡难。”（《读邵不疑学士诗卷，杜挺之忽来，因出示之，且伏高致，辄书一时之语以奉呈》）苏轼、黄庭坚向来被视为宋诗的典型代表，地位如同唐诗中的李白、杜甫。苏轼论诗最重陶渊明，认为其“质而实绮，臞而实腴”（苏辙《子瞻和陶渊明诗集引》），黄庭坚则推重杜甫晚期诗风的“平淡而山高水深”（黄庭坚《与王观复书》）。两人的诗学理想殊途同归，究其实质是追求一种超越了刻琢绚烂的老成风格，一种炉火纯青的美学境界。比诸人生的境界，唐诗正是风华少年、血气方刚的气象，宋诗则是历练老成、意态萧散的境界。有两种人生境况，也便有两种诗歌境界，唐诗与宋诗因此成为古典诗歌中两种美学风范的典型代表，人们通常称为“唐音”与“宋调”。

两者间的差别，是就其整体风格的横向比较而言。纵向上说，有一个逐步演变转型的过程，宋人是从沿袭唐人开始的，宋人也特重唐诗，尤其是杜甫与韩愈，宋诗的许多特征都是以唐诗为滥觞的。宋人对白居易评说较少，评价不高，但无论是白居易的讽谕诗，还是闲适诗、杂律诗，对宋诗的潜在影响都很大。横向上说，唐诗中有近“宋调”者，而宋诗中也不乏“唐音”之作，宋代初期与末世都有号称学唐的流派，即便是同一个诗人的作品中，也可以找到两种风格并存的现象，因此认识上不能胶柱鼓瑟。“唐音”“宋调”之间既风格迥异，各树一帜，又紧密相联，相互补充，对后代诗歌具有深远的影响。元明清的诗坛，或宗唐，或宗宋，传承不一，流派纷争，艺术上也有所发展，但大致都没能超出唐、宋诗的风格范畴，足见这两种风格的典范意义。

二、宋诗的大家名家与流派

汉魏六朝是中国诗歌发展的黄金时期，宦游、离别、感遇、咏怀、咏史、游仙、边塞、山水、田园、闺怨、咏物等题材、主题渐次展开，五言古诗、乐府诗、七古歌行、五律、七律等形式也逐步酝酿生成，构成了诗歌艺术发展的强大动力。唐诗在此基础上，进一步融通挖掘，对社会生活的表现到了巨细无遗的程度，对诗歌样式的运用也到了高度成熟的地步，留给宋人开拓的空间极其有限，宋诗的创新与发展更多地依赖于艺术技巧和风格的惨淡经营，这是宋诗发展的困境，也正是宋诗发展的特色。宋代诗坛一个最鲜明的景观就是诗歌流派林立、风格丰富多彩，展现着盛极难继之际特有的创作生态和发展生机。下面我们按宋诗发展的几个阶段，对宋诗的重要诗人和主要流派略作介绍。

（一）“宋初三体”

“宋初三体”是活跃在宋太祖、太宗、真宗朝的三个主要的诗歌流派或诗歌风格。

1. 白体

以徐铉、李昉、王禹偁为代表，主要学习白居易的闲适诗和杂律诗，以君臣和同僚间的闲适唱酬为主，风格平易浅切。徐、李都是五代旧臣，王禹偁为后起之秀，不仅兼学白居易的讽谕诗，而且也兼学杜甫诗歌的凝炼，因而也多有起色。

2. 晚唐体

宋人多分唐诗为初、盛、晚三阶段，所谓晚唐多兼中唐而言。晚唐体诗人以僧人、隐士为主，其中著名的有潘阆、林逋等隐士，另有惠崇等九位诗僧，号称“九僧”。晚唐体大致起于太宗朝，至真宗朝形成风气。他们喜作五律，崇尚白描，少用典故，效法贾岛，注重炼字炼句，往往在两联对仗上见出功夫。但他们生活积累不足，往往沉溺于用小巧细碎的笔法写景咏物，发抒清苦幽僻的个人性情，意境较狭，变化不多，因而影响不大。

3. 西昆体

西昆体简称“昆体”，因宋杨亿编辑的《西昆酬唱集》而得名，西昆体诗人主要活跃于真宗朝。整个宋初，官僚唱和之风颇为盛行，这部诗集可以说是这一风气发展到顶点的产物，集中共收 17 位诗人的 247 首律诗，代表人物是杨亿、刘筠和钱惟演，他们的作品占了全集的五分之四以上。他们当时奉命在秘阁编纂《册府元龟》，整个唱和活动开始于宋真宗景德二年（1005）秋，杨亿编集成书在大中祥符元年（1008）秋，前后三年。唱和的内容不外是受诏修书、宫廷游宴，或是描摹物态、流连光景，如《禁中庭树》《夜宴》《夕阳》《柳絮》等，也有少量咏史如《南朝》《汉武》等，略存借古讽今之意，有一定的现实意义。西昆体的意义主要在艺术上，他们多是朝廷的手笔，学问较之前辈深博，以师法晚唐李商隐为主，兼学唐彦谦，追求词藻的华赡、用典的贴切、对仗的工巧、音节的谐婉，形成了精丽繁缛的风格。这种风格与白体、晚唐体相比更加依赖于诗人的书卷学识，也更见文字技巧，因而初步显示了宋诗"以才学为诗"的特征。西昆体在真宗朝中后期及仁宗朝前期影响较大，当时文人少有不沾染其风的，稍后的宋祁、晏殊等都是此风传人。

（二）欧、苏、梅三家诗

欧阳修、苏舜钦、梅尧臣主要活跃于宋仁宗、英宗朝，是宋仁宗天圣、明道以来诗歌革新的代表。

1. 欧阳修

欧阳修不但领导了新古文运动，同时也积极致力于诗风的变革。叶梦得《石林诗话》说："欧阳文忠公诗始矫昆体，专以气格为主，故其言多平易疏畅。"（卷上）"宋初三体"多属近体唱和，一味沿袭晚唐五代遗绪，所学失之繁缛或浅狭，而欧阳修与古文运动相呼应，作诗注意内容，写出了许多反映现实的诗篇。欧阳修还特别追踪韩愈诗歌内容和功能的丰富性，即"资谈笑，助谐谑，叙人情，状物态，一寓于诗，而曲尽其妙"（欧阳修《六一诗话》）的特色，并加以发扬，应酬类、人文类的题材都有明显增加。艺术上，欧阳修主张学习韩愈的雄健和李白的豪放，所作较重古体诗，篇制开张、气格强健。同时又继承、发扬了韩愈“以文为诗”的传统，以古文写作的某些经验来丰富诗歌的表现手法，散文化、议论化倾向明显，风格也如其古文，趋于平易畅达，显示出自己的创作个性和时代特征。

2. 苏舜钦

苏舜钦积极投身范仲淹、欧阳修等领导的政治改革和古文运动，在诗歌方面也是当时改革的先锋。苏舜钦政治热情高，性格也豪迈刚直，因而诗歌多关心社会，干预现实，感慨时弊，如《吴越大旱》《己卯冬大寒有感》《庆州败》等，极富现实意义。《宋史》本传说他“慷慨有大志”，“时发愤懑于歌诗，其体豪放，往往惊人”（卷四四二），与韩愈颇近。因屡遭政治保守势力打击，仕途挫折，诗风也多沉郁悲壮之音，颇类杜甫。而晚年移居苏州，营沧浪亭，颇有逍遥江湖之意，诗风也趋于平夷妥帖。

3. 梅尧臣

在欧阳修领导的文学革新集团中，梅尧臣是致力于诗歌创作的一位，也主要以诗著称于时，其诗现存 2800 余首，数量在北宋诗人中与苏轼相当，是当时诗坛改革的代表。梅尧臣反对晚唐五代以来的绮靡雕琢之风，主张恢复《诗经》《离骚》“风雅比兴”“愤世嫉俗”的传统，因而有不少关心政治，针砭时事，尤其是反映民生疾苦的作品。但整体上仍以日常生活的描写与感咏为主，题材之细致、描写之切实，对宋诗内容方面的开拓启发良多。艺术上积极探索，长于五言，追求“意新语工”。风格上融盛唐王维之清丽精雅，贾岛“晚唐体”之构思精微、语意新奇，阮籍、陈子昂之感慨质朴，陶渊明、韦应物之古淡闲雅等多种因素于一体，形成了“清切”兼“古健”、“覃思精微”又复“深远闲淡”（欧阳修《六一诗话》）的特殊风格。欧阳修《梅圣俞墓志铭》论其创作：“其初喜为清丽，闲肆平淡，久则涵演深远，间亦琢刻以出怪巧，然气完力余，益老以坚。”（《欧阳修全集》居士集卷三三）这种深思苦炼，而终归老成闲淡的风格，无论相对于繁缛富丽的西昆体，还是相对于苏舜钦等人慷慨激越的风格，都更符合宋人的理想境界。因此梅尧臣被誉为宋诗的“开山祖师”(刘克庄《后村诗话》前集卷二)。元人龚啸称其“去浮靡之习，超然于昆体极弊之际；存古淡之道，卓然于诸大家未起之先”[①]，精辟地概括了梅尧臣在宋代诗歌史上的重要作用和地位。

欧、苏、梅三家诗，内容上体现了政治改革和儒学复兴时代进步文人们豪迈、开阔的思想风貌，艺术上充分显示了复古革新的审美追求。无论诗学取径，还是形式风格，相对于“宋初三体”都有彻底改变，各以其鲜明的风格个性，从不同的侧面初步展现了宋代诗歌的时代新貌。

(三) 王、苏、黄三大家

欧、苏、梅之后，王安石、苏轼、黄庭坚相继崛起。他们生活的宋神宗、哲宗朝前后，正是宋代政治、思想领域斗争最为激烈，文化艺术高度繁荣的时期，值其时事激发、风会陶冶，加以个人的学识渊博、才性卓异，他们的诗歌创作后来居上，雄视前贤，进入了登峰造极的境界。正是在他们这里，宋代诗歌进入了鼎盛和成熟阶段。

1. 王安石

王安石是有宋一代最重要的政治改革家，当其宦游地方，主政朝廷，大刀阔斧进行政治改革时，诗歌成了思考和战斗的工具，写下了大量关注现实、议政论史之作。王安石可以说是宋代诗坛现实意识最强、政治内容最为丰富的一位诗人。艺术上，这些作品多受韩愈、欧阳修影响，以文为诗，以议论为诗，风格奇崛雄健。中年之后的王安石，社会阅历进一步开阔，而思想情感也转为深厚沉潜。反映在诗歌内容上，题材趋于多样，咏史吊古、述怀感旧、酬答赠别等作品都有所增加；艺术上则服膺、效法杜甫诗歌的“绪密而思深”[②]和唐人佳作

① 元人龚啸评，梅尧臣《宛陵先生集》附录，《四部丛刊》影明万历梅氏祠堂本。

② 胡仔《苕溪渔隐丛话》前集卷六，人民文学出版社 1962 年版，第 37 页。

的“深婉不迫”(叶梦得《石林诗话》卷中),意态转为敛约,情韵趋于深婉,精于修辞,而风格凝炼。其晚年罢相退居江宁(今江苏南京),营建半山园,流连山水,咏诗参禅,平静的生活使其作品内容和风格进一步变化,大量的写景诗、禅理诗代替了早期的政治诗。这些诗多描写细致,修辞精巧,韵味深永,形式上则集中于律诗和绝句,黄庭坚说:“荆公暮年小诗,雅丽精绝,脱去流俗,每讽味之,便觉沆瀣生牙颊间。”[①]纵观王安石的创作道路,似乎有一个从早期直截发露的宋诗风格向晚年以丰神远韵见长的唐诗佳境回归的特殊历程,因而王安石在当时的诗坛上独树一帜,成就超卓,就其前后两个阶段,人们常以“王荆公体”“半山体”概括称之。

2. 苏轼

苏轼无疑是宋代最伟大的文学家,而诗歌是其文学创作中最为基本,也最为厚重的部分,在中国诗歌史上,苏轼是中国封建社会后期最为重要的诗人。苏轼一生饱尝宦海浮沉和人生挫折,其生活阅历和精神世界之丰富复杂,在宋代文人中可谓首屈一指。他“身行万里半天下”,行万里路又读万卷书,其才力之健、学识之富,洵出宋人头地。儒之入世、道之避世、释之出世,三家思想的杂糅,使他形成独具特色的思想性格。他热爱生活,热爱人民,积极入世,满怀激情;其人生道路大起大落,几起几落,艰难坎坷,饱经忧患,却能泰然处之,随缘自适;其立身处世,则能刚正不阿,待人接物光明磊落,胸怀坦荡。丰富复杂的生活经历和心灵世界,直接反映到他的诗歌创作中。现存2700多首诗,题材之广泛、情趣之丰富美妙、心性之坦诚真率,在宋诗中少有其比。清人叶燮在《原诗》中说:“苏轼之诗,其境界皆开辟古今之所未有,天地万物,嬉笑怒骂,无不鼓舞于笔端。”(内编上)这得力于他的阅历、他的生活,也得力于他的才气、他的性格,得力于他的思想、他的学识,得力于他活泼的心智、审美的灵心慧眼。

---

① 胡仔《苕溪渔隐丛话》前集卷三五,人民文学出版社1962年版,第234页。

他极善于从日常生活和自然景物中发现诗材，又善于从人生遭遇中总结经验，从客观事物中见出规律。在他眼中极平常的生活内容和自然景物常蕴含着深刻的道理和微妙的趣味，如《题西林壁》《和子由渑池怀旧》等，在这些诗中，事物现象已上升为哲理，而人生感受也转化为理性反思。诗中的哲理通过鲜明、生动的形象自然而然地表达出来，既优美动人，又饶有趣味，是名副其实的理趣诗。无论何种题材，到了他的笔下，无不情趣盎然，诗意勃发，真可谓信手拈来，触处生春。苏诗内容中弥足可贵的是对人生荣辱沉浮无比冷静、旷达的态度，苏轼诗中也不乏痛苦、愤懑、消沉、落寞的一面，但更多则是对挫折的傲视，对痛苦的超越，苏轼的作品也因此洋溢着豪放的意气和通达的智慧。

苏轼才高学博，对诗歌艺术技巧的掌握达到了得心应手的纯熟境界，并以通变求新的态度对待各类艺术传统，纵意所如，触手成春。苏诗长于比喻，新颖生动，层出不穷。如"春畦雨过罗纨腻"（《南园》），"欲知垂尽岁，有似赴壑蛇。修鳞半已没，去意谁能遮"（《守岁》），"欲把西湖比西子，淡妆浓抹总相宜"（《饮湖上初晴后雨》），都极其巧妙。其用典信手拈来，左右逢源，对仗也多精妙新奇。正因为苏轼对技巧的运用已臻化境，所以能够超越技巧，总体上予人以挥洒自如的感觉，丝毫看不出刻琢的痕迹。从整体上说，苏轼作诗擅长以气运笔，放笔纵意，所作大多才情奔放，挥洒自如，随物赋形，妙趣横生。苏轼论文，强调"辞达"，追求一种通脱明了的境界。在这种境界中他体会到了某种突破现实束缚的自由，他曾说："某平生无快意事，惟作文章，意之所到，则笔力曲折，无不尽意。自谓世间乐事，无逾此者。"（宋何薳《春渚纪闻》卷六引）自中唐以来，韩愈、欧阳修等人逐渐发展起以文为诗、以议论为诗、以才学为诗的创作倾向，苏轼这一"大放厥辞"的作风正是这一倾向的继承和发挥。当然，作为一位大诗人，诗风不是一成不变的，其独创性也并不排斥艺术表现的多样性和丰富性。其政治生涯的坎坷起落，其思想上儒家与佛老因素的消长变化，其创作实践的不同背景与对艺术问题的不同理解，乃至于生理心理的自然变化，使其诗风大致表现出早年的豪健清雄、中年的清旷简远和晚年的自然平淡蜕变嬗替而又交叉渗透的发展过程。苏轼有两句名言——“出新意于法度之中，寄妙理于豪放之外”（《书吴道子画后》），人们常用来评论其创作特征。其实对于苏轼来说，这两句并不仅仅是一个风格定义，而且是艺术创作的基本原则，包含内容和形式、情感与理智对立统一的辩证思想。苏轼的创作充满着许多复杂因素的辩证统一，其风格也从来就不是单一的，无论就其一生的创作，还是某一阶段的诗歌风格来看，都体现了一与多、特殊与一般、独创性与多样性的统一，展现着渊雅浩瀚的大家风范。

3. 黄庭坚

黄庭坚以诗文受知于苏轼，与秦观、张耒、晁补之并称“苏门四学士”。政治上与苏轼同命运，共进退，历经坎坷，思想精神也有很多相通之处，但性格气质与苏轼有所不同。黄庭坚多江西士人遗风，比较温实、沉静，儒学修养深厚，气质上与当时理学家较为接近。五代以来江西是禅宗胜地，黄庭坚较早就与临济宗的黄龙系结下了密切的联系。在圆融儒、佛、道方面，形成了自己的特色，“中刚而外和”（黄庭坚《跋欧阳文忠公〈庐山高〉》），既温厚端凛，又乐观洒脱。这种思想性格特征，对其诗歌艺术影响深厚。

黄庭坚不如苏轼那样才华横溢，生活经历也无其丰富复杂，诗歌题材拓展有限，多不出思亲怀友、感时抒怀、写景咏物、题品书画、唱和赠答的范围，富有人文气息、书斋意味。黄诗的成就主要在其鲜明的艺术个性上。黄庭坚潜心追求艺术上的独创，包括诗歌审美观念的标新立异、诗法技巧的推陈出新、思维方式的避熟就生、话语方式的奇险怪巧等。严羽《沧浪诗话·诗辨》批评苏轼、黄庭坚，“始自出己意以为诗”，“山谷用工尤为深刻”。其实，宋诗之所以能写出自己时代的特色，原因之一就在于苏、黄他们能够“自出己意”。在这方面，黄庭坚所下功夫尤为突出。他特别重视构思布局和句法结构的曲折变化，选择生硬字眼，抉发奇特意象，创造新颖比喻，活用典故成语，押险韵作拗律，以追求生新、瘦硬、拗峭的效果，既有挺拔兀傲的骨力，又有苦涩返甘的韵味，确实创造了一种意味独特的审美境界，后人常以“山谷体”称之。这样一种骨格峭拔而神气内蕴的风格意味很契合封建社会后期广大中下层文人的审美心理，因而受到了广泛的喜爱和传效。

当然，优点本身往往也就潜伏了缺点。追求章法出奇变化，有时便觉神气不贯；句法过于特殊，就会流于生硬古怪；用字力避平熟，一旦过分就不免艰险冷僻。苏轼对黄庭坚诗评价很高，但也作过风趣的批评，他说黄诗“如蝤蛑江瑶柱，格韵高绝”，但吃多了会令人“发风动气”（苏轼《书黄鲁直诗后》）。尽管如此，黄庭坚的探索精神是值得高度肯定的。古代诗歌在唐代达到高峰，唐代诗人把各种体裁的诗歌功能都发挥得淋漓尽致，各种诗体的内部功能和形式体制的发展到了“山重水复疑无路”的地步。在这样的情况下，宋人如要百尺竿头，走出唐诗的阴影，就只有两条路可走：一是创造新的体裁以代替旧的诗体，这是宋词的任务；另一条路就是尽量挖掘旧有诗体表现功能和形式体制上的种种潜力，并尝试新的可能性，赋予它新的生命力。这正是自欧阳修以来宋代诗人们努力实践的方向。而黄庭坚诗之所以能成为宋诗的代表之一，也恰好是在这一点上作出了突出的贡献。

正如陈师道《后山诗话》所说，“王介甫以工，苏子瞻以新，黄鲁直以奇”称胜，王安石诗是一种精湛工致的美，苏轼的诗是新鲜活泼的美，而黄庭坚则是一种拗峭奇特的美，他们以三种不同的美学风范雄踞北宋盛时诗坛，代表了宋代诗歌的最高成就，尤其是苏、黄二家，以师生而齐名，历来被视为宋诗风格的典型代表。当时三家各有不少的羽翼追随，形成了诗坛繁荣辉煌的面貌。尤其是苏轼、黄庭坚活跃的宋哲宗元祐年间前后，更是一派人才济济、群星璀璨的盛况。后人将其与盛唐开元、中唐元和并称为诗坛“三元”，视为古代诗歌史上的三个黄金时代。

（四）江西诗派

毫无疑问，苏轼是宋诗鼎盛期成就最大的一位诗人，但由于苏轼写诗的方式是依凭才情而随意挥洒，不主故常，所以别人难以追随效仿。而且从神宗元丰尤其是哲宗元祐后期以来，激烈的党争常常引发文字狱，苏轼那种嬉笑怒骂的作风使人敬而远之。于是，作诗讲究法度，工夫细切，有章可寻，题材又偏重于书斋生活、日常情趣的黄庭坚便成了青年诗人学习的最好榜样。黄庭坚本人平常言谈中也多诗歌写作的经验传授和方法指导，如所说“以故为新”“以俗为雅”“脱胎换骨”“点铁成金”之类，都是切实具体的创作技巧。到了北宋末南宋初，追随黄庭坚的诗人逐渐形成一个声同气应的诗歌流派——江西诗派。这是两宋之际诗坛上最重要的现象。

江西诗派以宋徽宗年间吕本中所作《江西诗社宗派图》而得名。该文举黄庭坚为宗派之祖，下列陈师道、潘大临、谢逸、洪朋、洪刍、饶节、祖可、徐俯、林敏修、洪炎、汪革、李錞、韩驹、李彭、晁冲之、江端本、杨符、谢薖、夏倪、林敏功、潘大观、王直方、善权、高荷、何觊等 25 人。所列 25 人中，陈师道、韩驹、饶节、三洪、晁冲之、李彭、二谢等有较多作品流传，其余只有零星作品留存，甚至湮没无闻。所谓江西即宋代的江南西路，所列成员中 11 人是此方人士，而陈师道、潘大临、晁冲之、王直方等多半不是，之所以称江西宗派，主要是因为黄庭坚为江西人。诗派成员大多受到黄庭坚直接或间接的指点，诗歌创作也或深或浅地受到黄庭坚诗风的影响。这个流派一直延续到南宋，吕本中、陈与义、曾几、赵蕃等人也被视为诗派中人。到了宋末元初，方回因为诗派成员多数学习杜甫，就把杜甫作为诗派之“祖”，把黄庭坚、陈师道、陈与义称为诗派之“宗”，提出了江西诗派“一祖三宗”[①]说。

黄庭坚之外，陈师道、陈与义、吕本中、曾几是江西诗派中最重要

① 方回《瀛奎律髓》卷二六陈与义《清明》诗后评论道：“呜呼，古今诗人当以老杜、山谷、后山、简斋四家为一祖三宗，余可预配飨者有数焉。”

的诗人。陈师道与黄庭坚大致同时，也是苏轼门下的重要文人，政治地位低下，生活贫困潦倒，性格清耿狷介。他既不像苏轼那样才气过人，也缺乏黄庭坚那样精深的学力，创作以五律为主。相传作诗刻苦至极，但又主张“宁拙毋巧，宁朴毋华”（《后山诗话》），因此其所谓朴拙也是一种苦心孤诣的结果，质朴无华中内蕴曲折深挚的贫士酸楚情调。在整个江西诗派中，这种朴拙瘦劲的诗风一直较为流行。

陈与义、吕本中、曾几都是南北宋之交人，比黄、陈要晚一辈。山河破碎的形势与颠沛流离的经历使陈与义认清了杜甫的精神意义，努力学习杜诗忧国忧民的精神，艺术上也转以学习杜诗沉郁悲壮的风格。陈与义南渡后的诗歌在江西诗派中最接近杜诗的“沉郁顿挫”。吕本中、曾几作诗倡导“活法”。所谓“活法”是相对于江西诗派末流一味模仿黄、陈诗法而不知变化而言的。在他们晚年的创作中，黄、陈诗风的影响都明显减弱，代之而起的是一种轻快流丽的风格，显示了在宋室“南渡”后新的地域、社会和文化条件下江西诗派内部的转变。

（五）中兴四大诗人

所谓“中兴”指南宋中期即宋孝宗、光宗朝和宁宗朝前期社会相对安定、繁荣的时期，这时一批出生在“靖康之难”前后，与南宋王朝一同成长的诗人登上诗坛。他们自小生活于社会动荡并走向半壁偏安的时代，与北宋苏、黄等人有着完全不同的创作环境。同时他们自小也感受到诗坛风气的转变，所以比吕本中、曾几等更富创新精神，最终以崭新的诗歌风貌取代了江西诗派在诗坛的主流地位。这些诗人中，陆游、杨万里、范成大、尤袤（一说萧德藻）四人最为著名，被称为“中兴四大诗人”。他们中尤袤、萧德藻的作品都失传较多，成就也稍逊，因而值得重视的是陆、杨、范三家。

1. 陆游

陆游一生勤奋创作，流传至今的诗就有 9400 多首。诗歌内容极为丰富，几乎涵盖了当时社会生活的各个方面，其中最重要的是爱国主题和日常生活情景的吟咏，正如清人《唐宋诗醇》卷四二所说："其感激悲愤、忠君爱国之诚，一寓于诗，酒酣耳热，跌宕淋漓。至于渔舟樵径，茶碗炉熏，或雨或晴，一草一木，莫不著为歌咏，以寄其意。"

陆游出生当北宋灭亡之际，亲历南渡后丧乱之痛，又受亲友、师长之爱国思想的影响，从小便树立了恢复中原为国雪耻的大志，毕生坚持不懈。他的作品得时代风云之助，唱出了当时抗战爱国的最强音，也是自北宋以来爱国主义精神传统最集中的体现。他的诗歌不仅表现故国之思、亡国之痛，更表现抗战报国的决心；不仅表现理想与现实的矛盾，更敢于抨击投降派的卖国罪行；不仅表现对侵略者的仇恨，也表现对沦陷区百姓的同情。爱国思想和精神不仅贯穿他的一生，更反映在平时生活中的各个方面，可谓念念在兹，梦寐以求。在诗中他多以梦境来展现驰骋沙场、收复中原的理想。如此全面彻底、深刻强烈的爱国主义情怀，在同时诗人作品中并不多见。特别是他那"拥马横戈""气吞残虏"的气概，更是少有其比。这些都构成了陆游诗歌爱国主题的最大特色。

陆游热爱自然，热爱生活，感情浓挚，性格豪放，很具诗人气质。他善于发现自然之美，也能敏锐地捕捉日常生活中的诗意。一山一水，一草一木，一鱼一鸟，无不剪裁入诗。平日饮酒、品茶、观画、赏花、写字、读书、躬耕等家常小事，都能成为诗材，常写出自己的豪情、雅兴或感慨。他现存诗歌大多属于这一类，而且三分之二作于 60 岁之后投老置散、优游卒岁的时光里。

陆游一生寿命长，人生变境多，诗歌题材多样、主题丰富，风格也就绚烂多彩。有的雄阔悲壮，豪迈奔放；有的清新明丽，含蓄隽永；有的充满瑰奇的想象；有的又出以平实的描绘。所以他当时有"小李白"的称号，又被人比之于杜甫，晚年的一些闲适诗还近似于白居易。他于各种诗体都擅长，律诗"使事必切，属对必工。无意不搜，而不落纤巧；无语不新，亦不事涂泽，实古来诗家所未见”[1]，古体“才气豪健，议论开辟，引用书卷，皆驱使出之，而非徒以数典为能事，意在笔先，力透纸背”[2]。绝句笔致流转，情韵深永。当然陆诗也有比较明显的缺点，一些诗写得浅率滑易，由于数量多，字句和诗意也不免有一些重复出现的现象。

2. 杨万里

杨万里是一位理学色彩比较明显，品德气节高尚，当时口碑极好的文人。杨万里的诗兴主要在山水风景和日常生活情趣上，所咏多十分平常的景物与经历，但每每有一些独特的体验与情趣。他的诗风发生过多次变化，早年从学江西入手，后来改学王安石和晚唐绝句，最终领悟到应该摆脱前人的藩篱而自成一家，并形成了个性鲜明的“诚斋体”（杨万里号诚斋）。最显著的特征是活泼自然，饶有谐趣。平常的事物在他总能引发一些奇思妙想，他笔下的自然景物多具生机与灵性，而他也多表现出一种戏笔调侃乃至于插科打诨的态度，因而读来有一点喜剧式的轻松与幽默。语言也极其通俗灵活，充满了日常口语的气息。这种情趣、风格在当时的诗坛乃至于在整个古代文人诗词中都是极其少见的。当然不少作品也给人浅率无谓乃至于油腔滑调的感觉，这是此类情趣风格难免的风险。

3. 范成大

范成大常年在各地任地方大员，周知四方风土人情，诗中反映的生活面较广。他描写民生疾苦的诗，继承杜甫和中唐“元白”“张王”新乐府的传统，而写法别具一格，多以冷峻、客观的笔调记叙，其批判的力度并不亚于白居易等人的大声疾呼。范成大诗中价值最高的是使金纪行诗和田园诗。他的使金七十二首绝句，把出使金国的沿路见闻感触以七言绝句一一记于诗，主要描写沦陷区山河破碎的景象，中原人民盼望光复的情形，凭吊爱国志士的遗迹，内容极其真切，感

①② 赵翼《瓯北诗话》卷六，人民文学出版社 1963 年版。

触也极为深刻，在当时的爱国题材诗歌中独树一帜，而其七言绝句组诗的方式对南宋文人征行、感时一类创作也多有启发。范成大退居故乡所作《四时田园杂兴》六十首七绝组诗，融田园诗、风土诗、农事诗、讽谕诗、闲适诗、四时感兴诗等多种诗歌传统于一体，描写内容以乡村农事与村社风土人情为主，细大不捐，纤悉毕登，无异于当时太湖地区乡村生活的风俗长卷，在陶渊明、王维与孟浩然之后，开创了田园诗创作的新境界，对后世影响较大。

（六）永嘉四灵与江湖诗派

“永嘉四灵”和江湖诗派是主要活跃于当时浙西、浙东、福建路即今苏、浙、闽三省的文人。

1.“永嘉四灵”

“永嘉四灵”是永嘉地区（今浙江温州）的四位诗人：徐照、徐玑、赵师秀和翁卷。他们同出叶适之门，各人的字中都有一个“灵”字，所以叶适把它们合称“四灵”，并编选《四灵诗选》，为之揄扬。“四灵”或为布衣，或为小官，都是命运落拓的贫寒之士。他们的生活面狭小，诗歌内容也较单薄，只有少数诗涉及民生与时事，多数作品只是题咏景物，唱酬赠答。作品中出现最多的意象是花、竹、鹤、僧、琴、药、茶、酒之类，每人存诗也只一两百首，确实是一群格局较小的诗人。作诗以中唐贾岛、姚合为榜样，以五律为主，擅长描写清邃幽静的景色与枯寂淡泊的闲隐生活，艺术上精雕细琢，玲珑雅洁，但多有精切工巧的对仗，而全篇意境常不够浑成、完整。倒是他们的七绝间有生活气息浓郁，意境浑融、清新可诵之作。“四灵”出现的时候，江西诗派的影响渐趋式微，他们在主观上也想打破江西藩篱，因而选择贾岛等作为典范，并在写作中尽量少用典故成语，含有与江西背道而驰的意图。在叶适看来，“四灵”的诗风是对唐诗的回归，其实多属一种经历平淡、才力有限，小本经营，“因狭出奇”（叶适《题刘潜夫南岳诗稿》）的诗学策略而已，与宋初“晚唐体”有些许异时同调的色彩。但这种诗风相对于江西诗风终是一种反拨，加之叶适等人的大力揄扬，所以在当时获得了远远超过其实际成就的名声，对稍后的江湖诗派产生了一定的影响。

2. 江湖诗派

南宋后期有许多没能入仕的游士流转江湖，以献诗卖文为生，成为江湖谒客。当时杭州书商陈起，喜欢结交文人墨客，其中多低级官员、隐逸之士，也有许多江湖游士。陈起为他们刻印诗集，总称为《江湖集》。以江湖游士为主的这些诗人就被称为江湖诗派。由于被收入《江湖集》的诗人身份各异，又没有公认的诗学宗旨，所以是一个十分松散的诗人群体，他们只是有大致相似的创作倾向而已。这个诗派成员众多，人品流杂，仅《江湖集》所收就过百人。他们大多对国事不甚关心，又多不能清贫自处，热衷于交游、结社，相互拉拢、标榜。他们主要分布在今浙、苏、闽三省，尤其是在当时临安（杭州），不少人以诗歌干谒权贵，谋取钱财。这些习气带着一些文学商业化的色彩。当然这个流派情况十分复杂，不可一概而论。一些生活在社会下层的文人，生活面较广，题材来源较为丰富，农民和城市贫民的悲惨处境不时出现于笔下。他们最擅长的题材仍是写景抒情，这方面的作品与“四灵”颇为相通，只是境界稍阔些。江湖诗人中成就突出的是刘克庄和戴复古等少数诗人。刘克庄在江湖诗人中官位较高，年寿也长，创作也丰，又喜提携后进，故被许多江湖诗人视为领袖。他的作品不乏忧讽时事之作，艺术上能兼学陆游、杨万里等前辈名家，因而一定程度上突破了“四灵”、江湖诗风的束缚。戴复古也是如此，多反映民瘼与时弊，学陆游雄放外，还兼学杜甫之沉郁，在江湖诗派中独树一帜。从总体上看，江湖诗派不满“江西”，仿效“四灵”，学习“晚唐”，但取径比“四灵”远为开阔，这基本上代表着南宋后期诗坛的基本倾向。

（七）宋末遗民诗人

南宋后期的诗坛，抗敌御侮的主题一直绵延不绝，但只有到了宋末危急存亡之际才成了时代的主流。当时诗人实有两类，一是文天祥那样的民族英雄，奋起反抗，以死殉国；另一类被称为遗民，以谢翱、谢枋得、林景熙、郑思肖为代表。他们早年的诗歌大多比较平庸，风格不出江湖故习，但“国家不幸诗家幸”（清赵翼《题元遗山集》），正是国家生死存亡、天翻地覆的变化，赋予诗歌以悲壮的“史诗”内涵和沉痛的遗民血泪，洋溢着爱国主义的光芒。

（八）理学诗派

理学的出现是宋代思想史上的大事。从北宋邵雍、张载、程颢等到南宋的刘子翚、朱熹、张栻、真德秀、魏了翁等，虽然对文学的态度不出理学家否定文学价值的基本立场，但实际多隐有爱好。邵雍可以说是北宋最重要的理学诗人。他是一个隐士与学者，受道教影响较深，早年在中原、关陕一带漫游，后定居洛阳，过着安闲乐道的生活。他作诗只是自娱，用他的话说是“行笔因调性，成诗为写心”（《无苦吟》），因此是“兴来如宿构，未始用雕镌”（《谈诗吟》）。内容也多是流连光景，谈史说理，闲适悟道。随兴而写，不计工拙，语言平易晓畅，有时甚至近乎打油，在诗歌史上与唐代王梵志、禅宗偈诗风习相近，同属另类。辛弃疾说“饭饱且寻三益友，渊明康节乐天诗”（《鹤吟偶作》），把它与陶渊明、白居易相提并论，也可见其属于文人闲适诗的传统。明清时期随着理学家队伍的不断壮大，这种平淡说理的风格颇有影响。南宋刘子翚、朱熹师徒二人，是理学家中最富文才的，无论写景、抒情与说理都是诗家当行，尤其是朱熹善于描写优美的山水风景，来寄托体道悟理的情怀，象征治学修身的道理，流溢着鲜明生动的理趣，代表了宋代理学家诗歌的最高成就。

（原载郁贤皓主编《中国古代文学教程》，高等教育出版社 2007 年版，第 256—265 页。李江才校订）

宋文概说

在我国散文史上，宋代散文占有很重要的地位。宋代散文是沿着唐代散文，尤其是中唐韩、柳古文的道路发展而来的，并且完成了韩、柳古文运动的未竟事业，彻底推翻了骈文的主导地位，奠定了此后以古文写作为主导的散文创作格局。宋代散文的实际成就也超过了唐代散文。后人有“唐宋八大家”之说[①]，而八位古文作家中有六位属于宋代。而且北宋的王禹偁、范仲淹、晁补之、李格非，南宋的胡铨、汪藻、陆游、吕祖谦、陈亮、叶适等也都堪称名家，其他有名篇佳作引人瞩目的作家如李清照、朱熹、文天祥等更不在少数。宋代散文作家的阵容比唐代更为壮大，作品的数量大幅增加，名篇佳作的数量也有明显增加。

一、宋代散文发展的历程

宋代散文的发展有相对独立的轨迹和节奏，大致可分为三个阶段。

（一）北宋初期

中唐古文运动在韩、柳之后，出现低潮，难以为继，韩、柳极力抵

---

① 明朱佑编《八先生文集》选八家文，明中叶唐顺之《文编》于唐宋也独取此八家，茅坤继而编成《唐宋八大家文钞》，“唐宋八大家”便成为文学史上的专有名词。

制的骈文有所回潮，到了晚唐五代渐见弥漫。宋初文坛基本沿袭晚唐五代遗风，骈体辞赋比较盛行。于此同时，柳开、王禹偁等人以复兴韩、柳"道统""文统"为己任，在反对唐代咸通以后艳冶柔靡文风方面取得一定成绩，但因种种主客观因素的限制，尚不能扭转五代余风。到了宋真宗年间，由于政治上虚诞浮夸，操笔之士"率以丽藻为胜"（石介《石曼卿诗集序》），杨亿、刘筠等人的"西昆"四六时文应运而生，典赡绮靡的文风踵事增华，统治文坛三四十年。

（二）北宋中后期

宋仁宗朝，范仲淹领导的政治改革浪潮推动了文风的改革，穆修、尹洙、范仲淹、石介、苏舜钦、欧阳修、张方平等士大夫以学习韩、柳古文相号召，倡导文以"明道""务本"，"经世致用"，传播韩、柳文集，抨击西昆时文，复兴韩、柳古文传统，使古文运动取得了重大胜利。在这次古文运动中，欧阳修是一个极其关键的人物。他明确反对西昆骈文刻镂雕绘之态，同时注意纠正复古之士中滋长的险怪文风，使散文革新走上了健康发展的道路。他的散文内容充实，无论是议论、叙事，还是写景、抒情，都是有为而作，有感而发，形式上则文备众体，古文、辞赋、四六兼长，并能注意融会贯通，大大拓展了散文表达的空间，也大大增强了散文抒情写意的文学色彩。欧文语言简洁流畅，文气纡徐舒婉，形成了平易自然的风格，奠定了宋代散文平易自然、明快畅达的时代新风。

宋仁宗朝后期至英宗、神宗、哲宗朝，是宋代散文发展的繁荣时期。王安石、曾巩、苏洵父子、苏门诸学士相继而起，沿着欧阳修开辟的道路继续前进。他们的论文主张大致相似，都强调明道致用、言之有物；创作上论政说理、抒情写景、叙事状物等全面展开，各擅胜场，也多能融贯包举；而艺术上在欧阳修平易自然的基础上，不断拓展，各逞所能。王安石简洁峻切，曾巩雅正周详，苏洵纵横驰骋，苏轼汪洋恣肆，苏辙温粹淡泊，各有其致，卓然大家。"苏门四学士"中晁补之、张耒、秦观等也以能文称，也多有佳作，整个古文创作呈现出持续繁荣的局面。在宋代古文诸大家中，苏轼的成就最为杰出，他论文重在“有为而作”，追求“辞达”，汲取孟子和纵横家的雄放驰骋，庄子的丰富联想、自然恣肆和欧阳修古文的平易流畅等多种风格，以自己杰出的天才，大气包举，鼓舞万物，随物赋形，无施不可，滔滔汩汩，汪洋恣肆，而又能灵动活泼，妙趣横生，代表了宋代散文创作的最高成就。苏门文人之后即宋徽宗年间的散文创作，一如诗歌领域，由于党禁文禁，呈现出萧条寂寞的景象。

（三）南宋

南宋散文的成就远不如北宋，没有出现欧、王、曾、苏那样的大家。但在某些方面也取得了一定的进展。大致说来有这样几个方面值得注意。

1. 政治家的古文

主要指一些政治色彩较浓的文人的创作。首先是民族危机激烈时期的政论文。南渡初期以及围绕高宗绍兴和议、孝宗隆兴和议、宁宗嘉定和议，宗泽、李纲、岳飞、胡铨、陆游、辛弃疾等人一系列主张抗战、反对投降的政论文，义愤填膺，慷慨激昂，充满了强烈的爱国主义精神，具有鲜明的思想和历史价值。南宋中期以陈亮、叶适、王十朋、陈傅良为代表的功利派写下很多议时论政、建言献策的论文，内容丰富，思想深刻，说理有力。

2. 文学家的古文

南渡后，苏文解禁，散文写作普遍以苏轼为准绳，不仅推动了苏轼等北宋名家古文在南宋的传播，同时也有力地促进了古文创作的活跃。南宋的文学家们如李清照、杨万里、陆游、范成大等，在诗词创作的同时，也写下了不少优美的古文。宋末遗民文人之文如文天祥的《〈指南录〉后序》、谢翱的《登西台恸哭记》更是血泪凝成的文字，有着极其动人的力量。

3. 理学家的古文

南宋理学家队伍不断壮大，形成了不同的派别，古文成了其思想争鸣的重要工具。除了议论文外，也有不少文学性散文，如朱熹的《百丈山记》《江陵府曲江楼记》《记孙觌事》等，写景、记游、叙事都表现出浓郁的文学情趣。南宋理学家普遍能文，这说明文学与理学间的势不两立开始瓦解，韩、欧与程、朱之间出现了融通的趋势，这对宋以后的散文有着深远的影响。

4. 散文选集的编刊

南宋散文选集、总集以及评点的编纂比较盛行。这是古文创作繁荣、创作意识高涨之后的理论和学术反应。古文家吕祖谦编纂有《三苏文选》《宋文鉴》《古文关键》等书。南宋后期编选散文集的风气更甚，重要的有理学家真德秀的《文章正宗》《续文章正宗》、文学家谢枋得的《文章轨范》等，体现了不同的古文理念，产生了一定的影响。

二、宋代散文的时代特征

宋代散文在内容、形式和风格上都形成了鲜明的时代特色：

（一）实用与审美功能的整合

宋代散文是在唐代散文尤其是韩、柳古文的基础上发展起来的，韩、柳古文仍以应用文和议论文为主，而宋代散文中叙事、抒情、说理、状物各种功能都更加完善，而且参杂使用，甚而融为一体，使散文的实用价值与审美价值更好地结合起来。宋代的政论文和学术论文特别发达，从王安石、曾巩到胡铨、吕祖谦、陈亮、叶适等，散文的议论功能深入发展。以欧阳修、苏轼为代表的作家则更加注意多方面的融合，加强了散文的抒情性质和文学意味。比如欧阳修在史论和墓志中都倾注了强烈的主观感情色彩。范仲淹、欧阳修、苏轼等人的亭台楼阁记和书籍序言中多加进了议论和抒情的内容。而在欧阳修

《醉翁亭记》《秋声赋》、苏轼《赤壁赋》等散文名篇中，包括辞赋问答、铺陈在内的各类散文功能更是水乳交融，具有了诗化的意境，成为名副其实的美文。因而从总体上说，宋代散文的文学性大大增强了。

（二）文体的多样化

宋以前的散文发展，骈、散二体分道扬镳，甚而不共戴天。宋代文学家的态度则较为通达，范仲淹、欧阳修、苏轼等人致力于古文写作，但都不卑视和摒弃骈文，而是在写作古文时注意吸收骈文辞采、声调等方面的长处，以丰富古文的节奏、韵律之美，如范仲淹《岳阳楼记》、欧阳修《醉翁亭记》等都有明显参用两者之长的迹象。同时又借鉴古文的手法，对骈文进行改造，创造出参用散体单行的四六和文赋。这样，古文和骈文经过取长补短，各自都获得了新的活力。先秦以来的各种散文文体在宋代散文中都得到了充分使用和灵活发挥。同时宋代散文中还出现了独具一格的笔记文，这种文体不拘长短，轻松活泼。与此相应，宋代古文中轻松短小的随笔杂文小品也较流行，这都是古代文体解放和纯文学抒情写意功能加强的重要标志。

（三）风格的平易畅达

宋代散文的风格丰富多彩，古文大家都各具个性，但就整体而言，宋文的风格是趋于平易畅达、舒缓明快的，在韩文的雄肆、柳文的峻切之外开辟出新的艺术境界。就美学价值而言，宋文与唐文并无高下之分。宋文的风格变化，主要朝着更加自然、更加贴近生活的方向发展。这种语意明畅，文从字顺，如行云流水一般的散文，显然更切于实用，也更易为读者所欢迎。

三、宋代散文的历史地位

在宋人心目中，古文是宋代文学诸文体中价值地位最高的一种。

就其发展过程来说，宋代散文的发展也处于某种主导的位置，宋代文学的改革是以“古文运动”为发端的，由此带动了诗歌，进而是词，逐步展开宋代文学的时代特征。

明初宋濂说：“自秦汉以来，文莫盛于宋。”(《苏平仲文集序》)宋代散文创作呈现高度繁荣的局面，思想内容和艺术成就都极其丰富，在整个古代散文史上可以说是最为辉煌的一个阶段。而其历史影响也极其深远。宋代古文运动提出的“文以载道”“文与道俱”等创作主张成了后世古文创作乃至于整个文学价值观的基本理念。宋以来，古文成了用途最为广泛的散文文体，以古文为主、骈文为辅的文体格局得以确立，而散文也与诗歌、词曲等一道，成了封建文人抒情写意的重要样式，文以载道、诗以言志、词以言情也成了士大夫文学创作的基本生态。明人艾南英说：“文至宋而体备，至宋而法严。”(《再答夏彝仲论文书》)宋代古文创作的丰富经验、形式规范以及语言风格成了宋以后散文创作最基本的范式。

(原载郁贤皓主编《中国古代文学教程》，高等教育出版社 2007 年版，第 334—336 页。李江才校订)

宋辽金文学课程纲要

“宋辽金文学”，文学史上通常简称为“宋代文学”，包括宋、辽、金三个先后对立的封建王朝的文学发展状况。其中宋朝又分为北宋、南宋两个阶段，通称“两宋文学”。从历史过程、创作状况、实际成就和文学史地位看，两宋文学是宋辽金文学的绝对主体。宋辽金文学自公元960年赵匡胤在开封东北陈桥驿“黄袍加身”、建立宋朝开始，至公元1279年宋帝昺在广东珠江口崖山投海结束，前后持续三个世纪，与唐朝大致相当。文学的繁荣状况与唐朝相比也丝毫不让，诗、词、文同时活跃发展而臻于极盛，大家名家林立，脍炙人口的作品难以数计，包含着丰富而灿烂的成就。而戏剧、白话小说等叙事文体酝酿萌发，又包含着文学新旧转型的历史趋势，开启了后世雅、俗文学共同发展的格局。宋代文学处于古代文学继往开来的关键时期，不仅广泛而充分地反映了宋、辽、金时期各地区、各阶层的生活风貌，展现出丰厚的创作成就和深刻的理论经验，而且包含着文学内外各方面兼融并包、融会贯通而推陈出新的发展智慧与历史经验，值得我们高度重视与认真学习。

绪论　宋辽金时期社会文化与文学发展概况

一、社会文化概况

（一）政治：

1. 宋、辽、金朝多政权的对立：

北宋与辽、西夏、大理、吐蕃；南宋与金。中国边缘地区的发展：晚唐五代时南方的分裂、割据与发展，契丹的兴起，西夏王朝的建立，女真的兴起与南下。民族矛盾与民族意识，文学中不同的忠君爱国情怀。

2. 宋朝中央专制集权的加强与官僚政治体制的发展：

贵族门阀政治的消亡，君主专制的强化（相权削弱，台谏，军政财分掌，州府通判）；科举制的改革与发展，员额扩大、制度改革，诗赋的崇高地位受到挑战，策论和经义逐步受到重视。崇文抑武，优礼文士，封建官僚政治体制（选拔、差遣、俸禄、磨勘）的发展。封建统治的基础：新型封建士大夫即官僚地主阶级知识分子。“冗官冗兵”“积贫积弱”。改革与保守，抗战与求和。士大夫的官僚职责与相应的社会政治意识使文学中相关内容明显增强。

（二）经济：

1. 经济格局的变化：

北方地区自然环境的退化，宋以来气温的转冷。人口密度增加，经济重心的东移、南下。黄河中下游三角平原、长江中下游地区以及岭南的开发。运河、江海经济的时代。江南地区的经济富庶，“苏湖熟，天下足”（范成大《吴郡志》卷五〇）。文学家分布的南方性，浙、苏、赣、闽成了文人渊薮。

2. 地主经济的发展：

土地私有化的发展，中世纪庄园部曲制的解体。税役体制的变化，土地买卖与劳力雇佣。地主阶级与农民阶级。官僚地主阶级生活水平的提高,“盖人家每日不可缺者,柴米油盐酱醋茶”(吴自牧《梦粱录》卷一六),文学中日常生活情趣类内容大幅增加。

3. 生产力的发展:

生产力的提高,生产技术的提高,农业新品种、两熟制。产业的分化(茶、丝、陶瓷),多种经营的发展,生产的深度和广度拓展。水稻种植、江南水乡生活成了文学描写的重要内容。

4. 商业的兴起:

坊市与草市,都市的星罗棋布。货币经济,铜钱与银块,交子、会子。文学书籍出版的商业化、市场化。

(三) 社会:

1. 宗法社会:

小宗别立,家谱、宗祠、家训等。《百家姓》的出现。

2. 社会流动:

城、乡及地区间的横向流动;自耕农、中小地主阶级、大官僚地主阶级等阶层的上下流动。传统士庶社会对立意识不断淡化,思亲重于思乡。

3. 市民社会:

乡村户与坊廓户。城市的消费性质,市民阶层的兴起。市民文艺的活跃。

4. 其他社会群体:

胥吏、军士、僧道、舟师、渔人、医巫卜祝、江湖盗匪等行业与社群;行会盟社等组织。“社会”活跃。

5. 地方社会的兴起:

地方志的兴起,义田救济。区域性文学群体的活跃。

(四) 文化:

1. 教育的普及:

书院(民办)与太学(公办),科举(考试)与教育(学校)。村学、女学。

2. 思想学术与科学技术的发展：

史学等学术，科学技术（农、医、历、算、土木等）。经学与理学，“汉学”与“宋学”。“宋学”的基本精神：宗经明道、经世致用；从宇宙论到伦理学，从“外王”到“内圣”，道德性命之学的发展。理学是宋学的核心、整个封建意识形态的核心，理学维护封建宗法伦理和专制集权制度，适应中下层地主阶级壮大、宝塔式专制集权和官僚政治强化的社会形势与统治利益。文人与学者。

3. 宗教的转型：

宗教的衰落，宗教的世俗化。“禅宗”与“新道教”，儒佛道思想的深入融合，宗教参与政治教化（“佛法”与“王法”），宗教徒士人化、学者化。士人与佛道的双向交流与影响，“以禅喻诗”。

4. 艺术的变化：

宋代艺术主体的变化，文人化和市民化，高雅的文人情趣与通俗的平民趣味。绘画：壁画、色彩转向水墨、写意。音乐：大型礼乐转向市井说唱、杂剧。书法：唐楷定为印刷体，“帖学”的兴起，碑刻与卷轴、书札，“晋人尚韵，唐人尚法，宋人尚意，元明尚态”（清梁巘《学书论》）。文学中书画等人文题材创作的兴起。

二、宋代文学的概况

（一）分期：

学术界至今无公认的分期，通常有这样一些说法：

1. 四期说：

北宋前期（太祖、太宗、真宗、仁宗、英宗朝）、北宋后期（神宗、哲宗、徽宗、钦宗朝）、南宋前期（高宗、孝宗、光宗至宁宗朝早期）、南宋后期（宁宗开禧北伐以后）。“四唐说”的变种。

2. 五期说：

宋初三朝（太祖、太宗、真宗）60 多年；北宋中期（仁宗、英宗、神宗、哲宗朝）70 多年；北宋后期（徽宗、钦宗朝）近 30 年。南宋分前、后期，同四期说。

3. 六期说：

北宋分三期，如五期说。南宋也分三期：前期即高宗建炎至绍兴中叶大约 30 年，也可包括整个高宗朝；中期大约从绍兴后期或孝宗隆兴至宁宗朝开禧北伐(1206)，大约 50 年；后期即开禧北伐之后，大约 70 年。

（二）宋文：

1. 繁荣状况：

有别集流传者 600 余家，作者逾万，作品逾 10 万。大家名家与流派。古文、骈文与语体文。

2. 发展过程：

宋初骈体盛行。欧阳修倡导古文运动，奠定宋代古文的基本面貌，曾、王、三苏继而推扩，取得较高成就。南宋散文表现出强烈的爱国主义精神，多与民族斗争息息相关，事功派、理学家、古文家散文三足鼎立，各有成就。古文理论。

3. 基本特点：

宋代古文是韩、柳古文的继承与发展。实用功能与审美功能进一步整合，审美功能得到发展，随意论说、意至笔随的自由精神得到了张扬。文不只载道说理，也纪事言志、抒情写意。题材、体裁和风格多样。宋文如川原旷野，平易畅达，表现出新的时代风貌。

（三）宋诗：

1. 繁荣状况：

数量约为唐诗的五倍。苏轼、黄庭坚、王安石、陆游等大家，梅尧臣、杨万里等名家，"体派"众多，成了宋诗艺术发展的重要方式。

2. 发展过程：

宋初三体。欧、苏、梅三家诗开始显露时代个性，王安石、苏轼、黄庭坚相继登上诗坛，宋诗进入鼎盛时期。苏轼是北宋最杰出的诗人，诗歌情趣渊雅，艺术圆熟活泼，显示了宋诗的充分成熟，代表了宋诗的最高成就。黄庭坚作诗注重方式方法，风格瘦硬生新，当时影响很大,形成江西诗派。南宋“中兴四大诗人”突破江西樊篱,陆游是宋代最杰出的爱国主义诗人,杨万里的“诚斋体”、范成大的田园诗都卓有成就。“永嘉四灵”与江湖诗人,遗民诗人的绚烂尾声。

3. 基本特点:

“以文字为诗,以才学为诗,以议论为诗”(严羽《沧浪诗话·诗辩》),“取材广而命意新”(清吴自振《宋诗钞序》引明人曹学佺语),以筋骨思理见长。“唐音”与“宋调”。宋调,一个与封建社会后期士大夫生态、心理对应的诗美风范。中国封建社会前期诗人浓烈的慷慨之气和骚怨情绪让位给官僚士大夫文人对社会人生的深入思考与日常生活的丰富情趣。诗与音乐的关系愈行愈远,诗带有更多文人味、书卷气。诗歌发展了许多趣味,也刻意琢磨了更多技巧,同时也凿破了早期诗歌缘情而发、言随兴至的浓郁、浑沦与醇厚,展现出更多出于生活质感和心志历炼的深刻、散漫与斑驳。

(四) 宋词:

1. 繁荣状况:

作品数量。大家名家,名篇佳作。

2. 发展过程:

宋初沿袭五代余风,存词不多;晏、欧的小令承南唐余绪而初呈新意,柳永、张先等开拓慢词。苏轼“以诗为词”,开创“豪放词派”,婉约词也趋于清雅、精细和深婉,晏几道、秦观、周邦彦、贺铸等成就突出。南渡前后,李清照、朱敦儒、张元幹等悲歌哀音与时变化。辛弃疾是南宋最杰出的词人,吹求步趋者号“辛派词人”;婉约词进一步发展,南宋中期以来白石(姜夔)清空,梦窗(吴文英)密丽,讲求情趣、技法和声律,各极其致;宋末则产生了一批遗民词人。中唐以来,由曲子词而以诗为词、以文为词,四五个世纪词几乎走完了此前诗歌走过的历程。

3. 宋词流派:

小令与慢词,“雅”与“俗”,“豪放”与“婉约”。曲子本色与“以诗为词”“以文为词”。“豪放”“婉约”之外尚有格律、清空、密丽等不同的分法。

4. 基本特点：

词以长短句式和格律体的千变万化，在诗歌的端庄之外提供了一种亲切、慰贴、精致而具丰富选择的样式。词体之特色，合乐性、多样性、长短句、通俗性。“诗言志”与“词缘情”，“诗庄词媚”，“诗之境阔，词之言长”（王国维《人间词话》）。婉约词尤工于言情，婉转含蓄，虽窄却深，独具价值。

（五）时代特征与历史地位：

1. 时代特征：

文化转型与文学转型。“中国的文艺复兴”，中国近世的开端。

由于积贫积弱的局面和世俗平民化的社会，宋代文学缺乏汉唐文学开廓恢宏的气象、雍容华茂的藻饰，上层贵族士人的慷慨超迈、绚丽铺张转向中下层官僚文人的切身处世、平易淡雅；英雄主义、浪漫主义转向平民主义、现实主义。阶级矛盾的普遍、民族矛盾的尖锐，促进了宋代文学形成鲜明的现实主义特色和爱国主义传统；封建统治内部的改革与斗争，文学家的官僚化与学者化，增强了文学的政治色彩和思想性、议论性。思想统治的强化、理学的兴起，“文以载道”说的盛行，宋代文学较之以往更多“道”为“文”先的自觉意识，体现出以理节情、审美归善的追求，极少浮靡轻艳、险僻诡怪等不良倾向和极度耽溺。

由于平民化的近世社会及其人文氛围的作用，宋代文学中语体写作的因素有所增长，整体上表现出清雅明快的风格，洋溢着平易近人的气息。城市经济的繁兴、市民阶层的壮大为词的繁荣和俗文学的兴起准备了条件，雅、俗两极竞流与相互影响，拓展了文学发展的空间。由于封建文化的全面繁荣鼎盛，宋代文学与文化艺术、思想学术乃至于日常生活各方面的相互渗透与影响十分明显，文学内部诸体并行发展、相互作用，思维方式和表达技巧愈益丰富多彩。

宋代文学诸多样式之间的相互影响与协调发展，构成了宋代文学发展的基本生态。横向看，文、诗、词是“雅”与“俗”、“理”与“情”、实用与审美之间依次过渡的文体序列、价值互补的创作机制（文以载道、诗以言志、词以言情）；纵向看，古文运动在先，带动诗歌革新，进而词坛革新，文学改革逐步展开，不同文体相互促进提高，时代精神充分展现。不是诗、词、文任何一体，而是诗、词、文多元互补的格局才是宋代文学的时代特征，才能充分体现宋代文学精神的丰富性和复杂性。

2. 历史地位：

在中国文学的历史长河中，宋代文学是中国文学进入成熟与转型的新阶段。以诗、词、文为代表的士人抒情言志的文体全面繁荣，创作意识高度自觉，理论认识系统深入，技巧手法老成精湛，但创作内容和形式的许多方面也开始显露出盛极难继、刻意推求而窘于创辟的危机，而以市民社会为主体的俗文学以崭新的内容和方式展露出活泼的生机，预示着光辉的前景。

参考书目：

程千帆、吴新雷《两宋文学史》，上海古籍出版社，1991 年；孙望、常国武主编《宋代文学史》，人民文学出版社，1996 年；王水照《宋代文学通论》，河南大学出版社，1997 年；[美]包弼德《斯文：唐宋思想的转型》，刘宁译，江苏人民出版社，2001 年；[美]艾朗诺《美的焦虑——北宋士大夫的审美思想与追求》，杜斐然等译，上海古籍出版社，2013 年；吴熊和《唐宋词通论》，上海古籍出版社，2010 年；唐圭璋《宋词四考》，江苏古籍出版社，1985 年；夏承焘《唐宋词论丛》，古典文学出版社，1956 年；唐圭璋《词学论丛》，上海古籍出版社，1986 年；龙榆生《词曲概论》，上海古籍出版社，1980 年；叶迦莹《迦陵论词丛稿》，上海古籍出版社，1980 年；杨海明《唐宋词论稿》，浙江古籍出版社，1988 年；杨海明《唐宋词美学》，江苏教育出版社，1998 年；谢桃坊

《宋词概论》,四川文艺出版社,1992年;沈松勤《唐宋词社会文化学研究》,浙江大学出版社,2000年;王兆鹏《唐宋词史的还原与建构》,湖北人民出版社,2005年;[日]村上哲见《唐五代北宋词研究》,杨铁婴译,陕西人民出版社,1987年;夏承焘《唐宋词人年谱》,上海古籍出版社,1979年;王兆鹏《两宋词人年谱》,台北文津出版社,1994年;唐圭璋《宋词三百首笺注》,上海古籍出版社,1979年;沈祖棻《宋词赏析》,上海古籍出版社,1997年;钱钟书《宋诗选注》,人民文学出版社,1989年;胡云翼《宋诗研究》,商务印书馆,1930年;张白山《宋诗散论》,上海古籍出版社,1984年;齐治平《唐宋诗之争概述》,岳麓书社,1984年;赵齐平《宋诗臆说》,北京大学出版社,1993年;刘蔚《宋代田园诗研究》,人民文学出版社,2012年;陈幼石《韩柳欧苏古文论》,上海文艺出版社,1982年;杨庆存《宋代散文研究》,人民文学出版社,2002年;马茂军《宋代文章学》,社会科学文献出版社,2016年;方智范等《中国词学批评史》,中国社会科学出版社,1994年;祝尚书《宋人别集叙录》,中华书局,1999年;郭绍虞《宋诗话考》,中华书局,1979年。

第一章　宋初文学的因革

一、宋初文风的沿袭性

(一) 宋初三朝政治、文化:

宋朝的建立,与民休息,袭唐之盛。

(二) 文学风气:

崇文抑武,大兴科举。诗赋创作活跃,歌功颂德与闲适唱和。

二、宋初三体

(一) 白体:

太宗朝的君臣唱和之风,闲雅唱和、风格平易,徐铉、李昉、王禹偁。王禹偁的突破,诗学白居易浅切,学白氏杂律唱和,又学其讽谕,进慕杜诗之精雅。王禹偁《村行》《感流亡》等。

（二）晚唐体：

太宗、真宗朝的僧侣、隐逸诗人，魏野、林逋、“九僧”等，多写行游所见山川风景和平居闲隐情趣，意境清幽而语言精切，多有句无篇。寇准，真宗朝名臣，以风节著称于时，而诗风与魏野等相近，早年小诗含思凄惋，尤富情韵。

（三）西昆体：

真宗朝的华赡典雅文风，杨亿、刘筠、钱惟演与《西昆酬唱集》。内容上多咏物、流连光景，少量咏史怀古，偶有闺情，但不为艳靡。学李商隐之整饬密丽、唐彦谦之清润精切。“杨、刘风采，耸动天下”（刘克庄《后村诗话》引欧阳修语）。晏殊、宋祁等后期西昆体诗人。杨亿《汉武》《南朝》等。

三、古文运动的先导

（一）力矫五代文弊的柳开：

河东人，出生、成长于河北大名。由推重韩、柳到复古开道，重道轻文。

（二）王禹偁的古文理论与作品：

山东钜野人，反对“五代体”。明道、致用、尚平易的主张，重道不轻文。内容切实，文风平易。《待漏院记》《黄州新建小竹楼记》等古文作品。王禹偁代表宋初诗文复古革新的正确方向。

（三）真宗朝的复古派：

姚铉《唐文粹》文章部分摈斥骈体，专录古文。穆修刊售韩、柳古文对抗西昆骈体之风。

参考书目：

张兴武《宋初百年文学复兴的历程》，中华书局，2009 年；李贵《中唐至北宋的典范选择与诗歌因革》，复旦大学出版社，2012 年；成玮《制度思想与文学的互动——北宋前期诗坛研究》，复旦大学出版社，2013年；徐规《王禹偁事迹著作编年》，中国社会科学出版社，1982年；汪国林《宋初白体诗研究》，上海古籍出版社，2017年；赵敏《宋代晚唐体诗歌研究》，巴蜀书社，2008年；段莉萍《后期西昆派研究》，巴蜀书社，2009年；张明华《西昆体研究》，人民文学出版社，2010年。

第二章　欧阳修与北宋中期的诗文革新

一、文学革新思潮的兴起

（一）仁宗朝初期的社会危机、政治改革与儒学复兴

西夏的侵略，“冗官冗兵”。政治改革、文化复古思潮。仁宗天圣、明道至庆历间多次下诏申戒浮文，号召复古明道。

（二）范仲淹：

1. 经历性格：

成长于山东，京东士风与江南士风的双重影响，政治改革家与文学家。赞扬朝廷“崇儒敦古，右文致化”的方针，主张“文弊则救之以质，质弊则救之以文”。

2. 诗文创作：

于文学爱而善，诗、古文、赋乃至词都较可观。得复古革新风气之先。《岳阳楼记》。

（三）山东石介、孙复等对“西昆体”的批判：

石介《怪说》，言辞激烈，立场极端，重道轻文。文风拙质。京东士人主导的“太学体”，复古过甚，文风奇奥怪涩。

（四）石延年、尹洙等人的诗文新风：

石延年“豪于诗”（石介《三豪诗送杜默师雄》），诗风雄健豪迈，带着河朔燕赵士人的慷慨悲歌遗风。《平阳代意寄师鲁》。尹洙是穆修的学生，文风古峭简洁，深受范仲淹、欧阳修、苏舜钦推重。

二、欧阳修及其古文创作

（一）生平经历、思想性格：

三个自号：达老、醉翁、六一居士。道德、事功、文章并重的人生理想；感慨、豪宕、愉悦兼具的性格情趣（袁桷《书鲍仲华诗后》）。

（二）古文理论：

明道致用；文与道俱；重道不轻文；诗歌“穷而后工”；提倡平易文风。既反对西昆体的浮华，也反对“太学体”的怪涩，代表了宋代古文运动的正确方向。

（三）古文创作：

1. 题材内容：

充实，多抒情、写景之文，叙事、议论多带情感。

2. 体裁风格：

形式多样，各得其宜，碑志、记序、哀祭、史传等佳作颇多；辞赋、四六也有成就；单体散笔作赋，首创文赋，著名如《秋声赋》；四六文参用古文笔法，少用典故。语言平易流畅，文气纡徐婉转，史称“六一风神”。正确的古文理论与卓越的创作成就相辅相成，开创有宋一代的古文新风。

3. 作品：

《朋党论》论点明确，态度鲜明，议论有力。《伶官传序》引史为鉴，前后对比，一唱三叹。《与高司谏书》出于满腔义愤，但不一味追求痛快，忽贬忽褒，极尽曲折委备之致。《尹师鲁墓志铭》有意模仿尹洙“简而有法”的写作特点，用简洁准确的语言，记述墓主的品行大节，称述得体，暗寓《春秋》笔法。《泷冈阡表》作于作者六十四岁时，是在十七年前《先君墓表》基础上精心修改而成，通过母亲忆述往事，写其父为官清廉、为人仁厚，寡母持家俭约、教子有方等恩德，表达自己德性有自、感恩图报之心情，娓娓道来，不避絮叨，语气亲切而情意深长。《醉翁亭记》以“乐”贯穿全篇，山水之乐、游人之乐、太守之乐逶迤而出，将作者贬官之后寄情山水、排遣愁怀、与民同乐的生活态度表达得酣畅淋漓，而句式之似骈似散、长短错落，加以二十一个“也”字、结尾的陈述语气、吟哦句调，也特别宜于讽诵。

三、欧、苏、梅三家诗与宋代新诗风的确立

（一）苏舜钦的雄健诗风：

性格磊落豪迈，积极倡导政治改革。多关心国计民生的政治诗。学杜、韩；古歌调；风格早年偏于豪犷雄健，晚年多清雅闲淡。《庆州败》《淮中晚泊犊头》等。

（二）宋诗“开山祖师”梅尧臣：

1. 生平经历：

沉沦下僚，潜心作诗，“日课一诗”（《苕溪渔隐丛话》前集），以诗著名当时，欧阳修称其“穷者而后工”（《梅圣俞墓志铭》）。

2. 题材内容：

诗歌数量多，与苏轼相当，为北宋时期存诗数量最多的诗人。宦游感怀、纪行酬赠，多反映民生疾苦之作，更多日常生活细节的吟咏。

3. 渊源风格：

学《诗经》、古诗、韩孟与陶渊明，多作五言古律。写景清切、抒情深挚。清切、古健与平淡的诗风。“宛陵体”。

4. 地位：

南宋刘克庄推为宋诗“开山祖师”（《后村诗话》前集），元人概括其地位：“去浮靡之习，超然于昆体极弊之际；存古淡之道，卓然于诸大家未起之先。”（梅尧臣《宛陵集》附录元人龚啸语）。

5. 作品：

《汝坟贫女》《小村》《梦感》《鲁山山行》《东溪》等。

（三）欧阳修的诗歌“气格”：

学韩愈、李白，标举“气格”。写景抒情外多有人文题材。“以文为诗”，气格坦易。《戏答元珍》《明妃曲和王介甫》等。《六一诗话》。

四、仁宗朝后期、神宗朝前期诗文的发展

（一）诗文革新的胜利与士林风貌：

嘉祐二年(1057),欧阳修主持贡举,痛抑"太学体"。曾巩、苏轼、苏辙等及第,以传效"太学体"怪僻文风知名者多遭黜落,文风为之一变。仁宗朝后期士风异途,保守派与改革派、古文派与道学派、经术派与性理派分道扬镳。思想学术、书画艺术气象开新。

(二) 曾巩古文严谨雅正:

生平,江西抚州人。学记、序等,长于议论,以义理雅正、委曲周详胜。语言平易简练,结构严谨舒缓,风格古雅平正。得欧文之委备雅正,而无其丰满生动。《墨池记》等。

(三) 诗文大家王安石:

1. 生平经历:

江西抚州人。生平经历与思想性格,政治家、思想家、宋诗大家、古文大家。

2. 文学思想:

"以适用为本"(《上人书》);文风简明;深于诗艺。

3. 古文:

政论为主,风格简练峭刻。《答司马谏议书》文笔犀利,《读孟尝君传》议论简辟。

4. 诗歌:

多政治、咏史诗,早年的散文化与议论化。才学入诗,诗风雄健奇崛;学杜"思深绪密"。晚年的山水风景、退闲诗多五七言律绝,世称"半山体""雅丽精绝"。《明妃曲》议论精警,《泊船瓜洲》词清韵远。

(四) 王令等人的豪放奇崛诗风:

王令:短命;奇崛诗风。郑獬、郭祥正、徐积等诗人。

(五) 邵雍与司马光的诗文:

邵雍:理学家诗;性理与闲适,语言浅率,"邵康节体"。司马光文风朴实。

(六) "新党"作家:

陆佃,诗多唱和,擅七律,以学问为诗。舒亶,多山水风景之作,风格清新雅秀。

参考书目：

祝尚书《北宋古文运动发展史》，巴蜀书社，1995 年；朱刚《唐宋四大家的道论与文学》，东方出版社，1997 年；程杰《北宋诗文革新研究》，内蒙古教育出版社，2000 年；[日]东英寿《复古与创新：欧阳修散文与古文复兴》，王振宇等译，上海古籍出版社，2005 年；朱刚《唐宋“古文运动”与士大夫文学》，复旦大学出版社，2013 年；诸葛忆兵《范仲淹研究》，中国人民大学出版社，2010 年；刘德清《欧阳修论稿》，北京师范大学出版社，1991 年；黄进德《欧阳修评传》，南京大学出版社，1998 年；刘越峰《庆历学术与欧阳修散文》，商务印书馆，2013 年；洪本健《欧阳修和他的散文世界》，上海古籍出版社，2017 年；程宇静《欧阳修遗迹研究》，人民出版社，2018 年；高克勤《王安石与北宋文学研究》，复旦大学出版社，2006 年；刘成国《变革中的文人与文学——王安石的生平与创作考论》，浙江大学出版社，2011 年。

第三章　柳永与北宋前期词坛

一、北宋早期词风的因变

（一）五代余绪：

南北有别，存词寥寥，小令为主。林逋等。

（二）范仲淹、李冠等人的词：

1. 范仲淹：

婉约词、边塞词。

2. 李冠的豪放词：

豪侠词《六州歌头》，“东州逸党”风习，最早的豪放词。

（三）晏殊词闲雅有情思：

富贵显达，闲雅娱乐。小令词人，沿袭南唐词风。闲情娱意、美人愁怨，而存自我身份与情趣，“闲雅有情思”(《宋史·晏殊传》)，风格蕴藉，珠圆玉润。《浣溪沙》等。

(四) 欧阳修词兼具深婉与豪宕：

以小令为主，因袭中有变化。艳情与节序风物，身世之感与豪放意态。深婉与豪宕，十二月组词具民歌风味。《踏莎行》《朝中措》《生查子》《采桑子》等。

二、柳永与慢词的兴起

(一) 生平经历：

生活于真宗朝后期与仁宗朝，与晏殊等同时。出身仕宦，性格放浪，早年浪游市井，晚年及第为官。

(二) 词的内容：

都市繁华、艳情、相思离别、羁旅行役等，市井社会与士人阶层的双重生活与情感。

(三) 慢词形式：

“变旧声作新声”(李清照《词论》)；篇幅长；多体段。

(四) 艺术手法：

慢词的情景分段结构；长于铺叙，多平铺直叙，间有情景点染；叙写直率自然、酣畅流利；语言俗而能雅；声律谐调流畅。

(五) 社会背景、历史地位与影响：

都市的兴盛，真宗朝后期都市奢游娱乐风气。慢词格局开阔，慢词与小令的配合为宋词兴盛创造了条件；铺叙手法及片断层次结构提供了最基本的慢词表现模式。

(六) 作品：

《雨霖铃》长于叙述点染，《望海潮》铺叙都市繁华，《八声甘州》凄景苍莽。

三、张先、王安石等的词

(一) 张先：

1. 生平经历：

江南文人,年寿高,纵跨柳永、晏殊到苏轼的时代。

2. 词的内容与艺术:

艳情、离怀别绪、交游应酬。士大夫日常生活内容和情趣的渗透,词始有题序,士人抒情写意功能更为明确。小令与慢词兼擅。写景细雅精妙,风格清丽隽永。

(二) 王安石"以诗为词":

摆脱艳科传统,自写其性情怀抱,怀古、咏史、写景、佛教发愿,"以诗为词"的先驱,词风与其晚年诗风相通。《桂枝香》登临怀古,写景如绘,寄慨深沉,意境高远。

参考书目:

梁丽芳《柳永及其词之研究》,三联书店香港分店,1985 年;罗忼烈《话柳永》,香港新岛教育出版社,1988 年;曾大兴《柳永和他的词》,中山大学出版社,1990 年;[日]宇野直人《柳永论稿——词的源流与创新》,张海鸥、羊昭红译,上海古籍出版社,1998 年。

第四章　苏轼

一、北宋后期文化的繁荣与苏轼时代

(一) 政治改革与新旧党争:

从时间上说应是北宋中后期,包括宋神宗、哲宗、徽宗三朝。熙丰新法、元祐更化、元祐党禁、政宣风流。

(二) 思想学术与文学艺术的繁荣:

新学、洛学、蜀学并列,科学技术的活跃。文学的兴盛:古文(三苏)、词(苏、周)、诗(王、苏、黄)。艺术的繁荣:书法"宋四家"、绘画繁荣(画院与文人画)。苏轼生当政治斗争激烈、文化艺术极为繁荣的时代,成了整个时代的文化巨人。

二、苏轼的文化人格与文学创作

（一）文学世家：

1.“一门父子三词客”：

四川眉山，地处成都平原的西部。“三苏”，苏洵、苏轼、苏辙、苏过等。

2. 苏轼父亲苏洵：

与欧阳修等同时，创作时代与王安石、曾巩同时，生平与性格。富有成长个性的古文大家，古文渊源《战国策》与汉贾谊。议论纵横，辩雄辞锐。《六国论》等。“二苏”兄弟早年多得其父影响。

（二）苏轼生平经历与思想性格：

1. 生平经历：

科举，外任杭州、密州、徐州、湖州等。“乌台诗案”、贬居黄州是苏轼生活、思想的分界线。元祐入朝，外任杭州等。贬居岭南、海南。“问汝平生功业，黄州惠州儋州。”（苏轼《自题金山画像》）

2. 思想性格：

蜀士豪迈放达之遗风，道教老庄、佛教、纵横家的影响。“人生如梦”，旷达、超逸的智者。狂放、旷达、闲适与谐谑，圆通应物、无往不适的文化性格。

（三）文艺思想：

苏轼继承了欧阳修“文与道俱”、文道并重的思想，对文章的艺术性更为关注。苏轼心目中的“道”与道学家、前辈古文家不同，是一个更具哲学意味的概念，相当于自然规律的总称。世间万事万物都各有其道，学文可以体道，为文也即行道，而同归于天理自然之道，艺术是透过文字笔墨体通自然之道的高尚追求。苏轼的文学理论体系由此“道”论推演而出，包含着情与理、形与神、意与法的辩证统一。

1.“有为而作”：

“有为而作”，“言必中当世之过”（苏轼《凫绎先生诗集叙》）。“耳目之所接者，杂然有触于中，而发于咏叹。”（苏轼《南行前集叙》）“某平生无快意事，惟作文章意之所到，则笔力曲折，无不尽意，自谓世间

乐事无逾此者。”(何薳《春渚纪闻》引)

2. 重神尚意:

“论画以形似,见与儿童邻。赋诗必此诗,定知非诗人。”(苏轼《书鄢陵王主簿所画折枝二首》其一)“质而实绮,癯而实腴。”(苏辙《追和陶渊明诗引》述苏轼语)

3. “辞达”:

“随物赋形”(苏轼《文说》);“出新意于法度之中,寄妙理于豪放之外”(苏轼《书吴道子画后》),“诗画本一律,天工与清新”(苏轼《书鄢陵王主簿所画折枝二首》其一)。“常行于所当行,常止于不可不止,文理自然,姿态横生。孔子曰:‘言之不文,行之不远。’又曰:‘辞达而已矣。’夫言止于达意,则疑若不文,是大不然。求物之妙,如系风捕影,能使是物了然于心者,盖千万人而不一遇也,而况能使了然于口与手乎? 是之谓辞达。辞至于能达,则文不可胜用矣。”(苏轼《答谢民师书》)“为文当使气象峥嵘,五色绚烂,渐老渐熟,乃造平淡。”(周紫芝《竹坡诗话》述苏轼与侄书语)。

4. 风格各出自然:

“地之美者,同于生物,而不同于所生。”(苏轼《答张文潜县丞书》)

(四) 古文:

相对于韩、欧古文,苏轼的古文创作内容丰富、形式多样、意趣盎然、生机勃发,把古文推进到了一个新阶段,体现了儒家道义与庄禅意趣、道德义理与审美艺术的进一步统一。

1. 题材内容:

精于思辩,除政论、史论外,在叙事、写景、状物、抒情中,随时借题发挥,生发议论,翻新出奇。得佛道思想之影响,多人生哲理之阐说。议论雄辩赅博,滔滔汩汩,富于辩证之思维、哲理之机趣,尤长于比拟譬喻说理。师友交往小札、谈艺衡文之文、生活随笔杂感之文大幅增加,抒写性灵,情趣活泼烂漫。

2. 文体风格:

多书札、序跋、杂著、随笔小品，体制灵活，体式上长短骈散自由运行。功能多样，叙事、写景、抒情与说理不拘一格，常随意生发、水乳交融。苏轼文如行云流水，舒卷自如，而又仪态万方，出神入化。语言亦庄亦谐，妙趣横生，极其生动活泼，丰富多彩。

3. 作品：

《日喻》譬喻精辟。《文与可画偃竹记》夹叙夹议、情深意长。《超然台记》即题发挥，融思辩、记事与抒情于一体。《记承天寺夜游》漫笔写景而意境超妙。前、后《赤壁赋》，前者以说理为主，后者以写景叙事为主。前者适当运用辞赋铺张排比、主客对话等传统手法，并杂以骈偶韵语，后者纯然古文笔法，赋而近记，文情变幻跌宕，意境清逸空灵，是宋代文赋的代表。

（五）诗歌：

1. 题材内容：

广阔、丰富的生活内容，人文题材增加尤多；多干预现实、思考人生之作。善于从现实遭遇中总结经验，也善于从客观事物中见出规律，多能于感遇写景中生发妙理新意。对沉浮荣辱多能理智对待，诗多冷静旷达之意趣和境界。

2. 技巧风格：

才高学博，放笔快意，纵横自如，“天生健笔一枝，爽如哀梨，快如并剪，有必达之隐，无难显之情，此所以继李杜后为一大家也”（赵翼《瓯北诗话》），无论写景、体物、叙事、说理、咏怀均能意到笔随，巨细必达。长于比喻，奇思横生；以文为诗，大放厥词；长于七古，五古与七绝也多妙品；语言清雅脱俗、生动活泼；风格以清雄雅放为主，兼有清新、幽逸、平淡等多种品格。“李（白）诗如高云之游空，杜（甫）诗如乔岳之矗天，苏诗如流水之行地。”苏诗妙处“在乎心地空明，自然流出，一似全不着力，而自然沁人心脾”（赵翼《瓯北诗话》）。

3. 作品：

《游金山寺》描写细致、层次分明，而又笔致跌宕、兴象超妙。《定惠院海棠》"以海棠自寓，风姿高秀，兴象深微"（纪昀批《苏文忠公诗集》）。《题西林壁》由庐山奇妙的景物特点引发一个认识事物也是安身立命的道理。《惠崇春江晚景》勾勒画境，巧妙联想，象外传情，韵味悠然。《汲江煎茶》极小事而写出生动活泼的情趣。

（六）苏轼变革词风：

1. 题材内容：

苏词的基调以超旷为主，具有自己的浪漫主义特色。雄放杰出，"一洗绮罗香泽之态"（胡寅《向芗林酒边集后序》），"指出向上一路"（王灼《碧鸡漫志》）。开拓了词的表现范围和功能，"无意不可入，无事不可言"（刘熙载《艺概》），把诗的情志与作风引入词中。"诗庄词媚"的界限从此打破。豪情逸怀、农村风光、男女恋情、墨戏应酬等题材内容，主题以士大夫的渊雅旷适为主，改变了以花间尊前冶情艳科为主的婉约故态。

2. 技巧风格：

意境风格则以豪放旷逸为主，兼有清新韶秀、平淡自然等多种气质，淡化了绮罗香泽之气。语言声律上更为大胆自由，一定程度上摆脱了倚声合乐的束缚。

3. 苏词的影响：

"以诗为词"，开创了豪放词派，豪放词、婉约词始成词界两大流派。

4. 作品：

《念奴娇·赤壁怀古》雄阔壮丽的自然美景与历史、人生的深沉感怀相摩相激，词境显得阔大深厚。《水调歌头》超然尘外之思与人间深情眷念相为渲染，显示了一种刚柔兼济、清旷空灵的美学风范。《卜算子·黄州定慧院寓居作》咏物自托，意境清幽高远。

（七）苏轼的意义：

经术派与性理派对文学发展的制约，苏轼坚持"文与道俱"、文道并重的方向，以天才的创造促进了文学创作思想价值、审美价值的增强和提高，促进了宋代文学时代特征的进一步发展。中国封建社会后期最重要的作家，诗、词、文、书、画及文艺理论各方面的巨大成就，连同充满智慧的人生态度和富含魅力的人格风范，构成了中国文化史上崇高的典范，在文学内外都产生了深广的影响。

（八）苏辙及苏门文人群

1. 苏辙：

苏辙的文：内容与苏轼相近，文风纡徐曲折，简洁雅致。苏辙的诗：风格平易散淡。

2. 苏门文人群：

苏门四学士：张耒、秦观、黄庭坚、晁补之。苏门六君子：四学士外陈师道、李廌。后四学士：李格非、廖正一、李禧、董荣（韩淲《涧泉日记》卷上）。张舜民、李之仪、唐庚、毛滂、“清江三孔”（孔文仲、武仲、平仲）等其他作家。

参考书目：

朱靖华《苏轼新论》，齐鲁书社，1983 年；谢桃坊《苏轼诗研究》，巴蜀书社，1987 年；朱靖华《苏轼新评》，中国文学出版社，1993 年；杨胜宽《苏轼人格研究》，四川大学出版社，1994 年；刘乃昌《苏轼文学论集》，齐鲁书社，2004 年；王水照《苏轼研究》，中华书局，2015 年；王水照、朱刚《苏轼评传》，南京大学出版社，2004 年；陶文鹏《苏轼诗词艺术论》，上海古籍出版社，2001 年；朱刚《苏轼苏辙研究》，复旦大学出版社，2019 年；刘石《苏轼词研究》，台北文津出版社，1992 年；杨胜宽《苏轼与苏门文人集团研究》，四川人民出版社，2010 年。

第五章　黄庭坚、江西诗派及北宋中后期其他诗文作家

一、张耒、晁补之等苏门文人

（一）张耒：

1. 生平：

出二苏门下，以诗文名世。

2. 创作情况：

论文崇尚自然，颇近苏轼思想。诗多乐府，效法白居易、张籍等新乐府，多关心民生疾苦之作，风格平易流畅。绝句多清新流畅，颇有情韵。文章内容充实，气势洋溢，风格晓畅。总体上看，张耒得苏轼文风之“易”，无论诗文均以清新明快见长，南渡后倡导自然活泼者如杨万里等人多见推重。

（二）晁补之：

散文长于描写山水景物，如《新城游北山记》，骚体辞赋也有特色。诗风与张耒为近，乐府诗多民歌风味。词风在苏门中与苏轼之豪放飘逸最近，如《摸鱼儿·东皋寓居》等。

（三）其他诗文作家：

李廌，华州人，著《师友谈记》，记录苏门师徒言行。古文风格条畅。张舜民，文笔豪健，诗学白居易，与张耒风格相近。唐庚与苏轼同乡，有小东坡之称。

二、黄庭坚、陈师道与江西诗派

（一）黄庭坚：

1. 生平思想：

江西修水人。父黄庶、舅李常都有诗名。追随苏轼，晚年受贬。诗歌“苏黄”齐名，书法与苏、米、蔡并称“宋四家”。

2. 诗歌理论：

诗道性情；“文章最忌随人后”（《赠谢敞王博喻》）；点铁成金，夺胎换骨，句法字法。

3. 题材内容：

宦游行旅，山水风景，思亲怀友，感时抒怀，唱和题赠，复多书画题咏。注重内心感受，多品格意志的寄托和人生经历的感喟。

4. 技巧风格：

学杜甫、韩愈。点铁成金，夺胎换骨；章法跳掷；修辞新奇；句法生新；声律拗峭；七律与五七言古诗。诗风奇峭瘦硬，“黄鲁直体”或“山谷体”。

5. 地位：

“王介甫以工，苏子瞻以新，黄鲁直以奇”（陈师道《后山诗话》），三家鼎立，雄视一代，显示了宋诗的成熟。黄诗反映宋代中下层文人的典型经历、心态和品格，在唐诗盛极难继的情况下，从理论到实践，为宋代诗歌开出了一条多数诗人力能驱驰的道路，使宋诗获得新的发展。

6. 作品：

《送王郎》《寄黄几复》《题落星寺》《鄂州南楼书事》《跋子瞻和陶诗》等。

（二）陈师道：

1. 经历性格：

徐州人，一生清贫，性格耿介。《后山诗话》。

2. 诗歌创作：

诗多写个人生活经历和人生感慨，情感真挚诚恳。“苦吟”，多五言古律。长于以质朴的语言写出深刻的感受，诗风清峭朴挚，颇有特色，对后来江西诗人影响颇大。代表作如《示三子》。

（三）江西诗派的形成与影响：

北宋后期尤其是徽宗朝政治日趋腐朽，士人心态内敛，着意吟咏书斋生活，陶写精神寂寞，推敲文学技巧，江西诗风于焉流行。黄诗风格奇特，技法具切，承风追随者多，侄甥辈从学者多。吕本中《江西诗社宗派图》，江西宗风，以学杜甫，学黄、陈相标榜，尤致力于诗风的清苦瘦硬、曲折拗峭。宋末方回“一祖三宗”说：杜甫、黄庭坚、陈师道、陈与义。江西诗派之影响笼罩南宋诗坛，对后世也影响深远。

（四）江西诗派其他作家：

潘大临、谢逸、饶节、僧祖可、徐俯、韩驹、曹冲之、王直方等都有诗名、佳作。

（五）徽宗朝文学的衰落

1. 党禁与文禁

2. 文风凋敝

参考书目：

莫砺锋《江西诗派研究》，齐鲁书社，1986 年；黄宝华《黄庭坚评传》，南京大学出版社，1998 年；龚鹏程《江西诗社宗派研究》，台北文史哲出版社，1983 年；杨庆存《黄庭坚与宋代文化》，河南大学出版社，2002 年；钱志熙《黄庭坚诗学体系研究》，北京大学出版社，2003 年；张剑《宋代家族与文学——以澶州晁氏为中心》，北京出版社，2006 年；杨庆存《黄庭坚研究》，光明日报出版社，2019 年；韩文奇《张耒及其诗歌创作研究》，兰州大学出版社，2007 年。

第六章　周邦彦及北宋中后期词坛

一、晏几道、秦观、贺铸等词人

（一）晏几道：

1. 时代、出身与个性：

晏殊幼子，与苏轼大致同时。经历简单，痴情与僻性。

2. 题材内容：

恋情与世情，情态曲折，感受沉挚。多回忆感慨，多痴情隽语。

3. 体裁风格：

以小令为主，几无长调慢词，与其父并称“二晏”，通常与晏、欧、张先等早期小令词人相提并论。章法跳掷，短小的篇章而有沉挚的内容。语言秀丽，“独可追逼花间”（陈振孙《直斋书录解题》）。《临江仙》（梦后楼台）、《鹧鸪天》（彩袖殷勤）等。

（二）秦观

1. 生平经历：

出仕较晚，深得苏轼喜爱，晚受贬至雷州，与苏轼隔海相望。多情易感。

2. 题材内容：

较多离情别绪、山水写景。后期词寄慨身世，清人周济说“将身世之感，打并入艳情”（《宋四家词选》），贬谪之苦，情调凄厉。

3. 体裁风格：

小令与长调；写景细致，铺叙委婉；情韵兼胜、情辞兼胜；语言清丽淡雅；风格清丽婉约。《满庭芳》（山抹微云）、《鹊桥仙》（纤云弄巧）、《踏莎行》（雾失楼台）等。

4. 秦观的诗文：

秦观诗文都有特色，古文较受苏轼及同门重视。诗风清新婉丽，“秦少游诗如词”（陈师道《后山诗话》），“拈出退之山石句，始知渠是女郎诗”（元好问《论诗三十首》）。

（三）贺铸：

1. 生平性格：

雄豪强悍，武班而转文职，仕途蹇屯。

2. 题材内容：

恋情与壮志，写景与咏物。

3. 技巧风格：

长于抒情；善于融化前人诗歌成句；善于用密韵强化节奏感和音乐美；风格幽婉凄艳与慷慨悲壮。

4. 地位：

婉约词华美沉挚；豪放词气概雄健迈往，是为苏词清逸雅放之调向辛词豪迈悲壮之音之过渡。

5. 代表作：

《青玉案》（凌波不过横塘路）、《六州歌头》（少年侠气）等。

（四）晁补之、黄庭坚、李之仪等：

黄庭坚雅词得苏轼之清逸，俗词则近柳永之侧艳。晁补之也多得苏词的超逸。李之仪词清新婉约，颇得民歌风韵。毛滂，诗风豪放，词富情韵。

二、宋词集大成者周邦彦

（一）生平经历：

属新党一派，徽宗朝提举大晟府。

（二）题材内容：

羁旅行役、相思离别、咏物写景等。

（三）技巧风格：

长于铺叙；章法曲折；体物工巧，描写细致；善融化前人诗赋精彩词汇，语言雅化；审音创调；风格富艳精工。

（四）词史地位：

“词中老杜”，婉约词之“集大成者”；对南宋婉约词影响深刻。

（五）作品：

《兰陵王·柳》、《满庭芳·夏日溧水无想山作》、《六丑·蔷薇谢后作》、《苏幕遮》（燎沉香）等。

（六）万俟咏（雅言）、晁端礼等大晟词作。

参考书目：

唐红卫《二晏研究》，南开大学出版社，2010 年；钱鸿瑛《周邦彦研究》，广东人民出版社，1990 年；刘扬忠《周邦彦传论》，陕西人民出版社，1991 年；钟振振《北宋词人贺铸研究》，台北文津出版社，1994 年；诸葛忆兵《徽宗词坛研究》，北京出版社，2001 年。

第七章　南宋前期文坛

一、时代与文风的剧变

（一）时代：

金人南侵，宋室南渡。中原动乱，吏民南下。

（二）文风：

乱世之史与故国之思。江西诗风的变革。绍兴中后期偏安与闲逸之风渐长；江南山水气象、人文氛围与诗文风气的渐变。

二、陈与义、吕本中、曾几等江西诗人与南渡诗风的转变

（一）陈与义：

早年学江西黄、陈，也学韦应物等。“靖康之难”后，山河破碎之形势与颠沛流离之经历使得对杜诗的认识加深，学杜诗忧国忧民，艺术上也深得杜诗悲壮沉郁之风格，代表作有《伤春》《登岳阳楼》等。陈与义是南渡初期最杰出的诗人，与江西诗派有一定的渊源，但诗歌内容、风格与江西诗派多有出入，时人称为“新体”（葛胜仲《陈去非诗集序》），后世又多视为江西一“宗”（宋末方回）。《和张规臣水墨梅五绝》《登岳阳楼》《临江仙·夜登小阁忆洛中旧游》等。

（二）吕本中与曾几：

吕本中倡导“活法”，曾几后来居上。诗风清新明快，进而活泼流转，代表了江西诗派的新变，也代表了南渡后诗风的转变。

（三）汪藻、王庭珪、周紫芝等诗人：

江西派外诗人，多受苏轼、张耒等影响。诗风或豪迈，或清丽，或疏朗。《四库全书总目提要》称周紫芝“其诗在南宋之初特为杰出，无豫章（引者按：江西）生硬之弊，亦无江湖末派酸馅之习”。

三、李清照

（一）生平经历：

南渡前后的不同生活经历。性格、学养和才情均不让须眉。《词论》主张词“别是一家”。

（二）题材内容：

早期表现少女、少妇生活与情愫。后期主要抒写乱离的孤独生活、国破家亡的悲苦心情，缠绵凄苦，沉痛感伤。

（三）技巧风格：

善于选取日常生活起居环境、动作心理来展示内心世界。无论口语、书面语，一经提炼熔铸，便精妙浏亮，风韵天成，尤长于以日常口语、白描手法来表达复杂的心理体验和感情流程。“易安体”。

（四）词作：

《如梦令》(昨夜雨疏风骤)、《醉花阴》(薄雾浓云)、《声声慢》等。

（五）诗文

诗歌意概健举，气象阔大，如《乌江绝句》《题八咏楼》。《金石录后序》情文并茂。

（六）女词人朱淑真：

生平不详，从现存作品看，与李清照同时或稍后，主要生活于南宋前期。词风清丽婉约。

四、其他南渡词人

（一）岳飞、张元幹等人的英雄词：

上承苏轼豪放词，下启辛派词人。岳飞《满江红》、张元幹《贺新郎·送胡邦衡待制》、李纲《苏武令》等。

（二）朱敦儒、叶梦得等人的闲雅隐逸词：

内容伤时与雅逸。朱敦儒早年放浪形骸，中年乱离飘泊，晚年村居逍遥，风格随之变化，而以词中闲隐派著称，《鹧鸪天·西都作》、《相见欢》(金陵城上西楼)。叶梦得等人南渡前后词风都与时渐移，《水调歌头》(秋色渐将晚)。同时向子諲、陈与义等人词或悲慨豪放，或清雅秀逸，亦有可观。

五、李纲、胡铨等人的爱国诗文

靖康事变前后及高宗建炎、绍兴间和战之议中，出现一批救时论政之文，义正辞严、慷慨激昂，洋溢民族正气。如岳飞《五岳祠盟记》、李纲《论天下强弱之势》、陈东《上高宗第一书》、胡铨《戊午上高宗封事》等。

参考书目：

王兆鹏《宋南渡词人群体研究》，台北文津出版社，1992 年；顾友泽《宋代南渡诗歌研究》,北京大学出版社,2014年;吴淑钿《陈与义诗歌研究》,台北文津出版社,1993年;杭勇《陈与义诗研究》,中国社会科学出版社,2018年;欧阳炯《吕本中研究》,台北文史哲出版社,1992年;潘殊闲《叶梦得研究》,巴蜀书社,2007年;任群《周紫芝年谱》,世界图书出版社,2013年;陈祖美《李清照评传》,南京大学出版社,1995年;魏青《章丘李氏家族文化研究——以李格非、李清照父女为中心》,中华书局,2013年;[美]艾朗诺《才女之累——李清照及其接受史》,夏丽丽等译,上海古籍出版社,2017年;曹济平《张元幹词研究》,齐鲁书社,1993年;王兆鹏《张元幹年谱》,南京出版社,1989年。

第八章　陆游及其他中兴名家诗文

一、南宋中期政治与文学"中兴"

(一)"中兴":

"战"与"和",恢复与偏安。偏安定局,社会相对安定,经济、人口发展。

(二)思想文化发展:

理学活跃,文学名家辈出,书画创作流行。文学的繁荣时代、南宋文学的鼎盛时期。"宋中兴以来,言诗必曰尤、杨、范、陆。其先或曰尤、萧,然千岩(按:萧德藻)早世不显,诗刻留湘中,传者少,尤、杨、范、陆特擅名天下。"(方回《跋遂初尤先生尚书诗》)尤、萧集失传,存世作品较少。

二、陆游

(一)生活经历与思想性格:

1. 生活三阶段:

45岁前的科举、罢官归居;46岁入蜀从军至65岁被劾;66岁后山阴闲居。入蜀尤其是南郑前线的生活是其人生重要转折点。"放翁”、《剑南诗稿》《渭南文集》。

2. 思想性格：

诗人与战士，豪迈（英雄气质）与放达（浪漫气质、雅士气质）。爱国情操终身不渝。

（二）题材内容：

表现报国理想、战斗精神，揭露权奸误国，抒发壮志难酬的悲愤。陆游是宋代也是古代文学史上杰出的爱国主义诗人，把文学中的爱国主义精神推到了一个新高度。“诗界千年靡靡风，兵魂销尽国魂空。集中十九从军乐，亘古男儿一放翁。”（梁启超《读陆放翁集》）丰富的写景感怀，尤其是晚岁故里闲居生活书写；爱情。“其感激悲愤、忠君爱国之诚，一寓于诗，酒酣耳热，跌宕淋漓。至于渔舟樵径，茶碗炉熏，或雨或晴，一草一木，莫不著为歌咏，以寄其意。”（《唐宋诗醇》卷四二）

（三）技巧风格：

陆游诗继承了浪漫主义作家屈原、李白、岑参及现实主义诗人杜甫的优良传统，既反映现实，又抒写理想与怀抱，具有一定的浪漫色彩。常借梦幻之境表现理想和豪情。风格既多李白的雄浑奔放，也有杜诗的沉郁顿挫，又有平易晓畅、清新自然的一面。各体兼工，尤长七言，七律以对仗工整著称。

（四）诗歌作品：

《长歌行》豪情纵横，《关山月》悲愤苍凉，《书愤》沉郁顿挫，《临安春雨初霁》清新优美，《沈园》感伤幽挚，《示儿》忠愤沉痛。

（五）古文：

文风质朴清新，传、记、序跋。笔记《入蜀记》《老学庵笔记》。

（六）陆游的影响：

南宋后期多有追踪陆诗磊落豪迈者，如刘克庄等，宋末时陆游的爱国精神更是深入人心。明末、清末国势倾危发愤反抗时，陆诗往往成为鼓舞人心之力量。陆诗中一些山水、闲适诗描写细切、语言清新，颇得后人喜爱。

三、杨万里与范成大

（一）杨万里：

1. 生平思想：

关心国事，品节清廉。

2. 题材内容：

山水风景诗为主，间亦称作山水诗人。另有不少行旅诗、忧国忧时诗。

3. "诚斋体"：

由学江西始，继学半山、晚唐，最终解缚去执、自成一家。多取材山水风景；观察细致独到，擅长写生，想象奇特；语言幽默诙谐、通俗活泼。"诚斋体"体现了当时诗风挣脱江西派的转变特点，富于创新，被视为诗歌"活法"的成功代表，但时或流于浅俗滑易。

4. 作品：

《初入淮河》感愤国事。《小池》写瞬间小景细腻传神。

（二）范成大

1. 生平：

吴县人。出使金国，不辱使命。长年在各地任地方长官，周知四方风土人情。病退。

2. 题材内容：

多反映民生疾苦和风土行旅之作。使金纪行组诗，感念中原故土，亲临其境，感触深刻。

3. 田园杂兴六十首：

大型七绝组诗；以笔记为诗。范成大的田园诗是当时农村生活的风俗长卷，内容细大不捐，融田园诗、山水诗、农事诗、风土诗、讽谕诗、闲适诗多种传统于一体，开创了古代田园诗的新风气，影响深远。

4. 诗歌风格：

平易浅显、清新婉秀。

5. 散文：

多杂记、方志类著作，旅行日记《吴船录》等。

四、朱熹、叶适等理学家、功利派诗文

（一）朱熹：

1. 生平思想：

南宋最重要的理学家，与文学之士的交游。

2. 文学理论：

道为文之根本，文从道中流出。“道者，文之根本；文者，道之枝叶。惟其根本乎道，所以发之于文，皆道也。三代圣贤文章，皆从此心写出，文便是道。”（《朱子语类》卷一三九）思路与苏轼同，只是“道”不同而已。这样的思维方式与观念，给文学留下了足够的地位。《诗经》、《楚辞》、韩文研究。

3. 诗文创作：

诗长于写景说理，文既多载道之言，也多山水之作。诗学陶、柳，而多理趣。文法南丰，而加生动。朱熹在宋代理学家中最富于文学成就。《观书有感》《百丈山记》等。

（二）其他理学家的诗文：

1. 张栻：

山水诗多闲适平淡。

2. 吕祖谦：

《三苏文选》《宋文鉴》《古文关键》，力求贯通理学与文学两面。记文多佳作，如《游赤松山记》《白鹿洞书院记》等。

（三）陈亮、叶适等浙东功利派古文

1. 陈亮：

政论，多言事功经济，对政治情势和社会风习的精辟分析。《上孝宗皇帝第一书》见解深刻，笔锋犀利。

2. 叶适：

政论文多言国计民生，笔力雄放。记叙文能融事、情、景、理于一体，较有文采，与理学家迥然不同。南渡古文一大宗。《上执政荐士书》《烟霏楼记》等。

3. 王十朋、陈傅良等：

同属永嘉学派，多山水诗赋古文。

参考书目：

黄伟豪《文学师承与诗歌推演——南宋中兴诗坛的师门与师法》，上海古籍出版社，2015 年；曾维刚《南宋中兴诗坛研究》，人民出版社，2018 年；朱东润《陆游研究》，中华书局，1961 年；于北山《陆游年谱》（增订本），上海古籍出版社，1985 年；邹志方《陆游研究》，人民出版社，2008 年；于北山《杨万里年谱》，上海古籍出版社，2006 年；于北山《范成大年谱》，上海古籍出版社，1987 年；莫砺锋《朱熹文学研究》，南京大学出版社，2000 年。

第九章　辛弃疾与同时豪放词人

一、中兴词坛

（一）时局人心：

战与和；希望与失望；英雄志士与江湖名士。

（二）豪放、婉约两代、两派的基本阵容：

陆游、张孝祥、辛弃疾、陈亮、刘过等豪放词人；姜夔等婉约词人。从年龄上说，前后绵延两三代，与诗坛一样，是一种连续的发展过程，而词坛尤然。

（三）张孝祥：

中兴词坛的代表，苏、辛之间的过渡。通常与张元幹并称“二张”，其实年龄相差 41 岁，是两代人。《六州歌头》感愤时事，慷慨悲壮，开辛词先声。《念奴娇・过洞庭》放情山水，清逸空灵，得苏词风神。

(四) 陆游:

词多抒发壮志未酬之幽愤,如《诉衷情》(当年万里),另有放达、闲适、爱情等作,风格多样。

二、辛弃疾

(一) 生平经历与思想性格:

英雄才略;北方“归正人”;“三仕三已”(辛弃疾《哨遍》);词道情志。

(二) 题材内容:

存词数量宋人第一。发扬前代作家的爱国精神及豪放词风,进一步扩大词的题材和功能。英雄之士的报国热情与战斗精神;写景咏物感怀,壮志难酬的忧愤;村园闲居;应酬。

(三) 技巧风格:

1. 比兴寄托:

多比兴寄托,自然景物赋予鲜明性格,寄托浓郁情怀。

2. 以文为词:

善于吸收口语入词,融经铸史,亦庄亦谐,大量用典,在苏轼“以诗为词”的基础上进一步“以文为词”。

3. 意境风格:

辛词风格豪迈悲壮、沉郁悱恻、清雅疏快与清新自然兼而有之。感情多激越郁勃,发为雄伟阔大的意境,创造性地融汇诗、文、赋等多方面表现手法和语言技巧(如辞赋体、对话体、《天问》体),形成辛词独特的豪放风格。北人归正的特殊身份,使词中多幽愤隐衷,发为悲愤沉郁之音。

(四) 地位:

数量多,进一步促进了词这一文体走向广阔的现实生活,艺术上也具集成创新之势。就思想内容和艺术形式的丰富、深刻和创新性而言,可谓空前绝后,影响深远。

（五）作品：

《水龙吟·登建康赏心亭》英雄失意，悲壮激楚。《摸鱼儿·淳熙己亥……》比兴寄托，幽怨悱恻。《破阵子·为陈同甫赋壮词以寄之》壮怀激烈，情感跌宕。《西江月·夜行黄沙道中》夏夜村行，意境幽美。《永遇乐·京口北固亭怀古》感慨时事，沉郁顿挫。

三、同时辛派词人

（一）陈亮：

多与辛弃疾唱和，词多政论内容。豪气恣纵，斩截痛快。《水调歌头·送章德茂》。

（二）刘过：

一生流转江湖，曾入辛弃疾幕，服膺其人其词，多效其体，豪迈恣纵，颇为神似。刘词又多江湖游士清狂落魄之音。词粗豪之弊较辛词明显。《沁园春·寄稼轩承旨》。

参考书目：

邓广铭《辛稼轩年谱》(增订本)，上海古籍出版社，1997年；刘扬忠《辛弃疾词心探微》，齐鲁书社，1990年；巩本栋《辛弃疾评传》，南京大学出版社，1998年；辛更儒《辛弃疾研究》，人民出版社，2008年；单芳《南宋辛派词人研究》，巴蜀书社，2009年。

第十章　南宋后期的文学

一、姜夔与南宋后期婉约词人：

（一）姜夔

1. 生平性格：

江湖游士，品格清介高雅，精于诗、书、乐。姜夔实际生活于南宋中期，与辛弃疾等大致同时，属于中兴词人。因而对南宋婉约词影响至巨，故多合南宋后期词人连类论之，由此也可见南宋江湖游士之风渊源渐进,与诗中江湖诗派相对应,也可称为江湖词人。

2. 题材内容:

身世与艳情,纪游与咏物。写景咏物多身世之感,间亦托意时事。张炎称其词"不惟清空,又且骚雅"(张炎《词源》),所谓"骚雅",以内容言之,即指其词多寓清雅志节,复多感慨寄托。

3. 意境风格:

境象清幽、虚处传神、章法拗峭、句琢字炼、音调谐婉。刚柔兼济,既骚且雅,若梅若柳,既深情渺绵又格韵高雅,张炎称"清空""骚雅",清人有所谓"幽韵冷香"(清刘熙载《艺概·词曲概》)之喻。在辛派之外别立一宗,开创了婉约词的新境界,当时视为"雅词"代表,在南宋后期影响颇大。词多小序,如同风味隽永的小品文,如《念奴娇》序即是。自度曲《扬州慢》《暗香》《疏影》等 10 多首词通篇有旁谱(今人有五线谱之类拟译),是现存难得的词乐资料。

4. 诗歌:

著名的江湖诗人。诗多江湖清游之作,五古格调高古,绝句风神清妙。《白石道人诗说》。

5. 作品:

《踏莎行·自沔东来……》《扬州慢》《暗香》《疏影》《除夜自石湖归苕溪》等。

(二) 史达祖与高观国:

与姜夔同时稍后,词风羽翼姜夔,"句法"雅妙。史达祖长于咏物,如《双双燕·咏燕》。

(三) 吴文英:

1. 生平:

南宋后期词人,江湖游士,乐交显贵,性格狷介。

2. 题材内容:

在南宋词人中,词的数量仅次于辛弃疾。感旧怀人、咏物怀古、酬唱。恋情词多哀感凄迷,最有特色。

3. 技巧风格：

多取温庭筠、周邦彦一路，意象密丽、情感深挚、构思幽隐惝恍、章法曲折变幻、意境扑朔迷离，张炎称为“质实”，“如七宝楼台，眩人眼目，碎拆下来，不成片段”(《词源》)。与姜夔之“清空”相对。姜夔词清雅峭拔、空灵疏快，吴文英词丽密幽艳、质实隐晦，代表了南宋婉约词两种不同风格。词之特色与地位如诗中李商隐。

4. 作品：

《八声甘州·陪庾幕诸公游灵岩》《莺啼序》《风入松》(听风听雨……)。

二、宋末婉约词人：

宋末元初以临安等地为中心的文人结社唱和之风颇盛，结集《乐府补题》。艺术精炼、字句高雅、格律严整，大致不出姜夔、吴文英二家樊篱。宋亡后多寄情故国，发为哀思，是谓“遗民词人”。

(一) 周密：

融姜、吴两家之长，风格婉丽清雅，与吴文英并称“二窗”。《一萼红·登蓬莱阁有感》。

(二) 王沂孙：

词多咏物，深于比兴寄托，意旨隐晦，多亡国之哀。《齐天乐》(一襟余恨……)。

(三) 张炎：

出身贵胄，身罹国破家亡，词情极其凄楚苍凉。词风清雅疏秀，与姜夔最近，较姜夔幽婉圆润。张炎有词学理论专著《词源》，推阐姜夔一派“清空”“骚雅”之风格。后世姜、张多相提并论，所谓“白石玉田”，视为此派代表，影响较大。《高阳台·西湖春感》、《甘州》(寄玉关)。

(四) 蒋捷：

掉臂独行于主流词坛之外，艺术上也别开生面，兼融辛派词之清奇明畅和姜派词之清雅蕴藉，而无其粗放直率、空疏刻削之弊。词多写漂泊生涯和落寞感受，格调清新，语言明快。代表作如《虞美人·听雨》《行香子·舟宿兰湾》。

三、南宋后期的辛派词人：

（一）刘克庄：

词不涉闺情春怨，多以家国时事为念，反映社会生活的广度较辛词更推进一步，如有一些反映义兵、边民生活的作品。风格雄肆疏放，其失在锤炼不够、语言粗率。《贺新郎·送陈真州子华》。

（二）陈人杰：

短命词人；现存词全用《沁园春》调，寄慨时事，呼唤进取精神、男儿气概。

（三）刘辰翁：

遗民词人，存词数量仅次于辛、苏。词多记咏家国变故，虽无稼轩之气性豪迈，但语言疏健明朗颇近之。《兰陵王·丙子送春》。

四、南宋后期的诗文：

（一）永嘉四灵：

徐照、徐玑、赵师秀、翁卷。叶适编《四灵诗选》。学晚唐姚、贾，多作五律，工于炼句；诗风清瘦野逸；对江西诗派的反拨及其自身的局限。赵师秀是其中佼佼者，《薛氏瓜庐》。

（二）江湖诗派：

江湖游士之风，《江湖集》，江湖诗祸。江湖诗派成员众多，流品也杂，其中大多不关心政治时事，但也不甘清贫寂寞之村居隐逸，于是热衷于交游、结社，互相标榜附庸。一些人甚至以诗艺为工具，干谒权贵以为生计，使诗歌带上市侩庸俗习气。其中也有一些虽结交高官，行谒江湖，但能清介自守，前辈如姜夔，晚辈如戴复古等。江湖诗多献谒、应酬之作，内容大多歌功颂德或叹老嗟卑，因其生活面较广，题材来源也较多样，尤其是一些城乡贫民的生活得到反映。艺术上受“四灵”影响，字句精丽，长于白描，但境界较为开阔，稍胜“四灵”，其中有学陆游者，有学杨万里者，有号称学陶潜、杜甫、孟郊者。

取径极杂，艺术上也大多未能自成一家，只刘克庄、戴复古等少数几位，略能自出机杼，成就相对突出。

（三）刘克庄与戴复古：

1. 刘克庄：

年寿长、官位高，俨然江湖诗人领袖。中年受“四灵”影响，后心仪陆游。《后村诗话》。诗多关心国事，艺术上兼师唐宋诸家，风格多样。《戊辰即事》《国殇行》等。

2. 戴复古：

江湖诗派名家。长期漂泊江湖，诗多记道行奔谒之苦，也多有反映民瘼时事之作，意境细腻，语言清切。《江阴浮远堂》《频酌淮河水》等。

（四）文天祥：

民族英雄，早年沾染江湖时习，起义被俘后诗风急转，记录逃亡遭遇，表达励志苦节，义愤凛然，忠诚可鉴，殆如“诗史”。诗学杜甫，五七言律沉郁悲壮。“集杜诗”，借他人之文句表自我之块垒与忠悫。《过零丁洋》。

（五）遗民诗人：

1. 谢翱：

投效文天祥起兵。诗多亡国之思，意旨深密，情绪苍凉。《西台哭所思》《书文山卷后》。

2. 谢枋得：

谢枋得起兵抗元，兵败隐居。《千家诗》。诗多忠义慷慨之气，《武夷山中》。

3. 林景熙：

收拾宋帝后遗骨改葬兰亭等处。诗语寄怀故国，语多隐曲。《山窗新糊有故朝封事稿，阅之有感》。

4. 郑思肖：

坚定的遗民，画兰无根。《心史》失而复现。《寒菊》《自挽》。

5. 汪元量：

宫廷琴师，随宋廷被俘北上，目睹宋亡过程，一一载之于诗。《湖州歌》《越州歌》等组诗，被视为"诗史"之作。

（六）南宋后期的散文：

1. 理学家诗文：

南宋后期的散文，主要沿理学派与事功派两路继续前进。理学派有真德秀、魏了翁等。真氏重义理，轻文学，尝编《文章正宗》等，惟"穷理而致用"为正，否则"辞虽工亦不录"（真德秀《文章正宗纲目》）。魏氏稍重文辞，所作也能兼师欧、苏。理学旁支有刘克庄，记文叙事写景，多有情韵。

2. 事功派诗文：

有陈耆卿、吴子良、戴表元等。陈子良为文得叶适真传，既讲义理，也重辞章。戴表元文风雅洁，含蓄蕴藉，颇有可观。

3. 文天祥等遗民文人：

文天祥、谢翱、邓牧等人宋亡后多血泪文字，悲怆动人。

4. 笔记文：

南宋后期的笔记作品较多，著名者如罗大经《鹤林玉露》、周密《武林旧事》等，其中不乏文学小品。前者如《山静日长》，后者如《西湖游幸都人游赏》。

参考书目：

陶尔夫、刘敬圻《南宋词史》，黑龙江人民出版社，2005年；赵晓岚《姜夔与南宋文化》，学苑出版社，2001年；[美]林顺夫《中国抒情传统的转变——姜夔与南宋词》，张宏生译，上海古籍出版社，2005年；钱鸿英《梦窗词研究》，上海古籍出版社，2005年；田玉琪《徘徊于七宝楼台——吴文英词研究》，中华书局，2004年；金启华、萧鹏《周密及其词研究》，齐鲁书社，1993年；刘静《周密研究》，人民出版社，2012年；焦印亭《刘辰翁文学研究》，中国社会科学出版社，2011年；

杨海明《张炎词研究》，齐鲁书社，1989年；赵平《永嘉四灵诗派研究》，浙江大学出版社，2006年；张宏生《江湖诗派研究》，中华书局，1995年；景红录《刘克庄诗歌研究》，上海古籍出版社，2007年；侯体健《刘克庄的文学世界——晚宋文学生态的一种考察》，复旦大学出版社，2013年；方勇《南宋遗民诗人群体研究》，人民出版社，2000年。

第十一章　宋金文学理论与批评

一、文学理论与批评的活跃

（一）文学艺术的学习、交流、鉴赏

（二）理论自觉与自觉批评

二、理论批评方式

（一）诗话：

1. 起源发展：

起源背景。发展阶段。

2. 著作类型：

纪事闲谈，如欧阳修《诗话》、司马光《续诗话》、叶梦得《石林诗话》等。考实辨误，如刘攽《中山诗话》、葛立方《韵语阳秋》、吴聿《观林诗话》等。理论批评如张戒《岁寒堂诗话》、姜夔《白石道人诗说》、严羽《沧浪诗话》等。

3. 诗话汇编：

三部分类辑录诗话资料的著作。阮阅《诗话总龟》分类系事；胡仔《苕溪渔隐丛话》以人系论；魏庆之《诗人玉屑》分门列法。

（二）词话、文话等

李清照《词论》、张炎《词源》、沈义父《乐府指迷》。陈骙《文则》、李耆卿《文章精义》。

（三）笔记杂著中的理论批评：

宋人笔记繁多。欧阳修《归田录》、释文莹《湘山野录》《玉壶清话》、苏轼《东坡志林》、赵令畤《侯鲭录》、吴曾《能改斋漫录》、洪迈《容斋随笔》、罗大经《鹤林玉露》、周密《癸辛杂识》等，论诗之语多被辑为诗话。

（四）文集序跋及诗文作品中的理论批评：

宋人文集多有序集、论文、品诗之作，论诗诗。如苏轼无专题诗话文话，集中多有相关理论和批评内容。

（五）选本注本：

蔡正孙《诗林广记》选诗并附集诗话纪事资料。真德秀《文章正宗》。

三、《沧浪诗话》

（一）作者严羽：

江湖诗人，诗多忧时纪行，内容或豪迈或清怨。

（二）理论主题：

思考和批评江西诗乃至北宋盛时诗歌之失，"以禅喻诗"，"大抵禅道惟在妙悟，诗道亦在妙悟"，"诗有别材，非关书也；诗有别趣，非关理也"。"诗者，吟咏情性也。盛唐诸人惟在兴趣，羚羊挂角，无迹可求，故其妙处，透彻玲珑，不可凑泊。如空中之音，相中之色，水中之月，镜中之象，言有尽而意无穷。"批评"近代诸公乃作奇特解会，遂以文字为诗，以才学为诗，以议论为诗，夫岂不工，终非古人之诗也，盖于一唱三叹之音有所歉焉"，主张"以盛唐为法"。

（三）理论体系：

在宋人诗话中理论体系最为完密，包含以下几个方面：诗辨（本体论）、诗体（风格与体裁论）、诗法（作法或技巧论）、诗评（作家、作品、时代等评论）、考证（诗歌史及诗歌文献考证）。

四、宋代文学理论的重要主题

（一）文与道、文品与人品：

尊道重品。

（二）意与法、学与悟、袭故与创新：

尚意与意法俱工，自成一家。

（三）雅与俗：

“工拙所未论，大要忌俗”（《诗人玉屑》卷五引崔鹏语），“以俗为雅”。

（四）字法、句法、章法：

“句法之学，自是一家工夫。”（《诗人玉屑》卷三引《潜溪诗眼》）

参考书目：

张毅《宋代文学思想史》，中华书局，1995 年；周裕锴《宋代诗学通论》，巴蜀书社，1997 年；周裕锴《文字禅与宋代诗学》，高等教育出版社，1998 年；李春青《宋学与宋代文学观念》，北京师范大学出版社，2001 年；[日]浅见洋二《距离与想象——中国诗学的唐宋转型》，金程宇等译，上海古籍出版社，2005 年；凌郁之《宋代雅俗文学观》，中国社会科学出版社，2012 年；邹志勇《宋代笔记诗学思想研究》，中国社会科学出版社，2014 年；张健《知识与抒情：宋代诗学研究》，北京大学出版社，2015 年；胡建次、邱美琼《宋代诗学的多维观照》，商务印书馆，2017 年。

第十二章　辽金文学

一、北方地区的民族气质与文学风格

（一）少数民族相互融合与汉化。

（二）河朔塞上、山林草原文化的雄强气质。

（三）辽金文学风貌。

二、辽朝文学

白居易诗的流传；宋臣使辽；萧观音与萧瑟瑟。

三、金朝文学

（一）金朝前期文学家：

蔡松年、吴激等，以宋人入金。

（二）金朝中期和平发展时期的文学：

蔡珪、党怀英、王庭筠等“国朝文派”，风格雄强粗犷。

（三）金朝迁都汴京后的文学：

赵秉文、王若虚、段克己、段成己等，多忧时伤乱之作。

四、元好问

（一）生平经历：

金末衰亡丧乱。金朝最杰出的诗人。

（二）诗歌：

1. 题材内容：

丧乱诗，“诗史”。

2. 体裁风格：

工于七言，深受杜甫影响，诗风雄浑开阔，沉郁苍凉，寄慨遥深。

（三）词与古文：

词风如诗风，既有雄阔悲壮，也有幽婉深挚。古文多讥抨世风时弊、记叙风土人情。

（四）诗歌评论与文献整理：

《论诗绝句》。《中州集》等。

（五）作品：

《壬辰十二月车驾东狩后即事五首》《雁门道中书所见》《木兰花慢·游三台》《市隐斋记》等。

参考书目：

张晶《辽金诗史》，东北师范大学出版社，1994 年；胡传志《金代文学研究》，安徽大学出版社，2000 年；胡传志《宋金文学的交融与演进》，北京大学出版社，2013 年；文师华《金元诗学理论研究》，商务印书馆，2018 年；李长生《元好问研究》，台北文史哲出版社，1979 年；颜庆余《元好问与中国诗歌传统研究》，上海古籍出版社，2020 年。

第十三章　宋金的小说与戏曲

一、文言小说：

洪迈《夷坚志》、皇都风月主人《绿窗新话》、罗烨《醉翁谈录》。传奇《李师师外传》。

二、市民社会与俗文学：

（一）城市娱乐业的发展：

瓦舍勾栏。

（二）新兴艺术品类与审美文化特征

说唱、叙事，都市社会的新兴文艺。

三、话本小说

（一）说话与话本：

说话四家：小说、说经、讲史与合生。前三种以叙事取胜。

（二）内容与形式：

1. 小说：

题材多样，以婚姻爱情、公案（社会吏治民治故事）为主，如《碾玉观音》《错斩崔宁》等。

2. 讲史：

如《五代史评话》等。

3. 说经：

《大唐三藏取经诗话》。

4. 体制形式：

话本体制：入话、正话、结尾。叙事艺术：叙事周详、描写细致、文字通顺。

四、宋代戏曲

（一）讲唱与歌舞：

鼓子词：说唱，以鼓伴奏，反复使用同一词牌重章叠唱，分有说有唱、只唱不说两种，赵令畤《商调蝶恋花》。转踏：小型歌舞表演，多用《调笑令》为曲牌，歌咏人物、古迹、花卉。

（二）诸宫调：

说唱文体；《刘知远诸宫调》等。

（三）董解元《西厢记诸宫调》：

1. 渊源形式：

取材于元稹传奇，上承北宋赵令畤《商调蝶恋花》鼓子词，形式上主要仍属于第三人称讲述故事。

2. 内容风格：

歌颂爱情与抗争，主题、人物、情节较《莺莺传》都有改进；叙事与抒情相结合；语言质朴清俊。

（四）宋金杂剧：

歌舞戏与滑稽戏，杂技与滑稽调笑因素较重。周密《武林旧事》记 280 本，但无保存。

（五）宋南戏：

温州杂剧。据近代戏曲史家考证，"宋元南戏"剧目共有 230 余种，但难以区别时代，能大致认定为宋人的有五种：《赵贞女蔡二郎》、《王魁》、《张协状元》（此存《永乐大典》）等。

参考书目：

王国维《宋元戏曲史》，上海古籍出版社，2011 年；郑振铎《中国俗文学史》，上海古籍出版社，2013 年；胡士莹《话本小说概论》，中华书局，1980 年；萧相恺《宋元小说史》，浙江古籍出版社，1997 年；程毅中《宋元小说研究》，江苏古籍出版社，1999 年；吴晟《瓦舍文化与宋元戏剧》，中国社会科学出版社，2001 年；萧欣桥、刘福元《话本小说史》，浙江古籍出版社，2003 年；薛瑞兆《宋金戏剧史稿》，生活·读书·新知三联书店，2005 年；胡忌《宋金杂剧考》（订补本），中华书局，2008 年；罗筱玉《宋元讲史话本研究》，中国社会科学出版社，2010 年。

（郑斌校订。2005 年以后出版之书目多为郑斌所补，书目中原有别集笺注、选集等今人整理本、选注本，因考虑近 20 年此类书出版较多，未能一一阅览比读，故一并不出）